一题多体：《文选》

哀伤类作品分析与文体研究

赵俭杰 著

四川人民出版社

图书在版编目（CIP）数据

一题多体：《文选》哀伤类作品分析与文体研究 /
赵俭杰著. -- 成都：四川人民出版社，2025.4.
ISBN 978-7-220-13979-6

Ⅰ.I206.2

中国国家版本馆CIP数据核字第2025L4W103号

一题多体：《文选》哀伤类作品分析与文体研究
YITI DUOTI：WENXUAN AISHANGLEI ZUOPIN FENXI YU WENTI YANJIU

赵俭杰　著

责任编辑	段瑞清
版式设计	未来趋势
封面设计	未来趋势
责任印制	周　奇
特约校对	北京圈圈点点
出版发行	四川人民出版社（成都三色路238号）
网　　址	http：//www.scpph.com
E-mail	scrmcbs@sina.com
发行部业务电话	（028）86259624　86259453
防盗版举报电话	（028）86259624
印　　刷	廊坊市印艺阁数字科技有限公司
成品尺寸	155mm×230mm
印　　张	17.75
字　　数	261千
版　　次	2025年4月第1版
印　　次	2025年4月第1次印刷
书　　号	ISBN 978-7-220-13979-6
定　　价	88.00元

摘　要

　　本文通过分析《文选》哀伤类作品的文本和文体形态及相关问题，以考察赋、诗、文三种文体，如何表现"哀伤"这一情感主题（"一题多体"）。除了绪论和结语及附录以外，正文三章，共十一节。

　　第一章《文选》哀伤类作品的文本分析。本章先以《文选》"哀伤赋""哀伤诗""哀文"的文本分析为基础，再与《文选》中涉及"哀伤"主题的其他作品进行比较，又以先秦至隋的哀伤类作品为参照，来考察其文学特征、情感内涵及发展脉络。分析表明：哀伤赋的主题，或为哀伤个体女性的悲剧命运，或透过生命的消亡表达伤时哀逝之痛及人生思考，或概括表达特定社会下的人生憾恨等普遍情感，"哀伤"之情逐步深化。哀伤诗前六首主要有感于社会中的群体性死亡，后七首旨在为个体死亡而哀伤。从群体到个体，可见作家在表达"哀伤"主题时，情感更细腻，笔触更沉稳，写哀艺术趋于精熟。哀文分为哀辞和哀策文，哀辞的文体功能从最初只用于年幼夭亡者发展到施于成人，哀策文则因施用对象为皇室中人，其哀伤情感庄重晦涩。总之，透过文本细读可知作家运用赋、诗、文三种文体表达哀伤主题时，都能体现真诚、哀伤的情感意蕴，其情感表现逐步细化，写作手法也渐趋精熟。

　　第二章《文选》哀伤类作品的文体形态。首先，从体制来看，哀伤赋分为骚体与骈体，骚体哀伤赋继承了楚辞的外在形式和悲壮怨愤的文化品格；骈体哀伤赋又以规整的形式推进着写"哀"艺术的发展。哀伤诗以五言为主，且全为古体，哀情诚挚古朴。哀辞和哀策文的体制不大相同，哀

一题多体：《文选》哀伤类作品分析与文体研究

辞近于哀伤赋，哀策文与哀伤诗相近，两者与后世的散体哀文区别很大。可见，哀伤赋、哀伤诗、哀文在各自的体制规范下，完成了哀伤类作品"述哀事"与"抒哀情"的主体内容，其抒情对象不同，情感意蕴也有差别。其次，从语体来看，哀伤类作品以"哀""伤"和与之相近或相反的语词构成了一套比较完整的语言系统，又从语音、语义、句法等修辞角度对其情感加以修饰，最终形成"哀伤凄婉"的语言风格。再次，从体式来看，哀伤类作品主要的表现方式是叙事和抒情。抒情方式主要有生死对比、悲喜映衬；音哀景悲、抚存感亡；虚实相生、梦中寄情；使事用典、悲人悲己。叙事方式主要有时空与事件、场景变换、情节描写、人物对话等叙事元素；代言体和以抒情主体带动全篇进展的叙事结构；今昔、生死对比的叙事艺术。同时，哀伤类作品主要有三大意象类型：一是动物、植物、非生物等自然意象；二是客观实体和主观虚幻的社会意象；三是具有特定内涵的人物、地点、事件等文化意象。四种抒情方式，多角度抒发哀情；三种叙事方式，全方位交代事由；三大意象类型，立体化建构哀伤场域。最后，从体性来看，哀伤类作品以"哀情"为审美对象，自然形成"哀伤"的总体风格。"哀伤"类目既是按内容划分的，也可说是以风格来分类的。总之，我们从体制、语体、体式、体性的文体形态角度考察哀伤类作品，可以看出赋、诗、文三种文体表现"哀伤"主题时的文体特色和文体功能的多样化，这既全面地彰显了不同文体表达相同主题时的文学特征，又立体化呈现了作家的思想情感与艺术维度，也多角度展示了"哀伤"之文化观念的演变历程。

第三章《文选》哀伤类作品相关问题研究。其一，《文选》首次设立"哀伤"类目，对历代《文选》类总集和广、续、补遗《文选》类总集的文体分类影响深远。其二，《文选》与《文心雕龙》的"哀"体观差别较大又互为补充，体现了二书的不同职能。其三，哀伤类作品与儒家思想联系紧密，如儒家礼制对哀策文的直接作用；因写作对象的不同而表现出儒家区别性的人生价值观和对伦理等级秩序的强调；及其追求"不朽"的死亡观。其四，楚辞孕育的离别、遗弃、感时、伤逝等多重哀伤主题，和其对比、时空、比兴等艺术手法的使用颇具开创性，对哀伤类作品主题的丰富与艺术手法的发展贡献甚巨。而且，屈原等人以其坎坷的命运和感伤的气质为后世哀伤类创作提供了语言资源和精神寄托。

本文从历时与共时的文本分析到考察哀伤赋、诗、文三种不同的文体形态，最后对相关问题进行研究，力求较为全面地展现哀伤类作品的文学特征。

关键词：《文选》；哀伤类；文本分析；文体形态

目　录

绪　论

一、选题缘由与研究意义

《文选》全称《昭明文选》，由南朝梁昭明太子萧统主持编纂，是我国现存最早的一部诗文总集。它选录了先秦至南朝梁八九百年间重要的文学作品，又按文体分为三十七类，涉及一百多位作者，共七百余篇。《昭明文选》是对南朝梁以前文学创作的总结和批评，也对其后的文学发展产生着深刻的影响。

"哀伤"是人类的普遍情感之一，文学对哀伤情感的表现有一个发展过程。《文选》首次将所选录的哀伤类作品按文体分成赋、诗、文三类，并在各体下设"哀伤"类目。此举极具开创意义，却鲜有学者对《文选》中的"哀伤赋""哀伤诗""哀文"进行全面立体的考察，并与其他涉及哀伤主题的作品进行比较，且置于先秦到隋哀伤文学创作的大背景下加以观照。这一研究既可对《文选》哀伤类作品的创作特征作出较为全面深入的认识，又能对其编选情况与萧统等人的文学观念和文体观念有所把握，并且具有文学创作、文化思想、美学特质、社会影响等方面的研究意义。

通过对《文选》哀伤类作品的细致分析和对先秦至隋哀伤类作品的分析论述，大致可以看出此类作品基本的文学特征与发展状况，也可以了解作者在表现哀伤主题时，其文体选择、文学观念及时代思考等因素对文学发展产生的重要影响。从文本分析和文体形态入手，并从文章学的角度对其艺术手法加以总结，对以后的文学创作也有借鉴意义。

创作哀伤类作品缘于作者要抒发哀伤的情感，而在表达哀情的过程中，必然涉及思想、制度、心理等文化层面。比如，儒家主张"乐而不淫，哀而不伤"，而世情与远思所引发的哀伤又经常难以克制，释放与压抑在作者心口不停冲撞，而不得不通过文字和特定形式表达出来，这一文化现象本身就很值得关注。而且，对丧葬仪式的文学书写及礼制与文体关系的探讨，对作品的意象、事件、情感等因素和文化符号生成及文学与现实关系的考察，对作品所表现的人生体验和深层思想进行研究，无疑都具有重要的文化意义。

哀伤类作品最能表现作者的人生态度和生命意识。它以感伤的格调传递着痛苦与哀婉，极具崇高的审美体验超越了主客二分，哀伤的情感体验引发了颤动和共鸣，并鲜活而永恒地照亮本真的存在。读者之所以极易和作者一起落泪，正是被哀伤的审美经验所浸染。斯人已去，翰篇犹存；诵文怀远，怆然下涕，这或许正是哀伤类作品，即便于千载以后读之仍能感人肺腑的原因之一，其美学意义是不言而喻的。

哀伤类作品的抒情对象也很广泛。然而，无论是对故国山川、世事功名的哀思，还是对亲友亡故、爱恨别离的悲伤，囿于时代，它们都很强调伦理秩序。世事蓬转、逝者已去，而山河仍在、岁月依旧，由此生发的情感体验之变化甚少。因此，看看古人如何排遣哀情、寄托哀思，如何反思人际、物我关系，如何在不断思考生命本身的意义与价值的过程中探索和把握人生的，这会让我们从生命的感伤中走出来，体验生活的可贵，感受人生的快乐。

基于此，笔者选取"《文选》哀伤类作品分析与文体研究"这一课题进行研究。

二、研究现状与文献综述

《昭明文选》作为我国现存最早的一部诗文总集，受到了历代学者的普遍关注，在注音、释义、评点、版本等方面已取得了重大成就。当代"选学"学者还将其纳入文体学的视野进行研究，亦有丰硕成果。然至目前，《文选》

哀伤类作品的研究多属个体研究，即区别了哀伤赋、哀伤诗、哀文三种文体，未能将其纳入"一题多体"的研究视域进行统照。

一、哀伤赋。2008 年北京语言大学冯莉的博士论文《〈文选〉赋研究》第四章第三节为"哀伤赋考论"，比较系统地论述了"哀伤"的类名及其溯源、《文选》所录哀伤赋之文本探析、汉魏六朝其他哀伤赋的特点及其流变。冉莹的《〈文选〉的"哀伤"——试论〈文选〉"哀伤"类目形成的思想文化史背景》（《复旦学报》2021 第 1 期）一文对"哀伤"的类名及其溯源亦有较详论析。2016 年延安大学牛甜丽的硕士论文《魏晋南北朝哀伤赋研究——以悼亡、闺怨、伤别赋为中心》将魏晋南北朝哀伤赋分为悼亡、闺怨、伤别三种抒情小赋，涉及题材溯源、艺术特色、抒情方式、情感内涵等方面。吴健民《〈文选·赋〉哀伤类三题》（《现代语文》2007 年第 1 期）一文，从生命无常之痛、女性命运之悲、人生际遇之恨等三个方面对《文选》哀伤赋予以分析。王德华《生离死别之痛、生命迁逝之感——〈文选〉赋体"哀伤类"作品解读》（《古典文学知识》2011 年第 3 期）一文，通过解读哀伤赋作，以指出汉魏六朝普遍的个体生命意识及对人伦亲情的重视，并说明了赋作的代言体特征和以抒情主体带动全篇的叙事结构。杨亮《所欲无故物、焉得不速老——读〈文选〉"哀伤赋"》（《新乡师范高等专科学校学报》2003 年第 1 期）一文，从个性化、哀伤赋文本、咏物赋的比较和赋的转变四个方面来认识哀伤赋的主情特点。郭家嵘《〈文选〉中哀伤赋以及选录标准》（《山西广播电视大学学报》2014 年第 1 期）一文，论述了《文选》中哀伤赋的分类、艺术特点、萧统文学观和六朝哀伤成因等方面内容。刘琦《〈文选〉赋中的生命哀伤意识》（《社会科学战线》2007 年第 6 期）一文，论述了哀伤赋所反映的生命意识。张蕾《〈文选〉诗赋哀伤主题透视》（《河北师范大学学报》2003 年第 1 期）一文，以历时性与共时性的考察，窥见了哀伤情感主题广泛的社会基础和深厚的文化心理底蕴。

二、哀伤诗。胡大雷《〈文选〉诗"哀伤类"初探》（《山西大学师范学院学报》1997 年第 2 期）一文，论述了《文选》哀伤诗的分类，并与"挽歌"及其他涉及"哀伤"的作品、中古时期其他哀伤诗作进行比较，较为全面地反映了一个较长时期哀伤诗创作的风貌。杨群《〈文选〉中的"哀伤"类诗》（《太原日报》2006 年 7 月 10 日第 10 版）一文，通过细致的文本分析总结了《文选》哀伤诗的艺术成就。温瑜《先秦至唐五代五、七言古体哀悼诗》（《宁波大学学报》2016 年第 6 期）等系列文章，分别论述了哀悼诗的意象、语言风格、抒情方式、情感内涵及儒释道思想的影响。

三、哀文。哀文研究往往被置于哀、诔、祭、吊等"哀祭文"类目下进行分析。吴承学、刘湘兰《哀祭类文体》（《古典文学知识》2009 年第 4 期）一文，分别论述了诔文、哀辞、哀策、吊文和祭文的文体形态。2010 年东北师范大学靳建强硕士论文《汉魏晋哀祭文研究》第三章"哀辞和哀策文研究"，从文体的角度分析其源流、演变和文体特征，探讨了哀祭文变革的背景和原因。2015 年西北师范大学胡晶晶硕士论文《魏晋南北朝哀文研究》，论及哀辞和哀策的文体特征，并与诔文和吊文加以比较。

由此可见，以上研究涉及《文选》哀伤类作品的基本问题，但其研究的内容、角度和方法仍不尽全面。受其启发，本文思考如下：一是进行整体研究，即把《文选》哀伤类赋、诗、文三种文体贯穿起来，并与《文选》中其他涉及哀伤情感主题的作品进行比较，且将其放在先秦至隋的历史长河中加以考察，力求得出更为准确的研究结果；二是深入文本分析和文体形态的研究，系统阐释哀伤类作品所体现的文学、美学、文化等价值。

三、研究内容与研究方法

本文以《文选》哀伤类作品为研究对象。在此，我们先来讨论两个问题：一是"哀伤"类名的含义，二是"哀伤"之为体类的原因。

我们先从文字学来考察一下"哀伤"类名含义。首先，"哀"本义为怜悯，《说文解字》段注曰："哀，闵也。闵、吊者，在门也。引申之，凡哀皆曰闵。"[1]

---

[1]（汉）许慎撰，（清）段玉裁注：《说文解字注》，杭州：浙江古籍出版社，2007 年，第 61 页。

如《尚书·吕刑》曰："皇帝哀矜庶戮之不辜，报（暴）虐以威。"[1] 其次，它的引申义有五种之多，反映着"哀"字的发展变化。一是爱，哀怜、同情、思念也。《释名·释言语》曰："哀，爱也，爱乃相思之也。"[2] 如《诗经·破斧》曰："哀我人斯，亦孔之将。"二是悲愤、悲伤、悲痛之情感。《玉篇·口部》曰："哀，哀伤也。"如《诗经·小旻》："潝潝訿訿，亦孔之哀。"[3] 三是父母之丧祭称哀，古称居父母之丧者为哀子，后则专指居母丧者。《仪礼·士丧礼》曰："哀子某，来日某，卜葬其父某甫考降。"[4]《礼记·杂记上》曰："祭称孝子孝孙，丧称哀子哀孙。"四是怀报德也。《尔雅·释训》曰："哀哀、悽悽，怀报德也。"[5] 如《诗经·蓼莪》曰："哀哀父母，生我劬劳。"五是文体名称。《周书·谥法》曰："恭仁短折曰哀。"《沧浪诗话·诗体》曰："以哀名者，《选》有七哀，少陵有八哀。"[6] 据此推知，"哀"是一种悲痛的情感，起于事，发乎情，用之礼，终成一大文体类别。

再来看"伤"。首先，"伤"字本义为创伤、受伤。《说文解字》曰："伤，创也。"[7] 如《礼记·月令》曰："命理瞻伤，察创，视折。郑玄注'理，治狱官也。创之浅者曰伤'。"其次，它的引申义也比较多。一是指毁伤、戕害、使受伤等行为。《字汇·人部》曰："伤，戕也，害也。"如《孟子·公孙丑上》曰："矢人唯恐不伤人。"二是指忧思、悲伤之情。《尔雅·释诂下》曰："伤，思也。"[8]《篇海类编·人物类·人部》曰："伤，悼也，痛也，感也，

[1]（清）阮元校刻：《十三经注疏》，上海：上海古籍出版社，1997年，第247页。
[2]（汉）刘熙：《释名》，北京：中华书局，2016年，第51页。
[3]（宋）朱熹：《诗集传》，北京：中华书局，2011年，第181页。
[4]（清）阮元校刻：《十三经注疏》，上海：上海古籍出版社，1997年，第1143页。
[5]（清）阮元校刻：《十三经注疏》，上海：上海古籍出版社，1997年，第2590页。
[6]（宋）严羽著，郭绍虞校释：《沧浪诗话校释》，北京：人民文学出版社，2006年，第72页。
[7]（汉）许慎撰，（清）段玉裁注：《说文解字注》，杭州：浙江古籍出版社，2007年，第381页。
[8]（清）阮元校刻：《十三经注疏》，上海：上海古籍出版社，1997年，第2574页。

忧思也。"如《诗经·卷耳》曰："维以不永伤，郑玄笺'伤，思也'。"[1]
三是哀悼、哀怜。如《战国策·秦策一》曰："天下莫不伤。姚宏注'伤，
愍也'。"[2]四是丧祭。《管子·君臣下》曰："是故明君饰食饮吊伤之礼。
尹知章注'伤'谓丧祭也。"五是"伤"通"丧"，人死也。如《战国策·秦
策三》曰："生命寿长，终其年而不夭伤。"据此推知，"伤"乃由悲而
生创伤，或因受伤而生悲，是因哀而致的一种情感状态或结果。

那么，"哀伤"之为体类的原因又是什么呢？所谓"文莫先于辨体"[3]，
即从文体学的"辨体"角度来看，一种文体应该具备相较于其他文体的独
特性，比如主题内容和使用功能的特殊性，如此称其为一种文体才能名副
其实。所以，哀伤类作品作为一种体类也应该具备与其他体类相区别的质素，
必须具有相应的"辨体"意义。

其实，"哀伤"类作品的写作对象十分广泛，举凡世事、物候、别情、
生者、亡人等，皆可入文，然而若按题材则大致分为哀事和哀人，主题多
为抒发"哀伤"之情。比如，江淹《恨赋》《别赋》尽描人间憾恨别离之
情与事，广抒内心抑郁悲痛之哀伤；王粲《七哀诗》则传达了乱世中人之
无由漂泊与功业难成的人生空漠感；潘岳《哀永逝文》以凄婉曲笔言说了
一对伉俪幽明悬隔之悲怆。所以，无论哀伤类的赋、诗或文，三种体裁都
显示出其题材的"哀伤性"。

因此，哀伤诗、赋的文体功能无异，但相较于其他文体，则显示出独
特的哀伤气质，亦即主要抒发哀情。在此，我们有必要明确哀文的文体价
值。从广义上讲，哀文与诔文、祭文、吊文、碑文、铭文等都属于哀祭类
文体，而哀文与其他哀祭类文体相比，其文体功能更为广泛和特殊。首先，
哀祭类文体较强的实用性决定其对于载体有特殊要求，如碑文和铭文皆须
勒之实物，而哀文对载体的要求并不高。其次，哀文的情感意蕴更为浓厚，
其作意就在于集中抒发哀伤之情，也就是说哀文抒发哀情是第一位的，而

---

[1]（宋）朱熹：《诗集传》，北京：中华书局，2011年，第5页。
[2]（汉）刘向：《战国策》，上海：上海古籍出版社，1998年，第75页。
[3]（明）徐师曾：《文体明辨序说》，北京：人民文学出版社，1962年，第80页。

如诔文主要篇幅是著述死者德行，文末略致哀思而已。再次，哀文既可以表达对死者的思念，也可以感伤时世或言说一时一地的悲苦心境，分为涉及死亡和不涉及死亡两种，而其他哀祭类则必须涉及死亡的事实。最后，哀文较少受到写作的时空限制，时间上，挽歌、诔文多是"即死即书"；空间上，诔文、祭文、吊文多是置身其地，而哀文则可以是正当其时的情感抒发，也可以是多年之后的追思回忆，其时空跨度较自由。因此，"哀伤"作为体类的内涵已相当明确，即以抒发哀伤情感为目的的一类作品。

综上，"哀""伤"及"哀伤"之为体类，皆源于"礼"的行为，主要抒写的是一种悲痛之情。

本文即以《文选》哀伤类作品为研究对象。首先，拟对《文选》哀伤赋、哀伤诗、哀文的文本作以全面分析，并与《文选》中涉及哀伤主题的作品进行比较，且对先秦至隋哀伤类作品进行历时性考察，以确认其独特的内涵和特质。其次，以文本分析为基础，再从体制、语体、体式、体性四方面深入探讨哀伤类作品的文体形态，以考察其丰富的文章学价值。最后，对《文选》哀伤类作品相关问题进行研究，进一步探讨它的文本特征、文体形态、文学观念、美学价值等问题。总之，通过对这一论题的深入思考和细致研究，笔者力求在前贤时彦的研究基础之上，对《文选》哀伤类作品的特征和哀伤主题的特性及其如何以多种文体来表现相同主题（"一题多体"）等问题，作出更加全面合理的解释。

本文拟用文献学、历史学、文章学等学科的相关知识，并采用文本细读、归纳演绎、历时共时、内外互证等研究方法，系统展开这一课题的研究。

第一章　《文选》哀伤类作品的文本分析

　　《文选》从先秦至南朝梁共八九百年间的重要文学作品中，选录了一百多位作者的七百余篇作品，并按文体分为三十七类[1]。这是对梁前文学创作的批评和总结，也对其后的文学发展产生了深远的影响。

　　《文选》依文体分为赋、诗和文，在三种文体下，又按内容分类。赋分为十五类，涉及三十二位作家的五十七篇作品，其中"哀伤类"赋选录了司马相如《长门赋》、向秀《思旧赋》、陆机《叹逝赋》、潘岳《怀旧赋》与《寡妇赋》、江淹《恨赋》与《别赋》，共五位作家的七篇作品，其数量在十五类赋中是最多的。这就表明萧统等人是很重视赋体与"哀伤类"赋的。诗分二十三类，而"哀伤类"诗选录了嵇康《幽愤诗》、曹植《七哀诗》、王粲《七哀诗》两首、张载《七哀诗》两首、潘岳《悼亡诗》三首、谢灵运《庐陵王墓下作》、颜延之《拜陵庙作》、谢朓《同谢谘议咏铜雀台》、任昉《出郡传舍哭范仆射》，共九家十三首作品。文分三十五类，而"哀"

---

[1] 关于《文选》的文体分类现有四种说法。其一，穆克宏以现存李善注《文选》的版本为依据，从而主张三十七体说（穆克宏《萧统研究三题》，《文学遗产》2002年第3期）。其二，陈景云、黄侃、骆鸿凯等人于"书"体之后补入"移"体，从而主张三十八体说（骆鸿凯《文选学》，中华书局1963年版，第24页）。其三，褚斌杰、游志诚、傅刚等人又在"檄"体之后补入"难"体，从而主张三十九体说（傅刚《〈昭明文选〉研究》，中国社会科学出版社2000年版，第185页）。其四，刘永济将"文"体二分为"文"与"策问"，加上"移""难"，共四十体（刘永济《十四朝文学要略》，黑龙江人民出版社1984年版，第4页）。近日，穆克宏又以李善注《文选》尤袤刻本为据，并参考《五臣注文选》陈八郎刻本重申三十七体说（穆克宏《〈文选〉文体分类再议》，《中国典籍与文化》2017年第1期），其论述精审，令人信服，笔者赞同之。

类文选录了潘岳《哀永逝文》、颜延之《宋文皇帝元皇后哀策文》和谢朓《齐敬皇后哀策文》，共三位作家的三篇作品。

《文选》首次设立"哀伤"类目，并按赋、诗、文三种文体收录哀伤类作品，反映了编者的文学观念，也是时代风习的体现，此现象不得不引起我们的重视。因此，笔者先从文本出发，通过细读文本，进而研究《文选》中的哀伤赋、哀伤诗、哀文，并将它们与《文选》其他涉及"哀伤"的作品加以比较。从《文选》内部探讨哀伤类作品的文学价值与美学特质，这既是为第二章分析文体形态建立基础，又能对当代文学创作提供经验。

《文选》收录的都是具有典范意义的名篇佳作，但它毕竟只是选本，仅限于从《文选》内部考察哀伤类作品的特征，所得结论明显单薄。因此，本章又以先秦至隋的哀伤类作品为参照，不仅可以历时性呈现其创作风貌，也可以对各个时期的特征进行共时性研析。这样既能宏观考察它的发展历程，也可作为《文选》哀伤类目的外证，从而对此类作品的文学特征作出更为准确的把握。

第一节 哀伤赋

一、哀伤赋的界定

（一）何为哀伤赋？

《文选》序曰："诗赋体既不一，又以类分。"[1] 即《文选》将选录的赋作根据题材再细分成十五个类目，依次为京都、郊祀、耕藉、畋猎、纪行、游览、宫殿、江海、物色、鸟兽、志、哀伤、论文、音乐、情，其中"哀伤"一目篇数最多，共有五位作家的七篇作品，体现了编者对"哀伤"题材的重视。

那么，何为哀伤赋？顾名思义，即以叙哀事、言哀情为主要内容的赋作。

---

[1]（梁）萧统编，（唐）李善等注：《六臣注文选》，北京：中华书局，2012年，第2页。

哀伤赋的生成有其特定的社会条件和文化背景，包括社会矛盾和个人因素。个人因素指哀伤赋主要是"言哀情"，言说哀情是写作的首要任务，也适应了作者抒发哀伤情感的心理需求。社会矛盾则是指社会动荡、政治昏聩等因素导致的个体生命意识觉醒，及文化心理方面的变化，如"以悲为乐"和"以悲为美"的时代风尚。六朝哀伤赋的繁荣也与赋体功能的转变相关，铺排华靡的汉大赋不再适合表现祸乱迭起的六朝心绪，文人转用抒情小赋来表达内心苦痛。

　　（二）《文选》哀伤赋的分类

　　从主题内容来看，《文选》赋体"哀伤"类所选录的五家七篇作品，有为个体女性悲剧命运而哀伤的《长门赋》《寡妇赋》；也有表现个体生命对社会人生体验的思考和抒发伤时哀逝之痛的《思旧赋》《叹逝赋》《怀旧赋》；还有对特定社会下的人生憾恨等普遍情感作以概括表达的《恨赋》《别赋》。

二、《文选》哀伤赋的文本分析

　　（一）女性悲歌：《长门赋》《寡妇赋》

　　《文选》收录的第一篇哀伤赋，是西汉司马相如的《长门赋》。关于此赋的序文与正文的真伪，和作者、作年的考辨，从古至今、争论未休。作为千古传诵之名作，我们最好先从文本出发，去领略其高妙的写作技巧和对哀伤题材赋作的首创之功。试看此赋：

　　　　孝武皇帝陈皇后时得幸，颇妒。别在长门宫，愁闷悲思。闻蜀郡成都司马相如天下工为文，奉黄金百斤为相如文君取酒，因于解悲愁之辞。而相如为文以悟主上，陈皇后复得亲幸。[1]

[1]（梁）萧统编，（唐）李善等注：《六臣注文选》，北京：中华书局，2012年，第293页。

此为序文。陈皇后因妒失宠，被幽于长门宫，愁闷悲伤，凄苦异常，遂请司马相如作赋以消解自己的内心悲愁，并渴望武帝能够幡悟，其结果是此赋感动了皇帝，陈皇后复得宠幸。此段赋序不仅交代了创作事由，而且告知了结果，所以赋序与正文恐非一时一人所作。

夫何一佳人兮，步逍遥以自虞。魂踰佚而不反兮，形枯槁而独居。言"我朝往而暮来"兮，饮食乐而忘人。心慊移而不省故兮，交得意而相亲。伊予志之慢愚兮，怀贞悫之欢心。愿赐问而自进兮，得尚君之玉音。奉虚言而望诚兮，期城南之离宫。修薄具而自设兮，君曾不肯乎幸临。

正文可分三段。此为首段，总写陈皇后遭弃之后的哀伤之态。故一上来便用疑问词"何"字发问：这位佳人，你因何事而独自徘徊思量，又为何这样的丧魂失魄、形容枯槁呢？由此而将一个感伤孤寂又愁闷悲哀的女主人公形象立于读者目前。继而两相对比，自陈因由：一是君王食言，醉心饮食，移情别恋；二是臣妾心坚，痴痴顾盼，终而失望，烘托出来一幅悲凉落寞的情感场面。

廓独潜而专精兮，天漂漂而疾风。登兰台而遥望兮，神怳怳而外淫。浮云郁而四塞兮，天窈窈而昼阴。雷殷殷而响起兮，声象君之车音。飘风回而起闺兮，举帷幄之襜襜。桂树交而相纷兮，芳酷烈之闿闿。孔雀集而相存兮，玄猨啸而长吟。翡翠胁翼而来萃兮，鸾凤翔而北南。（第一层）

心凭噫而不舒兮，邪气壮而攻中。下兰台而周览兮，步从容于深宫。正殿块以造天兮，郁并起而穹崇。间徙倚于东厢兮，观夫靡靡而无穷。挤玉户以撼金铺兮，声噌吰而似钟音。刻木兰以为榱兮，饰文杏以为梁。罗丰茸之游树兮，离楼梧而相撑。施瑰木之欂栌兮，委参差以槺梁。时仿佛以物类兮，象积石之将将。

　　五色炫以相曜兮，烂耀耀而成光。致错石之瓴甓兮，象瑇瑁之文章。
张罗绮之幔帷兮，垂楚组之连纲。抚柱楣以从容兮，览曲台之央央。
白鹤噭以哀号兮，孤雌跱于枯杨。日黄昏而望绝兮，怅独托于空堂。
（第二层）

　　第二段，具体写到陈皇后被弃之后的孤独和寂寞。本段可以分为二层，
第一层是"登兰台而遥望兮"，以一系列悲凉景色和动物的聚散烘托气氛：
起风了，她仍执意地等待着夫君到来，登上兰台望呀望，失魂而落寞；乌
云密布，天色阴暗，神情恍惚之中又错把响雷听作君王的车音，疾风吹动
帐幕才看清榻上的空荡；桂树枝条纷密交接，花香馥郁；孔雀集落而相互
问讯，黑猿悲啸呼唤伴侣，翠鸟敛翼聚在一起；它们都因为有伴侣而幸福，
而你我却如同青鸾凤凰各奔一方。此刻描写听觉与视觉的错乱，恰从反面
表现了她专注又焦急的心情。
　　当她于错愕中惊醒，心更烦闷，于是走下兰台转呀转，正殿高达天际，
东厢富丽堂皇，独自缓行在不知走过多少次的深宫中，得不到任何同情，
感受不到一丝温暖。抚门远望，皇帝身影似在曲台殿之内，却是可望而不
可即的。于黄昏中，哀鸣之白鹤使我心伤；残阳里，独立于枯杨上的失偶
雌鸟如我一样落寞。登上兰台望不见人，徘徊深宫空旷又冷寂。这第二层
是"下兰台而周览兮"，主要写陈皇后所居之宫殿的高大富丽，映衬的却
是心中的孤寂落寞，如此便将外在之境与心内之情很好地融合起来了。

　　　悬明月以自照兮，徂清夜于洞房。援雅琴以变调兮，奏愁思
之不可长。案流征以却转兮，声幼妙而复扬。贯历览其中操兮，
意慷慨而自卬。左右悲而垂泪兮，涕流离而纵横。舒息悒而增欷兮，
蹝履起而彷徨。揄长袂以自翳兮，数昔日之諐殃。无面目之可显兮，
遂颓思而就床。抟芬若以为枕兮，席荃兰而茝香。忽寝寐而梦想兮，
魄若君之在旁。惕寤觉而无见兮，魂迋迋若有亡。众鸡鸣而愁予兮，
起视月之精光。观众星之行列兮，毕昴出于东方。望中庭之蔼蔼兮，

若季秋之降霜。夜曼曼其若岁兮，怀郁郁其不可再更。澹偃寒而
待曙兮，荒亭亭而复明。妾人窃自悲兮，究年岁而不敢忘。

前两段主要写景，属于借景抒情，本段则是重点描摹陈皇后的起居生活，
是以"日常性"书写其空寂寥漠凄凉之感。入夜了，明月照高楼、清辉洒
洞房，想起自己每日照旧梳洗打扮，等着与君王同卧，而等来的却是独自
过了一个又一个的清宵；欲借鸣琴排解心中哀愁，弹出的曲调却转而忧伤，
竟催落了婢女们的泪水；起身又彷徨，不免自责，细想现在这一切都是因
为做了对不起君王的事情，实在羞愧得难以见人，遂又无可奈何地独自卧
床而眠；可是恍然入梦，君王就躺在身旁，惊醒后却失落得像丢了魂儿一样；
群鸡唱白，起视月华，度夜如年，东方既白，中庭如霜；长夜漫漫，忧心
忡忡，不知还要独自度过多少个寂寞的夜晚，可我发誓终生不能忘怀君王。
这哀伤的琴声、清虚的月光、空旷的庭院、漫长的夜晚，可见作者是通过
描写具体事物的声音、颜色、时空等特点，将陈皇后的痛苦情绪具体化、
真实化、场景化了，令读者倍感真切、印象更加牢固，因为只有具体的细
节才能打败人的情感防线。

由此可见，《长门赋》共有一条时间线、两个空间点、三个层次、四
种感情、五幅画面。也就是说，赋文截取了抒情主人公（陈皇后）在长门
宫一天的活动，并依次用五幅画面来表现她孤独、寂寞、凄凉、空虚的哀
伤情感。先是一幅陈皇后早早亲自备好饭菜，在离宫痴心等待君王驾幸的
一个丧魂失魄、形容枯槁的人物画面，不仅表现了她落寞的内心感受，也
为下文奠定了感伤的基调。接着展示陈皇后登上兰台看到的天气、树木、
鸟兽等自然景物，它们皆给人以阴沉压抑之感，抒发了一种极致的孤独。
然后是写走下兰台、步入深宫，刻画她周览空旷幽深、华美富丽的宫殿之
景，而这些闭塞和琐碎的场景也渲染着她的寂寞。再是转到清夜洞房之中，
摹绘了一幅哀音泪面、愁煎气结的生活图景，透出的清冷惨戚的情调深契
人物之凄凉心境。最后是写梦醒以后，勾勒出了一幅冷宫残更、月白星寒
的空庭夜景，而那位被废的独居者的孤苦心灵也就被廓落虚静的空庭夜景

烘托得更加淋漓尽致了。

此赋可谓景中含情、寓情于景。先是总体呈现一个独自徘徊的女主人公形象，再是从"登兰台而遥望兮"君王到"下兰台而周览兮"深宫，最后回到房间忽梦忽醒。内外环境都是寂寥，眼前心上都是落寞，打并一片、情景合一。作者通过时间的流动和空间的变换来衬托主人公无尽的哀伤，并采取铺排、比喻、对比、夸张等修辞手法，细致地展现了一位宫廷贵妇失宠遭弃后的悲凉心境，寄寓了作者深切的同情。

西晋潘岳《寡妇赋》（并序）是《文选》哀伤赋的第五篇，当作于晋武帝咸宁二年（公元 276 年），乃代人悼亡之名作，我们来读：

> 乐安任子咸有韬世之量，与余少而欢焉，虽兄弟之爱，无以加也。不幸弱冠而终。良友既没，何痛如之！其妻又吾姨也。少丧父母，适人而所天又殒，孤女藐焉始孩，斯亦生民之至艰，而荼毒之极哀也。昔阮瑀既殁，魏文悼之，并命知旧作寡妇之赋；余遂拟之，以叙其孤寡之心焉。[1]

赋序包含三层意思：先是称扬任子咸有韬世之量，且与自己既为连襟又是良友，不幸二十岁便去世了；再说任子咸之遗孀，即作者的小姨子更是可怜，她年少之时父母即已双亡，而出嫁不久，丈夫又撒手人寰，抛下三岁孤女与她相依为命（根据潘岳《泽兰哀辞》的记载，任子咸之女，名曰任泽兰，刚满三岁，其父丧期未过又夭折了）；最后说道，这篇哀伤赋是模拟曹丕等人之作而写的。既然是代作，序文便交代了写作缘由，正文以寡妇的口吻（即以任子咸之遗孀为第一人称），抒其痛失丈夫的哀情。

> 嗟予生之不造兮，哀天难之匪忱。少伶俜而偏孤兮，痛切怛以摧心。览《寒泉》之遗叹兮，咏《蓼莪》之余音。情长戚以永

---

[1]（梁）萧统编，（唐）李善等注：《六臣注文选》，北京：中华书局，2012 年，第 300 页。

慕兮，思弥远而逾深。伊女子之有行兮，爰奉嫔于高族。承庆云之光覆兮，荷君子之惠渥。顾葛藟之蔓延兮，托微茎于樛木。惧身轻而施重兮，若履冰而临谷。遵义方之明训兮，宪女史之典戒。奉烝尝以效顺兮，供洒扫以弥载。彼诗人之攸叹兮，徒愿言而心痗。何遭命之奇薄兮？遘天祸之未悔。荣华晔其始茂兮，良人忽以捐背。

赋文可以分为三段。第一段主要叙述寡妇早丧父母、今又亡夫的悲惨命运，多借《诗经》里的篇章说明自己德行之好，暗寓内心哀伤，一个德行甚高而命运悲苦的年轻寡妇形象跃然纸上。先借典故言其父母早亡：唉，命苦啊！我小时候，父母见背，读《凯风》"寒泉"之句而感叹于慈母的劳苦，吟《蓼莪》之章而哭诉母继父亡的哀痛，每忆父母音容，悲伤愈加深重。再用典故叙说其高尚德行：我奉行妇道，既承家族荣光，又受丈夫爱护，诵《樛木》时，感叹葛藟有依托，而我失去丈夫无依靠，常担心自己德行浅薄而有负丈夫的恩情，于是遵循父母的训示，效法女史的戒律，孝顺长辈，勤持家务。最后又以典故道出夫亡之事实，正如《伯兮》那样慨叹：本想与君偕白头，却恨君今将我抛。

静阖门以穷居兮，块茕独而靡依。易锦茵以苦席兮，代罗帱以素帷。命阿保而就列兮，览巾箑以舒悲。口鸣咽以失声兮，泪横迸而沾衣。愁烦冤其谁告兮，提孤孩于坐侧。时暧暧而向昏兮，日杳杳而西匿。雀群飞而赴楹兮，鸡登栖而敛翼。归空馆而自怜兮，抚衾裯以叹息。思缠绵以瞀乱兮，心摧伤以怆恻。

曜灵晔而遄迈兮，四节运而推移。天凝露以降霜兮，木落叶而陨枝。仰神宇之寥寥兮，瞻灵衣之披披。退幽悲于堂隅兮，进独拜于床垂。耳倾想于畴昔兮，目仿佛乎平素。虽冥冥而罔觌兮，犹依依以凭附。痛存亡之殊制兮，将迁神而安厝。龙輀俨其星驾兮，飞旐翩以启路。轮案轨以徐进兮，马悲鸣而局顾。潜灵邈其不反兮，殷忧结而靡诉。睎形影于几筵兮，驰精爽于丘墓。

良人已经弃我而去，如今只有静闭屋门、独自哀叹。或去整理灵堂，换掉锦被而代以草席，摘去罗帷而挂以素帐，吩咐保姆各就哭丧之位，然而览看绢扇以抒泄悲伤时，又不禁痛哭失声，让泪水打湿了衣襟，苦恼冤屈无人告诉，抱着孤女坐在灵堂一侧，坐到日落西山，坐到鸟雀回巢、鸡群回笼。于是，回到空荡荡的房间，躺在冰冷的床上抚摸着衾被叹息，思绪烦乱、心碎肺裂。时令到了深秋，露结为霜，叶辞故枝，奠堂空寂，灵衣飘拂，退回屋内暗自悲泣，又走近灵位独自叩拜。于恍惚中，好像听到你的低语，刹那间又仿佛看见你在近旁，虽然昏暗看不清楚，仍然相信你可依靠。即将迁灵安葬，灵车驰行，灵幡开路，车轮徐进，辕马悲顾。存亡异路，你我自此幽明永隔，我心中的悲痛该向谁诉说？你的魂魄已经飞往坟墓，只能对着灵位上你的模样空自伤心。

此第二段，写布置灵堂、空馆自怜、灵前独拜和出丧过程。艺术手法可谓高妙，明知亡夫已经逝去，未亡人仍能感觉到他的音容笑貌。明明已经看不见了，却觉得他依旧存在，这是因为主人公在葬前床垂哭诉得太久了，以至于耳目错觉、心理错乱，因为她还不能接受丈夫已死的事实，她也不愿接受这个事实。作者婉曲细腻地表现了主人公由于过分哀伤而产生的错乱心像。读至此处，便知以上全是回忆亡夫初丧时的情景。

> 自仲秋而在疚兮，逾履霜以践冰。雪霏霏而骤落兮，风洌洌
> 而夙兴。溜泠泠以夜下兮，水濂濂以微凝。意忽恍以迁越兮，神
> 一夕而九升。庶漫远而哀降兮，情恻恻而弥甚。愿假梦以通灵兮，
> 目炯炯而不寝。夜漫漫以悠悠兮，寒凄凄以凛凛。气愤薄而乘胸兮，
> 涕交横而流枕。亡魂逝而永远兮，时岁忽其道尽。容貌儡以顿悴兮，
> 左右凄其相愍。感三良之殉秦兮，甘捐生而自引。鞠稚子于怀抱兮，
> 羌低徊而不忍。独指景而心誓兮，虽形存而志陨。

第三段讲述由秋到冬，丧期渐远而哀情愈浓的伤心历程，空间变换了，时间更迭了，哀情加深了。露凝为霜，水结成冰，飞雪纷纷下落，大风刮

至天明，檐水滴答响了一夜，冰冷的环境冲破了心理的脆弱防线，不由得使人心理发生了错乱。原本以为丧期渐远，哀情就会被时间逐渐淡化，奈何心情愈加感伤；本想在梦中与你相遇，却整夜地睡不着觉。寒夜漫漫，胸中悲愁郁结，眼泪不停地流。时岁有尽而逝者长离。过度哀伤导致容貌憔悴，身边人也为我难过。昔日秦国三良甘愿陪秦穆公下葬，今天我也情愿自尽去追随你。但是，我又如何忍心抛下尚在怀抱的孩子，于是指着日头暗自发誓与你不离不弃，可是我意冷心灰，徒剩躯壳存人间。

　　重曰：仰皇穹兮叹息，私自怜兮何极？省微身兮孤弱，顾稚子兮未识。如涉川兮无梁，若陵虚兮失翼。上瞻兮遗象，下临兮泉壤。窈冥兮潜翳，心存兮目想。奉虚坐兮肃清，愬空宇兮旷朗。廓孤立兮顾影，块独言兮听响。顾影兮伤擢，听响兮增哀。遥逝兮逾远，缅邈兮长乖。四节流兮忽代序，岁云暮兮日西颓。霜被庭兮风入室，夜既分兮星汉回。梦良人兮来游，若闾阖兮洞开。怛惊悟兮无闻，超惆恍兮恸怀。恸怀兮奈何，言陟兮山阿。墓门兮肃肃，修垄兮峨峨。孤鸟嘤兮悲鸣，长松萎兮振柯。哀郁结兮交集，泪横流兮滂沱。蹈恭姜兮明誓，咏柏舟兮清歌。终归骨兮山足，存凭托兮余华。要吾君兮同穴，之死矢兮靡佗。

此处所用之"重"字，与"乱"义同，作用在于概括全赋，为辞赋收结。本段主要写寡妇悲思难禁，登临墓门发誓矢志不渝。先写其立于灵前悲痛难忍之态：仰天叹息、低头自怜，想到自己孤苦无依，看到稚子未明事理，丧夫之后的自己如同要过河而没有桥，要越沟而没有翅膀，从此失去了唯一依靠。遗像立于灵座，亡夫已入九泉，想着九泉之下的你，坐在旷荡的灵前，孤单身影使人神伤，听到声响更加哀痛。接着宕开一笔，丧期愈远而想念愈深，想念愈深而逝者愈远。四季流转，岁暮日颓，霜被空庭，风回屋宇，夜又过半，河汉沉落，屋门打开，梦见亡夫归来，惊醒之后却更加失意悲伤。悲伤难以自持，于是徘徊墓前，墓门静闭，坟茔高耸，孤鸟悲鸣，长松蓁蓁，见此情形不禁哀情郁结、泪如雨下。于是吟咏《柏舟》之篇，誓死不会改嫁，待我年华逝去，与君同归道山。

　　此赋全用骚体，写法新奇，或用悲景烘托哀情，或以物在人亡反衬哀情，或借孤独来渲染哀情，或以泪容来彰显哀情，总之是将写景与抒情巧妙融合，真实而细致地刻画了寡妇的愁苦心境与哀伤之情。赋中有时纯用白描，益增悲凄之感。描写过度哀伤导致的心理错乱，描写女性主人公誓不改嫁的忠贞，与《长门赋》没有不同。作者自称此赋模拟曹丕、王粲《寡妇赋》，但是情感表现更为细腻，境界也更哀婉动人，难怪《文选》弃曹、王之作而录此篇。此赋以第一人称代人言情，为这个连名字都不知道的小姨子所作的哀伤赋竟是如此感人肺腑，确实展现了潘岳写哀的高超笔法。实际上，其中也透露出潘岳对于自己人生不平遭际的憾恨之感，多少有点自出机杼的意思。

　　（二）伤时哀逝：《思旧赋》《叹逝赋》《怀旧赋》
　　西晋向秀《思旧赋》（并序）当作于魏元帝咸熙元年（公元 264 年）。嵇康、吕安遭司马昭杀害后，向秀慑于司马昭集团之威势而被迫入洛阳应郡计，绕经嵇康山阳旧居，睹物思人，闻笛有感，遂触景伤情地写下了这篇清隽简约又感喟深沉之作。其赋序曰：

　　　　余与嵇康、吕安居止接近，其人并有不羁之才。然嵇志远而疏，
　　吕心旷而放，其后各以事见法。嵇博综技艺，于丝竹特妙。临当就命，
　　顾视日影，索琴而弹之。余逝将西迈，经其旧庐。于时日薄虞渊，
　　寒冰凄然。邻人有吹笛者，发音寥亮。追思曩昔游宴之好，感音而叹，
　　故作赋云：[1]

　　序文先说他与嵇、吕二人交好，称其有不羁之才，然皆以事见法，貌

----

[1]（梁）萧统编，（唐）李善等注：《六臣注文选》，北京：中华书局，2012 年，第 296 页。

似批评，实为极高的褒赞。其中微露自己被迫"变节"的惭愧心态；继以叹颂嵇康志趣高尚、视死如归的峻迈神情；结末交代此次行程与当时情状：冬日黄昏分外凄寒，邻人笛音勾起万点哀情涌上心头，遂赋云云。

> 将命适于远京兮，遂旋反而北徂。济黄河以泛舟兮，经山阳之旧居。瞻旷野之萧条兮，息余驾乎城隅。践二子之遗迹兮，历穷巷之空庐。叹《黍离》之愍周兮，悲麦秀于殷墟。惟古昔以怀今兮，心徘徊以踌躇。栋宇存而弗毁兮，形神逝其焉如。昔李斯之受罪兮，叹黄犬而长吟。悼嵇生之永辞兮，顾日影而弹琴。托运遇于领会兮，寄余命于寸阴。听鸣笛之慷慨兮，妙声绝而复寻。停驾言其将迈兮，遂援翰而写心。

赋文的前八句写到作者的行踪与旧庐之荒凉，中间十二句引用典故、哀亡悼世。《黍离》和"麦秀"皆是喻指亡国臣民途经故国宗庙宫室，见其尽为禾黍，愍王朝之颠覆，彷徨不忍去之苦态也。此处又借李斯含冤腰斩之事，一是表达了向秀对于嵇康蒙冤而死的愤慨，二是以李斯贪生怕死与嵇康视死如归作对比来彰显后者的巍巍人格。屋宇长存不毁，好友去了哪里？这反问是对故人魂魄离散的悲悼，亦在揭示亡友遇害的阴谋暴行。"托运"和"寄命"既是对家国破碎的感伤与残酷政治的无声反抗，也是深刻反省黑暗现实后的无奈之举。其中像"叹""悲""悼"等感情词与典故相结合，运用得恰到好处。最后四句则写到萦绕耳畔的笛声忽而断绝，又将沉浸在感伤情绪中的诗人拉回现实，笛音似是往昔交好的见证，绝而复寻以不负友人器重，实则暗誓自己不会变节。所写何"心"？知情人皆能明白。

此篇赋可谓纸短情长，寄寓遥深，包蕴万千，手法高超。议论融于记述，景语即情语，情思融于写景；遣词恳切，用典精深，善于渲染气氛，巧于故事剪裁。还使用了比喻、对比、反比、象征和虚实结合等手法，终使此篇千古传诵。

　　陆机的《叹逝赋》写于西晋永康元年，时值八王之乱，赵王伦夺权后大肆诛除异己，文人多遭杀戮。陆机虽幸免此劫，而内心之惊惧和悼念亲友时的哀伤仍可想见。此赋即借悲悼亲故亡逝以抒写对日月流迈、人世易往、生命无常、己之将危的深哀剧痛。请看：

　　　　昔每闻长老追计平生同时亲故，或凋落已尽，或仅有存者。余年方四十，而懿亲戚属，亡多存寡；昵交密友，亦不半在。或所曾共游一途，同宴一室，十年之外，索然已尽，以是哀思，哀可知矣，乃作赋曰：[1]

　　《文选》李善注曰："逝，往也，言日月流迈，人世易往，伤叹是事，因而赋焉。"[2]赋序交代此赋是为哀悼亲友亡故而作：过去常听老人追念亲朋密友，死的死、老的老，而我方不惑，亲友存者已不抵半数，十多年间，那些一起游饮之人竟悉数凋落，我的哀思可想而知。

　　　　伊天地之运流，纷升降而相袭。日望空以骏驱，节循虚而警立。嗟人生之短期，孰长年之能执？时飘忽其不再，老晼晚其将及。对琼蕊之无征，恨朝霞之难挹。望汤谷以企予，惜此景之屡戢。
　　　　悲夫！川阅水以成川，水滔滔而日度。世阅人而为世，人冉冉而行暮。人何世而弗新，世何人之能故。野每春其必华，草无朝而遗露。经终古而常然，率品物其如素。譬日及之在条，恒虽尽而弗悟。虽不悟其可悲，心惆焉而自伤。亮造化之若兹，吾安取夫久长？

_____

[1]（梁）萧统编，（唐）李善等注：《六臣注文选》，北京：中华书局，2012年，第297页。
[2]（梁）萧统编，（唐）李善等注：《六臣注文选》，北京：中华书局，2012年，第297页。

赋分四层。第一，哀叹生命的短暂。天地无极，岁月如流，人生苦短，谁能永远不死？时光飘忽，不觉老之将至！延年之琼蕊、益寿之朝霞，皆无从找寻！跷起脚跟遥望太阳升起的地方，一个珍惜韶华却无奈命若朝霜、追求美好却常遭践踏的主人公形象立在目前。发端四句落笔高远，从空间与时间两个角度写出天地运转无穷、节序更替不断的宇宙恒则。宇宙无垠亦无限，人命危浅又令赋家悲叹发问："孰常年之能执？"一下子将宇宙与人生对比下的遗憾普遍化了，引起了读者的共鸣，增强了艺术感染力。希冀常年无望，时光逝而不返，转眼暮年在即，心中无限怅恨。文中"忍""恨""惜"等心理动词的使用，更加准确传神地写出了作者对不能永年的无限怨恨情绪。"望汤谷以企予"，再次形象地描绘出那位引领眺望光明者的光辉姿态，他这种对生命的无限留恋，对美好年华的热切追求以及求而不得的无限怅恨，都从这望的画面中表现了出来[1]。

悲伤啊！水汇成河日夜不停地流，人积为世而转瞬老去，人有何世不更新？世有何人永不死？野草逢春便开花，叶上朝朝有遗露，从古至今无不然，大凡万物皆如此。朝开夕谢的木槿花儿绽放枝头，我为它不知道自己即将凋落的命运而感伤。唉！感伤又怎样，自然法则就是如此，我岂能期求生命久长！作者悲哀的感情好像就要喷薄出来，一个"悲夫"又转入对人类生存空间的哲思。接着用比喻和对比等手法形象地道出了人生短暂在世的悲剧性，感情饱满、意足神完。诗人仿佛认命般地写道："亮造化之若兹，吾安取夫久长？"看似旷达之语，其中的深哀剧痛又岂能向外人道哉！

从浩渺宇宙与人生易老的对比，继而生出年华难以永驻与生命不得长存的怨恨，最后伸抒出无奈的叹惜。内容从浅渐深、情感由淡转浓，咏叹长吟，悱恻凄婉。

　　痛灵根之夙陨，怨具尔之多丧。悼堂构之颓瘁，悯城阙之丘荒。亲弥懿其已逝，交何戚而不忘。咨余今之方始，何视天之茫

[1] 李清文：《一曲生命易逝的悲歌——陆机〈叹逝赋〉〈简析〉》，《绥化师专学报》1990年第4期。

茫。伤怀凄其多念，戚貌悴而鲜欢。幽情发而成绪，滞思叩而兴端。
此世之无乐，咏在昔而为言。

第二层着意抒写死亡之悲哀。首四句则各以"痛""怨""悼""悯"
四个心理动词领起，描绘了一幅祖父早亡、弟兄多丧、父祖遗业毁坏与故
国荒废等人生凋敝之惨景，浓郁的死亡气氛与心中强烈的悲哀交织在了一
起。故亲戚属的亡多存寡令人悲痛难忍，可再想到自身命运之艰险则使其
更加悲伤。陆机四十岁完成此赋，三年之后便遭杀害，真是一语成谶。现
实的悲苦常令陆机"伤怀凄其多念，戚貌悴而鲜欢"，极度的哀伤更是令
他难再承受，于是强自从痛苦的现实中挣脱出来，转入对往昔岁月的回顾。

> 居充堂而衍宇，行连驾而比轩。弥年时其讵几，夫何往而不
> 残。或冥邈而既尽，或寥廓而仅半。信松茂而柏悦，嗟芝焚而蕙
> 叹。苟性命之弗殊，岂同波而异澜。瞻前轨之既覆，知此路之良
> 艰。启四体而深悼，惧兹形之将然。毒娱情而寡方，怨感目之多颜。
> 谅多颜之感目，神何适而获怡。寻平生于响像，览前物而怀之。
> 步寒林以凄恻，玩春翘而有思。触万类以生悲，叹同节而异
> 时。年弥往而念广，途薄暮而意迮。亲落落而日稀，友靡靡而愈
> 索。顾旧要于遗存，得十一于千百。乐心其如忘，哀缘情而来宅。
> 托末契于后生，余将老而为客。

往日亲友盈堂、家族济济，几年间却大多凋丧。赋家忍痛穿梭于记忆
和现实之中，而两者都没能给他安慰，转又惊惧于自己艰险的现实处境。
作者把死亡比作生命长河里起伏了一场波澜，那么亡者与生者便无不同，
而这种强自宽解，实则更加沉痛。死者们的音容笑貌时时映在眼前，生者
心中的死亡阴影久久不散，"步寒林""玩春翘"，本想要于大自然中找
寻一些安慰，而自然万物无疑更触动了他的伤感。亲友日渐星散，孤独之
感日益强烈，而想要融入新的人群，却发现年龄的差异已使他们止于客礼，

作者在浸满悲哀的衰朽残年里孤独存活。

> 然后弭节安怀，妙思天造，精浮神沧，忽在世表，悟大暮之
> 同寐，何矜晚以怨早。指彼日之方除，岂兹情之足搅。感秋华于
> 衰木，瘁零露于丰草。在殷忧而弗违，夫何云乎识道。将颐天地
> 之大德，遗圣人之洪宝。解心累于末迹，聊优游以娱老。

末层，作者从深哀剧痛中又挣扎出来，转而写到看透生死后的无奈与达观。他欲挣脱俗世的名缰利锁，将以寡欲清心度过晚年。然此"极言其哀，终之以达"（陆机《大暮赋》）的态度，实则更能表现陆机心中的哀伤。

《叹逝赋》由思理达致哀情又归于思理的特点，乃是陆机哀伤类作品的一贯写法，自然时间的流逝代表着人的生命难以久长，社会人情的迁逝象征着人生充满悲哀，这样一种时空观构建起了促迫的生命意识，无疑令陆机的作品蕴含了更深层次的思理品格。另外，赋中又以"哀"或与其情感色彩相同、相近的词语如嗟、怼、恨、惜、悲、惆、伤、痛、怨、悼、愍、咨、戚、惨、毒、叹等组成了一股强烈的情感脉冲，使得哀伤汩汩流泻，奔入读者心室。特别是该赋浓郁的生命悲伤意识与深沉的悲哀情思，比如感慨岁月飘忽、生命短暂和表现悼念破亡之家国与亡故之亲友时的哀伤，及其嗟叹自身艰险的现实处境以传达人生的沉重感，更使其凌轹诸类哀伤赋作。

《怀旧赋》当作于太康五年，乃潘岳伤悼亡故之岳父杨肇及其二子杨潭、杨韶的赋作，其文如下：

> 余十二而获见于父友东武戴侯杨君，始见知名，遂申之以婚姻，
> 而道元、公嗣，亦隆世亲之爱。不幸短命，父子凋殒。余既有私艰，
> 且寻役于外，不历嵩丘之山者，九年于兹矣。今而经焉，慨然怀
> 旧而赋之曰：[1]

---

[1]（梁）萧统编，（唐）李善等注：《六臣注文选》，北京：中华书局，2012年，第299页。

如赋序云：东武戴侯杨肇乃潘岳之岳父，杨道元、杨公嗣为其二子，其家与作者乃世交，而父子三人竟都不幸过早地离世了。作者因杨骏之祸所累且西行为长安令，九年不曾来过嵩山吊祭他们，今日路经此地，心中感慨，遂作此篇。

> 启开阳而朝迈，济清洛以径渡。晨风凄以激冷，夕雪皓以掩路。辙含冰以灭轨，水渐轫以凝洰。涂艰危其难进，日晼晚而将暮。仰瞻归云，俯镜泉流。前瞻太室，傍眺嵩丘。东武托焉，建茔启畴。岩岩双表，列列行楸。望彼楸矣，感于予思。既兴慕于戴侯，亦悼元而哀嗣。坟垒垒而接垅，柏森森以攒植。何逝没之相寻，曾旧草之未异。

早阳初照，泛渡洛水去上坟，晨风凄冷，夕雪掩路，冰没车轨，水凝轫木，道路艰险，到达墓地已是黄昏，这一派凄清冷寂的寒冬晚暮之景，烘托出了上坟人内心的哀凄，也为全篇营造了一个低沉悲伤的情感氛围。接下来写瞻仰墓地和此时哀伤的心情。潘安仁立于山麓，望前方是太室山，看后面是嵩山丘，戴侯之墓即在高处，抬眼望归云，低头视流泉，泉水可回流，浮云有归处，而人却一去不复返了。安仁环顾四周、仰头俯首的动作表现出其即将看见坟墓时的悲泣。一路行役，终于到达墓地，高峻的华表立在陵前，茂盛的楸树行列分明，眼望坟地里的楸树，想起《尚书》中的"予思"之句，思念戴侯，哀悼二子，如今三人已入鬼簿，坟丘累累接连，柏树森森聚集。潘岳后悔没有早日前来拜祭，更憾恨再无相见时刻，于是回忆起了昔日彼此的美好情谊。

> 余总角而获见，承戴侯之清尘。名余以国士，眷余以嘉姻。自祖考而隆好，逮二子而世亲。欢携手以偕老，庶报德之有邻。今九载而一来，空馆阒其无人。陈荄被于堂除，旧圃化而为薪。步庭庑以徘徊，涕泫流而沾巾。宵展转而不寐，骤长叹以达晨。

独郁结其谁语，聊缀思于斯文。

少年时，安仁就侍奉在戴侯的左右并承蒙厚恩，赞其为国家栋梁，预订给他美满婚姻，两家自祖父辈即有厚交，到了二子更是联姻世亲，本来希望携手到白头，但愿报恩永为邻，哪知亲友俱丧。安仁亦自责，九年之后才来拜祭，空馆寂寥冷清，而在馆中，昔年的枯草挂在堂阶，旧日的园圃堆满柴薪，徘徊在荒芜的庭院，已是泪流满面。作者夜晚回到家中，翻来覆去睡不着觉，长吁短叹到了黎明，心中郁结着哀伤却无人可诉，于是将愁思写成了文章。

此赋先以景衬情，为全篇奠定了低沉哀伤的情感基调，然后写到瞻仰墓园以及当时的哀伤心情，接着回忆往日的美好情谊，继而写到空馆的阒静冷寂，并以昔日携手欢好的情谊和今日空馆之萧条作对比，富有情感的冲击力。赋文长于描写真情实景，又能拉开时空形成强烈反差，如时间上，从清晨到日暮夜晚，从回忆往昔写到现在；在空间上，从路上到墓地到馆中再回到家中。在时空之间的穿梭乃是哀伤类作品的惯用技法，也是人的正常心态之表征。时空的瞬时转变，无法改变亡人已逝的事实，哀情还会随时空变化而加深。该赋修辞手法也很高妙，比如句式齐整、对偶排比、用韵讲究，很能体现两晋赋作追求骈俪的艺术倾向，加上其短小的篇幅，使得这篇情景臻妙、韵律和谐的哀伤赋颇为后世所传诵。

（三）人生离恨：《恨赋》《别赋》

南朝梁江淹的《恨赋》与《别赋》乃姊妹篇，前者描写死别之哀，后者摹绘生离之伤，对人生的普遍情感做了概括性表达。两篇皆作于被贬的三十岁左右，先看《恨赋》：

试望平原，蔓草萦骨，拱木敛魂。人生到此，天道宁论？于是仆本恨人，心惊不已。直念古者，伏恨而死。[1]

萧森莽苍的原野之上，蔓草缠围住了暴露的白骨，无归之游魂聚栖于墓地，人死已令心伤，况且暴尸荒野。这写出了战乱之世的人命危浅，营造了悲凉凄婉的抒情氛围。作者纵览众生，看到了自古饮恨含怨的人生哀伤之处，"伏恨而死"带出诸类"恨"事：

至如秦帝按剑，诸侯西驰。削平天下，同文共规，华山为城，紫渊为池。雄图既溢，武力未毕。方架鼋鼍以为梁，巡海右以送日。一旦魂断，宫车晚出。

若乃赵王既虏，迁于房陵。薄暮心动，昧旦神兴。别艳姬与美女，丧金舆及玉乘。置酒欲饮，悲来填膺。千秋万岁，为怨难胜。

至如李君降北，名辱身冤。拔剑击柱，吊影惭魂。情往上郡，心留雁门。裂帛系书，誓还汉恩。朝露溘至，握手何言？

若夫明妃去时，仰天太息。紫台稍远，关山无极。摇风忽起，白日西匿。陇雁少飞，代云寡色。望君王兮何期？终芜绝兮异域。

至乃敬通见抵，罢归田里。闭关却扫，塞门不仕。左对孺人，顾弄稚子。脱略公卿，跌宕文史。赍志没地，长怀无已。

及夫中散下狱，神气激扬。浊醪夕引，素琴晨张。秋日萧索，浮云无光。郁青霞之奇意，入修夜之不旸。

或有孤臣危涕，孽子坠心。迁客海上，流戍陇阴，此人但闻悲风汩起，血下沾衿。亦复含酸茹叹，销落湮沉。

若乃骑叠迹，车屯轨，黄尘匝地，歌吹四起。无不烟断火绝，闭骨泉里。

已矣哉！春草暮兮秋风惊，秋风罢兮春草生。绮罗毕兮池馆尽，琴瑟灭兮丘垄平。自古皆有死，莫不饮恨而吞声。

---

[1]（梁）萧统编，（唐）李善等注：《六臣注文选》，北京：中华书局，2012 年，第 304 页。

先言三恨，天子诸侯之恨，如秦始皇功盖千秋，一旦魂断，化为乌有，以及赵侯张敖国亡被虏，屈辱至死；名将美人之恨，如李陵生降，身心俱灭异域，以及王嫱远嫁，玉骨长埋塞外；才士高人之恨，如冯衍屡遭诋毁，辞官潦倒，抑郁而亡，以及嵇康志高才逸，不谐世俗，终遭死刑。然后，概述孤臣、孽子、迁客、流戍之贫苦者，以及车骑众多、歌吹四起的富贵人家，无不销落湮沉、闭骨泉里，乃言贫富皆恨。末以春秋迭代之风草、繁华寂寥之声色作结，发出了"自古皆有死，莫不饮恨而吞声"之悲慨，并照应首段的"直念古者，伏恨而死"。

我们接下来看《别赋》：

> 黯然销魂者，唯别而已矣！况秦吴兮绝国，复燕宋兮千里。或春苔兮始生，乍秋风兮暂起。是以行子肠断，百感凄恻。风萧萧而异响，云漫漫而奇色。舟凝滞于水滨，车逶迟于山侧，棹容与而讵前，马寒鸣而不息。掩金觞而谁御，横玉柱而沾轼。居人愁卧，怳若有亡。日下壁而沉彩，月上轩而飞光。见红兰之受露，望青楸之离霜，巡层楹而空掩，抚锦幕而虚凉。知离梦之踯躅，意别魂之飞扬。[1]

"黯然销魂者，唯别而已矣！"一句深悲巨叹立即揪住读者柔软之心，继而又以"况"字进层连接，从空间的遥远与漫长的时间角度叙说离别愁苦之难当。接着开始总叙别情，分从行人和闺妇（居子）的视角铺叙景致，情感哀婉凄恻。比如，写到行子在将行而未行时的异常表现：风声萧萧，云色漫漫，"舟凝滞""车逶迟""棹容与""马寒鸣"，掩了金樽、搁下琴瑟，车马起步，行人点点泪珠滚落甚至沾湿了车前的横木。通过这些凄恻的异乎平常又静中有动的环境描写，形象地揭示出了行子的哀伤心理。比如写闺妇独处时的惆怅：日影西沉，月华初上，"见红兰""望青楸""巡

---

[1]（梁）萧统编，（唐）李善等注：《六臣注文选》，北京：中华书局，2012年，第305页。

层楣""抚锦幕"，且它们是上沉下飞的"空掩""虚凉"，居人愿去清苦的梦中追随行子的游踪。这些动作描写真正表现了人物心中"恍若有亡"的哀怨情思。读者从行子与闺妇身上尝到别离之神伤，接着看到对种种别离情状的铺写：

> 故别虽一绪，事乃万族。
>
> 至若龙马银鞍，朱轩绣轴。帐饮东都，送客金谷。琴羽张兮箫鼓陈，燕赵歌兮伤美人，珠与玉兮艳暮秋，罗与绮兮娇上春。惊驷马之仰秣，耸渊鱼之赤鳞。造分手而衔涕，感寂寞而伤神。
>
> 乃有剑客惭恩，少年报士，韩国赵厕，吴宫燕市。割慈忍爱，离邦去里，沥泣共诀，抆血相视。驱征马而不顾，见行尘之时起。方衔感于一剑，非买价于泉里。金石震而色变，骨肉悲而心死。
>
> 或乃边郡未和，负羽从军。辽水无极，雁山参云。闺中风暖，陌上草熏。日出天而曜景，露下地而腾文。镜朱尘之照烂，袭青气之烟煴。攀桃李兮不忍别，送爱子兮沾罗裙。
>
> 至如一赴绝国，讵相见期？视乔木兮故里，决北梁兮永辞。左右兮魄动，亲朋兮泪滋。可班荆兮憎恨，惟樽酒兮叙悲。值秋雁兮飞日，当白露兮下时。怨复怨兮远山曲，去复去兮长河湄。
>
> 又若君居淄右，妾家河阳，同琼佩之晨照，共金炉之夕香。君结绶兮千里，惜瑶草之徒芳。惭幽闺之琴瑟，晦高台之流黄。春宫闷此青苔色，秋帐含此明月光，夏簟清兮昼不暮，冬釭凝兮夜何长！织锦曲兮泣已尽，回文诗兮影独伤。
>
> 傥有华阴上士，服食还仙。术既妙而犹学，道已寂而未传。守丹灶而不顾，炼金鼎而方坚。驾鹤上汉，骖鸾腾天。暂游万里，少别千年。惟世间兮重别，谢主人兮依然。
>
> 下有芍药之诗，佳人之歌，桑中卫女，上宫陈娥。春草碧色，春水渌波，送君南浦，伤如之何！至乃秋露如珠，秋月如圭，明月白露，光阴往来，与子之别，思心徘徊。

言及七别。比如"富贵之别",达官显贵驾着华丽的车马来参加筵别,筵席之上宾朋满座、觥筹歌舞,美丽的服饰使自然之景都失色了,美妙的乐声也令动物凝神屏息,然而,别易会难,到了分散的时候,难免叫人伤心流泪;"游侠之别",义侠壮士为了报恩而义无反顾,施恩之人则谋图大计万不得已,诀别场面极为慷慨悲壮;"从军之别",战争本身残酷无情,作战之地又偏远艰苦,所以妻子日夜思念,父母也再难侍奉,而且今日一别,生死未卜,令人神伤;"去国之别",北雁南飞,白露为霜,游宦之士、羁旅之臣想起那年离开家乡与亲友作最后的辞别时,左右魂魄动摇,亲朋泪水滋生,临酒泣别的悲恨延伸到了远山与长河之中;"伉俪之别",一起生活时,琼瑶同照,金炉共香,而分别以后,琴瑟蒙尘,帷幕黯淡,初见时,春草青,春水绿,到如今是天各一方,秋月凉,冬夜长;"游仙之别",道士骑仙鹤、驾青凤,与亲人拱手言别,貌似旷达无心,实则心神已伤,世间重离别,纵是道人也难脱;"恋人之别",佳人送别夫君后,思心徘徊,不知独自忍受了多少寂寞,又熬过了多少个相思的夜晚啊!

是以别方不定,别理千名,有别必怨,有怨必盈。使人意夺神骇,心折骨惊。虽渊云之墨妙,严乐之笔精,金闺之诸彦,兰台之群英,赋有凌云之称,辨有雕龙之声,谁能摹暂离之状,写永诀之情者乎?

最后则是议论,作者感叹离别的方向漂泊无定,离别的理由千种万种,离别的不确定性增添了太多的哀伤,遂使人满怀哀怨、心悲神伤,而这样的哀伤又是无法描述、难以开释的。

由此可见,江淹"恨""别"二赋,体制宏大,立目高远,情深意长。举凡世间别离之苦、人生难消之恨,皆取典型以入笔端,上追周秦、下掩唐宋,逸步古今!

三、《文选》哀伤赋与其他涉及"哀伤"作品之比较

（一）感伤抑郁："情""志"赋和"音乐"赋

《文选》赋体之中，除了"哀伤"类目以外，涉及同类主题的作品，数量繁多。比如"因情设目"的"情""志"二类赋作。其中四篇"情"类赋皆为表现男女之间的爱慕之情，宋玉《神女赋》写楚王与巫山神女"欢情未接"之后，"徘徊伤气，颠倒失据"又"惆怅垂涕，求之至曙"[1]的抑郁伤感。曹植《洛神赋》大胆披露作者对神女之爱慕，而"恨人神之殊道兮，怨盛年之莫当。抗罗袂以掩涕兮，泪流襟之浪浪。悼良会之永绝兮，哀一逝而异乡"[2]，不仅是一出因人神道殊而神女怅恨离去，致使作者日夜思慕的爱情悲剧，更是寄寓着曹植无以尽忠报国的痛苦心绪，也把男女之间的离合悲欢与惆怅又哀伤的情感意涵彻底演绎出来了。

《文选》收录的四篇"志"类赋，则表达的是作者对于人生哲理的思索和对理想人格的向往，然其情感的出发点都是"有志未遂"，他们面对偃蹇的仕途与艰辛的人世，在赋中抒写着沉痛哀伤的生命体验。比如，班固作于其为父守丧时期的《幽通赋》即列叙前贤不幸的人生遭际，陈说吉凶性命，于赋末又发出"忧伤夭物，忝莫痛兮"的悲哀感受；张衡身处仕隐两难的境地，以为吉凶倚伏，故作《思玄赋》宣寄自己的高远情思，反映乱世畏惧之感，他迫于昏暗现实，不得不在幻梦中痛苦远游，希冀超越现实的藩篱；《归田赋》《闲居赋》虽高情远致、丽采非常，其实也都是因为现实暗昏，感慨与世不合，官场失意，于是悲歌慷慨、直叙衷肠，借助隐居之志以掩盖内心苦痛。

"音乐"类赋是描写包括歌唱、演奏、舞蹈等综合艺术题材的文学作品。汉魏六朝的音乐美学观主要是"以悲为美"，也就是崇尚哀音，如王褒《洞

---

[1]（梁）萧统编，（唐）李善等注：《六臣注文选》，北京：中华书局，2012年，第 349 页。

[2]（梁）萧统编，（唐）李善等注：《六臣注文选》，北京：中华书局，2012年，第 353 页。

箫赋》所云："故知音者乐而悲之，不知音者怪而伟之；故闻其悲声则莫不怆然累欷，攃涕抆泪。"[1] 钱锺书曰："按奏乐以生悲为善音，听乐以能悲为知音，汉魏六朝，风尚如此，观王赋此数语可见也。"[2] 因此，只有经过磨砺的乐器和历经困苦的演奏者才能吹出悲怆而美妙的箫声。马融《长笛赋》说他听到前人的笛声甚感悲凉，由此想及制造笛子的竹子也是在"危殆险巇之所迫也，众哀集悲之所积也"的险恶、凄苦、荒凉环境下生长的，"于是放臣、逐子、弃妻、离友，彭胥、伯奇、哀姜、孝己"听到笛声，必然会"泣血泫流，交横而下。通旦忘寐，不能自御"[3]。还有嵇康《琴赋》概括了历代音乐赋的特点是"称其材干，则以危苦为上；赋其声音则以悲哀为主；美其感化，则以垂涕为贵"[4]，也能表明时人以哀音为尚。成公绥的《啸赋》同样是在登高临远之时、山水放游之际，于皓齿丹唇间发出希高慕古之哀音的。

可见，宋、曹二人寄政治讽谏于情欲痴爱，班、张则是申说着痛苦的人生体验，王、马乃以乐器陈诉心曲，悲矣！总之，这三类赋作或直抒情志，或寓情于物，一言以蔽之，发抒哀伤之情。

（二）迁逝之痛："纪行""游览"赋

"纪行"与"游览"类赋作，多是抒写吊古伤今之悲与羁旅叹逝之哀。刘勰称之为"述行"，也都是指作者记录长路远行途中的见闻和感受，并抒怀写志的一类作品。比如，班彪《北征赋》吊古评史，既在身世之感中深切沉思历史和现实，又透过凄凉悲哀的风物人情的描绘，抒发了作者背井离乡、感时伤世的悲怆情怀，还以"抚长剑而慨息，泣涟落而沾衣。揽

[1]（梁）萧统编，（唐）李善等注：《六臣注文选》，北京：中华书局，2012年，第316页。

[2] 钱锺书：《管锥编》，北京：中华书局，1986年，第946页。

[3]（梁）萧统编，（唐）李善等注：《六臣注文选》，北京：中华书局，2012年，第325页。

[4]（梁）萧统编，（唐）李善等注：《六臣注文选》，北京：中华书局，2012年，第332页。

余涕以于邑兮，哀民生之多故"[1] 表达了作者哀悯的淑世情怀。《东征赋》是班昭随其子赴任陈留郡的长途中所作的，其中"遂去故而就新兮，志怆恨而怀悲。明发曙而不寐兮，心迟迟而有违"[2]，写出了作者去国怀乡的惆怅情怀；而如"怅容与而久驻兮，忘日夕而将昏。到长垣之境界，察农野之居民。睹蒲城之丘墟兮，生荆棘之榛榛"，则记叙了她们所经之地，看到了满目疮痍的战乱遗留，流露出对百姓民生的关切与感慨。潘岳《西征赋》也在抚今追昔、吊古评史中浸透了作者历经流血的政治斗争之后，一种"心战惧以兢悚，如临深而履薄"[3]，即自身命运难以卜测，痛苦危惧的内心感受。由此可见，纪行赋主要书写的是作者于征行途中的感受体验，这些作者大多都是被迫远行，故而内心的痛苦一旦与途中悲凉之景遇合，睹景起情，随即便会勾起对此地有过的历史风烟的记忆，其格调必然是深沉的，其情感必然是哀伤的。

"游览"赋借所见景致抒发感慨情志，其与"纪行"赋类似，都很擅长"借景抒情"。比如，王粲《登楼赋》起首即以"登兹楼以四望兮，聊暇日以销忧"[4]的"忧"字，奠定了全篇复杂哀伤的情感基调。作者避乱荆州，本来渴望成就一番事业，然而淹留荆州长达十年却一直不被重用，心忧的是时局动荡、功业无成。王粲因为中原战乱而流寓南方多年，其言"悲故乡之雍隔兮，涕横坠而弗禁"，深笃的思乡之情与郁积的羁旅之叹，加上壮志未酬的悲慨又使其"气交愤于胸臆""夜参半而不寐兮，怅盘桓以反侧"，极尽忧思难禁、悲愁抑郁之感。此赋作先是描写荆州水乡一派富庶丽景，然后又以"虽信美而非吾土兮，曾何足以少留"转入思乡之惆怅，

[1]（梁）萧统编，（唐）李善等注：《六臣注文选》，北京：中华书局，2012 年，第 182 页。

[2]（梁）萧统编，（唐）李善等注：《六臣注文选》，北京：中华书局，2012 年，第 184 页。

[3]（梁）萧统编，（唐）李善等注：《六臣注文选》，北京：中华书局，2012 年，第 187 页。

[4]（梁）萧统编，（唐）李善等注：《六臣注文选》，北京：中华书局，2012 年，第 207 页。

继而描写日暮原野的萧条景致，仍是让人"心凄怆以感发兮，意切怛而惨恻"，前后对比，在惨淡的意象中，以乐景衬哀情，并能情景交融，由此，作者孤苦、悲闷、哀伤的复杂情感得以展现。鲍照《芜城赋》写的是战乱之后荒芜颓圮的广陵故城，时值刘宋皇族内部权势角逐之险恶期，所以作者登上广陵城而忧生慨世，乃以昔盛今衰的对比，抒发了人世沧桑的悲慨。其言昔日繁盛的广陵城遭"瓜剖而豆分"之后，呈现了一派凋敝衰飒之景象：杂草丛生，井灭墙残，遍野鬼魅、野鼠、饥鹰、寒鸱，其间"灌莽杳而无际，丛薄纷其相依。通池既已夷，峻隅又已颓。直视千里外，唯见起尘埃"[1]，而且榛树阻塞前路，古道树木参天，霜气凛风吹起蓬草孤自飞转飘零，如此强烈的盛衰对比"足令怀旧者为之堕泪，雄恣者见而心灰"。

由此可见，途中的颠沛之感、路上的羁旅之情、道中的怀乡之思，此等"在路上"的失落与感慨，本乎"哀伤"气质。

（三）沉吟悲苦："咏物"赋

"咏物赋"的对象主要包括吟咏景物、动物，分析的是《文选》中描写景物的"物色"赋和描写动物的"鸟兽"赋。我们知道，哀伤赋"言情"功能是第一位的，而"物以明德"的咏物赋则是通过物来"述德、说理、言情"，其"言情"功能并非首要。可以看到，《文选》收录的"物色"类赋，善于铺陈景物美色，又有凄凉之意与物候之叹，情感格调颇为伤感。而"鸟兽"类赋则擅长以动物的不幸自白，比如，贾谊《鵩鸟赋》即借阐发道家"齐物"的玄理，"自广"伤悼之情；祢衡《鹦鹉赋》借物写志，寄寓自己生不逢时的悲哀。

"物色"赋旨在描摹自然万物的声色状貌。《文选》收录的四篇物色赋分别写了风、雪、月、秋等四种自然物色和景象，乃是以借景抒情、触物兴怀的艺术手法表达着作者内心的情感体验。比如，宋玉的《风赋》巧借大王"雄风"和庶民"雌风"来比喻君王与百姓的贵贱、高下以及生活

[1]（梁）萧统编，（唐）李善等注：《六臣注文选》，北京：中华书局，2012 年，第 213 页。

的优渥与拮据之差别，并且予以讽谏君王、体恤下民之意，可谓深妙。此外，起于穷巷之间的"雌风"，所及之处"驱温致湿，中心惨怛，生病造热"[1]，实与"雄风"别若云泥，其中似乎也浸透着作者对下层人民贫苦生活的同情。潘岳《秋兴赋》因其仕途失意而悲叹秋之摇落，先是以四时代序之秋呼应心中失落之感，接着铺陈一派悲凉摇落之秋景：风飘帘帷，吹得庭中槭树叶子纷纷下落，以及寒蝉吟，雁南归，日短夜长，天高地迥，月冷露清，鸿雁晓晨，皆发出离别之哀声，夏日热气只剩流影。作者于此萧瑟秋景之下，"宵耿介而不寐兮，独辗转于华省"[2]，将个人的失意悲慨化作秋景、秋物，于大地间徘徊，于其心中回荡。最后又以体悟老庄高蹈远逝、放旷优游、从容乐道之精神来消解内心悲哀，表达了一位古代士人苦痛挣扎的内心体验。谢惠连《雪赋》以"岁将暮，时既昏；寒风积，愁云繁"[3]的风候描写发端，迎面一股凛冽之气。大雪将至！赋中选取了雪夜与佳人饮酒作别的场景，然而景美心伤，故"怨年岁之易暮，伤后会之无因"以发哀音、伤离情。谢庄《月赋》假托曹植因为伤怀亡友应场、刘桢而月夜难寐，遂与王粲等人月下吟赋、以抒怨伤。王粲眼中的月光也是凄婉哀伤的，其景凄冷清空、其情幽怨深邃，浸满了他对亡友的思念之情，赋末有云："美人迈兮音尘阙，隔千里兮共明月。临风叹兮将焉歇，川路长兮不可越。月既没兮露欲晞，岁方晏兮无与归。佳期可以还，微霜沾人衣"[4]，托以美人远引，佳期无望，于含蓄中寄寓着痛失挚友而无所归依的哀伤惆怅和对"明月千里"相思相会的美好希冀。

"鸟兽"赋，指以飞鸟走兽为描写对象的一类赋作。《文选》所录五

---

[1]（梁）萧统编，（唐）李善等注：《六臣注文选》，北京：中华书局，2012 年，第 246 页。

[2]（梁）萧统编，（唐）李善等注：《六臣注文选》，北京：中华书局，2012 年，第 247 页。

[3]（梁）萧统编，（唐）李善等注：《六臣注文选》，北京：中华书局，2012 年，第 253 页。

[4]（梁）萧统编，（唐）李善等注：《六臣注文选》，北京：中华书局，2012 年，第 253 页。

篇鸟兽赋中，并非单纯咏吟鸟兽，而是寄寓了作者的心志理想。比如，贾谊作于被贬时期的《鵩鸟赋》，谪居于卑湿之长沙，某日有鸮入舍，贾谊自以为寿不得长，于是颇为伤悼，作赋以自宽，排遣自己的政治失意之悲愁与人生之忧累。全赋似尽为谈理，其实多是抒情，作者体物写志，借助鵩鸟入舍、主人将去的不祥征兆抒发了失志的愤懑，透露出内心的悲凉意绪。还有祢衡《鹦鹉赋》，是以鹦鹉自况，成为离乱时期有志之士苦闷心情的形象写照。赋文先是称赞鹦鹉姿容拔萃、才性不凡，然后述其陷入罗网、闭身雕笼的凄惨痛苦：感叹骨肉分离，漂泊流离；感叹时乖运塞，生不逢时；感叹容颜憔悴，有翅难展。并以悲景写哀情，言"若乃少昊司辰，蓐收整辔，严霜初降，凉风萧瑟，长吟远慕，哀鸣感类，音声凄以激扬，容貌惨以憔悴。闻之者悲伤，见之者陨泪。放臣为之屡叹，弃妻为之嘘唏"[1]，把远离故土、囚于笼中的鹦鹉之凄婉心情写得深切感人，也透露着作者悲愤沉郁的感伤情怀。祢衡以对鹦鹉"音声凄以激扬，容貌惨以憔悴""顾六翮之惨毁，虽奋飞其焉如"悲惨处境的真挚同情，抒发了自己生当乱世、怀才不遇、去国离乡、坎坷委屈的痛苦心情，也暴露了才士们身处当时险恶社会之中的不幸遭遇。张华《鹪鹩赋》借助鹪鹩"形微处卑"以表达"物莫之害"的全身之道，道出了魏晋之际世道浇薄、人命危浅的现实处境，流露出士人洞察世故的苍凉之气。鲍照《舞鹤赋》则写到，仙禽白鹤本该"朝戏于芝田，夕饮于瑶池"，却一朝不幸落入人寰，失去自由，而沦为"唳清响于丹墀，舞飞容于金阁"的宠物，于是在"穷阴杀节，急景凋年。凉沙振野，箕风动天。严严苦雾，皎皎悲泉。冰塞长河，雪满群山。既而氛昏夜歇，景物澄廓。星翻汉回，晓月将落"[2]的悲凉处境中苟活着。这些都是"才秀人微"的"鲍照们"在严酷的门阀制度下，仕途失意、有志不骋的不幸人生之真实写照。

---

[1]（梁）萧统编，（唐）李善等注：《六臣注文选》，北京：中华书局，2012年，第258页。

[2]（梁）萧统编，（唐）李善等注：《六臣注文选》，北京：中华书局，2012年，第267页。

由此可见，哀伤主题几乎渗透到了《文选》收录的所有赋作之中，而其原因在于"哀伤"作为人类一种普遍的情感，能够适应赋作多样化的主题需要。何况《文选》又多收录的是战乱频仍之世、士人生命意识强烈的魏晋南朝时期的赋作，因而读着这些作品，心中总会升腾出一股悲凉的雾气，久久不去。

四、先秦至隋哀伤赋述论

通过分析《文选》收录的哀伤赋，以及与之相关的其他赋类，确实有助于我们了解它们的基本艺术特质。然而"选本"作为内证，只能反映事实的一个方面，为了更加全面细致深入地考察事物的真相，还得寻求外证。因此，本节拟梳理先秦至隋的哀伤赋作，并将其与《文选》收录的哀伤赋进行比较，意在廓清哀伤赋于先唐时期的发展流变。

（一）萌芽：先秦西汉

先秦时期以屈原为代表的楚国文人所创作的楚辞，奠定了赋作"以悲为美"的审美倾向，也为后世的哀伤赋创作开辟了门径，本文随后对此设有专论，兹不赘述。逮至西汉，统一帝国的建立，较为稳定的政治局面和思想体系的全面建构，导致以情感为内核的哀伤赋创作内容颇为贫乏，而仅存的三篇赋作也都写的是个体女性命运之悲。比如，刘彻《李夫人赋》是为伤悼其宠姬李夫人而作的，乃是现存第一篇以夫妇悼亡为题材的哀伤赋。此篇赋文用骚体写成，分为正文和乱辞，正文主要是写夫人倾城美貌、伤其年命不永，在感伤迷乱的氛围中道出了武帝和夫人幽明两隔的悲痛；乱辞再述夫人离世留给生者的无限惋惜，而且重提往日誓言以表达永不相忘的刻骨思念。此赋情洞悲苦、哀婉缠绵，深远影响着后世伤悼伉俪死别之文学。司马相如《长门赋》写的是陈皇后失宠遭弃后的愁闷孤寂之苦，其以清晰的结构和哀美的语言为《文选》哀伤赋所收录，从而深刻影响了后世的宫怨闺思文学。班婕妤的《自悼赋》也是写一位被弃宫廷妇人的哀伤，先交代了她因德行出众而受宠后又失宠的经过，继而抒发其遭冷落后的孤寂悲痛之情，然于悲痛中亦不忘积累德行以期再受宠幸，文末又以《绿衣》《白华》为喻，虽有怨意而委婉深微，显得"哀而不伤，怨而不怒"。因此，同样是写贵妇遭弃之感伤，此赋抒情明显不及《长门赋》的细腻深沉、哀痛凄怆。

由此可见，西汉的三篇哀伤赋皆用的是骚体，它们明显受到了屈骚的影响。然而限于材料，我们难以具知其完整结构；同时囿于数量，可称其为哀伤赋创作的滥觞，其艺术成就对后世颇有影响。

（二）兴盛：汉末曹魏

混乱的汉末与三国之世，赋家们亲睹了太多生离死别的惨象，对人命危浅也有了更深刻的体验，哀伤赋创作遂摆脱了西汉前期单一的贵妇哀怨愁思题材，涌现出了许多以悼亡、叹寡、感思、伤别为主题的哀伤赋作，因此极大地丰富了哀伤赋的书写内容，而这也是赋家们关注与珍重个体生命的一种体现。另外，收录在《全后汉文》中的几位赋家的哀伤赋作也都创作于曹魏时期，故而本文以为，将汉末和曹魏之赋作放在一起论述为妥。此期现存哀伤赋二十余篇，主要描写的是对亡者的哀伤和别离后的思念之情。

人命危浅的憾恨与世浇乱离的悲哀，使此期产生了大量悼念亡故亲友，抒发哀伤之情的赋作。悼念早夭之亲人的，比如，王粲《伤夭赋》悼亡幼子，哀叹"惟皇天之赋命，实浩荡而不均。或老终以长世，或昏夭而夙泯"[1]；曹丕《悼夭赋》[2]伤其十一岁而亡之族弟；曹植《慰子赋》哭其爱子中殇，乃云："彼凡人之相亲，小离别而怀恋。况中殇之爱子，乃千秋而不见。入空室而独倚，对孤床而切叹。痛人亡而物在，心何忍而复观。日晼晚而

---

[1]（清）严可均校辑：《全上古三代秦汉三国六朝文》，北京：中华书局，1958年，第958页。

[2]（清）严可均校辑：《全上古三代秦汉三国六朝文》，北京：中华书局，1958年，第1073页。

既没，月代照而舒光。仰列星以至晨，衣沾露而含霜。惟逝者之日远，怆伤心而绝肠。"[1] 另有一些伤悼亡友之作，比如，苏顺《叹怀赋》悲嗟好友中年亡逝；王粲《思友赋》亲临旧友经历之故地，见"夏木兮结茎，春鸟兮愁鸣。平原兮泱漭，绿草兮罗生。沧浪浩兮回流波，水石激兮扬素精"，发出"身既逝兮幽翳，魂眇眇兮藏形"[2] 的哀叹；曹髦《伤魂赋》乃为悼念遭暴疾陨亡的好友曹并而作。此外，悲叹离愁别绪的赋作也不少，比如，曹植《叙愁赋》《释思赋》，前者叙其女弟聘为贵人而与家人分别时的感伤哀愁，后者述其家弟即将赴任而与兄长作别时的依恋之情。总之，这些赋作或是抒发痛失亲友的悲伤之情，或是表现因别离而产生的感伤情绪。

战乱频仍、社会动荡，导致社会上出现了越来越多的寡妇群体，因而也产生了大量哀伤寡妇的赋作。比如，曹丕的《寡妇赋》序曰："陈留阮元瑜与余有旧，薄命早亡，每感存其遗孤，未尝不怆然伤心，故作斯赋。以叙其妻子悲苦之情，命王粲并作之。"[3] 此赋乃为代言体，即以第一人称的口吻诉说着寡妇的悲苦心境。先是对比而言，人生本来艰危，孤寡尤增悲苦；人皆处于欢乐，唯己愁怨无依。不唯对比，且以"抚遗孤兮太息，俛哀伤兮告谁"之句，借助身旁遗孤衬托悲苦。接着更为巧妙，其云："三辰周兮递照，寒暑运兮代臻。历夏日兮苦长，涉秋夜兮漫漫。微霜陨兮集庭，燕雀飞兮吾前。去秋兮就冬，改节兮时寒。水凝兮成冰，雪落兮翻翻"，即从日、月、星辰的交替以及春、夏、秋、冬的更迭，来展现寡妇的凄凉心境，但大自然的转换绵长无期，而人的生命却就此终止，这种写法也为后来者所借鉴。再如，曹丕在《寡妇赋》序中，云其命令王粲也作了一首，就现存同题共作的还有曹植和丁仪妻的，其中丁仪妻之作从女性视角描写，

---

[1]（清）严可均校辑：《全上古三代秦汉三国六朝文》，北京：中华书局，1958 年，第 1125 页。

[2]（清）严可均校辑：《全上古三代秦汉三国六朝文》，北京：中华书局，1958 年，第 959 页。

[3]（清）严可均校辑：《全上古三代秦汉三国六朝文》，北京：中华书局，1958 年，第 1073 页。

虽然较之更为细腻，却不过是曹丕之作的"扩展版"。比如，丁作之所以追溯到女子出嫁以前，乃是为了称扬女子的高尚德行，然后写道：

> 时翳翳以稍阴，日矗矗以西坠。鸟凌虚以徘徊，鸡敛翼以登栖。雀分散以群逝，还空床以下帏。拂衾褥以安寐，气愤薄而交萦。抱素枕而嘘唏，想逝者之有凭。因消夜之仿佛，痛存亡之异路。终窈漠而不至，时荏苒而不留。将迁灵以大行，驾龙辀于门侧。设祖祭于前廊，旐缤纷以飞扬。彼生离其犹难，矧永绝而不伤。涕流迸以淋浪，自衔恤而在疚。履春冬之四节，风萧萧而增劲。寒凛凛而弥切，霜凄凄而夜降。水潇潇而晨结，雪翩翩以交零。[1]

遂将一个哀戚、愁苦寡居妇人的形象立于目前，并且通过铺陈风、寒、霜、水之凉，又借黄昏之景渲染气氛，使用"萧萧、凛凛、凄凄、潇潇"等叠词，把哀情苦绪表现得是淋漓尽致。潘岳《寡妇赋》序言即称其模仿此篇，而潘作以其更为细腻的刻画和摇曳笔致取胜，终入《文选》。另外，曹丕、王粲、曹植又有一组《出妇赋》，其则指向一群被弃的社会女性，并形成了一种"婚后恩爱—遭疏被弃—伤心离去"的写作结构模式[2]，除了模仿《诗经》、逞才炫技以外，也从男性视角表达了他们的深切同情和人道关怀。

综上可见，社会的动荡不安和觉醒的生命意识，促成了哀伤赋创作的勃兴。赋家们开拓了抒情小赋的内容题材，无论悼念亡人还是伤别亲友，感情都很真诚，意境也逐步得以深化。然其篇制普遍过于短小，所以限制了叙事、抒情的张力，而其积淀的经验和暴露的缺点，都对后来的哀伤赋创作具有借鉴意义。

---

[1]（清）严可均校辑：《全上古三代秦汉三国六朝文》，北京：中华书局，1958 年，第 991 页。

[2] 冯莉：《〈文选〉赋研究》，北京：北京语言大学出版社，2016 年，第 241 页。

（三）成熟：两晋时期

西晋文人多被卷入政局内部异常激烈的争权夺势运动，经过"八王之乱"和"永嘉之乱"，亡多存寡，像嵇康、张华、潘岳、陆机、陆云等文坛英豪一时俱陨。血腥残酷的政治斗争带给了文人强烈的心灵震撼，大半亲友凋零和自身存活的艰难，亦使文人体会到了生命的脆弱，由此产生了沉重的生命意识。此期现存十八篇哀伤赋，《文选》"哀伤"赋目共收录了四篇，占总数的七分之四。这些赋作的主题仍然多是悼念死者和感伤离别，叙述却比前期更为全面、细腻，情感抒发也较前期更加婉转深切，既由伤悼他人引至自身，还进入了从宇宙人生的宏观角度省视生命的思理阶段，从而扩大了哀伤赋的思想深度和情感厚度，也标志着两晋的哀伤赋创作渐趋成熟。

西晋哀伤赋数量庞大，其中又以陆机、潘岳成就最高。潘岳的《悼亡赋》是为了悼念亡妻而作的，通过夜间为亡妻整容入殓和天亮置身空房睹物思人，这样两个典型场景的描写，来表达作者的无限哀痛之感。陆机《愍思赋》悼念亡姐，言"云承宇兮蔼蔼，风入室兮泠泠。仆从为我悲，孤鸟为我鸣"[1]，以不堪看之景，抒不忍言之情。陆云《岁暮赋》以岁暮萧瑟寒冬之景，引发了作者对年命不永的感伤和对姑姐逝世的悲痛之情。

陆机的《感丘赋》和《大暮赋》则是将个体生命死亡上升到了宏观角度加以感发的。比如，《感丘赋》写其泛舟黄河，看见一路崇岭山冈间的累累荒坟，遂觉人生如寄，于是慨叹"生矜迹于当已，死同宅乎一丘"[2]。《大暮赋》则发问生死之义，终以道家之齐生死来超脱沉重感伤的生命。另外，西晋左棻的《离思赋》是写与亲人分别、身居宫苑的孤独凄清；傅咸的《感别赋》是写与友人离别之怅恨，追忆往昔，称美才德，饱含相思，也都写得十分感人。

---

[1]（清）严可均校辑：《全上古三代秦汉三国六朝文》，北京：中华书局，1958 年，第 2011 页。

[2]（清）严可均校辑：《全上古三代秦汉三国六朝文》，北京：中华书局，1958 年，第 2012 页。

再如东晋王劭之的《怀思赋》与孙琼的《悼艰赋》，均为悼念亲人所作。比如《悼艰赋》云："顿余邑之当春，望峻陵而郁青，瞻空宇之寥廓，愍宿草之发生，顾南枝以永哀，向北风以饮泣，情无触而不悲，思无戚而不集"[1]，言其春归母家，见陵草青青，而屋宇空寂，亲人已逝，徒留悲情。

总之，两晋时期恶劣的政治环境，致使文人对自身以及整个宇宙人生有了更加深刻的反省和认识，同时也吸取了前代创作的艺术经验，遂使这一时期的哀伤赋作取得了比较辉煌的艺术成就。

（四）深化：南朝时期

在南北朝时期，整个社会仍然长期地处于剧烈动荡之中，混乱的政治局面依然影响着社会的发展，而残酷的杀戮带给文人的震撼也未曾褪去。此期现存的十五篇哀伤赋，在题材内容、情感容量方面较前代未有明显突破。现存大多是南朝作品，它们深受骈俪化的影响而更重视作品的审美价值，其中又以《文选》收录的江淹《恨赋》《别赋》最为典型。这两篇赋宏观审视社会历史与生活，其创造意境的独特手法也历来为人所称道。此外，江淹的《泣赋》也融合了写景、叙事、抒情、用典的艺术手法，表现了人间悲泣之情状，及其创作的《伤友人赋》《伤爱子赋》和萧子范的《伤往赋》，分别是伤悼挚友、幼子、爱妾。还有刘潜《叹别赋》、张瓒《离别赋》，均写的是离别之悲伤，题材不新而语言精巧齐整。

总体来看，先秦至隋的哀伤赋作成绩斐然。先秦至西汉末，虽然有对社会上被遗弃之女性哀伤情感的抒写，但此期主要是个体情感苦闷的抒发，将个体的情感淹没于群体情感之中。而汉末魏晋的政治局面异常混乱，文人的生命意识觉醒，赋作也表现了特定时代下的人生思考，闪耀着耀眼的理性光辉。南朝文学则更追求唯美的形式，赋作更显骈俪工整，颇能体现

---

[1]（清）严可均校辑：《全上古三代秦汉三国六朝文》，北京：中华书局，1958年，第2292页。

时代特色，抒情小赋蔚为大观，于是哀伤赋作变成了一件件的艺术品。

第二节　哀伤诗

一、哀伤诗的界定

（一）何为哀伤诗？

哀伤诗，指以诗体表达哀伤主题的诗歌作品。严格说来，哀伤诗与挽歌是不同的，挽歌是送葬时执绋挽拉丧车者所唱的歌，而歌有歌词和曲调，随着哀伤感情的波动而多为散句形式，如《薤露》《蒿里》等挽歌，这种以歌寄哀的抒情方式与哀伤诗并非同类。另外，哀伤诗也并非都是指一般意义上的悼亡诗或哀悼诗，潘岳最早将悼念亡妻的诗作题名为悼亡，随之悼亡就成了丈夫悼念亡妻的专称，然而它的内涵是逐渐泛化的。

从广义上讲，哀伤诗的内容应该比挽歌、悼亡诗、哀悼诗要更丰富，如《文选》收录的九题十三首哀伤诗，即涉及社会人生与个体死亡。然从狭义来看，哀伤诗一般都要涉及人的死亡，表达自己对于死者的哀伤之情是第一位的。本文所论及的哀伤诗，取其广义。

（二）哀伤诗的分类

《文选》哀伤诗，按照内容可以分为两类，前六首主要哀伤不幸的社会人生，后七首是为他人之死亡而哀伤。从哀群体到哀个体，体现了诗人们进步的文体观念[1]，以及个体意识的觉醒和加强。为了便于论述，笔者结合内容，又按情感指向的不同，将其分为三类：一是愤懑悔憾的《幽愤诗》；二是哀时伤逝的"七哀诗"；三是沉郁悲痛的"悼亡诗"。

---

[1] 胡大雷：《〈文选〉诗研究》，西安：世界图书出版西安有限公司，2014 年，第 228 页。

二、《文选》哀伤诗的文本分析

（一）愤懑悔憾的《幽愤诗》

《晋书·嵇康传》载："东平吕安服康高致，每一相思，辄千里命驾，康友而善之。后安为兄所枉诉，以事系狱，辞相证引，遂复收康。康性慎言行，一旦缧绁，乃作《幽愤诗》。"[1]据此可以推知，这首三百四十四字的四言诗，乃是嵇康被系狱中的绝笔之作。诗中既有对人世的愤慨之情，又有些许恐祸之态，表达了诗人对于人生无常、造化弄人之人生体验的哀伤之情。且试读之：

> 嗟余薄祜，少遭不造。哀茕靡识，越在襁褓。母兄鞠育，有慈无威。恃爱肆姐，不训不师。爰及冠带，冯宠自放。抗心希古，任其所尚。托好老庄，贱物贵身。志在守朴，养素全真。[2]

诗分四节，首节乃着笔于自己的人生总结。诗人自叙身世，言其幼年丧父，又恃母兄宠爱而未受良师训教，且颇喜好老庄之学，志在抱朴守真、涵养性情，及至成年仍然行为放肆。这样总结自己的人生历程，在嵇康的作品中并不少见，但在鬼门关前尤为感痛，作者之所以开始总结人生，无疑意识到了命在旦夕，所以直接表露出对生命的珍视。

> 曰余不敏，好善闇人。子玉之败，屡增惟尘。大人含弘，藏垢怀耻。民之多僻，政不由己。唯此褊心，显明臧否。感悟思愆，怛若创痏。欲寡其过，谤议沸腾。性不伤物，频致怨憎。昔惭柳惠，今愧孙登。内负宿心，外恧良朋。仰慕严郑，乐道闲居。与世无营，神气晏如。

---

[1]（唐）房玄龄等：《晋书》卷四十九，北京：中华书局，1974年，第1372页。

[2]（梁）萧统编，（唐）李善等注：《六臣注文选》，北京：中华书局，2012年，第426页。

第二节是反思追悔。前四句，承接上节的行为放肆，自责不善处理人际关系，并借"子玉之败"表达了自己无故被祸之后，怨悔交加的复杂心情。中间十二句，先是颂扬司马昭的宽宏大量，并希望他宽恕自己的过错，流露出对生命的眷恋与不舍。接着是从自身和社会两个方面反思自己遭祸的原因。比如，可能是自己心地狭窄，是非太过分明又好臧否人物，而现在认识到了错误，心中真是又悔又痛；然而，自己可能也想少犯错误而社会喜好诽谤议论，自己不爱与人争执却频遭社会的怨恨。末八句，嵇康则为自己缺乏柳下惠那样坚持本真的精神而感到惭愧，并为自己没有听从隐士孙登的告诫而异常悔恨，后悔自己不仅违背了早年内心的期许，更辜负了众多好友的善意。诗人羡慕郑子真和严君平能隐逸乐道、超然物外、神气安怡，而悔恨自己偏偏被卷进了世间的恩怨是非，之所以自比柳下惠、郑子真和严君平，又在表明自己的傲散清高。

> 咨予不淑，婴累多虞。匪降自天，实由顽疏。理弊患结，卒致囹圄。对答鄙讯，縶此幽阻。实耻讼免，时不我与。虽曰义直，神辱志沮。澡身沧浪，岂云能补。嗷嗷鸣雁，奋翼北游。顺时而动，得意忘忧。嗟我愤叹，曾莫能俦。事与愿违，遘兹淹留。穷达有命，亦又何求。

第三节继续反思，认为自己遭祸是由于"时不我与"和"穷达有命"，可见诗人对于遭逢乱世极其愤慨，同时也流露出对生命的无奈和感伤。先言自己生平频遭罪累且多忧患，然而并非上天无故降罚，实在是自己太过愚顽疏忽。如今身陷囹圄，时不我与，自己亦不愿再去辩争曲直，即使自己理直义正，而这祸患也将使自己精神受辱、心志消沉，因为时运不济，即使跳进黄河也洗不清。诗人还曾将那些趋炎附势、得意忘形之徒比作大雁，而此刻却"悔憾"自己当初没同他们一并飞翔，继而只能悲观地认命了。

> 古人有言，善莫近名。奉时恭默，咎悔不生。万石周慎，安

亲保荣。世务纷纭，祗搅予情。安乐必诫，乃终利贞。煌煌灵芝，一年三秀。予独何为，有志不就。惩难思复，心焉内疚。庶勖将来，无馨无臭。采薇山阿，散发岩岫。永啸长吟，颐性养寿。

末节，先是反思自己当时应该远离名利、顺应时势、缄默不语，如此才会避免灾祸的发生。比如"万石君"之谨慎，方使亲人安生、长保富贵。世事纷杂，搅乱了诗人的心，只有居安思危，才会得其善终。灵芝草一年开放三次，为何我隐居养生的志向难以实现？回想今日之祸难，心中内疚不安，但愿将来能够远避是非，隐居山林，实现颐养天年的理想追求。总之，全诗以彻底的自我反思和较明显的惧祸之态，表现了人在临死之际的复杂心理，而且这种无从把握自身命运的哀伤之情，闻之不禁使人欷歔！

（二）哀时伤逝的"七哀诗"

关于"七哀"之义，歧解颇多，或据诗歌所哀之内容，或依"七"体之意义，或从"七"之词义出发，或从佛学教义影响的角度考察，其义至今莫衷一是。然而，"七哀"诗旨乃是为了表达哀伤之情，则大体不差，而这一点也可从现存的八首七哀诗中得到明证。

先看曹植的《七哀诗》：

> 明月照高楼，流光正徘徊。上有愁思妇，悲叹有余哀。借问叹者谁？言是宕子妻。君行踰十年，孤妾常独栖。君若清路尘，妾若浊水泥。浮沉各异势，会面何时谐？愿为西南风，长逝入君怀。君怀良不开，贱妾当何依？[1]

中天朗月孤悬云天，洒下银光流转于屋梁。高楼之上，那个哀愁的妇人不知是谁？有人说是漂泊在外的游子的妻子在不停叹息。可见，作者先

---

[1]（梁）萧统编，（唐）李善等注：《六臣注文选》，北京：中华书局，2012 年，第 428 页。

是以第三人称口吻交代故事背景，将一个在等待中容颜悲苦的思妇形象立在读者面前。接着是以荡子之妻的第一人称口吻自陈：夫君一别数十载，留我独自守空床。君是漂游路上的清尘，我是落入水底的泥浆，各自浮升或沉沦，不知何时能相会？我愿化作温煦的西南风，永远地吹拂着去温暖你，奈何你的心怀总不肯向我敞开，而我的余生将要依靠谁呢？诗中的客子远行十年，子建亦于十一年间三徙，诗中荡子如尘而思妇如泥，在现实里，曹丕与曹植亦形同陌路，这种等待实际上是渺无希望的，但是子建却赤心不灭，抱定建功立业的信念，然而荡子寡义、君主薄情，他的一生注定要在失望的等待中耗尽。天涯此刻，孤轮悬照，高楼风寒，皎月似乎早已洞察一切，只是无言地陪着子建写下这无尽的哀愁。

此外，曹植这首《七哀诗》在郭茂倩编的《乐府诗集》中题为《怨诗行》，认为是写独栖之思妇，因为客子远行多年而心生悲戚的怨妇诗，似有寓托。我们知道，自屈原始，臣对于君，以妾自比，已是习常，此首即以孤妾自托，祈望得到文帝眷顾，意欲建立功业，然而奈何文帝非但不念手足之情，反而愈加苛责，所以子建只有在痛苦的等待中度过余生。这首诗正反映了这样的愁苦心态。

王粲以"七哀"为题，共作诗六首，今仅存三首，其三（边城使心悲）《文选》未录，在此一并析之。先看第一首：

> 西京乱无象，豺虎方遘患。复弃中国去，远身适荆蛮。亲戚
> 对我悲，朋友相追攀。出门无所见，白骨蔽平原。路有饥妇人，
> 抱子弃草间。顾闻号泣声，挥涕独不还。未知身死处，何能两相完？
> 驱马弃之去，不忍听此言。南登霸陵岸，回首望长安。悟彼下泉人，
> 喟然伤心肝。[1]

汉献帝初平三年（公元 192 年），董卓劫持献帝之后，部将李傕、郭

[1]（梁）萧统编，（唐）李善等注：《六臣注文选》，北京：中华书局，2012 年，第 428 页。

氾等纵兵作乱，致使关中生灵涂炭，这首写的是诗人离开长安南下荆州途中的所见所感。开头六句，概言时局并交代了诗人流亡荆州的缘由。西凉军阀如豺狼虎豹般作乱长安，诗人被迫离开中原去投靠同乡刘表，临别时的景象让人伤感：亲友或互发悲音，或相携逃亡，处境同等艰难，这就将一己之情推向了生活圈。诗人接着通过描写离家时的情状以及初出城门时之所见，将这种乱世的哀情普遍化了：出城门、望平原，满目的白骨，给人极强的视觉冲击，战乱的祸患令人痛心。诗人给了一个特写镜头，乃言更有痛心者，即妇人因为饥饿而弃子草间，正如饥妇所说，自己都身死无处，母子更难相完，其中诸如"抱""顾闻""挥涕"的动作描写，更显示出乱世中人的无奈，目睹此情此景，诗人悲凄难忍，于是策马离去。最后四句，借古鉴今，诗人写到自己登上了汉文帝陵，站在高岗回头眺望满目疮痍的长安城，遂想起汉初的政治开明、社会安定，而今却是末世陵替、国家破败，于此一"登"一"望"中，寄托着兴衰治乱的感慨。其中的《下泉》篇出自《诗经》，《毛诗序》解其为思治之作，诗中有云："忾我寤叹，念彼周京"[1]，也是抒发对于京城的忧念，与此时此刻的王粲可谓异代同调，全篇在"喟然"长叹中结束，由此张大了哀伤的情感维度。

　　上诗从诗人自身避乱流亡写起，本诗主要描述国家的祸乱和百姓的苦难，由己及人及国家，感情真挚，读之下泪。

　　　　荆蛮非我乡，何为久滞淫？方舟溯大江，日暮愁我心。山冈有余映，崖阿增重阴。狐狸驰赴穴，飞鸟翔故林。流波激清响，猴猿临岸吟。迅风拂裳袂，白露沾衣襟。独夜不能寐，摄衣起抚琴。丝桐感人情，为我发悲音。羁旅无终极，忧思壮难任。[2]

　　王粲政治失意，滞留荆州，遂生思乡怀归之哀情。本诗起笔不凡，一

---

[1]（宋）朱熹：《诗集传》，北京：中华书局，2011年，第114页。
[2]（梁）萧统编，（唐）李善等注：《六臣注文选》，北京：中华书局，2012年，第429页。

个设问就将内心翻滚的苦闷愁绪倾泻了出来。日近黄昏，诗人乘舟浪迹于大江之上，眺望明灭的山岗和阴沉岩阿，映入眼中的是一幅万物归息图：狐狸返穴、飞鸟回林、猿猴吟岸，万物都有了归宿，而诗人的未来又在哪里？！"流波"四句，写诗人在舟中的所听与所感，波响、猴吟、迅风和白露等景物则构成了一幅江上日暮图，这更是把久客荆州的孤独寂寞渲染得格外凄清，于凄清意境中反映着时局的动荡与作者思乡的哀愁。而且这八句描写自然景物的诗句，全用对仗，节奏感强。接着又由写景转向抒情，言其不顾重霜露染、摄衣抚琴，于江上弹起思乡的曲调，这曲调似乎也为他悲伤，奈何漂泊没有尽头，思乡之情更是无从排遣！

> 边城使心悲，昔吾亲更之。冰雪截肌肤，风飘无止期。百里不见人，草木谁当迟。登城望亭燧，翩翩飞戍旗。行者不顾反，出门与家辞。子弟多俘虏，哭泣无已时。天下尽乐土，何为久留兹。蓼虫不知辛，去来勿与谘。[1]

自初平三年（公元 192 年）王粲离开长安流亡荆州到刘表逝世，十六年间未受重用。但是诗人建功立业的理想从来不曾湮灭，所以随后投奔曹操。此诗即为建安二十年（公元 215 年）诗人随军出征所作，描写了边地的荒寒和人民苦于战争。开头两句，以一个"悲"字为全诗奠定了基调，而"昔"字又表明是回忆往事。那么，诗人亲历的边城战地是如何令人心悲的呢？其以白描手法讲述了他征戍边境的亲身感受和边地荒凉的景象，这里天寒地冻，朔风呼啸，百里无人，只有荒草枯木，而这一切都是军阀作乱带来的恶果，所以描写边地之景，不仅为诗文营造了一层凄怆忧郁的氛围，更能够激起人们对作乱军阀的仇恨。接着写到诗人登城眺望防边的亭隧和朔风中翩翩舞动的戍旗，思绪随之飞向远方：征人辞家从军，被俘之后永无归期，家人哭泣亦不止，所以只有战乱平息，天下才会是一片乐土，而这

---

[1] 逯钦立辑校：《先秦汉魏晋南北朝诗》，北京：中华书局，1983 年，第 366 页。

也不失为一种昂扬的生活观念。最后是通过比喻表示边地军民经过了无数次战争的磨炼，对于征守边境的艰苦生活的乐观态度，同时既反衬出诗人对人民疾苦的同情，又是对军阀作乱的深切痛斥。汉末世积乱离、群雄并起，也许只有统一王朝里的普通百姓才能过上安稳的日子，军阀头目为一己私利而陷黎民于水火，可谓千古罪人！

综上可见，王粲的这三首《七哀诗》反映了东汉末年大动乱的时代脉搏，和人民在战乱中的强烈呼声。而三首诗各有侧重：其一写流亡荆州，因于途中所见山河破碎，百姓骨肉相离而哀；其二写羁留荆州，由于目睹日暮江上之萧条，心生思乡之情而哀；其三为荒凉边地的百姓从军之苦与混乱世道而哀。三首诗虽以哀痛感伤为基调，但哀痛而不消沉、感伤亦不失望，诗人对人生、对前途并无丝毫厌倦之意，相反，其在哀痛感伤中还包含了理想的质素，由于他和所有人一样都很渴望安宁，渴望回到故土，希冀出现一个治世来代替动荡不安的局面，而这些也正是广大民众所梦寐以求的。

我们再看张载的《七哀诗》二首，其一曰：

> 北芒何垒垒，高陵有四五。借问谁家坟？皆云汉世主。恭文遥相望，原陵郁膴膴。季世丧乱起，贼盗如豺虎。毁坏过一抔，便房启幽户。珠柙离玉体，珍宝见剽虏。园寝化为墟，周墉无遗堵。蒙茏荆棘生，蹊迳登童竖。狐兔窟其中，芜秽不复扫。颓陇并垦发，萌隶营农圃。昔为万乘君，今为丘中土。感彼雍门言，凄怆哀今古。

诗人信步登上了北芒山，望向汉室王陵上的垒垒坟冢，顿生今古之叹。汉末乃是丧乱之世，寇贼亦如豺狼虎豹一样横行肆虐，他们毁坏坟茔，开启墓门，盗取珍宝，使珠柙离开玉体，让陵寝化为废墟，导致墓园荆棘丛生，野狐、野兔造穴于圹中，幽僻的小道上更有孩童在嬉戏打闹，而且颓圮的坟地已被开垦，周围的农民建起了园圃，这一派的荒芜破败景象，怎不令人凄怆哀叹！诗人感慨系之，涕下沾襟。诗末又以雍门周的典故，将眼前汉陵引起的悲怆之感扩散到对死生迁变的众生相的悲哀，乃发千古之哀情。

对此，李周翰注曰：此诗"哀人事迁化"[1]。即通过描写汉皇陵的衰败，表达作者对于世事的悲慨和对自身前途未卜的忧虑。本诗以今昔对比的手法，见景生情而能情景交融。以想象中昔日的繁华与今日眼前萧瑟之景形成鲜明对比：昔日何等显赫的君主，如今却化作一抔丘土。通过比照，引发了直接而强烈的情感洪流。北宋欧阳修的哀祭名作《祭石曼卿文》，俨然是此诗的檃栝了。

二诗的感情基调相同，此诗是借秋日林中所见抒发哀愁，试读其二：

> 秋风吐商气，萧瑟扫前林。阳鸟收和响，寒蝉无余音。白露
> 中夜结，木落柯条森。朱光驰北陆，浮景忽西沉。顾望无所见，
> 唯睹松柏阴。肃肃高桐枝，翩翩栖孤禽。仰听离鸿鸣，俯闻蜻蜋吟。
> 哀人易感伤，触物增悲心。丘陇日已远，缠绵弥思深。忧来令发白，
> 谁云愁可任。徘徊向长风，泪下沾衣衿。[2]

秋日来临，凄冷的寒风将林中的树叶扫落，候鸟向南飞去，寒蝉噤声不语。露水凝结于夜，落叶之后，光秃秃的树枝看起来阴森可怖，太阳飞驰而过，忽然西沉。诗人立于北邙山下，远观前代累累坟冢，所见均为阴冷肃穆的松、柏、梧桐，所闻皆是哀伤忧愁的离雁高鸣、蜻蜋低吟，本就忧伤难禁，加之近日愁苦，遂使得青丝变为白发，原已充满感伤的心也更加悲凉，泪水不禁在秋风里潸然落下。虽仅出现一个"泪"字，实则字字嚼泪，情深至极。作者将画面定格于松柏丘墓之上的一派秋日肃杀之景，极好地为后续哀情的抒发作了底色，并且反观自身的愁苦心境，将其思古之幽情弥漫泻地，景色冷冽，感情低沉，悲不可遏。而且此诗并无一艰深之字，读来自然隽永，尤贴合人心。

---

[1]（梁）萧统编，（唐）李善等注：《六臣注文选》，北京：中华书局，2012年，第429页。

[2]（梁）萧统编，（唐）李善等注：《六臣注文选》，北京：中华书局，2012年，第430页。

葛立方《韵语阳秋》卷四有云："《七哀诗》起曹子建，其次则王仲宣、张孟阳也，……子建之《七哀》，哀在于独栖之思妇；仲宣之《七哀》，哀在于弃子之妇人；张孟阳之《七哀》，哀在于已毁之园寝。"[1] 也就是说，它们内容不同，手法各异，但是哀伤的感情同样深切。这几首以"七哀"为题的诗，不仅有对动荡时局与个人命运的哀伤的描写，也有着中国古代知识分子政治理想难以实现的苦闷心态，这是我们应该看到的。

（三）沉郁悲痛的"悼亡诗"

此处的悼亡诗，并非专指悼念亡妻之诗，而是指广义上的悼念亡者之诗。先看潘岳的《悼亡诗》三首：

> 荏苒冬春谢，寒暑忽流易。之子归穷泉，重壤永幽隔。私怀谁克从，淹留亦何益。僶俛恭朝命，回心反初役。望庐思其人，入室想所历。帏屏无仿佛，翰墨有余迹。流芳未及歇，遗挂犹在壁。怅恍如或存，回遑忡惊惕。如彼翰林鸟，双栖一朝只。如彼游川鱼，比目中路析。春风缘隟来，晨溜承檐滴。寝息何时忘，沈忧日盈积。庶几有时衰，庄缶犹可击。[2]

在亡妻离开一年后的初春时节，丧服期满的潘岳不得不奉朝廷之命辞家奔赴任所。诗人似乎仍然无法接受幽明两隔的现实，口中虽然说着久留无益，却依旧放心不下地徘徊在屋室之中，那就再看一看吧！《礼记·祭义》曰："祭之日，入室，僾然必有见乎其位；周还出户，肃然必有闻乎其容声；出户而听，忾然必有闻乎其叹息之声。"[3] 望着空庐想念你，进入闺房回忆起往昔，拉开帏屏，书桌上我俩一起写的字还未干，而你去了哪里？

---

[1]（清）何文焕辑：《历代诗话》，北京：中华书局，1981年，第519页。
[2]（梁）萧统编，（唐）李善等注：《六臣注文选》，北京：中华书局，2012年，第431页。
[3]（清）阮元校刻：《十三经注疏》，上海：上海古籍出版社，1997年，第1592页。

挂在墙壁上的衣服，仍然留有你的体香。恍惚间，仿佛看见你的身影，魂定以后，方才明白，只是神志错乱。可见过度的伤心思念让诗人精神萎弱，而且出现了幻觉。双栖之鸟，如今单剩一只；比目之鱼，奈何半路分离。春风又一次降临，雨水沿着屋檐滴了一夜，无边丝雨细如愁，风喻愁之广，雨意愁之长。而我也将独自度过一个又一个无人相伴的春日和长夜。歇息，抑或睡着了，都无法忘记思念，哀伤随着时日变得越来越厚重。这种悲痛若能衰减，我也愿像庄子一样箕踞鼓盆而歌，貌似达观，实乃以无情衬有情，读之增悲，思来更苦。

此诗先写实、后抒情，抒情部分主要表现了事物的矛盾对立方面，力图在矛盾和对立中显示情感的深切。而且，在时间上，由冬天过渡到春天，延展了情感时间；在空间上，由远及近，由室外到室内，拓宽了情感空间；在对比上，由物及人，由生到死，扩大了情感张力。此诗于虚实结合中，以"情"字贯穿全篇，言有尽而意无穷。

> 皎皎窗中月，照我室南端。清商应秋至，溽暑随节阑。凛凛凉风升，始觉夏衾单。岂曰无重纩，谁与同岁寒。岁寒无与同，朗月何胧胧。展转盻枕席，长簟竟床空。床空委清尘，室虚来悲风。独无李氏灵，仿佛睹尔容。抚衿长叹息，不觉涕沾胸。沾胸安能已，悲怀从中起。寝兴目存形，遗音犹在耳。上惭东门吴，下愧蒙庄子。赋诗欲言志，此志难具纪。命也可奈何，长戚自令鄙。[1]

皎皎孤月，从窗户进入，照在诗人房间的南面。夏季湿热的天气刚过，凉风就伴着秋日到来。凛凛秋风吹着安仁，感到夏被的单薄，是没有厚被子吗？是没有人和他共枕、共眠、共度冬寒啊！冬夜一个人，明月似乎也为我哀伤而变得暗淡了，孤枕总难眠，床上宽大的竹席竟难以入睡，久不住人的空床上积满灰尘，空荡荡的房间吹来一阵阵凄惨冷风，风吹起帷帐，

---

[1]（梁）萧统编，（唐）李善等注：《六臣注文选》，北京：中华书局，2012年，第431页。

却不见你的身影，只有抚摸着衣襟发出长长的叹息，一时间泪水竟滴湿了衣衫。空自垂泪还不够，悲伤怀念在心中翻涌，睡卧方醒，眼中尽是你的身影，耳畔回响着你的声音。东门吴失子不悲，蒙庄周丧妻鼓歌，我无法做到如此达观，反而陷入哀伤，无法自拔，真是很惭愧啊。本想通过作诗寄托哀思，而悲伤的心绪实难记录，于是深深感叹命运就是这样，没有办法，过度的忧愁反而会被人瞧不起了。

这首诗主要抒发了潘岳对于亡妻的深深怀念和哀伤。前八句，从节候的变化写到诗人的孤单。接下来十句，通过人去床空的时间对比，和远望云月与近睹尘席的空间对比，烘托一种寒冷气氛。再是借助武帝帐中遇李夫人的典故，表达其对亡妻的思念。结尾十句，直接抒发哀情且作达观之语，面对不幸命运，深感无可奈何。诗中三次妙用顶真修辞，比如"岁寒""床空""沾胸"，既增强了悱恻、缠绵、忧伤难解之思，也展示了潘岳驱遣语言的深厚功力。

> 曜灵运天机，四节代迁逝。凄凄朝露凝，烈烈夕风厉。奈何悼淑俪，仪容永潜翳。念此如昨日，谁知已卒岁。改服从朝政，哀心寄私制。茵帏张故房，朔望临尔祭。尔祭讵几时，朔望忽复尽。衾裳一毁撤，千载不复引。亹亹朞月周，戚戚弥相愍。悲怀感物来，泣涕应情陨。驾言陟东阜，望坟思纡轸。徘徊墟墓间，欲去复不忍。徘徊不忍去，徙倚步踟蹰。落叶委埏侧，枯荄带坟隅。孤魂独茕茕，安知灵与无。投心遵朝命，挥涕强就车。谁谓帝宫远，路极悲有余。[1]

诗人即将复职，于临行前再次告别亡妻，沉痛难舍的心情无法抑制。日月如梭、四季轮换、风冽露凝，妻子美好的仪容永远难以亲见了，以后要如何悼念贤妻呢！美貌仿佛昨日还看到了，其实亡妻永别已经一年。必须脱下丧服赴朝政了，只能将我对你的思念放在心底。褥帐陈设于故居，

---

[1]（梁）萧统编，（唐）李善等注：《六臣注文选》，北京：中华书局，2012年，第431页。

朔望按时祭祀你。可是，祭祀的日子没几天，一下子又过了朔望，收拾焚毁你生前的遗物，以后再也用不上了。日子过去了，有再来的时候，而我对你的思念永无绝期。一年就这样过去了，哀伤却愈加深沉，看着遗物伤心，悲痛地流下眼泪。于是，驾车登上东山，忍住悲痛远望你的坟墓，又久久地徘徊在坟墓周围不忍离开，彷徨来去，脚步踟蹰。落叶堆积在墓道边上，坟角处被枯草围绕，妻子一人长眠此地，不知世间有无魂灵？抛开哀思赴任所，洒泪登车别亡人，谁说皇宫路途远？路再远，终能到；悲情多，永无尽。

本诗再次以节序发端，于日月变换中寄托着无尽的哀思。通过一系列对比，以写实手法观照景物，景中有情。临行告别时，对亡人之墓的环境描写，三言两笔就将感情推至高潮。顶真手法也使用得恰到好处，比如"尔祭""徘徊"，以及"凄凄""烈烈""亹亹""戚戚"等叠音词的使用，使其情调显得哀婉凄冷。

潘岳这三首哀伤诗开辟了"悼亡诗"题材，长期成为丈夫悼念亡妻的专称，后世书写对象才有所扩大，但抒发哀伤之情的文体功能却是相同的。这三首诗成就斐然：其一，情景交融，堪称杰构。先以季节变迁带入，再虚实结合地描写有情之景，最后直抒难忍的哀伤之情，融情于景、景中含情。其二，修辞立诚，情真意切。巧用对比、顶真、用典、情景交融、虚实结合等手法，更好地传达了悲伤的感情。这种以环境中的季节变迁比衬哀情的写法尤为精妙，诗人选取了春、秋、冬三个季节，春愁之浩荡，秋悲之落寞，冬思之惨淡，但是春秋代序，寒暑流易，岁月迁逝中的丧妻之痛并未因为季节更替而衰减，反是随着节候的变化哀情更甚。

谢灵运的《庐陵王墓下作》是为悼念亡友刘义真而作的。根据《宋书》的记载，刘义真乃宋武帝刘裕次子，永初元年（公元 420 年）被赐封为庐陵王，与谢灵运交从甚密。而宋少帝刘义符失德，听信了徐羡之等人的谗言，贬刘义真为庶人，后又杀之，死时年仅十八，灵运亦遭牵连，贬职永嘉太守。宋文帝刘义隆即位之后，诛除谗人，遂将谢灵运召回朝廷，途经江苏丹阳庐陵王墓，乃作此诗，此时距刘义真逝世也已两年。灵运还曾为义真作诔：

"哀哀君王，终仁且德。……身微咎累，痛逾鸩毒。何斯祸斯，乃怨乃辱。命如可延，人百其赎。"（《庐陵王诔》）[1]，诔文与诗中"眷言怀君子，沉痛结中肠。道消结愤懑，运开申悲凉"之句，均表达了他对刘义真之死的哀痛，和对小人当道的悲愤之情。请看此诗：

> 晓月发云阳，落日次朱方。含凄泛广川，洒泪眺连冈。眷言怀君子，沉痛切中肠。道消结愤懑，运开申悲凉。神期恒若存，德音初不忘。徂谢易永久，松柏森已行。延州协心许，楚老惜兰芳。解剑竟何及，抚坟徒自伤。平生疑若人，通蔽互相妨。理感心情恸，定非识所将。脆促良可哀，夭枉特兼常。一随往化灭，安用空名扬。举声泣已满，长叹不成章。[2]

清早自云阳出发，傍晚才到了朱方（古时之地名，三国吴时改为丹徒，即今江苏镇江，刘宋王陵多在此）暂停休息。满含悲伤地泛舟大江之上，望着连绵不断的山岭上的刘宋宗室墓地，想到德行高尚的亡友刘义真，悲痛郁结于心。想起当年，庐陵王被权臣徐羡之贬为庶人并遭杀害，心里顿时充满愤慨；而如今国家太平，沉冤昭雪，悲哀之情才得以疏解。逝者已去，化为陈迹，坟前松柏森然成行，谢灵运也不会淡忘亡友的德行音容，并发愿要将其神明永留心中。此时他还想起延陵季札解剑哀悼徐君，楚地老人痛吊龚胜的故事，于是又哀叹道：死后赠剑只好挂在树上，独自抚坟痛哭空悲伤，自己之前还很疑惑季札和楚老都是通达明理之人，为何做出如此荒唐愚妄之事，如今才明白了，原来事理通达和感情阻塞相互矛盾，哀伤并非理智所能把控。庐陵王年少短命实在令人哀伤，所受的怨苦也远非常人所能承受，那么就让魂灵安然离去，不必追赠空名来宣扬。最后，诗人

---

[1]（清）严可均校辑：《全上古三代秦汉三国六朝文》，北京：中华书局，1958年，第2619页。

[2]（梁）萧统编，（唐）李善等注：《六臣注文选》，北京：中华书局，2012年，第432页。

高声悲泣、挥洒热泪，叹息悠长，以至于因哀伤过度而文不成章。

总体看来，本诗开端四句解题，点出行程与庐陵王墓。接着八句怀念庐陵王之神明德音，抒发诗人悲悼之情。继而又以季札、楚老自喻，为自己对刘义真生前无所帮助，死后徒怀哀伤而自愧自恨。最后既鸣不平，也是暗讽文帝追赠名号的虚伪性，重述哀痛。

颜延之随宋文帝谒宋武帝陵后，写了一首《拜陵庙作》的诗，李善注称："自元嘉来，每正月舆驾必谒初宁陵"，刘良注称："延之从文帝拜高祖陵。"[1] 请看此诗：

> 周德恭明祀，汉道遵光灵。哀敬隆祖庙，崇树加园茔。逮事休命始，投迹阶王庭。陪厕回天顾，朝宴流圣情。早服身义重，晚达生戒轻。否来王泽竭，泰往人悔形。救躬惭积素，复与昌运并。恩合非渐渍，荣会在逢迎。凤御严清制，朝驾守禁城。束绅入西寝，伏轼出东坰。衣冠终冥漠，陵邑转葱青。松风遵路急，山烟冒垅生。皇心凭容物，民思被歌声。万纪载弦吹，千岁托旒旌。未殊帝世远，已同沦化萌。幼壮困孤介，末暮谢幽贞。发轫丧夷易，归轸慎崎倾。[2]

前四句乃借古耀今，以"周德""汉道"喻宋文帝礼仪教化之盛。周王通过恭祭神明树起德风，汉帝借尊崇圣灵宣扬道义。怀着哀敬之心祭奠庄严祖庙，高大树木荫护着肃穆的陵园。然后，诗人忆起宋武帝时所受的恩荣，并对自己有幸参与这次活动表示感激：自从宋武帝即位，我便开始供职朝廷，陪侍君侧，蒙受圣主恩情关照，表露出蒙恩后的感激；早年服事武帝，则以投身效命之义为重；晚岁在文帝时得以显达，则以养生避祸之戒为轻。接着"否""泰"两句，乃将少帝时的困窘与文帝给予的礼遇

---

[1]（梁）萧统编，（唐）李善等注：《六臣注文选》，北京：中华书局，2012年，第433页。

[2]（梁）萧统编，（唐）李善等注：《六臣注文选》，北京：中华书局，2012年，第433页。

相比较：少帝失德、小人当道、否来泰往、王恩既尽、忧患随生，虽然警戒自身不易志节而仍有愧于武帝积久的恩情厚遇；幸遇文帝昌明国运，又得君臣契合一致。延之感激地认为他与文帝君臣相契并非平庸苟合，而自己得到的荣华际遇只是文帝礼仪相迎的体现。"夙御"以下十四句，进入拜陵正题，颂扬武帝的功德万世流芳：清晨宣布戒严清道的命令，群臣朝拜陵庙的车驾皆等待于宫城中，卿大夫腰束玉带入拜宗庙，延之登上陪侍的帝车出祭东郊陵墓，看不见先帝的衣冠，陵园一片青葱的草木，松风沿着大路吹得正急，山烟笼罩住墓冢愈生愈浓，宋文帝凭吊遗容与故物，民众借歌声表达哀思之情，万年管弦赞颂先帝之德，千载旌旗铭记高祖之功，武帝功德威灵永存世，闻管弦之音，见旌旗之铭，至今不觉远离其世，其世教化流布与今日相同。最后四句，乃延之自警也。少壮之时，少帝失德而使自己处于孤立的困境；衰老今日，与文帝恩和而不复归隐之志。少时出仕即失之平坦，遭遇坎坷；今日老矣，更当谨慎小心，不能够在老年时还遭遇覆车之祸。

由此可见，此诗先述皇朝昌明、皇恩浩荡与延之仕宦之路，中间简述"拜陵庙"之事，结尾有自警之词。作为应制之作，难免颂德歌功，且亡者亦非亲故，故哀伤被冲淡许多，之所以被录入《文选》可能是编者为了题材的全面，而且以"拜庙"或"拜墓"为题的"祭奠"类诗，确实有不少属于哀伤之作。

谢朓《同谢谘议咏铜雀台》乃为和其侄谢璟之作而作。诗题铜雀台，又名铜雀伎，为古乐府相和歌辞平调曲。谢璟曾以该题作诗，谢朓同题共作，题同而意不同，故曰"同"而不曰"和"。谢璟乃为谢朓之同族侄辈。谘议，乃是官名，谘议参军的简称。诗云：

> 穗怵飘井干，樽酒若平生。郁郁西陵树，讵闻歌吹声。芳襟
> 染泪迹，婵媛空复情。玉座犹寂寞，况乃妾身轻。[1]

---

[1]（梁）萧统编，（唐）李善等注：《六臣注文选》，北京：中华书局，2012年，第434页。

细布灵帐飘动于井干楼前，进献的一樽樽美酒仍然如同生前一样丰盛。西陵之上，那郁郁葱葱的松树和柏树，可曾听见伎人的歌舞声？！群伎衣襟已为泪痕所染，面对已死之人，空有绵绵思恋之情。身贵位显的君王，今已化作虚无，轻贱之身的婢妾又怎能久长呢！死后仍戒不掉对歌舞升平的想象，独裁者的荒诞行径以无数平民的生命为代价，无数无辜生命就这样因为某个人的一己之私而消耗殆尽。可是历史却也如此无情，经过岁月长河的淘洗后，又能留下多少风烟呢！

铜雀台在邺城，汉末建安十五年（公元210年）曹操所建，郭茂倩题解《铜雀伎》时引《邺都故事》云："魏武帝遗命诸子曰：'吾死之后，葬于邺之西岗上，与西门豹祠相近，无藏金玉珠宝，余香可分诸妇人，不命祭吾。妾与伎人，皆著铜雀台，台上施六尺床，下繐帐，朝晡上酒脯帐糒之属。每月朝十五，辄向帐前作伎，汝等时登台，望吾西陵墓田。'"（《乐府解题》）[1] 另外，陆机《吊魏武帝文》乃其亲见曹操遗令有感而作，亦载此事，曰："吾婕好妓人，皆着铜雀台。于台上施八尺床、穗帐，朝晡上脯糒之属。月朝十五，辄向帐作妓。汝等时时登铜雀台，望吾西陵墓田。"[2] 而此诗即敷衍此事，写诸婢妾作伎乐敬祀曹操。此诗虽在哀咏历史人物，实际亦有小谢身世之感。谢朓出身士族望门，而刘宋之世，士族受到皇权压抑，逮至南齐，谢家已从显赫的巅峰跌落下来。小谢入仕后，又值政局的频繁变动，所以特殊的时代和出身，影响着作品的思想感情。像"玉座犹寂寞，况乃妾身轻"云，英雄者如曹操死后尚且寂寞，况乃妾伎轻贱之躯呢！诗中还反诘道：曹操死后哪能听到"歌吹声"呢？这既是感叹普遍的生命无常，亦有作者自悲之情。婢妾、伎人，哀伤的只能是自己的命运！

结合以上的写作背景，我们显然不能仅把此诗看作一首为歌姬唱哀之作，更要清醒地意识到，其对残酷政治生态的愤恨和对身世之感的曲笔抒写。此诗可以分成两个部分，"若平生"写死后祭奠之勤与酒肴之盛，乃是讽

---

[1]（宋）郭茂倩：《乐府诗集》，北京：中华书局，1979年，第454页。
[2]（梁）萧统编，（唐）李善等注：《六臣注文选》，北京：中华书局，2012年，第1118页。

刺魏武帝以姬妾充奉园陵的愚妄奢侈。"讵闻"即不闻，言曹操死后葬于西陵，已经听不到声歌舞乐，而声歌舞乐照例不误，这种死人役使活人的做法，满含讥讽。后四句写群伎，似是述其忠爱，实则写其哀怨。君王身高位显，早已化作虚空；群妾身轻位卑，竟然活为殉葬。

任昉《出郡传舍哭范仆射》乃悼亡友范云之作。天监二年（公元503年），任昉出任义兴郡太守，赴任途中暂住旅舍，忽闻好友范云噩耗，遂作此诗以哀悼之。

> 平生礼数绝，式瞻在国桢。一朝万化尽，犹我故人情。待时属兴运，王佐俟民英。结欢三十载，生死一交情。携手遁衰孽，接景事休明。运阻衡言革，时泰玉阶平。浚冲得茂彦，夫子值狂生。伊人有泾渭，非余扬浊清。将乖不忍别，欲以遣离情。不忍一辰意，千龄万恨生。
>
> 已矣平生事，咏歌盈箧笥。兼复相嘲谑，常与虚舟值。何时见范侯？还叙平生意。
>
> 与子别几辰？经途不盈旬。弗睹朱颜改，徒想平生人。宁知安歌日，非君撤瑟晨。已矣余何叹，辍春哀国均。[1]

这首诗主要是回顾了诗人同范云三十年来亲密无间的友谊，同时痛其壮年暴卒，并抒发了国失栋梁的无限惋惜之情。分为三章，首章先是称赏范云乃为"国桢""王佐""民英"，并回顾了二人从齐末至梁初的共事经历与互相扶持，以及三十载的深厚交情，章末则以生时的不忍分别，写如今的生死别离之痛。乃言正常的礼制快要断绝了，国家需要范君这样的栋梁之才，可想不到你忽然离世，只剩下我独自回味，我们之间真挚的友情。我俩结识已经三十多年，一生一死方见交情之深。一起从懦弱无能的齐东昏侯麾下逃离，共同投奔贤能清明的梁武帝，我俩一直形影不离，紧密相

---

[1]（梁）萧统编，（唐）李善等注：《六臣注文选》，北京：中华书局，2012年，第435页。

从。国运阻险会发生变乱，时世太平则国家安定。一身才干恰逢国运昌盛，人中英杰辅佐君王霸业。君王善于鉴识人才，能为国家选得人才，范云身居要职，却推荐我这样狂妄无知之人，此为任昉自谦之词，感激范云的知遇之恩。因为范云人品高尚，并非任昉人为地显扬清流，抬高范云才德。将要分别而不忍离去，离别思念无法排遣，短暂的离别都无法忍受，今日范云早逝，永别千年不复相见，极度的遗憾不禁油然而生。

次章则从"已矣平生事"写起，回顾了两人在生活中真诚相待和频繁的书信交往，章末追问"何时见范侯？"而这相逢恐怕只能是在地府了。一生的交游就此了结，我俩吟诗赠答，书简往来多得装满书箱，平日言语随便却是坦诚以待、心无欺诈的，就像坐船航行河上碰撞无人驾驶的空船不会发脾气一样，其中"虚舟"一喻出自《庄子》。

末章抒其哀痛。何时能够再见到范仆射，重叙一生的深厚情谊？作别先生几多时？各居一方近十月。分别之时见其面色红润，以为范云还同平素一样壮健，岂不知当自己舒心歌吟之日，正是好友范云病危之时！《仪礼》曰："有疾病者，齐撤瑟琴。"也就是说，身边有人得病，作为亲友不能娱乐。所以诗人假设：我之"安歌日"，也许正是范君疾病之晨，读来真是令人痛彻肺腑。章末有云："已矣余何叹，辍春哀国均"，人已去世，万事作罢，我哀叹又有何用呢！举国民众都在为范云离去、国家痛失栋梁而默哀，又把自己对友人逝世的哀伤推广到国人，言己哀伤之甚与范云德行之高。

三、《文选》哀伤诗与其他涉及"哀伤"作品之比较

"哀伤"是人类普遍具有的一种情感，哀伤主题也可以从多个角度阐发。《文选》"哀伤"类选录的十三篇诗作，或哀伤个人身世与生之维艰（嵇康《幽愤诗》、王粲《七哀诗》）；或因凭吊亡者生哀情（张载《七哀诗》、谢灵运《庐陵王墓下作》、颜延之《拜陵庙作》、谢朓《同谢谘议咏铜雀台》）；或代思妇诉说哀怨（曹植《七哀诗》）；或悼爱妻之亡（潘岳《悼亡诗》）；

或为丧友而哭（任昉《出郡传舍哭范仆射》）。这些作品借助诗体从多个方面对哀伤主题进行了开拓，然而《文选》所录抒发哀伤情感之作远不止"哀伤"一类。哀伤作为一种情感模式或一类主题，渗透到了多种题材的多篇作品之中。

（一）挽歌：思索死亡

挽歌，是指送葬时执绋挽拉丧车者所唱的歌。比如，送王公贵人的《薤露》与送士大夫庶人的《蒿里》，其"以歌寄哀"的抒情方式和情感基调很好地传达了哀伤主题。《文选》诗的"挽歌"类，共选录了三人的五首作品，多用的是第一人称，即自我哀伤的口吻，对死亡、出葬、死者死后的感觉、生者的哀伤作了概括性与虚拟性描述。

比如，缪袭所作的《挽歌》即以第一人称口吻吟咏死亡，表达自己对于死亡现象的思考，反映了古人朴素的唯物主义生死观，行文超脱、哀伤淡淡。先以生荣死哀为全诗营造感伤基调：生时身处繁华地，死后弃之旷野里，早晨供奉高堂上，傍晚埋入黄泉下；继以太阳东升西落比喻人生短暂飘忽，想象死后形体销毁、齿发堕落的样子；最后诗人故作达观之语，有生必有死，自古皆如此，大限之期，无人逃离！貌似看透生死，实则浸满无奈和悲伤。

陆机三首《挽歌》以组诗的形式，叙写安葬活动与对死亡的思考。第一首，先以第三人称歌者的口吻写道：占卜选择墓址、灵车拖着龙棺、送葬者哭声沸扬等送葬仪式，营造出哀伤的氛围；继以挽歌唱出死后生者的表现：生死幽隔，亡者与生前事物一一作别，亲朋好友不远千里纷纷来奔丧，灵车奔赴墓地，亲友哽咽流涕不止，其中一句"呼子子不闻，泣子子不知"[1]尤为哀婉动人。第二首，用死者自述的口吻客观地叙述出丧过程以及死后的寂寞与悲哀。坟冢处于高山连岗之间，死者幽居墓穴，侧听江涌，仰看星悬，青天寥廓，长夜漫漫。以"昔居四民宅，今托万鬼邻。昔为七尺躯，

---

[1]（梁）萧统编，（唐）李善等注：《六臣注文选》，北京：中华书局，2012年，第534页。

今成灰与尘"[1] 的昔生今死之对比和"人往有反岁，我行无归期"的无奈，以及死后容姿泯灭、蚁食肌肤的哀伤，写出了人对死亡的恐惧。第三首，描写下葬的场面，表达了生者对死者的悲苦哀悼。灵车告别，亲友横泪，白马哀鸣，魂归蒿里，其中"悲风徽行轨，倾云结流蔼"[2]，则以借景抒情的方式将哀情推至高潮。

陶渊明《挽歌》其三，诗人将哀情融入景物描写之中，并以自挽的方式表达了超越生死的人生哲理。严霜九月，无边荒草，白杨萧萧，马鸣悲风中、新坟立高岗，而"幽室一已闭，千年不复朝。千年不复朝，贤达无奈何"[3]。送葬之人悉数回家，但是"亲戚或余悲，他人亦已歌"，即亲人们或许还有些悲伤，而其他人已经忘掉哀伤开始放歌了。所以"死去何所道，托体同山阿"，对于死亡没有什么好说的，不过是向大自然复归罢了！

这五首《挽歌》都是对死亡的思考，其中有对生者世界的透视，有对死后场景的描写，以及送葬活动和生死的对比。他们在对死亡的超越中，流露出了深郁的无奈和哀伤。

（二）行旅：旅途歌哭

"行旅"，即出行、旅行的意思。或言旅途奔波之苦，或写旅居时的痛苦心情，或是表达对于家乡的思念，这是行旅诗最普遍的情感指向。然而想一想诗人"行旅"的原因，就明白了这些作品的意旨并不止于此，比如，潘岳据守河阳时，数次登台所见之景何以浸染哀伤，那是因为诗人在悲叹命途多舛、抒发自己不甘沉沦下僚的苦闷心情。又如，谢灵运常在他的行旅诗中，表达仕途失意的怅惘与深沉的忧世之感。总之可见，行旅诗的哀

---

[1]（梁）萧统编，（唐）李善等注：《六臣注文选》，北京：中华书局，2012年，第535页。

[2]（梁）萧统编，（唐）李善等注：《六臣注文选》，北京：中华书局，2012年，第535页。

[3]（梁）萧统编，（唐）李善等注：《六臣注文选》，北京：中华书局，2012年，第535页。

伤主题主要涉及两个方面：一是哀时伤世，二是慨叹人生。

哀时伤世的"行旅诗"，主要表达诗人对于人世变迁的无奈和时代遭际下的苦闷心情。比如，潘尼《迎大驾》由京郊荒败景色引入自己对于时局的看法："世故尚未夷，崤函方险涩。狐狸夹两辕，豺狼当路立。翔凤婴笼槛，骐骥见维縶"[1]的纷乱世相描写，掺杂了太多诗人对于世事的愤慨与哀伤。颜延年的《还至梁城作》云："故国多乔木，空城凝寒云。丘垄填郛郭，铭志灭无文。木石局幽闳，黍苗延高坟"[2]与其《始安郡还都》曰："凄矣自远风，伤哉千里目。万古陈往还，百代劳起伏。存没竟何人，炯介在明淑"[3]，不都是在慨叹世道险峻，抒发因为时局动乱而生出的凄然漂泊之感吗？江淹的《望荆山》更是表达了自己的忧世伤乱之情，其中寒郊、清秋、悲风、落霞的描绘，透露出了诗人对于此时此地之政治局势的寒心，末句则以"岁晏君如何，零泪沾衣裳"[4]哀伤建平王刘景素。

行旅诗的慨叹人生，主要表现为羁旅之艰和思乡之苦。羁旅之艰者，比如，陆机辞亲别友，于旅途中发出"仰瞻凌霄鸟，羡尔归飞翼"（《赴洛诗》其二)[5]的感叹；谢灵运遭贬叹曰："辛苦谁为情，游子值颓暮"（《永初三年七月十六日之郡初发都》），并且言及"孤客伤逝湍，徒旅苦奔峭"（《七里濑》）的一路所感；而"改服饬徒旅，首路局险难"（颜延之《北使洛》），则是其政治失意后的路途反应；鲍照的"未尝违户庭，安能千里游。谁令乏古节，贻此越乡忧"（《还都道中作》），写出了离乡游子

---

[1]（梁）萧统编，（唐）李善等注：《六臣注文选》，北京：中华书局，2012年，第491页。

[2]（梁）萧统编，（唐）李善等注：《六臣注文选》，北京：中华书局，2012年，第502页。

[3]（梁）萧统编，（唐）李善等注：《六臣注文选》，北京：中华书局，2012年，第503页。

[4]（梁）萧统编，（唐）李善等注：《六臣注文选》，北京：中华书局，2012年，第506页。

[5]（梁）萧统编，（唐）李善等注：《六臣注文选》，北京：中华书局，2012年，第493页。

之心迹；还有谢朓的"旅思倦摇摇，孤游昔已屡"（《之宣城出新林浦向板桥》）等诗句，亦是如此。思乡之苦者，比如"伫立望故乡，顾影凄自怜"（陆机《赴洛道中作二首》其一），以及"目倦修途异，心念山泽居"（陶渊明《始作镇军参军经曲阿作》），还有"挥手告乡曲，三载期归旋"（谢灵运《过始宁墅》），"试与征徒望，乡泪尽沾衣"与"有情知望乡，谁能鬓不变"（谢朓《晚登三山还望京邑》）等诗句，无疑都写出了诗人对于心中的"家乡"的思念。这家乡或是真如陆机所谓的故乡，或是喻指"庙堂"，大多是因为政治失意而渴望得到故乡的荫护，而路途疲惫又使人心生哀感。

（三）祖饯、赠答：哀世伤别

"祖饯"，即指设宴为某人送行。既然有人远行，必然令人感伤，此即江淹所谓的"黯然销魂者，唯别而已矣！"

比如，曹植的《送应氏》二首，乃是他在洛阳为应玚兄弟二人送行所作。其一，写到汉末被董卓破坏的洛阳城，二十余年后依旧是一派残垣断壁、荆棘丛生、田野荒芜、空无人烟的景象。所谓"中野何萧条，千里无人烟"与乃父"白骨露于野，千里无鸡鸣"异曲同工，诗末的"气结不能言"抒发了自己的无限家国之痛。其二，诗人则以"天地无终极，人命若朝霜"[1]感慨战争年代人命危浅，又以"山川阻且远，别促会日长"慨叹聚少离多，最后只能"愿为比翼鸟，施翮起高翔"。应氏家本洛阳，奈何战乱纷飞，有家难回，今又飘摇朔方，二人依依惜别，痛苦难当。一为家国之殇，一为别离之痛，两首诗皆饱浸哀情。

其余数首祖饯诗，皆言诗人送别远行时的不舍。比如，潘岳先是畅言宴集之乐，最后发愿与石崇要白首同归，由此将离愁引向了更悠长的境地；谢瞻的《王抚军庾西阳集别作》曰："离会虽相亲，逝川岂往复。谁谓情可书，

---

[1]（梁）萧统编，（唐）李善等注：《六臣注文选》，北京：中华书局，2012年，第382页。

尽言非尺牍。"[1] 其把离聚比作一去不复返的江流，别后的相思，书信再频繁也不能尽诉。笔者认为最为感人的是沈约这首《别范安成》，少年时的"别离"要比"再会"更加容易，而到了暮年老友离散，将难再有共饮之时，今后重聚恐怕只能在梦里了，但是梦中往寻也可能由于迷路而难以相见，故此别离之悲苦真真让人肝肠寸断。

"赠答诗"，即因某事而作并赠予或酬答对方的诗歌。有赠诗以送行、赠答述所遇、赠答以咏怀、赠答以劝励、赠答叙离情，等等。然而，其中送行有惜别之悲、咏怀有难言之辞、离情有相思之苦，皆含哀伤质素。

先看家国之痛与别离之苦。家国之痛者，比如，王粲《赠士孙文始》写到"天降丧乱，靡国不夷"[2]，乃言诗人与友人从长安流亡荆州的经过；别离之苦者，比如，刘桢《赠五官中郎将》言"素叶随风起，广路扬埃尘。逝者如流水，哀此遂离分"的不舍，无限思念让诗人"起坐失次第，一日三次迁"，且"乖人易感动，涕下与衿连"[3]，生出无限悲伤之感；还有曹植自喻为孤独中哀鸣的鸳鸯，渴望得到知心好友王粲的陪伴，表露了内心的烦苦和孤寂。王粲的《赠蔡子笃》则将家国之痛与别离之苦一并言之，其中"悠悠世路，乱离多阻"和"风流云散，一别如雨"，更是写出了乱世之中，人民居无定所、生如转蓬的艰难境况，诗人不禁"瞻望东路，惨怆增叹"，继而"中心孔悼，涕泪涟洏"[4]，乱世民瘼，命似蝼蚁，别易会难，无限哀痛涌入心胸，实难防御。

曹植的《赠白马王彪》忧伤慷慨，有不可胜言之悲。诗人坦言"人生

[1]（梁）萧统编，（唐）李善等注：《六臣注文选》，北京：中华书局，2012年，第384页。

[2]（梁）萧统编，（唐）李善等注：《六臣注文选》，北京：中华书局，2012年，第437页。

[3]（梁）萧统编，（唐）李善等注：《六臣注文选》，北京：中华书局，2012年，第439页。

[4]（梁）萧统编，（唐）李善等注：《六臣注文选》，北京：中华书局，2012年，第436页。

处一世，去若朝露晞"[1]，乃为其兄长任城王曹彰死于京城而哀伤，此为一哀；又说道"本图相与偕，中更不克俱"，以指责曹丕离间兄弟感情，不让他与白马王曹彪相伴同归的叵测居心，此为二哀；诗人更为自己受迫害的处境感到担忧，最后虽以天道仙命强自宽解，意图自保，然而亦是难脱悲苦，此为三哀。总之，此诗悲死者的永诀，伤生者的长别，叹福祸难测、生命无常，是一首令人扼腕叹息的哀伤诗作。

陆机和陆云的赠答诗，常言别离时的不舍与感伤，和离别后的眷顾与依恋，以及深切的思乡之情。比如，陆机《于承明作与士龙》有云："分途长林侧，挥袂万始亭。"[2]一个南归、一个北迈，忧愁异常、悲乱如丝。而《赠弟士龙》云："行矣怨路长，惄焉伤别促。指途悲有余，临觞欢不足"[3]，一个若西流之水，一个似东岳独立，不能生死相守，转眼就要分离。又如，陆云《答兄机》云："悠远途可极，别促怨会长。"南北异路，参商永离；"感念桑梓城，仿佛眼中人。靡靡日夜远，眷眷怀苦心"[4]，表达了仕宦的艰难和对故乡的思念。陆机自称"水乡士"，时常想起东吴故地，忧思难任，一如"孤兽思故薮，离鸟悲旧林"，诗人更是于梦中看见谷水之北祖父的旧居，和埋葬于秀丽昆山的家族丘坟，感叹归途艰难，心悲怨深，用忘忧草也难解其思乡之苦楚。也有因为灾害对家乡百姓造成苦难而表示同情的，即所谓的"沉稼湮梁颍，流民泝荆徐。眷言怀桑梓，无乃将为鱼"。陆云的《为顾彦先赠妇》以代拟体表达了失群之孤鸿的煎熬，言"辞家远行游，悠悠三千里"[5]，表明形影仿佛参与商，离合貌似箭和弦，忧苦填满胸腔，

[1]（梁）萧统编，（唐）李善等注：《六臣注文选》，北京：中华书局，2012年，第444页。

[2]（梁）萧统编，（唐）李善等注：《六臣注文选》，北京：中华书局，2012年，第453页。

[3]（梁）萧统编，（唐）李善等注：《六臣注文选》，北京：中华书局，2012年，第457页。

[4]（梁）萧统编，（唐）李善等注：《六臣注文选》，北京：中华书局，2012年，第464页。

[5]（梁）萧统编，（唐）李善等注：《六臣注文选》，北京：中华书局，2012年，第395页。

思念乱了心曲，诗人于是"愿假归鸿翼，翻飞浙江汜"，回到魂牵梦萦的江南水乡。

可以看到，在这些赠答诗中，王粲既表达了家国破败之痛，又感慨身处乱世而壮志难酬的苦闷；曹植多言自己身处政治斗争之中复杂伤痛的心情；陆氏兄弟常自述离别之感伤和思乡之心切。

（四）咏怀、咏史：感物伤怀

"咏史"，即借吟咏古人古事以抒发个人怀抱。咏史不仅有慕古之思，更寄托着诗人有志不骋的哀伤心绪。此以左思的《咏史》和颜延之《五君咏》为代表，前者表达了士子在门阀制度下不得所用的愤恨，后者则借咏五君子来抒发招致忌恨的怨愤之情。比如，左思《咏史》愤慨"世胄蹑高位，英俊沉下僚。地势使之然，由来非一朝"[1]，权贵门前如闹市，高士宅旁可罗雀，是对门阀制度的强烈讽刺与无奈；颜延之的《五君咏》则提醒自己："物故不可论，途穷能无恸"[2]，于是准备归隐、酒醉，然而他依旧高唱着"鸾翮有时铩，龙性谁能驯"，诗人欣赏向秀的淡泊，且"流连河里游，凄怆山阳赋"，表明仕进的想法并未泯灭。

王粲的《咏史》与曹植的《三良》，皆是为哀悼被迫随秦穆公殉葬的"三良"而作的。王诗写道，殉葬之时，"妻子当门泣，兄弟哭路垂。临穴呼苍天，涕下如绠縻"[3]的哀痛场面；曹诗写其"揽泪登君墓，临穴仰天叹"及"长夜何冥冥，一往不复还。黄鸟为悲鸣，哀哉伤肺肝"[4]。此等伤心，哀声动地，悲音感天。

---

[1]（梁）萧统编，（唐）李善等注：《六臣注文选》，北京：中华书局，2012年，第387页。

[2]（梁）萧统编，（唐）李善等注：《六臣注文选》，北京：中华书局，2012年，第395页。

[3]（梁）萧统编，（唐）李善等注：《六臣注文选》，北京：中华书局，2012年，第386页。

[4]（梁）萧统编，（唐）李善等注：《六臣注文选》，北京：中华书局，2012年，第387页。

"咏怀"，即指吟咏情怀。《文选》诗之"咏怀"类，共收录了三题十九篇作品。阮籍的《咏怀》十七首，或是慨叹人生，或是表达心志，或是讥刺时政，或是随事偶感，都流露出诗人的"忧生之嗟"。其中，有夜半无眠时的"徘徊将何见，忧思独伤心"；有哀怨分离的"如何金石交，一旦更离伤"与"徘徊空堂上，切悒莫我知。愿睹卒欢好，不见悲别离"；有乱世之中的"一身不自保，何况恋妻子"；有感叹流年的"朝为美少年，夕暮成丑老"；有惶恐惧祸时的"感慨怀辛酸，怨毒常苦多"与"感物怀殷忧，悄悄令心悲"和"膏火自煎熬，多财为患害"；有迷失前途后的"北临太行道，失路将如何"；有幡然彻悟的"丘墓蔽山冈，万代同一时。千秋万岁后，荣名安所之"；有表露孤独的"羁旅无畴匹，俛仰怀哀伤"与悲痛难任的"一为黄雀哀，涕下谁能禁"[1]。感情是相当丰富的，但"忧生之嗟"贯穿始终。

关于欧阳建的《临终诗》，《晋书》本传有载："（欧阳建）及遇祸，（时人）莫不悼惜之。年三十余，临命作诗，文甚哀楚。"[2] 这既声明此诗当作于临终之时，又指出其有哀楚的感情基调。在此诗中，诗人坦言当今社会恶人当道，而自己又很愚钝，未能识破机兆，终致罹祸。面临即将到来的死亡，诗人虽说是"不惜一身死"[3]，并且认为"穷达有定分"，可一想到"上负慈母恩，痛酷摧心肝。下顾所怜女，恻恻心中酸。二子弃若遗，念皆遘凶残"，便"执纸五情塞，挥笔涕汍澜"了，流露出无限的哀伤。

（五）乐府：离怨哀歌

当"乐府"作为诗体名时，指称的是乐府官署所采制的诗歌与入乐的作品以及模仿乐府古题（拟乐府）的作品。《文选》诗"乐府"类，共收录了四十一首作品，其中达半数关涉哀伤主题，内容丰富、手法别致，下

---

[1]（梁）萧统编，（唐）李善等注：《六臣注文选》，北京：中华书局，2012年，第419页。

[2]（唐）房玄龄等：《晋书》卷三十三，北京：中华书局，1974年，第1009页。

[3]（梁）萧统编，（唐）李善等注：《六臣注文选》，北京：中华书局，2012年，第425页。

面依次叙之。

叙离别相思之哀。比如，古辞《饮马长城窟行》中的思妇思夫，其夫夜梦在旁，醒来他乡，在意识错乱之中，令相思往来穿梭。其言"入门各自媚，谁肯相为言"[1]，更以对比手法透露出闺妇的无尽落寞。《伤歌行》亦写思妇思夫，她夜不能寐，想念远涉他乡的丈夫。夜晚总会因为思念或伤心而变得更加漫长。其时素月晖光，长夜怀人，风动罗帷，揽衣彷徨，而妇人如那园中孤飞的春鸟，"悲声命俦匹，哀鸣伤我肠。感物怀所思，泣涕忽沾裳。伫立吐高吟，舒愤诉穹苍"[2]，无人可诉愤，泣出许多怆泪。

述弃妇闺中之怨。比如，班婕妤的《怨歌行》，以"合欢扇"在夏和秋的不同遭遇比拟人的宠辱不定的身世遭际。暑夏时节，扇子"出入君怀袖，动摇微风发"；秋风旦至，却被"弃捐箧笥中，恩情中道绝"[3]。钟嵘《诗品》还将此诗列为"上品"，并且认为"《团扇》短章，辞旨清捷，怨深文绮，得匹妇之致"[4]。由此可见，此诗真可谓是情调哀婉，怨深意长，乃将遭弃妇女的哀情表达得十分贴切。

三曹创作了不少乐府诗，然其哀伤情调有所不同。曹操常常表达自己对于乱世民瘼的思考，其中多有命运之叹和军旅之艰，而能于悲壮中进取。如其《短歌行》本来是为人生如朝露、去日苦良多而忧伤的，最后却转成广揽贤才的喜悦；《苦寒行》则以"熊罴""虎豹""担囊""斧冰"等野外图景与军事意象表现军旅之苦，其中一句"悲彼东山诗，悠悠使我哀"[5]

[1]（梁）萧统编，（唐）李善等注：《六臣注文选》，北京：中华书局，2012年，第511页。

[2]（梁）萧统编，（唐）李善等注：《六臣注文选》，北京：中华书局，2012年，第512页。

[3]（梁）萧统编，（唐）李善等注：《六臣注文选》，北京：中华书局，2012年，第512页。

[4]（梁）钟嵘著，曹旭集注：《诗品集注》，上海：上海古籍出版社，2011年，第113页。

[5]（梁）萧统编，（唐）李善等注：《六臣注文选》，北京：中华书局，2012年，第513页。

化用《诗经》军事诗《东山》，显得尤为壮烈。曹丕有两首乐府诗，皆言的是离愁别怨，而观照视角不同：《燕歌行》以思妇的闺中愁怨为本，言"贱妾茕茕守空房，忧来思君不敢忘，不觉泪下沾衣裳"[1]，写出了她的孤独和哀伤；而《善哉行》以客子的视角写思归之情，山谷薄暮、风霜雉雌、故乡远隔、人生如寄，诗人幻想策良马、驱行舟，一夜归乡。由此可见，一个是从思妇的视角，一个是从丈夫的视角。曹子建的四首乐府，其中既有"惊风飘白日，光景驰西流。盛时不可再，百年忽我遒。生在华屋处，零落归山丘。先民谁不死，知命亦何忧"[2]的感叹生命短暂之哀伤；《美女篇》则以美女自况，言其"盛年处房室，中夜起长叹"，正值盛壮年龄，却不得所用，抒发了怀才不遇的哀怨[3]。

石崇的《王明君辞》亦"多哀怨之声"，先写临别场面之悲，即"仆御涕流离，辕马悲且鸣。哀郁伤五内，泣泪湿朱缨"[4]，从身边人、物衬托主人公的情感，这种写法肇始于《楚辞》；继而是写远嫁到了"殊类"，惊惭、羞耻于少数民族"父死子妻"的落后风俗，本愿自杀却为了孩子，只能苟且生存的无限哀怨；最后以"昔为匣中玉，今为粪上英"之语，哀叹有家难归的远嫁之苦衷。

陆机作有十七首乐府诗，主题颇为庞杂，然而其中涉及哀伤情绪抒写的，可以归为三类：哀时伤逝，哀伤人生，羁旅思乡。

哀时伤逝，比如，《猛虎行》写到自己虽有"渴不饮盗泉水，热不息恶木阴"之志，而此时却处于"饥食猛虎窟，寒栖野雀林"的境地，于是

---

[1]（梁）萧统编，（唐）李善等注：《六臣注文选》，北京：中华书局，2012年，第514页。

[2]（梁）萧统编，（唐）李善等注：《六臣注文选》，北京：中华书局，2012年，第514页。

[3]（梁）萧统编，（唐）李善等注：《六臣注文选》，北京：中华书局，2012年，第515页。

[4]（梁）萧统编，（唐）李善等注：《六臣注文选》，北京：中华书局，2012年，第517页。

感伤地说"急弦无懦响，亮节难为音。人生诚未易，曷云开此衿"[1]；而《塘上行》以"天道有迁易，人道无常全。男欢智倾愚。女爱衰避妍"[2]之语，讽刺奸乱当道之世；其《门有车马客行》备叙市朝迁谢、亲友凋谢之意，言离家久不归的游子，见门前有来自故乡的人，便"拊膺携客泣，掩泪叙温凉"，问乡里亲友景况如何，奈何得到的回答却是"亲友多零落，旧齿多凋丧。市朝忽迁易，城阙或丘荒。坟垄日月多，松柏郁芒芒"等，诗人因此感慨"天道信崇替，人生安得长。慷慨唯平生，俯仰独悲伤"[3]。

哀伤人生，比如，《君子行》感慨人生祸福无常；《豫章行》以"乐会良自古，悼别岂独今"与"前路既已多，后途随年侵"感伤懿亲远行、难忍别离和寿短景驰、容华不久；还有《君子有所思行》感慨"淑貌色斯升，哀阴承颜作。人生诚行迈，容华随年落"；《齐讴行》哀伤"天道有迭代，人道无久盈"，《长歌行》以"但恨功名薄，竹帛无所宣"哀叹人命短促；《短歌行》悲伤的是"置酒高堂，悲歌临觞。人寿几何，逝如朝霜。时不重至，华不再扬"，皆慨叹不完满的人生。

羁旅思乡，比如，《从军行》写的是军士征战之苦辛；《苦寒行》则极言北地之险难，乃是在洛阳所见乱景而思南土之作也；《悲哉行》云"伤哉游客士，忧思一何深。目感随气草，耳悲咏时禽"，其以节气变化言伤春思乡之心曲。

鲍照的八首乐府，艺术成就颇高。其中《东武吟》以第一人称倾诉了一位解甲归田的老兵的经历与辛酸，他少壮辞家，穷老方归，却仍然得"腰镰刈葵藿，倚杖牧鸡豚"，因而慨叹"昔如鞲上鹰，今似槛中猿。徒结千载恨，

[1]（梁）萧统编，（唐）李善等注：《六臣注文选》，北京：中华书局，2012年，第518页。

[2]（梁）萧统编，（唐）李善等注：《六臣注文选》，北京：中华书局，2012年，第526页。

[3]（梁）萧统编，（唐）李善等注：《六臣注文选》，北京：中华书局，2012年，第521页。

空负百年怨"[1]。《东门行》写客子伤别，言"居人掩闺卧，行子夜中饭"[2]，仍是思妇、征夫的双重视角。《白头吟》乃弃妇自诉之词，云"人情贱恩旧，世议逐衰兴"，写出了俗世人情所共有的喜新厌旧、冷暖易变之心理。

（六）杂诗、杂拟：情洞悲苦

杂诗，要么题目本为"杂诗"，要么因为内容庞杂而不易归类，便置其于"杂诗"类下。《文选》"杂诗"类选录的九十五首诗中，将近半数涉及哀伤主题。

《古诗十九首》即哀情苦多[3]。哀叹人生无常的，比如"人生天地间，忽如远行客"与"人生寄一世，奄忽若飙尘"及"人生非金石，岂能长寿考"。也有哀叹别离相思的，如"行行重行行，与君生别离"与"同心而离居，忧伤以终老"。其中，《驱车上东门》写到诗人遥望洛阳城之北邙山上的墓群，唯见"白杨何萧萧，松柏夹广路。下有陈死人，杳杳即长暮。潜寐黄泉下，千载永不寤"，感叹人生若寄，命如朝露。《去者日以疏》亦写的是游子"出郭门直视，但见丘与坟。古墓犁为田，松柏摧为薪"的苍凉之感。

所谓"苏李诗"，即托名李陵、苏武而创作的一组诗歌。此诗将生死别离摹画得格外真挚感人。李诗写了三个送别的场景：清晨路侧、河畔、河梁蹊路。苏诗言及常见的四种相别：兄弟、客中、夫妻、挚友。可见，这样的铺排与江淹《别赋》的写法颇有相似之处。

题为"杂诗"以言哀伤的也有很多。曹植六首杂诗多为怀人之作，而张协杂诗十首中的哀伤，亦多为思妇闺中之怨和人生无常之叹。非题为"杂

---

[1]（梁）萧统编，（唐）李善等注：《六臣注文选》，北京：中华书局，2012年，第528页。

[2]（梁）萧统编，（唐）李善等注：《六臣注文选》，北京：中华书局，2012年，第530页。

[3]（梁）萧统编，（唐）李善等注：《六臣注文选》，北京：中华书局，2012年，第538页。

诗"而言哀伤的也有不少,比如曹植《朔风诗》即痛怀曹彰猝死京城,想念不能相见的曹彪,抒其忧思难忍之哀情;谢朓的《和王主簿怨情》则是借王昭君与陈阿娇的典故,写出了贵族妇女遭弃后的哀怨心态。

"杂拟",即各种模拟之作。陆机的《拟古诗》十二首是在拟写《古诗十九首》中的大部分诗篇,或是慨叹人生苦短,或是伤于别离相思。谢灵运《拟邺中咏》乃借咏古人浇心中块垒,其中,有"遭乱流寓,自伤多情"的贵公子王粲,有多述丧乱之事的书记陈琳,有"流离世故,漂泊之叹"的应场,有"忧生之嗟"的曹植,等等。

江淹的《杂体诗》三十首,其中近半数模仿的是表现哀伤主题的优秀之作。比如《班婕妤咏扇》写弃妇怨情,几近原作;《王侍中粲怀德》模拟《七哀诗》写汉末大乱之惨状,和王粲颠沛流离之哀情;《张司空华离情》将佳人的孤独寂寞,刻画得淋漓尽致;《潘黄门岳悼亡》更是把妻亡之后的悲情,描写得很深沉细腻;《陆平原机羁旅》写陆机久跸世网、思亲怀乡的哀愁;《刘太尉琨伤乱》伤的是国家之难和功名未立的惭愧;《休上人别怨》以别离后的空寂之景衬托怨思之深。

四、先秦至隋哀伤诗述论

《文选》"哀伤"诗,收录年代最早的是汉末之人王粲的《七哀诗》,然而除了嵇康的四言《幽愤诗》以外,其他十二首哀伤诗皆为五言,这就表明,魏晋南北朝哀伤诗的文体形态逐步趋于规范划一,艺术手法也形成了一定的特色。然而,哀伤诗的发展初期并非如此。因此,本文拟将通过简要回顾先秦至隋的哀伤诗之发展趋势,试图从中窥见其文体形态演变的历程。

(一)先秦时期

先秦时期的《诗经》以其丰富的创作题材与精湛的艺术手法,为中国文学树立起了一面光辉的旗帜,其开创性的文学成就和艺术贡献影响到了中国文学的方方面面。其中属于哀伤类作品的,有如《秦风·黄鸟》《邶风·绿衣》《唐风·葛生》等，可以说是哀伤诗创作的萌芽，影响在于出现了描摹哀伤之情的作品，并产生了作为意象与意境所构建的文本范式。另外，先秦时期以屈原为代表的楚国文人所创作的楚辞，作为继北方的《诗经》之后，出现于南国的一种新诗体，它不仅奠定了"以悲为美"的审美倾向，也对后世的哀伤诗创作有所助益，对此后有专论，兹不赘述。

除了《诗经》和《楚辞》，先秦"歌谣"对于哀伤诗创作的影响也不容忽视。比如，商朝遗民箕子朝周，过商之古都殷墟时所作《麦秀歌》，言其乃见宫室毁坏、尽生禾黍，感伤雨泣，成为后世哀伤诗作中久久不息的遗民亡国曲调。据传孔子临终唱《曳杖歌》云："泰山其颓乎？梁木其坏乎？哲人其萎乎？"[1] 哀其一生功业未成，实为哀伤诗中失志不平的诗人喊出的第一声。鲁国的陶婴，少寡，养育幼孤，无强昆弟，纺绩为产，乃作《黄鹄歌》明其不更二庭之志，歌曰："悲夫！黄鹄之早寡兮七年不双，宛颈独宿兮不与众同。夜半悲鸣兮想其故雄，天命早寡兮独宿何伤。寡妇念此兮泣下数行，呜呼哀哉兮死者不可忘。飞鸟尚然兮况于贞良，虽有贤雄兮终不重行"[2]，此与哀伤赋的体式相似，主要描写寡妇独居之愁苦和对亡夫的深切思念。赵武灵王《鼓琴歌》言其梦见处女鼓琴而歌诗云云，先言美人姣好容颜，再惜其年命不永，末以赵武灵王自伤未遇天时而生，怅恨不能与其相逢。西王母于瑶池为穆天子歌《白云谣》曰："白云在天，山陵自出。道里悠远，山川间之。将子无死，尚能复来"[3]，摹写了一幅死后仙境，人间的享乐未因生命的终结而断绝，希冀到了极乐世界仍要继续生前的欢乐！

总而言之，先秦时期以《诗经》与"楚辞"和"歌谣"为代表的哀伤诗，仍然属于草创阶段，作为内容的哀伤情感早已有之，而对哀伤主题的抒写也已呈现出多种样态，其表现形式也较为丰富。

---

[1] 逯钦立辑校：《先秦汉魏晋南北朝诗》，北京：中华书局，1983 年，第 8 页。

[2] 逯钦立辑校：《先秦汉魏晋南北朝诗》，北京：中华书局，1983 年，第 9 页。

[3] 逯钦立辑校：《先秦汉魏晋南北朝诗》，北京：中华书局，1983 年，第 35 页。

（二）两汉时期

两汉时期，"文学"一词作为学术之称而未独立，故哀伤诗的创作仍以歌辞为主，歌、辞、谣驳乱不分，逮至汉末，才出现了较标准化的诗体，比如著名的五言诗——《古诗十九首》。在统一的汉帝国中，北方的《诗经》以其相对规范的文体形态持续影响着文学创作，而楚地民歌则在此期也得到了长足发展，中国文学自此开始了沿着《诗经》《楚辞》两大文学样式向前奔流的繁荣态势。

两汉的哀伤诗，依照体制分为两类：歌辞与诗体。

先看歌辞，指称的是体式较为松散、体制不太规范的一类歌辞、谣曲作品。比如，汉武帝作的三首哀歌，《秋风辞》歌其于秋风起、白云飞、草木黄落、大雁南归之际，于横水中流、泛舟汾河之上，与群臣宴饮甚欢，而临末却发出"欢乐极兮哀情多，少壮几时兮奈老何"[1]的感叹，表达了一种悲多欢少、人生易老的哀伤体验。据《汉书·外戚传》云："（武帝）上思念李夫人不已，方士齐人少翁言能致其神，乃夜张灯烛，设帷帐，陈酒肉，而令上居他帐，遥望见好女如李夫人之貌，还幄坐而步，又不得就视。上愈益相思悲感，为作诗曰：'是邪非邪？立而望之，翩何姗姗其来迟！'"[2]此诗似乎仅是汉武帝的一句呓语，却不断被后人传写，如潘岳《悼亡诗》曰"独无李氏灵，仿佛睹尔容"，其《哀永逝文》亦云"是乎非乎何皇？趣一遇兮梦中"，都有意借助此则故事，来营造一种感伤迷离的氛围，来表达自己抑郁深沉的思念之情。汉武帝的《思奉车子侯歌》乃是哀伤霍去病之子霍嬗，其曰："嘉幽兰兮延秀，蕈妖淫兮中溏。华斐斐兮丽景，风徘徊兮流芳。皇天兮无慧，至人逝兮仙乡。天路远兮无期，不觉涕下兮沾裳。"[3]叹其早亡，其中的仙家语，似与武帝渴望永生有关。

另外，司马相如作《歌》曰："独处室兮廓无依，思佳人兮情伤悲。

---

[1] 逯钦立辑校：《先秦汉魏晋南北朝诗》，北京：中华书局，1983年，第94页。
[2] （汉）班固：《汉书》卷九十七上，北京：中华书局，1962年，第3952页。
[3] 逯钦立辑校：《先秦汉魏晋南北朝诗》，北京：中华书局，1983年，第96页

彼君子兮来何迟，日既暮兮华色衰。敢托身兮长自私"[1]，表达了一种相思无解的悲哀。乌孙公主细君之《歌》曰："吾家嫁我兮天一方，远托异国兮乌孙王。庐为室兮旃为墙，肉为食兮酪为浆。居常土思兮心内伤，愿为黄鹄兮还故乡"[2]，表达了自己对于故乡的无限感念。息夫躬，自恐遭祸而作的《绝命辞》，畏死之态，哀痛万分。后汉少帝刘辩遭董卓鸩死，临死作《悲歌》曰："天道易兮我何艰，弃万乘兮退守蕃。逆臣见迫兮命不延，逝将去汝兮适幽玄"[3]，并令唐姬起舞和之，歌曰："皇天崩兮后土颓，身为帝王兮命夭摧。死生路异兮从此乖，奈我茕独兮心中哀"[4]，尊贵如帝王者，有时也迫不得已，可见人生危苦，皆当努力。《芑梁妻歌》曰："乐莫乐兮新相知，悲莫悲兮生别离，哀感皇天兮城为隳"[5]，乃言齐妻哀其战死的丈夫，其与《楚辞·九歌·少司命》中的句子相同，似为当时的流行语。最可注意的是两首挽歌——《薤露》《蒿里》，相传前者"薤上露，何易晞。露晞明朝更复落，人死一去何时归"[6]是送王公贵人之哀歌，言人命奄忽如薤上露，易晞灭也；后者"蒿里谁家地，聚敛魂魄无贤愚。鬼伯一何相催促，人命不得少踟蹰"[7]是送士大夫庶人，谓人死魂归于蒿里，与草木共腐朽也。

我们发现，以"歌""辞"命名的哀伤诗，多用骚体句式，这可能是出于方便吟唱的需要，然其与赋体区别太小，是先秦歌谣体的余脉。

此期也有格式工整、语体规范，或四言或五言的哀伤诗作。比如，班婕妤的《怨诗》有云："新裂齐纨素，鲜洁如霜雪。裁为合欢扇，团团似明月。出入君怀袖，动摇微风发。常恐秋节至，凉飙夺炎热。弃捐箧笥中，

---

[1] 逯钦立辑校：《先秦汉魏晋南北朝诗》，北京：中华书局，1983 年，第 99 页。

[2] 逯钦立辑校：《先秦汉魏晋南北朝诗》，北京：中华书局，1983 年，第 111 页。

[3] 逯钦立辑校：《先秦汉魏晋南北朝诗》，北京：中华书局，1983 年，第 191 页。

[4] 逯钦立辑校：《先秦汉魏晋南北朝诗》，北京：中华书局，1983 年，第 191 页。

[5] 逯钦立辑校：《先秦汉魏晋南北朝诗》，北京：中华书局，1983 年，第 312 页。

[6] 逯钦立辑校：《先秦汉魏晋南北朝诗》，北京：中华书局，1983 年，第 257 页。

[7] 逯钦立辑校：《先秦汉魏晋南北朝诗》，北京：中华书局，1983 年，第 257 页。

恩情中道绝。"[1] 整齐的五言、和谐的韵律，叙写了一位宫廷贵妇从蒙宠到遭弃的悲剧性命运，写得真是形象、感人。现存几首汉代碑诗也很有价值，比如，石勋《费凤别碑诗》与蔡邕《酸枣令刘熊碑诗》和无名氏的《郭辅碑歌》《张公神碑歌》《李翊夫人碑叹》等，其正文皆以整齐的四言、五言、骚体句来表达哀情，一唱三叹，深婉哀感。

总而言之，两汉时期的哀伤诗创作仍显稚嫩。依其文体形态来看，歌辞依旧属于主流，内容方面则开拓较大，比如，汉武帝的三首哀伤诗，或是哀叹悲多欢少、人生易老，或与《李夫人赋》同是伤其爱姬。《文选》之所以没有收录一首两汉的哀伤诗，或许正是因为它们在艺术成就上有所欠缺，然而其对主题内容与艺术手法的开拓之功则不容低估。

（三）汉末曹魏

汉末战乱频仍，三国军阀纷争，百姓流离失所，社会动荡不安，诗人们饱经忧患、目睹此情此景，由衷地唱出了一曲曲人间的悲歌。此期现存二十余首哀伤诗，按内容可以分为两大类，一是哀伤社会人生，二是哀伤离别死亡。

先看哀伤社会人生。汉末、三国长期处于动荡之中，可谓"世积乱离，风衰俗怨"，诗人有感于战乱中生命的脆弱，发出了哀婉的音调。曹操的拟乐府旧题如《薤露行》和《蒿里行》，其像"诗史"般记录时事，又高度概括了战争带给人们的苦难，对人们的不幸给予了同情。其中有曰："贼臣持国柄，杀主灭宇京。荡覆帝基业，宗庙以燔丧。播越西迁移，号泣而且行。瞻彼洛城郭，微子为哀伤。"[2] 汉季，董卓作乱，篡夺权位，烧杀抢掠，使人民陷于水火，望着焚毁后一片狼藉的洛阳城，曹公也哀伤不已。《蒿里行》则是为战乱中死去的百姓哀伤，其悲叹道："铠甲生虮虱，万姓以死亡。白骨露于野，千里无鸡鸣。生民百遗一，念之断人肠。"[3] 因其对

---

[1] 逯钦立辑校：《先秦汉魏晋南北朝诗》，北京：中华书局，1983 年，第 116 页。

[2] 逯钦立辑校：《先秦汉魏晋南北朝诗》，北京：中华书局，1983 年，第 347 页。

[3] 逯钦立辑校：《先秦汉魏晋南北朝诗》，北京：中华书局，1983 年，第 347 页。

于社会动乱的形象描写和改造乐府旧题的艺术手法，所以《文选》将其收录在"乐府"类中，流芳百世。王粲的《七哀诗》则是从避乱途中所见之惨象，与羁旅之时的思乡之情，以及征战边地之苦等多个方面，全面而细致地写出了人们于战乱之中的普遍感受和悲情人生，故亦为《文选》所看重。曹植《送应氏诗》其一，有云："步登北邙阪，遥望洛阳山。洛阳何寂寞，宫室尽烧焚。垣墙皆顿擗，荆棘上参天。不见旧耆老，但睹新少年。侧足无行径，荒畴不复田。游子久不归，不识陌与阡。中野何萧条，千里无人烟。念我平常居，气结不能言。"[1]与乃父之诗同为哀伤战乱，即哀宫室烧焚、伤民瘼所在。

再看哀伤离别死亡，内容题材较多，比如，既有哀伤死者的悼亡诗，也有思亲怀友、伤于别离之诗，还有为弃妇、出妇、寡妇所作的诗。《为潘文则作思亲诗》乃是王粲代潘文则写的，抒发了潘氏对其亡母的思念之情，先叙其母的高尚德行并感激其母的养育之恩，再述其母亡故已历九年，今日思及，心中仍感惧痛，以至于"形影尸立，魂爽飞沈"了。同时念及"于存弗养，于后弗临。遗衍在体，惨痛切心。在昔蓼莪，哀有余音。我之此譬，忧其独深"，引《诗经》之文，乃言自己于其母生前没来得及照顾以回报养育之恩，死后又未能常临其墓穴之憾恨。今日来到坟前，"仰瞻归云，俯聆飘回。飞焉靡翼，超焉靡阶。思若流波，情似坻颓。诗之作矣，情以告哀"[2]。站在坟前，望着大风回转、浮云来归，思念如同流水而不绝，哀情似那山坡崩摧，抒发了一种极为哀痛的心情。嵇康的《思亲诗》乃是以骚体伤悼其亡母和亡兄的，其云："望南山兮发哀叹，感机杖兮泣汍澜。念畴昔兮母兄在，心逸豫兮寿四海。忽已逝兮不可追，心穷约兮但有悲。上空堂兮廓无依，睹遗物兮心崩摧。中夜悲兮当告谁，独收泪兮抱哀戚。日远迈兮思予心，恋所生兮泪流襟。"[3]写得同样很感人。至于其用的是骚体句式，却以诗命名，表明其时"辨体"意识仍然不够突出。抑或者是

[1] 逯钦立辑校：《先秦汉魏晋南北朝诗》，北京：中华书局，1983年，第453页。

[2] 逯钦立辑校：《先秦汉魏晋南北朝诗》，北京：中华书局，1983年，第357页。

[3] 逯钦立辑校：《先秦汉魏晋南北朝诗》，北京：中华书局，1983年，第491页。

此诗之命名乃出于后人之手。

曹丕的乐府诗《短歌行》曰："仰瞻帷幕，俯察几筵。其物如故，其人不存。神灵倏忽，弃我遐迁。靡瞻靡恃，泣涕连连。"[1]言见其父遗物而悲伤不已，继而有云："呦呦游鹿，衔草鸣麑。翩翩飞鸟，挟子巢栖。我独孤茕，怀此百离"，乃是自叹孤苦无依。又曰："人亦有言，忧令人老。嗟我白发，生一何早。长吟永叹，怀我圣考。曰仁者寿，胡不是保"，自言过度忧伤令人衰老、早生华发，悲叹人命危浅。曹叡的《苦寒行》也是怀念曹操，其东征途中，见祖父曾经营建的屋宇依旧完好，而其人早已"潜德隐形"，遂悲伤满怀，涕泪沾缨。吴质的《思慕诗》作于文帝曹丕去世之后，吴质感激知遇之恩，抒发思念之情。阮瑀数首《七哀诗》或是慨叹人死以后万事成空，流露出极强的生命意识，或是伤感寡居妇人哀愁、悲苦的生活，或是为友朋间的分别而哀伤，大都写得真挚感人。曹植的《赠白马王彪诗》既是哀悼任城王曹彰，也是哀叹自身的命运，更是哀伤人生难测，表达自己对于骨肉相残之行为的愤恨。曹植《送应氏诗》其二，感叹"清时难屡得，嘉会不可常。天地无终极，人命若朝霜"，且以"山川阻且远，别促会日长"[2]表达他对好友的不舍和思念。

还有，像曹丕的《寡妇诗》和曹植的《七哀诗》《弃妇诗》《情诗》《寡妇诗》《代刘勋妻王氏杂诗》等，都是描写社会上那群被弃的妇人的孤独、凄苦的生活，在替她们落泪、为她们伤悲，与此期写弃妇、出妇、寡妇的赋作内容一致。

综上可知，此期的哀伤诗创作，较之前期有了很大的发展，内容题材也更加多样，文体形态也趋于规范。就文体而言，有歌谣、乐府、诗体、骚体等；就内容而言，既表达了对社会人生的哀伤，又传递出对个体生命的悲慨。还有，《文选》收录的曹植的《七哀诗》乃是个体不幸命运的代表，王粲《七哀诗》又是哀伤社会人生的典型，据此可见《文选》编者慧眼识珠。

[1] 逯钦立辑校：《先秦汉魏晋南北朝诗》，北京：中华书局，1983年，第389页。

[2] 逯钦立辑校：《先秦汉魏晋南北朝诗》，北京：中华书局，1983年，第453页。

（四）两晋时期

两晋时期，哀伤诗得以持续发展，以挽歌最为盛行，也出现了许多代拟之作以及临终诗、拜墓诗、七哀诗等的诗歌新样式，而内容仍以哀伤社会人生和哀亡悼逝为主。

晋人或是袭用乐府古题，或是创造乐府新题。通过模拟汉乐府而创作了大量的诗歌作品，其中以哀伤为主题的拟乐府歌辞，所使用的表现手法较之前代更加细腻，它们大多重点描写三个场景：一是送葬时亲友的哀伤情状与途中风云、马鸣、灵车的配饰等，以此营造出一种"音哀景悲"的感伤氛围；二是描写墓地的松风、柏影及其设想墓穴之中的黑暗、腐烂，以此构建一种与生前完全不同的恐怖景象，来表达人们的畏死情绪和对生命的眷恋；三是反思人生，面对死亡强作达观之语，多流露出强烈的生命意识。比如，傅玄的《挽歌》曰："人生尠能百，哀情数万端"[1]，乃是从哀伤的原因写起，继而描写了送葬途中，见到"路柳夹灵輀，旟旐随风征。车轮结不转，百驷齐悲鸣。灵坐飞尘起，魂衣正委移"的景象，再写到丘墓芒芒、松柏参差的坟地，并设想亡者居于墓穴，其中"明器无用时，桐车不可驰。平生坐玉殿，没归都幽宫。地下无刻漏，安知夏与冬"之景象，由此表达了永世再难相见的彻骨悲情。

陆机创作了一系列成就颇高的挽歌诗，其意象丰富，手法独特且表现力强，有很强的感染力。比如，写到凄惨的送葬场面："周亲咸奔凑，友朋自远来。翼翼飞轻轩，骎骎策素骐。按辔遵长薄，送子长夜台。呼子子不闻，泣子子不知"与"流离亲友思，惆怅神不泰。素骖伫輀轩，玄驷骛飞盖。哀鸣兴殡宫，回迟悲野外。魂舆寂无响，但见冠与带。备物象平生，长旒谁为旆。悲风徽行轨，倾云结流霭。振策指灵丘，驾言从此逝"。[2]其中写到，人死以后，亲友皆来奔丧、个个哭成泪人、哀声感天动地，而死者却已经是"不闻不知"，听不见也看不见了，因为他是真的永远离开了！悲伤的亲友们送其最后一程，途中风悲云哀、飘旌摇盖，郊野外亦是一片

[1] 逯钦立辑校：《先秦汉魏晋南北朝诗》，北京：中华书局，1983年，第565页。
[2] 逯钦立辑校：《先秦汉魏晋南北朝诗》，北京：中华书局，1983年，第653页。

哀戚之声；又设想其死后居于墓穴的情形，乃是"丰肌飨蝼蚁，妍姿永夷泯。寿堂延魑魅，虚无自相宾"，这种情状令人震怖。而且还以今昔对比的模式传达了他对于人生的思考，比如"人往有返岁，我行无归年。昔居四民宅，今托万鬼邻。昔为七尺躯，今成灰与尘。金玉素所佩，鸿毛今不振"，即透露出极强的生命意识。

另外，陶渊明自拟的《挽歌辞》[1]三首，同样设想自己死后，亲友之状态，如其所谓的"娇儿索父啼，良友抚我哭"，又有对比今昔，如云："在昔无酒饮，今但湛空觞"与"昔在高堂寝，今宿荒草乡"。其中也描写了墓地的景象，比如，"荒草何茫茫，白杨亦萧萧。严霜九月中，送我出远郊。四面无人居，高坟正嶕峣。马为仰天鸣，风为自萧条。幽室一已闭，千年不复朝"，最后直言："死去何所道，托体同山阿"，同样以旷达的态度面对死生。

这个时代最善于抒写哀情的人，非潘岳莫属。他的四言长诗——《关中诗》虽为颂扬之作，而其中亦不乏哀情的描写，如像"哀此黎元，无罪无辜。肝脑涂地，白骨交衢。夫行妻寡，父出子孤。俾我晋民，化为狄俘。乱离斯瘼，日月其稔"，写出了战乱之中黎民百姓的真实苦难。并对他们表达了万分的同情，乃云："徒愍斯民，我心伤悲。斯民如何，荼毒于秦。师旅既加，饥馑是因。疫疠淫行，荆棘成榛。绛阳之粟，浮于渭滨。"[2]除了《文选》"哀伤"类所收录的三首《悼亡诗》，潘岳还为亡妻杨氏创作了《内顾诗》二首和一首《杨氏七哀诗》。其中《内顾诗》作于潘岳在外任职时期，安仁独居无欢，登城四望，见春草青郁、红叶散香、绿水激石、山川疏荡，一派春日的昂扬气息。记得当日离家赴任之时，冰雪仍未消融，如今已然到了春季，由此想起故去一年的亡妻，这一年里，诗人"驰情恋朱颜，寸阴过盈尺。夜愁极清晨，朝悲终日夕"，过得真是十分悲苦，思念日夜反复折磨。然其虽与妻子已经幽明两隔，却仍抱定了信念，坚守两人的誓言，即所谓的"不见山上松，隆冬不易故。不见陵涧柏，岁寒守一度"，

[1] 逯钦立辑校：《先秦汉魏晋南北朝诗》，北京：中华书局，1983年，第1012页。
[2] 逯钦立辑校：《先秦汉魏晋南北朝诗》，北京：中华书局，1983年，第627页。

表达了一种至死不渝的爱情信念[1]。而《杨氏七哀诗》亦曰："灌如叶落树，邈若雨绝天。雨绝有归云，叶落何时连"[2]，死亡就像落叶辞树般突然，思念如同阴雨连绵不绝，雨水过后，天气放晴，大自然仍然是循环不尽的，而树叶落地就永不能复生了，其中的哀伤是极为沉痛的。又写到自己日夜思念亡妻，难以入眠，即其所谓的"昼愁奄逮昏，夜思忽终昔。辗转独悲穷，泣下沾枕席"。还有一首《思子诗》是怀念聪明、可爱却早夭的幼子，其云："追想存仿佛，感道伤中情。一往何时还？千载不复生！"[3]

此期也有一些如拜墓诗、七哀诗、临终诗等比较新的诗歌样式，也都表达了一种哀伤的情调。比如，《文选》所收录的欧阳建《临终诗》，言及人生的艰险，时有慷慨之辞，说到亲友则又温情感人，其云："上负慈母恩，痛酷摧心肝。下顾所怜女，恻恻心中酸。二子弃若遗，念皆遭凶残。不惜一身死，唯此如循环。执纸五情塞，挥笔涕汍澜"，临终之时顾念亲友的悲痛情状，使人不忍细读[4]。

由此可见，两晋时期，五言诗的迅速发展，这些哀伤诗作，除了极少量的如潘岳《关中诗》仍用典雅庄重的四言以外，多数使用的正是五言这一新型语体。因为五言比四言的容量更大，也适应了抒情需求，其抒情力度又较骚体更节制，适合表达哀伤主题。

（五）南北朝至隋

东晋覆灭，南朝政权瞬息万变，宋、齐、梁、陈依次更迭，北朝局势也是动荡不安。所以南北朝时期，人民长期处于水深火热之中，文人历经磨难与坎坷，写下了无数动人的诗篇。按照诗题和内容，可将此期的哀伤诗分为乐府代拟之作、墓祭诗、挽歌、临终诗等几类。

《文选》收录的南朝宋谢灵运《庐陵王墓下作》和颜延之《拜陵庙作》，

---

[1] 逯钦立辑校：《先秦汉魏晋南北朝诗》，北京：中华书局，1983年，第634页。

[2] 逯钦立辑校：《先秦汉魏晋南北朝诗》，北京：中华书局，1983年，第634页。

[3] 逯钦立辑校：《先秦汉魏晋南北朝诗》，北京：中华书局，1983年，第634页。

[4] 逯钦立辑校：《先秦汉魏晋南北朝诗》，北京：中华书局，1983年，第646页。

都可以视为"墓祭"诗。这类作品在南北朝是十分盛行的，或与咏史诗的繁荣有关，诗人祭奠亡人的同时，也往往为自己的命运担忧。这类"墓祭"诗的对象，或是作者亲友，或是古代贤达，形成了一定的套式，一般先写一路颠沛来到墓主坟前，接着回忆往事，并描摹墓地周围萧瑟的景象以烘托气氛，然后抒发哀悼之情，表达无尽的思念。

伤悼亲友的诗作，经常写得实际又感人，比如，谢灵运的《庐陵王墓下作》有云："晓月发云阳，落日次朱方。含凄泛广川，洒泪眺连冈"，言天未亮从云阳出发，等到了墓地已是黄昏，望着坟前森森松柏成行，想起旧日二人交好，且以季子挂剑和楚老祭龚的故事慨叹自己未能及时祭拜的遗憾，章末举声泣沥，悲叹不已[1]。再如，宋孝武帝刘骏《拜衡阳文王义季墓》云："昧旦凭行轵，濡露及山庭。投步矜履蹈，举目增凄清"，与谢诗何其相似。接着写："深松朝已雾，幽隧晏未明。长杨敷晚素，宿草披初青"[2]，松树、白杨、野草，眼前立马浮现出丘墓之景，最后表达哀恸之情。周弘正的《还草堂寻处士弟诗》也写得极为感人，其云："四时易荏苒，百龄倏将半。故老多零落，山僧尽凋散。宿树倒为查，旧水侵成岸。幽寻属令弟，依然归旧馆。感物自多伤，况乃春莺乱"，[3]言人生骤老，足以令人伤感，而大自然更是无情，譬如人生一去不返。又如，此期创作的一系列祭奠刘瓛的诗作，有竟陵王萧子良的《登山望雷居士精舍同沈右卫过刘先生墓下作诗》、谢朓的《奉和竟陵王同沈右率过刘先生墓诗》、虞炎的《奉和竟陵王经刘瓛墓下诗》、沈约的《奉和竟陵王经刘瓛墓诗》、柳恽的《奉和竟陵王经刘瓛墓下诗》、萧子隆的《经刘瓛墓下诗》，等等。其中如云："初松切暮鸟，新杨催晓风。榛关向芜密，泉途转销空""岁晚结松阴，平原乱秋草""庭露已沾衣，松门向萧瑟"，[4]皆是在松风、柏阴、衰草、残阳的映衬下，致以哀思的。也有一些是诗人经过故人旧居，见物存人亡

[1] 逯钦立辑校：《先秦汉魏晋南北朝诗》，北京：中华书局，1983年，第1173页。
[2] 逯钦立辑校：《先秦汉魏晋南北朝诗》，北京：中华书局，1983年，第1222页。
[3] 逯钦立辑校：《先秦汉魏晋南北朝诗》，北京：中华书局，1983年，第2462页。
[4] 逯钦立辑校：《先秦汉魏晋南北朝诗》，北京：中华书局，1983年，第1383页。

而悲痛难忍的，比如，何逊的《行经范仆射故宅诗》："旅葵应蔓井，荒藤已上扉。寂寂空郊暮，无复车马归。潋滟故池水，苍茫落日晖。遗爱终何极，行路独沾衣。"[1] 言野草的枝蔓掩盖了井口，荒芜的藤树已爬上门窗，郊外故宅已失却了旧日的吵闹，落霞映在池水之上，波光粼粼，无限哀伤都融进这静默悲凉的景象里了。

还有作于古代贤达墓前的，比如，何逊的《行经孙氏陵诗》、庾肩吾的《经陈思王墓诗》、张正见的《行经季子庙诗》等。在评骘古人的同时，也对自身遭遇进行了反思。因此，这类诗作常常"使事用典"，同时自身又积淀成了一批典故，比如"季子挂剑""山阳邻笛""羊公碑"等，都是常用的典故，既表达了哀情，也传达了诗人的"难言之隐"。

综上所述，先秦至隋以来哀伤诗的文体形态逐步得以规范化，即从四言、骚体、杂言发展到较为完善的五言，从中清晰可见《诗经》《楚辞》及"歌曲谣辞"的影响。而哀伤诗的文体形态也日趋规范，其抒情手法也逐步得到锻炼。

第三节　哀文

一、哀文辨体

我们先来界定"哀文"，并以此来辨明其与诔文、祭文、吊文等哀祭类文体的异同。"哀祭文"是指一种用于祭奠、悼念死者的文体，它的产生和发展都与古代丧事的礼仪、礼制密切相关。比如，《周礼·秋官·司寇》曰："吊礼，哀祸灾，遭大水也"，明确指出吊的行为是出于礼。《周礼》又曰："太祝作六辞，以通上下亲疏远近，六曰诔"[2]，亦表明作诔是太祝的职能之一。由此可见，作为一种应用文体，哀祭文具有很强的实用性，但是因其内容的特殊性与特定的用途，又使它具有了比其他应用文体更多

[1] 逯钦立辑校：《先秦汉魏晋南北朝诗》，北京：中华书局，1983 年，第 1695 页。
[2]（明）吴讷：《文章辨体序说》，北京：人民文学出版社，1962 年，第 53 页。

的抒情色彩和文学性。

所谓"诔文",是指累列亡者功德,并依之确立谥号以示哀悼的一类文章。出于"礼"的需要,"歌功颂德"乃是诔文的主要内容。如刘勰说:"诔,累也;累其德行,旌之不朽也"[1]。现存早期的诔文,多为官方出于一定的政治目的而作的。诔文早期的文体功能也就是确立谥号,乃是通过历数死者生平事迹,评定褒贬,明确善恶,给予称号。而人已死,不必过分苛责,故多溢美之词。还有,诔文的撰写有着严格的等级限制,主要用于上对下、尊对卑。而关于诔文的文体形态,刘勰认为:"详夫诔之为制,盖选言录行,传体而颂文,荣始而哀终。论其人也,暧乎若可亲;道其哀也,凄焉如可伤;此其旨也。"[2] 若从《文选》所录八篇诔文来看,都很符合基本的体制规范:首先是都有序文,而且诔文部分皆为四言韵文;在表达功能上,具有定谥、旌扬的功能;在叙事结构上,符合"荣始而哀终"的铺陈结构;在体性上,表现出一种凄恻而缠绵的总体风格。然而,自从"定谥"有了专门的"谥议""谥册"等文体,诔文便不再专为定谥而作了。于是,诔文的叙事性逐渐淡化、抒情性得以加强,也逐渐与其他哀祭文体难以区分了。

再看"吊文"。"吊"最初是指出于"礼",而对遭受天灾人祸的人或国家表示慰问、抚恤伤痛的一种行为。它的言说对象主要是生者,即抚慰刚刚遭遇灾祸或丧失亲友的人。早期的"吊"礼并非人人能用,少年早夭或非正常死亡的,比如,畏、厌、溺死者,是不能去致吊的,此即刘勰说的"厌溺乖道,所以不吊矣"。刘勰将贾谊的《吊屈原文》作为最早以吊命篇的作品,然而此作并非为了抚慰生者,而是作者跨越时间之河以发思古之幽情,追慕古贤、抒写个人怀抱。可见,"吊文"的文体观念至此时已有所改变了。后来,由于抒写对象的不同,也有了寄悲情于古迹的吊文,比如,唐人李华的《吊古战场文》。后世的吊文,虽然也抒发着作

[1] (梁) 刘勰著,范文澜注:《文心雕龙注》,北京:人民文学出版社,1958年,第212页。
[2] (梁) 刘勰著,范文澜注:《文心雕龙注》,北京:人民文学出版社,1958年,第213页。

者的哀情，但与早期丧葬时所使用的吊文相比，已经有了本质区别。吊文与哀辞相近，但是哀辞的使用对象多为至亲之人，而吊文一般为师友、古人、古迹等。此外，"祝文"属于宗教性文献，"哀文"重在抒发哀情，而诔、碑强调道德、事功，"吊文"则不同。一方面，吊文多是有感而发，像与古人进行智慧的对话，思考也较深入和理性；另一方面，被凭吊者多是非正常死亡，所以凭吊者既有为其鸣不平的呼声，亦因共情、共鸣心理而在感伤自己的命运，既吊古人亦是吊己。而且吊文多用韵语，多是采用辞赋形态，或凄怆哀婉，或慷慨激昂。

还有"祭文"。祭文是由祝文发展而来的，早期的祭文与祝文"名异而实同"，都是用于祭奠山川神祇、祈福禳灾的文章，然与后世送死之祭文不同。祝文最初就是祭奠天地祖宗的文章，但祭文的内容已超出了"祭奠亲友之辞"的范围，然而也是合乎文体规范的，其形态颇似凭吊之文，比如，谢惠连的《祭古冢文》。晋代以后，祭文则主要用于祭奠亲故亡友及前代贤达，追思怀想以表达哀伤之情，比如，潘岳的《祭庚新妇文》。有了魏晋南北朝一个较长时期，大量祭文创作的实践积累，使得祭文文体的基本体制在唐宋时期得以确立：先是交代时间、祭奠者及死者的身份，文中多用"呜呼""呜呼哀哉"等套语来表明作者哀痛之强烈，最后常以"尚飨"结尾。祭文的文体风格，要求作者得以真诚恭敬的态度表达悲哀之情，即《文心雕龙·祝盟》篇所说的"祈祷之式，必诚以敬；祭奠之楷，宜恭且哀"[1]。

最后来看"哀文"，随着发展又可分为"哀辞"和"哀策文"两种文体。先说"哀辞"，或称哀词，其内涵并非一般意义上的哀悼之辞，而是一种与诔文性质相近的哀祭文体。哀辞最早施用于童殇夭折而不以寿终者，即年幼夭亡之人。因为童殇者的年寿不足，德业未建，没有可以记述的内容，所以哀辞作者只能重在描写其人的外貌容色与聪慧天资，抒发作者对亡者的悲痛、惋惜之情，比如曹植的《金瓠哀辞》。尽管哀辞初期主要是用于

---

[1]（梁）刘勰著，范文澜注：《文心雕龙注》，北京：人民文学出版社，1958年，第177页。

童殇早夭者，但是后来也可用于年长却不以寿终者，比如，张昭的《徐州刺史陶谦哀辞》。由于早夭或者意外致死，生者不可以去致吊，故欲表达哀思又不愿违背礼制，就只能作哀辞以示伤痛。它还不像诔文、哀策文那样颇多等级限制，其抒情对象是较为宽泛的。哀辞多为韵文，与诔文体制同中有异，诔文多叙亡者的事业，主要是叙事，以四言为主；哀辞主要抒发伤悼之情，多为抒情，兼有散句和骚体。所以，从叙事与抒情角度来看，哀文多抒情，吊文多叙事；哀文多感伤、沉思，吊文常悲愤、反省。哀和吊的写作对象多为功成名就或寿终正寝者，因而哀伤且震惊，并常反思人生。哀辞虽然属于诔文之流，但诔文多以成年人为对象，哀辞则主要为年幼夭亡者；哀辞最初多为有韵之文，后世则出现了变体，即散文的文体形式。后代诔文的体制发生了较大的变化，哀辞与诔文的界限也逐渐模糊了，哀辞的书写对象不再局限于早夭或者意外致死而不得寿终者，甚至能刻成碑文置于坟上。哀辞也与其他哀祭文不同，它没有祭文那样大篇幅的述功追忆，也很少如诔碑那样颇多谀美之词，它并不含有太多的政治道德色彩，更是极少伪饰，多有真情流露，富有很强的情感冲力。

再谈"哀策文"，也称作"哀册"，乃是哀与策的组合体，哀指其内容，策指其形式。比如，刘勰《文心雕龙·祝盟》曰："然则策本书赠，因哀而为文也。是以义同于诔，而文实告神，诔首而哀末，颂体而祝仪。"[1]诔、颂、祝指文体，哀是哀策文的情感指向；诔、颂、祝为体，哀为用。哀与策结合之后，有其特定的适用范围，从现存的哀策文来看，哀策文主要施用于皇室中人，比如皇帝、皇后、嫔妃、太子等，颂扬其生前的功德，临末则致以哀思，语体主要是韵语，风格比较凝重沉郁，多书于玉石竹木之上，由专门的大臣撰写，在葬礼时由太史令读后，埋于陵中。因其特定的写作对象，故而文体功能较为单一，风格少变，抒情性也相较于其他的哀祭文要差些。

《文选》共收录了诔文八篇、哀文三篇、吊文二篇、祭文三篇。从其

---

[1]（梁）刘勰著，范文澜注：《文心雕龙注》，北京：人民文学出版社，1958年，第177页。

数量及目次可以看出，萧统很是重视哀祭类文体，也能表明诔文应该是哀祭文类最早的样式，其文体形态具有典范意义。

二、《文选》哀文的文本分析

《文选》收录的三篇哀文，其中《哀永逝文》可以视为哀辞；《宋文元皇后哀策文》《齐敬皇后哀策文》则是典型的哀策文。

先读潘岳的《哀永逝文》：

> 启夕兮宵兴，悲绝绪兮莫承。俄龙辅兮门侧，嗟俟时兮将升。
> 嫂侄兮悼惶，慈姑兮垂矜。闻鸣鸡兮戒朝，咸惊号兮抚膺。逝日
> 长兮生年浅，忧患众兮欢乐尠。彼遥思兮离居，叹河广兮宋远。
> 今奈何兮一举，邈终天兮不反。[1]

首先是写启殡时的难舍难离之痛。清早就要出殡了，送行的丧车即将启程，长嫂、侄女、婆母等亲人们的神情是慌乱又哀伤的，雄鸡一声长鸣，东方破晓，家人更加悲恸号哭。生年短暂而去日久长，欢乐未享而忧患苦多；平日里的短暂别离已使人无比想念，吟诵《河广》盼归来，而如今你一去不返，生死悬隔又怎能叫我不悲伤！

> 尽余哀兮祖之晨，扬明燎兮援灵輴。彻房帷兮席庭筵，举酹
> 觞兮告永迁。凄切兮增欷，俯仰兮挥泪。想孤魂兮眷旧宇，视倏
> 忽兮若仿佛。徒仿佛兮在虑，靡耳目兮一遇。停驾兮淹留，徘徊
> 兮故处。周求兮何获，引身兮当去。

继而写祖奠时，则渴望亡妻灵魂出现。古人出行前要举行祭路神的仪

---

[1]（梁）萧统编，（唐）李善等注：《六臣注文选》，北京：中华书局，2012年，第1066页。

式，将葬而祭于庭，亦如生时。在祖祭的早晨，扶着灵棺倾诉心中的哀伤。
于是将帷幔撤下换成竹席，人们举杯祭奠，这才明白妻子是真的亡去了。
悲切啊！哀叹呀！俯仰呐！泪淋哇！潘岳因为过度悲伤而发生了心理错乱，
恍惚间仿佛看见妻子在居室徘徊，可等回过神来才发现这是由于思念产生
的幻觉。于是潘岳让车停下，随之寻觅灵室四周，却未见妻子的踪影，丧
车因而动身上路。

> 去华辇兮初迈，马回首兮旋旆。风泠泠兮入帷，云霏霏兮承盖。
> 鸟俛翼兮忘林，鱼仰沫兮失濑。怅怅兮迟迟，遵吉路兮凶归。思
> 其人兮已灭，览余迹兮未夷。昔同涂兮今异世，忆旧欢兮增新悲。
> 谓原隰兮无畔，谓川流兮无岸。望山兮寥廓，临水兮浩汗。视天
> 日兮苍茫，面邑里兮萧散。匪外物兮或改，固欢哀兮情换。嗟潜
> 隧兮既敞，将送形兮长往。委兰房兮繁华，袭穷泉兮朽壤。

然后，写灵车发引时，一路景物黯淡寂寥，将个人之悲化作万物之痛，
以即景生情的方式扩大了情感容量。丧车初行、旌旗翻转，骏马依依不舍、
频频回首，此时出现了一系列反常景象：冷风吹帷、乌云如盖、鸟雀垂翼
而忘记归林，鱼儿仰首而不再戏水，仿佛自然万物也为之悲泣。车马缓行，
众人回想着与其生前亲近和睦，而今却要生死永诀了。亡者的遗物虽然完
好无损，可是形体已经消失；形体虽然消失了，可是思念永远不会断绝。
哎！如今生死异路，再回想曾经同心同途的欢乐日子，只能是增添悲伤。
潘岳哀痛难禁，转而描写外物：无边无际的原野，奔流不息的河川，眺望
寥廓的远山，临视浩瀚的河水，天空无光无色，城乡萧条冷漠。亡妻永逝、
天地空虚、万物哀戚，外物似乎都在悲伤，其实外物并未改易，只因心中
哀凄使得心情黯淡，乃借外物色变来表达自我哀情而已。

接下来写入葬，深暗的墓道已经打开，亡妻的遗体将被推入，潘岳于
是感叹：人一旦死去，花香四溢的居室弃之不顾，却要到九泉之下被黄土
掩埋。

中慕叫兮撆摽，之子降兮宅兆。抚灵榇兮诀幽房，棺冥冥兮埏窈窕。户闔兮灯灭，夜何时兮复晓。归反哭兮殡宫，声有止兮哀无终。是乎非乎何皇，趣一遇兮目中。既遇目兮无兆，曾寤寐兮弗梦。既顾瞻兮家道，长寄心兮尔躬。

重曰：已矣！此盖新哀之情然耳。渠怀之其几何？庶无愧兮庄子。

最后，写入葬时为亡妻永处黑暗而忧，于反哭之时复生亡妻形影再现之望。亡妻降入墓穴，潘岳痛哭流涕，悲伤难忍，手扶灵柩与亡妻诀别，乃发问道："墓门关闭后，灯火熄灭，阴沉的墓道里，昏暗的棺椁内，长夜漫漫何时到清晨？"而答案只有这句："幽室一已闭，千载不复朝。"潘岳才从墓地回来，又到灵前哭泣。哭声有止而哀情无限，再次因为悲伤而出现了幻觉："是你吗？不是你吧？！身影飘来飘去，要往何处呀？"只求看你一眼，仿佛看见了，却没有看清，想要在梦中相遇，却怎么也睡不着。转而，回想亡妻在世时，把家事全部托付给持家有方的妻子，现在心中既感激又悔憾。因此这句并非多余，而且情感缠绵哀伤，所以极具延展性，预示潘岳将带着与妻子的所有记忆，在以后无数不眠的夜晚重复思念，这些想来都让人哀伤。

最后的"重曰"，于悲痛至极后，故作达观之语，乃强自宽解而更生悲痛。算了吧！大概新的哀情都是这样吧！还要思念到何时呢？我这哀伤恐怕已远胜妻死而无悲的庄子了吧！

南朝宋的颜延之受宋文帝的诏命，为元皇后迁墓而作的《宋文皇帝元皇后哀策文》，试读之：

惟元嘉十七年七月二十六日，大行皇后崩于显阳殿，粤九月二十六日，将迁座于长宁陵，礼也。龙輴纚绋，容翟结骖。皇涂昭列，神路幽严。皇帝亲临祖馈，躬瞻宵载。饰遗仪于组疏，沧徂音乎珩佩。

悲黼筵之移御，痛翚褕之重晦。降舆客位，撤奠殡阶。乃命史臣，累德述怀。其辞曰：[1]

此为序文，先是交代时间、地点、人物、事件，并依礼仪开展丧葬活动。继而写到周围的景物庄严肃穆，气氛凝重：灵车拴上了绳索，运载亡人遗物的辕马也已套好，皇家道路显豁明亮，陵中墓道幽寂肃穆。皇帝亲自于殡前祖祭，夜间又去瞻仰灵柩。皇后生前所佩玉饰已不再发出音响，按照礼制装饰成幡旗丝带，用于跪拜侍奉的竹席被撤离，华美的衣服也都收进皇后陵墓，于是撤除宾阶上的祭奠，把灵柩抬下丧车置于西方之位。在这一切物象的变动之下，实际上涌动着众人哀伤的心潮。接着文帝命史臣秉笔，累叙皇后美德以追述怀念之。

伦昭俪升，有物有凭。圆精初铄，方祇始凝。昭哉世族，祥发庆膺。秘仪景胄，圆光玉绳。昌晖在阴，柔明将进。率礼蹈和，称诗纳顺。爰自待年，金声凤振。亦既有行，素章增绚。

象服是加，言观维则。俾我王风，始基嫔德。惠问川流，芳猷渊塞。方江泳汉，载谣南国。伊昔不造，鸿化中微。用集宝命，仰陟天机。释位公宫，登曜紫闱。钦若皇姑，允迪前徽。

孝达宁亲，敬行宗祀。进思才淑，傍综图史。发音在咏，动容成纪。壸政穆宣，房乐韶理。坤则顺成，星轩润饰。德之所届，惟深必测。下节震腾，上清朓侧。有来斯雍，无思不极。谓道辅仁，司化莫晰。象物方臻，视褵告泠。太和既融，攸华委世。兰殿长阴，椒涂弛卫。呜呼哀哉！

哀策文的叙事如同传记，而且不吝溢美之辞，累列了逝者一生的功德。此篇之正文先是从皇后显贵的家族写起。因其贤良淑德而与皇帝结为伉俪，

---

[1]（梁）萧统编，（唐）李善等注：《六臣注文选》，北京：中华书局，2012 年，第 1068 页。

此乃顺应天意、符合民望之大事。再是总说夫妻和睦，皇后温顺明智，懂得为妻之道，德才兼备，时时遵从礼法，早年即有美德善行，宫廷留有很好名声。继而追念皇后生前之德行：衣饰得体，言行得当，遵循嫔妃之德，以渊博的知识和高超的谋略为皇帝建言献策。遥想当年宋文帝艰辛之时，皇后为其分忧解难；登上皇位以后，她又能恭敬顺从先皇太后，继承美德，日日视亲，于宗庙祭祀时也虔敬和顺。而且皇后的淑贞、贤惠、好学、上进等美德的影响无远不至。然而，造化弄人，竟早早地夺去了她性命。接下来是以景衬情：言皇后弃世，生前所居之宫室长久地幽暗着，而殿内侍卫也都废闲了⋯⋯

> 戒凉在律，杪秋即罗。霜夜流唱，晓月升魄。八神警引，五辂迁迹。嗷嗷储嗣，哀哀列辟。洒零玉墀，雨泗丹掖。抚存悼亡，感今怀昔。呜呼哀哉！
>
> 南背国门，北首山园。仆人案节，服马顾辕。遥酸紫盖，眇泣素轩。灭彩清都，夷体寿原。邑野沦蔼，戎夏悲叹。来方可述，往驾弗援。呜呼哀哉！

送葬之时，皇帝、皇子及众人悲伤难忍。秋凉时节暂葬道旁，临近晚秋墓如深夜，霜飞夜深挽歌哀绝，神灵升天正逢晓月，八方之神值警引导，五种后车齐来发丧，这些都是借景抒情。太子痛哭之声塞满原野，诸王怀着哀痛的心情来送殡，众人的泪水洒湿了玉阶，鼻涕成河，淌满房舍，这些都是夸张之辞。最后是套语，抚慰生者哀悼死者，感念今日思怀往昔，呜呼哀哉！

然后写到众人不忍离去。向南背靠国都之门，向北对着皇后陵园，随从仆役也是紧扣马缰，频频回顾。然而，随着皇后的车马已经远去消失了，没有皇后的都城也失去了色彩，她的躯体安然地躺在墓中，其生前所居之都城就在前方。都城、郊野失去了昔日的色彩，戎狄、华夏皆为之悲声哭泣。皇后往日的美名仍可追述，而灵车起驾就难以攀牵了。呜呼哀哉！

齐代谢朓的《齐敬皇后哀策文》，是为齐敬皇后的迁葬活动而作的哀策文，全文如下：

> 惟永泰元年秋九月朔日，敬皇后梓宫启自先茔，将祔于某陵。其日，至尊亲奉奠某皇帝，乃使兼太尉某设祖于行宫，礼也。翠帟舒阜，玄堂启扉。俎彻三献，筵卷六衣。哀子嗣皇帝，怀蜃卫而延首，想翣辂而抚心。痛椒涂之先廓，哀长信之莫临。身隔两赴，时无二展。旋诏左言，光敷圣善。其辞曰：[1]

序文交代了时间、人物、地点、事由。敬皇后名刘惠端，乃齐明帝萧鸾之妻。齐明帝崩，其子东昏侯萧宝卷遂将齐敬皇后的灵柩从先前的茔地迁出，与明帝合葬于兴安陵。移陵那天，宝卷亲祭先皇，并按礼仪派遣太尉在行宫安排祭祀路神的仪式。绿色帐篷布于土山，皇陵墓门打开了，撤掉祭器，祭酒三次，卷好皇后的六衣。居丧的哀子，继位的皇帝，亦怀想着远去的丧车而举头遥望，思念当初运载着灵柩的大车，为宫室空寂而悲痛，为宫殿无人而哀伤。一身不能两处赴丧，永不能再省视高堂，随即诏命记言史官，光大铺陈圣明善良。

> 帝唐远胄，御龙遥绪。在秦作刘，在汉开楚。肇惟淑圣，克柔克令。清汉表灵，曾沙膺庆。爰定厥祥，徽音允穆。光华沼沚，荣曜中谷。敬始纮綖，教先種稑。睿问川流，神襟兰郁。
>
> 先德韬光，君道方被。于佐求贤，在谒无诐。顾史弘式，陈诗展义。厚下曰仁，藏往伊智。十乱斯俟，四教周灥。思媚诸姑，贻我嫔则。化自公宫，远被南国。轩曜怀光，素舒仁德。

正文先是追溯皇后光荣的家族史，敬皇后乃是一位生而庆祥、和善通达、

---

[1]（梁）萧统编，（唐）李善等注：《六臣注文选》，北京：中华书局，2012年，第1071页。

有德行、有智识、善稼穑、明事理的人。再是回想，其与先帝相处和睦，先帝泽被四方，皇后辅佐先皇时，举荐贤良不偏不倚，不但宽厚对待下人，殷勤侍奉长辈，而且严格遵守妇道，善于教化民众，美好的德行远播到南方，如同清朗的明月把光辉洒向四方。

> 闵予不佑，慈训早违。方年冲藐，怀襄靡依。家臻宝业，身嗣昌晖。寿宫寂远，清庙虚归。呜呼哀哉！
> 帝迁明命，民神胥悦。干景外临，阴仪内缺。空悲故剑，徒嗟金穴。璋瓒奚献，袆褕罔设。呜呼哀哉！
> 冯相告襫，宸居长往。贻厥远图，末命是奖。怀丰沛之绸缪兮，背神京之弘敞。陌苍梧之不从兮，遵鲋隅以同壤。呜呼哀哉！

继而再写皇后及皇帝逝去以后，当今皇帝及百姓悲伤的心情和外物的变化。可怜小子无人护佑，慈母教训竟早失去，皇帝正值年幼，苦无怀抱依靠。皇帝发愿，要继承先皇先后的光辉德行，而望着寂寞的神祠与空荡的宫殿伤心落泪。

萧宝卷登上了皇位，百姓神灵也为之喜悦，可一想到先皇逝去，不能再处理政务了，先后逝去，也不能再主持后宫了，便有无限哀伤。亡妻已逝空余悲切，富有之家徒留叹嗟，祭用礼器谁来执掌，王后祭服无人再穿。此处是写人亡物在，生前之事再不能从事了，一种生命的幻灭感忽然升起。

接下来，由追忆生前转而写到骤然崩离。帝王驾崩，留下了他的宏图大愿，临终遗命满含劝勉。他是真的离开故乡，离开宏大敞阔的帝都而永逝不返了。鄙薄舜妃没有从葬苍梧，遵循九嫔和颛顼同埋于鲋隅之壤的遗则。由四言变为六言，缠绵哀婉，有不舍之意，含不尽之情。

> 陈象设于园寝兮，映舆镂于松楸。望承明而不入兮，度清洛而南游。继池绋于通轨兮，接龙帷于造舟。回塘寂其已暮兮，东川澹而不流。呜呼哀哉！

藉閟宫之远烈兮，闻缵女之遐庆。始协德于革鞶兮，终配祇
而表命。慕方缠于赐衣兮，哀日隆于抚镜。思寒泉之罔极兮，托
彤管于遗咏。呜呼哀哉！

最后作永诀时，环视墓地四周。图像陈列在陵庙中，墓地的松树、楸
树旁映衬着车马饰物。望见天子正室而不能进入，渡过洛水向南漫游，紧
连棺罩的绳索在大路之上，承接灵柩的帷幕在浮桥四周，曲折的堤岸在暮
色苍茫中空寂无声，东边的河川波平浪静、凝滞不流。此处是借寂静无声
的景物，来渲染人们心中的悲痛。结尾再次称扬先皇先后的功业美德，抒
发了无限的哀伤之情。

三、《文选》哀文与其他涉及"哀伤"作品之比较

诔文、碑文、墓志、行状、吊文、祭文，皆为"送终"之文，皆是"哀
祭"类文体。而"哀文"的内容主要分为两种：一是为社会人生而哀，一
是为生死迁逝而哀，后者即可划归"哀祭类"文体之中。

（一）荣始哀终：诔文

"诔文"，是为了悼念死者而作的一种文体。关于诔文的文体形态，
刘勰在《文心雕龙·诔碑》中说："详夫诔之为制，盖选言录行，传体而
颂文，荣始而哀终。论其人也，暧乎若可亲；道其哀也，凄焉如可伤；此
其旨也。"[1] 序文在于阐明事由，正文先是追溯家世，再是言明德行功业，
末尾抒发哀情，似为亡者作传，颂其一生，使其人如在目前，令其文凄恻
哀伤。

比如，曹植的《王仲宣诔》合乎诔文体制，其序文曰："呜呼哀哉！
皇穹神察，哲人是恃。如何灵祇，歼我吉士？谁谓不庸？早世即冥。谁谓

---

[1]（梁）刘勰著，范文澜注：《文心雕龙注》，北京：人民文学出版社，1958年，
第214页。

不伤？华繁中零。存亡分流，夭遂同期。朝闻夕没，先民所思。何以谟德？表之素旗。何以增终？哀以送之。"[1]可见王粲之死，子建极为哀痛。正文按谟文体式，先述王粲家世，继叙其德行才智，称其"既有令德，材技广宣。强记洽闻，幽赞微言。文若春华，思若泉涌。发言可咏，下笔成篇"，却因"皇家不造，京室陨颠。宰臣专制，帝用西迁"而不得不"翕然凤举，远窜荆蛮"。接着表彰王粲在曹魏时期所建功业，却于征行途中，命运不济而"运极命衰，寝疾弥留，吉往凶归"。临死之时，"翩翩孤嗣，号恸崩摧。发轸北魏，远迄南淮。经历山河，泣涕如颓。哀风兴感，行云徘徊。游鱼失浪，归鸟忘栖"，万物也因此哀伤。然后回顾二人"义贯丹青""好和琴瑟，分过友生"之交情，以及宴会戏言、议论生死之情景。如今王粲果乃先逝，于是子建愿假翼高举、追踪亡魂，情深义厚、催人泪下！末写与王粲死别，天人共泣。其时"丧枢既臻，将反魏京。灵轜回轨，白骥悲鸣。虚廓无见，藏景蔽形。孰云仲宣，不闻其声？延首叹息，雨泣交颈"，其景其情，可哀可伤！

潘岳的《杨荆州谟》是伤悼其岳父杨肇的，序言交代亡期，略叙事功，及其"降年不永，玄首未华。衔恨没世，命也奈何"[2]之哀叹。谟辞乃首"述祖宗"；次叙杨肇之才能德行；再述其仕途生涯与政绩和兵败遭贬，其时"退守丘茔，杜门不出"，抑郁而亡，皇帝念其忠诚，定谥戴侯。言"群辟恸怀，邦族挥泪。孤嗣在疚，寮属含悴。赴者同哀，路人增欷"，乃为天下人共哀之。最后，潘岳又以极沉痛的心情，"仰追先考，执友之心；俯感知己，识达之深"，表达自己"覆露重阴"的感激，以及自己身患重病"在疾不省，于亡不临"的原因，表达"承讳切怛，涕泪沾襟"与"举声增恸，哀有余音"的情绪。岳父得病，不能前去探视，岳父亡故，不能亲自哭莫，听闻死讯，歔欷与哀伤纷涌如潮。

---

[1]（梁）萧统编，（唐）李善等注：《六臣注文选》，北京：中华书局，2012 年，第 1042 页。

[2]（梁）萧统编，（唐）李善等注：《六臣注文选》，北京：中华书局，2012 年，第 1045 页。

　　潘岳《杨仲武诔》的主人公，乃是岳父杨肇之孙、安仁之妻侄杨经，其与潘岳情同父子，而不幸于二十九岁之盛年病逝。读此诔作，仿佛看见安仁"临穴永诀，托梓尽哀"，声泪俱下之情景。序言先是交代潘岳与其关系密切，叹其短命而亡。诔文先述祖宗、叙德行、言友情；接着转入抒情，以"日昃景西，望子朝阴。如何短折，背世湮沉"[1]婉言其死，继而赞其遵循孝悌之义，"寝疾弥留，守兹孝友。临命忘身，顾恋慈母"，并以亲友之哀伤和外物之凋陨及今昔对比，来抒发哀痛之情。比如，"哀哀慈母，痛心疾首。嗷嗷同生，凄凄诸舅"，乃言亲友闻亡，悲痛欲绝，以"春兰擢茎，方茂其华。荆宝挺璞，将剖于和。含芳委耀，毁璧摧柯"，写芳茂之春兰与和氏宝璧，既是赞其德行表达惋惜，又借外物凋陨婉言其死，如"呜呼仲武，痛哉奈何！德宫之艰，同次外寝。唯我与尔，对筵接枕。自时迄今，曾未盈稔。姑侄继陨，何痛斯甚！"回忆往昔宴饮之好，而一年间，妻子、侄子相继逝去，还有什么比这更让人悲痛呢！结末写法尤妙，或睹其遗物，或临穴悲哭，或哀景衬情。比如，"披帙散书，屡睹遗文。有造有写，或草或真。执玩周复，想见其人。纸劳于手，涕沾于巾"和"龟筮既袭，埏隧既开。痛矣杨子，与世长乖。朝济洛川，夕次山隈。归鸟颉颃，行云徘徊。临穴永诀，抚梓尽哀。遗形莫绍，增恸余怀"，表达了无限惋惜、无尽哀伤。

　　潘岳《夏侯常侍诔》乃伤悼亡友夏侯湛，序文述其履历，言其疾卒，正文之诔辞主要写了两方面的内容，一方面是通过赞美夏侯湛的高尚品德与才华却长期不得重用的对比之中，表达惋惜、哀伤之情，比如，写其出身贵族，赞其风姿文才，乃是"英英夫子，灼灼其俊。飞辩摘藻，华繁玉振"与"如彼随和，发彩流润。如彼锦缋，列素点绚"[2]他对父母"孝齐闵参"，对兄弟"和如瑟琴"，对君主处以"直道"，对朋友言而有信，对百姓"惠训不倦，视民如伤"。另一方面，主要抒发自己深沉悲痛的感情，比如赞

[1]（梁）萧统编，（唐）李善等注：《六臣注文选》，北京：中华书局，2012年，第1048页。

[2]（梁）萧统编，（唐）李善等注：《六臣注文选》，北京：中华书局，2012年，第1050页。

其通达拔俗的生死观，生前"甘食美服，重珍兼味"，死后"敛以时袭，殡不简器"，要求薄葬。斯人永逝，安仁望其"枢辂既祖，容体长归。存亡永诀，逝者不追"，然后，或写观遗物而哀，或以物候衬托哀情，或写孤孀之态，以传达哀伤之情，如以"望子旧车，览尔遗衣。恓抑失声，迸涕交挥。非子为恸，吾恸为谁？"极言其哀；安仁于"日往月来，暑退寒袭。零露沾凝，劲风凄急"之时，"惨尔其伤，念我良执。适子素馆，抚孤相泣"，并且"前思未弭，后感仍集。积悲满怀，逝矣安及"。潘岳亦于秋风萧索之际，来到亡友灵前，见遗衣而迸涕，抚孤子而相泣，亡友远逝，难以追及，只留他一身思念、满怀悲伤！

潘岳的《马汧督诔》为伤悼西晋功臣马敦而作。这是一位固守孤城、保全了群众性命和数百万石粮食的功臣，却被打了败仗的州司所嫉恨，必欲置之死地而后快，所以马敦无比悲愤，屈死狱中，而潘岳亦满含愤慨与同情，写下了这篇感人肺腑的诔文。这篇诔文的体制略有不同，序言的篇幅很长，交代了马敦督守汧县的整个经过，和愤死狱中以后皇帝追赠牙门将军之事，及潘岳以鲁庄公为县贲父作诔与汉文帝为司马叔持作诔两件事，和自己为马敦作诔对比，由此抒发了心中的悲愤。正文即以整齐的四字句将此事重述一过，文末言其"功存汧城，身死汧狱。凡尔同围，心焉摧剥。扶老携幼，街号巷哭"[1]，再次表达了无限的悲愤和哀伤。

颜延之的《阳给事诔》是为哀悼南朝宋与拓跋魏滑台之战中抗敌牺牲的民族英雄阳瓒而作，歌颂了阳瓒临难不惧、坚贞不屈的高尚节操。其与一般诔文的体制不同，似有模仿潘岳《马汧督诔》之痕迹，然其渲染气氛，令人屏息；描写人物，形神欲生；造语工巧，警策迭出，故有甚于潘作。此篇序文较长，记述了阳瓒抗敌御侮的业绩，交代了作诔的时间和动机。正文之诔辞，也未依诔文惯例敷衍其家世渊源，而是直接记述阳瓒誓死抗敌之情景，面对战事险恶态势，面临强敌凶残进逼，以阳处父荐贤遇害之忠，苦夷名子行阵之壮，来烘托阳瓒崇高的爱国精神。文中言及战争之惨状，

[1]（梁）萧统编，（唐）李善等注：《六臣注文选》，北京：中华书局，2012年，第1053页。

比如，"函陕堙阻，瀍洛蒿莱。朔马东骛，胡风南埃。路无归辙，野有委骸"，文末叹其"力虽可穷，气不可夺。义立边疆，身终锋栝"[1]，又以春秋贾父与西晋马敦皆得表彰为喻，以告慰死者。文章情辞可谓悲慨，读来异常感人。

颜延之的《陶征士诔》是为哀悼亡友陶渊明而作的。诔文体式，异于常格，开头序文，篇幅较长，先是认为古昔高行峻节之风日渐衰绝，后世隐逸之士又多属貌合神离，然后叙述陶渊明的性情经历，突出他的弃世自隐、好书嗜酒、安贫乐道的品格。诔辞正文，颂扬渊明高洁超逸的德风和"视死如归，临凶若吉"的达观态度，深表哀悼之情。最后追忆与渊明生前互为交往、彼此警诫的情景，而斯人已逝，此景难堪！并以"仁焉而终，智焉而毙。黔娄既没，展禽亦逝。其在先生，同尘往世"来说明仁智皆有终死，渊明与古贤精神混同以告慰灵魂。诔文哀渊明，亦是自哀，文中满是对陶征士的钦敬礼赞，延之又将自身遭际情志融化其中，责问上天、抨击人世，情味深长，读来极其沉痛哀伤！[2]

谢庄《宋孝武宣贵妃诔》[3]乃是为哀祭孝武帝宠姬殷淑仪之死所作的诔文。此篇诔文的体制新颖，体式多样，巧设修辞，缠绵凄怆，如其序文即用散句交代了贵妃之死，并以"律谷罢暖，龙乡辍晓。照车去魏，联城辞赵"等一系列比喻婉言其死之后，写到"皇帝痛掖殿之既阒，悼泉途之已宫。巡步檐而临蕙路，集重阳而望椒风"与"国轸丧淑之伤，家凝賮庇之怨"，说明其死带给国人、家人伤痛之深。诔辞正文又可分为两个部分。叙事部分，先是用四字句，赞其仪容风度如月中嫦娥、星空婺女，继而赞其德行才华出众、习女工、行祭祀、精六艺、通音律，侍上则节俭孝顺，

[1]（梁）萧统编，（唐）李善等注：《六臣注文选》，北京：中华书局，2012年，第1057页。

[2]（梁）萧统编，（唐）李善等注：《六臣注文选》，北京：中华书局，2012年，第1060页。

[3]（梁）萧统编，（唐）李善等注：《六臣注文选》，北京：中华书局，2012年，第1063页。

待下则和蔼诚恳，然遭不幸。接着是抒情部分，作者使用了多种艺术手法来表达哀伤，如以"衡总灭容，翚翟毁袆。掩采瑶光，收华紫禁"等物象的变化婉言其死，以"帷轩夕改，辒辌晨迁。离宫天邃，别殿云悬"言其殡葬时的苍天深邃、阴云茫茫之景象，以此营造感伤气氛，再以"灵衣虚袭，组帐空烟。巾见馀轴，匣有遗弦"等"遗物"勾起往昔回忆，然后又以骚体句式描写哀景，如"移气朔兮变罗纨，白露凝兮岁将阑。庭树惊兮中帷响，金釭暖兮玉座寒"，继而又以极沉痛之笔描写送葬场景，"经建春而右转，循阊阖而径度。旌委郁于飞飞，龙逶迟于步步。锵楚挽于槐风，喝边箫于松雾。涉姑繇而环回，望乐池而顾慕"，灵柩缓缓前移，挽歌声飘入槐树林梢，笛音远迈松林雾里，仿佛当年穆天子送葬盛姬回环于姑繇水滨，遥望乐池心生哀思。此时子女也痛心疾首，怨母恩难以为报；兄弟都悲伤消瘦，叹家族再无荫佑。言"晨辐解凤，晓盖俄金。山庭寝日，隧路抽阴。重扃闭兮灯已黯，中泉寂兮此夜深。销神躬于壤末，散灵魄于天浔。响乘气兮兰驭风，德有远兮声无穷。呜呼哀哉！"即想象墓中冷寂，亡灵一去不返，唯留其美名于人间心上。这篇诔文形制已颇似哀策文，迨至宋世，哀策文担起追赠谥号的任务并逐渐得以兴盛，便与诔文区别不大了。

综上所述，《文选》收录的这八篇诔文，文体形态基本合乎规范，其体制上，也大多由叙事和抒情构成；语体上，序言用散句，诔辞为四言；体式上，赋、比、兴手法熟练应用；体性上，缠绵而凄怆。从中也可看出诔文的发展状况，比如，曹魏时期，曹植《王仲宣诔》谨遵诔文的文体规范，序言用散句交代死者姓名、时间、死因及伤痛之情，诔辞则全为四言，先述祖宗，次赞德行才华，再述功业，后表哀情，"呜呼哀哉"不断出现。西晋时期，选取了潘岳的四篇诔作，其序言篇幅明显加长，具备了叙事功能，尤其最后一篇《马汧督诔》之序言几乎是整个事件的重述，正文仍以四字句叙事、抒情。南朝宋颜延之的《阳给事诔》轨范潘作《马汧督诔》，哀悼的都是些功臣良将，抒发着各自内心的悲愤，其《陶征士诔》亦如此，可见此期的诔文内容开始略起变化。逮至谢庄的《宋孝武宣贵妃诔》，诔文的文体形态便与哀策文几无区别了。

（二）志在不朽：碑文、墓志、行状

"碑文"，亦为悼念死者而作的一种文体，因其载体而得名。关于碑文的文体形态，刘勰认为："夫属碑之体，资乎史才，其序则传，其文则铭。标序盛德，必见清风之华；昭纪鸿懿，必见峻伟之烈：此碑之制也。"又谓其体性曰："写实追虚，碑诔以立。铭德纂行，文采允集。观风似面，听辞如泣。石墨镌华，颓影岂戢。"[1] 意即写碑文如撰史，须有史家之才能，而其叙事如传记，既要用散文写实地叙述具体的行事；其铭文为韵语，又要用韵文追记抽象的道德。而且，碑文还应该突出碑主的美好德行与卓伟功绩，文采也要恰当、得体，使其风采如在目前，读其文辞如听悲泣。

比如，蔡邕《郭有道碑文》是为东汉末太学生的精神领袖郭泰所作的 [2]。此文赞颂了郭泰的学问、品德及处世态度与风范影响，其颂扬之词与实际相符，迥非一般谀墓之文。东汉末年，党锢之祸令众名士惨遭杀害，郭泰不避陷患，恸哭于野，故其翌年卒于家，四方会葬者千余人，蔡邕乃作碑文。序文如传，述其祖宗、称其德行、夸其文才、扬其声名，序末交代了立碑的缘由。碑文以四言韵语重复序文，简叙一生，再抒哀情。蔡邕《陈太丘碑文》亦为贤德之士陈寔所作。序文如传，记述了陈寔的一生履历，又用较长篇幅言其死后要求薄葬、众人送行的情景，如"年八十有三，中平三年，八月丙午，遭疾而终。临没顾命，留葬所卒，时服素棺，椁财周梓，丧事惟约，用过乎俭。群公百僚，莫不咨嗟。岩薮知名，失声挥涕。……斯可谓存荣没哀，死而不朽者已"[3]，足见其影响！铭文较短，以四言韵语重诉哀伤。

王俭《褚渊碑文》之序，写法近乎史书纪传体，记述了褚渊一生之大略，

[1]（梁）刘勰著，范文澜注：《文心雕龙注》，北京：人民文学出版社，1958年，第215页。
[2]（梁）萧统编，（唐）李善等注：《六臣注文选》，北京：中华书局，2012年，第1074页。
[3]（梁）萧统编，（唐）李善等注：《六臣注文选》，北京：中华书局，2012年，第1075页。

篇幅很长，其中"景命不永，大渐弥留。建元四年八月二十一日薨于私第，春秋四十有八。昔柳庄疾棘，卫君当祭而辍礼；晏婴既往，齐君车趋而行哭。公之云亡，圣朝震悼于上，群后恸动于下。岂唯哀缠一国，痛深一主而已哉"[1]，言万国同戚，岂如柳庄、晏婴事止一国一主而已哉！序文之后须刻在碑上的"碑文"，则是对序文内容的"简写"，其写法接近赞与铭，全用的是四字韵语。

王巾的《头陀寺碑文》乃以头陀寺为抒写对象，其体制合乎碑文，完整记叙头陀寺从初建到繁盛、中经衰败、再度复兴的全过程，如同为人作传[2]。其中又以对比、设喻等手法揭示佛学之幽微，宣扬道德。明言寺业毁废坠弃之时，佛教"拯溺逝川"之义，终使宝相再造、灵心有寄。

沈约的《齐安陆昭王碑文》乃伤悼齐安陆昭王萧缅之作。前有序，后有铭。序是死者生平传记，言当其病危时，乃"耕夫释耒，桑妇下机。参请门衢，并走群望"；当其亡故之日，乃"城府飒然，庶寮如贯。男女老幼，大临街衢。接响传声，不逾时而达于四境。夷群戎落，幽远必至。望城拊膺，震动郊邑，并求入奉灵榇"；当灵柩启运之时，则"号送逾境。奉觞奠以望灵，仰苍天而自诉。震响成雷，盈涂咽水"。再写其兄明帝"闻凶哀震，感绝移时。因遘沈痾，绵留气序"与"外顺皇旨，内殷私痛，独居不御酒肉，坐卧泣涕沾衣"，竟"若此移年，癯瘠改貌"与"对繁弱以流涕，望曲阜而含悲"[3]，写得真是凄婉动人。铭文则是质朴庄重的四言韵语，虽为序文之概括，而能别撰新词，叙事、言情都极为沉痛。

综上可知，碑文作为"送终"之文，旨在颂德，难免谄谀溢美之嫌，而其为碑主作传，则十分写实，至于临末抒发哀情，也很哀痛感人。

---

[1]（梁）萧统编，（唐）李善等注：《六臣注文选》，北京：中华书局，2012年，第 1077 页。

[2]（梁）萧统编，（唐）李善等注：《六臣注文选》，北京：中华书局，2012年，第 1086 页。

[3]（梁）萧统编，（唐）李善等注：《六臣注文选》，北京：中华书局，2012年，第 1094 页。

"墓志"，是记载了志主的姓名、生平和卒葬等信息，并埋设于墓中，且具有一定形制的志石或志砖[1]。墓志的形成，显然受到了碑、铭、诔、哀策等格式或功能相近文体的影响，通常可以分为志和铭两个部分：志者，识也，有作标志以备查考、防遗忘之意，就是前面记载墓主家世、生平行事的部分，一般为散体；铭者，名也，有德善功业可名于世，后人铸器以记之，也就是后面部分用来表示哀悼斯人云逝、赞叹墓主功业德行的文字，旨在抒发或发挥志文未尽之意，通常为韵文，又以四言居多。[2]《文选》于"墓志"类目下，仅收录了任昉《刘先生夫人墓志》一文。此文之体制独特，只有铭文而无传文，却题名为"墓志"。程章灿认为这是南朝惯例，笔者以为，也可能由于《文选》作为选本对原作进行了剪裁，我们在未看到原始材料出土时，或许不能如此断言。悼亡是撰写墓志的动机，这是缅怀已故亲友的一种方式，同时也是社会文化的体现。《论语·学而》载曾子语："慎终追远，民德归厚矣。"朱熹释为："慎终者，丧尽其礼。追远者，祭尽其诚。民德归厚，谓下民化之，其德亦归于厚。"[3]所以为逝者撰写墓志的基本要求，一是要尽可能全面地记录逝者生前的德行功业，二是又不能过于骈辞夸饰以致失实[4]。然而任昉的《刘先生夫人墓志》，不仅未能全面记录逝者生前德业，文辞也刻意做作，只有"芜没郑乡，寂寞扬冢，参差孔树，毫末合拱"[5]似可动人。

"行状"，是记载死者一生事迹的一种文体。刘勰即曾认为："状者，貌也。体貌本原，取其事实，先贤表谥，并有行状，状之大者也。"[6]吴

---

[1] 孟国栋：《墓志的起源与墓志文体的成立》，《浙江大学学报》2013年第5期。

[2] 参见程章灿：《墓志铭的结构与名目——以唐代墓志铭为例》，《古籍整理研究学刊》1997年第6期；程章灿：《墓志文体起源新论》，《学术研究》2005年第6期。

[3]（宋）朱熹：《四书章句集注》，北京：中华书局，1983年，第50页。

[4] 郑真先、戴伟华：《赋与唐代墓志》，《浙江大学学报》2017年第1期。

[5]（梁）萧统编，（唐）李善等注：《六臣注文选》，北京：中华书局，2012年，第1106页。

[6]（梁）刘勰著，范文澜注：《文心雕龙注》，北京：人民文学出版社，1958年，

讷曾言："行状者，门生故旧状死者行业上于史官，或求铭志于作者之辞也。"[1] 徐师曾也说："（行状）盖具死者世系、名字、爵里、行治、寿年之详，或牒考功太常使议谥，或牒使馆请编录，或上作者乞墓志碑表之类皆用之，而其文多出于门生故吏亲旧之手，以谓非此辈不能知也。"[2] 简而言之，行状具有察举选士、议谥等方面的功能，其中最重要的功用乃是为撰写碑文、墓志提供材料，所以志主家属提供的行状或家状乃是墓志、碑文创作的基础。

比如，任昉《齐竟陵文宣王行状》的状主是齐武帝第二子萧子良，与任昉同年生人。而任昉身为"竟陵八友"之一，又曾任萧子良的记室与中书侍郎，故对状主生平较为了解，所以这篇行状详细叙述了萧子良的经历、生活、才学、品德，情感细腻真挚、骈散错落有致。该篇文体形态也堪称标格，如其标题的首字为朝代名，接以状主生前的最高爵位，末标"行状"二字。标题之下，并列标出状主的祖、父，行状正文首句格式为："状主详细籍贯（包括州郡县乡里）＋某（姓氏）公＋享年＋行状"。与碑文相比，行状追溯先世仅父祖二代，碑文则无此规定；行状目的是表贤请谥，读者为朝廷有司，而碑文意在宣示不朽，读者为普通公众；碑刻于石，文求简约，行状书于纸，务求详尽；碑有序有铭，铭文以四言概括序文，行状全为散序，末以"谨状"作结。

（三）伤古悼今：吊文、祭文

按照对象的不同，"吊文"一般可以分为两类："吊丧"和"吊古"，前者是指最早出于"礼"而对遭受天灾人祸的人或国家表示慰问、抚恤伤痛的行为，后又发展为对生者因遭遇亲人的死亡痛苦而进行的一种伤悼行为，多为"同时致闵"，重在抒发哀情；而后者指对古人或古代遗迹、遗物发出感慨，作者思接古今、寄托情怀，多为"异时致闵"，意在作者"自

第 459 页。

[1]（明）吴讷：《文章辨体序说》，北京：人民文学出版社，1962 年，第 50 页。

[2]（明）徐师曾：《文体明辨序说》，北京：人民文学出版社，1962 年，第 148 页。

喻"。关于它的文体形态，刘勰曾云："吊者，至也。……君子令终定谥，事极理哀，故宾之慰主，以至到为言也。……或骄贵而殒身，或狷忿以乖道，或有志而无时，或美才而兼累，追而慰之，并名为吊。"又说："夫吊虽古义，而华辞末造；华过韵缓，则化而为赋。固宜正义以绳理，昭德而塞违，割析褒贬，哀而有正，则无夺伦矣。"[1]

比如，贾谊的《吊屈原文》即其贬谪长沙，途经汨罗江，为伤悼屈原而作的一首骚体抒情赋。屈原被谗放逐，自投汨罗，可谓"有志而无时"，贾谊遭谤被贬，屈身长沙，亦是如此。贾谊渡过湘水，而伤《离骚》之终篇"已矣哉！国无人兮，莫我知也"，继而又以一系列的对比隐喻是非颠倒之世，叹屈原之逢时不祥。比如，"鸾凤伏窜兮，鸱枭翱翔。阘茸尊显兮，谗谀得志。贤圣逆曳兮，方正倒植。世谓随、夷为溷兮，谓跖、蹻为廉。莫邪为钝兮，铅刀为铦"与"斡弃周鼎，宝康瓠兮。腾驾罢牛，骖蹇驴兮。骥垂两耳，服盐车兮。章甫荐履，渐不可久兮"。这是一个丈夫失志、小人得志的世界，这是一个功业难成、德辉不显的时代，作者可谓满腔愤慨！其于文末，贾谊叹曰："已矣！国真莫我知兮，独壹郁其谁语？"[2]与屈原感慨，属于异代同响，最后贾谊虽对屈子微露指责，却也反映出古代知识分子的坎坷遭际。

陆机的《吊魏武帝文》乃是伤悼一代枭雄曹操。陆机于晋惠帝元康八年（公元298年）任著作郎，得以亲见魏武帝之遗令，竟发现曹操临终之时呻吟病榻、眷恋亲情、悲伤人生之态，与其盛年戎马倥偬、拔山盖世、舍我其谁的气概相比，判若两人。而时年三十八岁的陆机也是饱经忧患，其于二十岁遭受国破家亡之痛，二十九岁入洛为官以后，亲友凋落殆尽，自己又卷入"八王之乱"的旋涡而凶多吉少，于是披览魏武遗令，难免感伤人世盛衰无常。所以吊文既是伤悼曹操，也是自我哀叹。全文分为两个

---

[1]（梁）刘勰著，范文澜注：《文心雕龙注》，北京：人民文学出版社，1958年，第240页。

[2]（梁）萧统编，（唐）李善等注：《六臣注文选》，北京：中华书局，2012年，第1116页。

部分，序文先交代其得见操遗令的基本情况，后面详细剖析、评说遗令内容，并产生愤懑的特殊感受；正文全用韵语，先是称赞曹操的文韬武略、壮心不已，后则转入对曹操临终时悲哀情貌的描写："迄在兹而蒙昧，虑嗫闭而无端。委躯命以待难，痛没世而永言。抚四子以深念，循肤体而颓叹。迨营魄之未离，假馀息乎音翰。执姬女以嚬瘁，指季豹而濒焉。气冲襟以呜咽，涕垂睫而汍澜。违率土以靖寐，戢弥天乎一棺。"人生到此，呜呼哀哉！惧怕生命终结、苦撑断魂残体，遗命托孤之忧、分香卖履之嘱，时登铜雀台、远眺西陵坟，一代枭雄临终日，竟也如此"凄凄、惨惨、切切"，最后也将收入棺材、埋进土壤，这怎不令人感伤！于是对此临终之态，陆机叹曰："惜内顾之缠绵，恨末命之微详。纡广念于履组，尘清虑于余香。结遗情之婉娈，何命促而意长？陈法服于帷座，陪窈窕于玉房。宣备物于虚器，发哀音于旧倡。矫戚容以赴节，掩零泪而荐觞。物无微而不存，体无惠而不亡。庶圣灵之响像，想幽神之复光。苟形声之翳没，虽音景其必藏。徽清弦而独奏，进脯粮而谁尝？悼穗帐之冥漠，怨西陵之茫茫。登爵台而群悲，贮美目其何望？既晞古以遗累，信简礼而薄葬。彼裘绂于何有，贻尘谤于后王。嗟大恋之所存，故虽哲而不忘。览遗籍以慷慨，献兹文而凄伤。"[1]此乃叹其曾经博大辉煌，而遗令缠绵于妻妾子女，太过眷恋人生，毫无英雄壮志。——反问其遗令，饱含愤懑，却流露出内心的悲哀！

徐师曾的《文体明辨序说》有云："祭文者，祭奠亲友之辞也。古之祭祀，止于告飨而已。中世以还，兼赞言行，以寓哀伤之意，盖祝文之变也。"[2]也就是说，早期祭文与祝文名异而实同，也是用于祭奠山川神祇、祈福禳灾，但与后世送死之祭文不同。晋代以后，祭文则主要用于祭奠亡故的亲友及前代贤达，表达哀伤之情，其形态颇似凭吊之文，比如，谢惠连的《祭古冢文》。唐宋以降，祭文的文体形态逐渐固定下来，一般先要交代时间和祭奠者及死者的身份，文中往往重复使用"呜呼哀哉"等语气词抒发作

[1]（梁）萧统编，（唐）李善等注：《六臣注文选》，北京：中华书局，2012年，第1118页。
[2]（明）徐师曾：《文体明辨序说》，北京：人民文学出版社，1962年，第154页。

者强烈的哀恸之情，文尾常用"尚飨"等词结束全文。无论祀人神，还是祭古迹；无论"异时致闵"，还是"同时而悲"，祭文的文体要求都是以真诚恭敬的态度表达悲哀之情，即《文心雕龙·祝盟》所说的"祈祷之式，必诚以敬；祭奠之楷，宜恭且哀"[1]。然而，先唐祭文的文体形态却并非如此，由此可见文体形态的演进历程。

《文选》"祭文"类，共收录了三篇作品，即谢惠连的《祭古冢文》、颜延之的《祭屈原文》和王僧达的《祭颜光禄文》。后两篇分别为祭奠古人和祭奠亲友，而第一篇的对象则比较特殊，似受"庄子问骷髅"一文的影响，是为移葬一座古冢而作，可以认为是祭遗迹，也可看作是祭古人。

李善注引沈约《宋书》曰："元嘉七年，惠连为司徒彭城王义康法曹参军。义康修东府城，城堑中得古冢，为之改葬，使惠连为祭文。"此即《祭古冢文》。祭文可按抒写对象分为祀人神与祭遗物，而本文对象为古冢，开头序言先交代了发现古冢的过程及其随葬物品，并假以名号曰"冥漠君"，且告知了祭奠的时间、施祭之人及所用祭品。正文以四字韵文交代其筑东城时，见一棺椁，于是"舍爸凄怆，纵锸涟洏"，发现冢内"刍灵已毁，涂车既摧。几筵糜腐，俎豆倾低。盘或梅李，盌或醯醢。蔗传余节，瓜表遗犀"，繁杂的随葬物已全部腐烂，然后设问死者的生前状况："追惟夫子，生自何代？曜质几年？潜灵几载？为寿为夭？为显为晦？铭志湮灭，姓字不传。今谁子后？曩谁子先？功名美恶，如何蔑然？"[2]末段则是写改葬与祭祀的过程，在对整个事件的描述中，表达了生者对于死者的哀悼敬奠之情，显示出古代礼俗中的美善！

颜延之的《祭屈原文》[3]乃是祭古人之文。根据《宋书·颜延之传》

[1]（梁）刘勰著，范文澜注：《文心雕龙注》，北京：人民文学出版社，1958年，第177页。

[2]（梁）萧统编，（唐）李善等注：《六臣注文选》，北京：中华书局，2012年，第1122页。

[3]（梁）萧统编，（唐）李善等注：《六臣注文选》，北京：中华书局，2012年，第1124页。

的记载，延之以学问获武帝赏识，又与庐陵王交善，却遭到自负才藻的傅亮和权臣徐羡之的嫉恨与陷害，少帝即位，傅、徐专权，延之被贬为始安太守，途经汨罗、遂作此文。这番遭际正与"贤而遭忌、忠而被谤、流放远域"的屈原相近。序言用散句交代了祭奠的事宜，正文起句即曰："兰熏而摧，玉缤则折。物忌坚芳，人讳明洁"，乃是对自身行事的反思和总结，言及屈原"谋折仪尚，贞蔑椒兰。身绝郢阙，迹遍湘干"的遭逢，暗喻自己才华过人却遭谗害的处境。可见，此文名义上是祭奠屈原，实际上是作者通过祭奠古人来感叹自身遭遇，抒写自己的怨愤。这种"借他人之酒杯，浇心中之块垒"的写法与吊文无异，吊文就是通过哀悼古人达到自喻抒怀的目的，两者的文体功能极易混淆，难怪志在"辨体"的刘勰于祝盟篇中论及"祭文"时，并不提及此类祭奠古人的文章。文末延之"望汨心欷，瞻罗思越"，一位立在滔滔江水之上哀伤的士大夫形象如在目前。

较为接近后世祭文文体形态的是王僧达的《祭颜光禄文》[1]。此文乃是祭奠亡友颜延之，二人是年龄有差、性情颇近的临沂老乡。序文先是交代祭奠时间、施祭之人及所用祭品。祭文分为两个方面：一方面是对亡友高洁品性的颂赞，并回顾了二人生前宴游交好，比如，其以"义穷几象，文蔽班杨"赞扬颜光禄卓绝的才华；以"性婥刚洁，志度渊英"赞其英洁的情志；以"登朝光国，实宋之华。才通汉魏，誉浃龟沙"赞其仕途顺畅；以"服爵帝典，栖志云阿。清交素友，比景共波。气高叔夜，严方仲举。逸翮独翔，孤风绝侣。流连酒德，啸歌琴绪。游顾移年，契阔宴处"赞其风流雅趣，而这样高洁之人，这样一位密友，却真的逝去了。另一方面，作者从物候变化、今昔对比、抚存感亡、触景生情等角度展开哀伤情感的抒发，比如，"春风首时，爰谈爰赋；秋露未凝，归神太素"，春风吹来了春天，我们就在这春日里作赋吟诗，而秋天的露水还没降临，先生却已魂归宇宙了；继而又言"明发晨驾，瞻庐望路。心凄目泫，情条云互"，

---

[1]（梁）萧统编，（唐）李善等注：《六臣注文选》，北京：中华书局，2012 年，第 1125 页。

天刚刚亮，灵车就出发了，僧达瞻望先生旧庐，再看着灵车驶向远方，心中悲伤之泪似雨注，情绪纷乱如同天空的云彩流动。又云"凉阴掩轩，娥月寝耀。微灯动光，几牍谁照？衾袵长尘，丝竹罢调"，天凉月寒、微光晃动，灯下的读书人已离去，衣物染尘，乐器不奏！言"揽悲兰宇，屑涕松峤"，僧达居于屋舍之时，还能够强忍住悲痛，但是一到先生墓前，泪水立刻纷纷下落，于是慨叹："古来共尽，牛山有泪。非独昊天，殄我明懿。以此忍哀，敬陈奠馈。申酌长怀，顾望嘘唏。"其中"涕似屑"的比喻来自《楚辞》的"涕渐渐其如屑"，而牛山典故源于《晏子春秋·谏上》，李善注引曰："景公游于牛山，北临其国，流涕曰：'若何去此而死乎！'艾孔、梁丘据皆泣，唯晏子独笑。公收泪而问之，晏子曰：'使贤者常守，则太公、桓公有之；使勇者常守，则庄公有之。吾君安得此泣而为流涕？是曰不仁也。见不仁之君一，谄谀之臣二，所以独笑也。'"[1]悲伤人强作达人语，而宽慰中却更表露深情。使事用典，增大了情感容量，《文选》以此文为终，意味怎不深长！

四、魏晋南北朝哀文述论

本文论及的"哀文"，仅仅是指"哀辞"和"哀策文"两种文体。严格地讲，先秦两汉时期并未出现完全符合哀文内容和文体形态的作品。因此，本文关于哀文的论述，自曹魏始。下面先看哀辞。

（一）魏晋南北朝哀辞

关于哀辞的起源，晋代挚虞《文章流别论》曰："哀辞者，诔之流也。崔瑗、苏顺、马融等为之，率以施于童殇夭折、不以寿终者。"[2]而"宗经"

[1]（梁）萧统编，（唐）李善等注：《六臣注文选》，北京：中华书局，2012年，第1125页。

[2]（清）严可均校辑：《全上古三代秦汉三国六朝文》，北京：中华书局，1958年，第1905页。

的刘勰追溯到了《诗经·秦风·黄鸟》，梁代任昉的《文章缘起》则认为是汉朝班固的《梁氏哀辞》；明代徐师曾的《文体明辨序说》认为："昔汉班固初作梁氏哀辞，后人因之，代有撰者。"[1] 其看法明显承自任昉。

东汉以前的哀辞，今皆不存。《太平御览》第五百九十七卷的"哀辞"类，仅载一篇东汉班固的《马仲都哀辞》序。现存最早、内容最完整的哀辞应该是三国吴张昭所作的《徐州刺史陶谦哀辞》。《三国志·魏书·陶谦传》裴松之注引《吴书》曰："谦死时，年六十三，张昭等为之哀辞。"[2] 可见，哀辞的施用对象早已不仅仅是"童殇夭折、不以寿终者"了。此篇哀辞全用四言韵语，篇幅较短，主要歌颂陶谦的功德，结以"降年不永，奄忽殂薨。丧覆失恃，民知困穷。曾不旬日，五郡溃崩。哀我人斯，将谁仰凭。追思靡及，仰叫皇穹。呜呼哀哉！"等语，表达哀伤之情。

挚虞认为哀辞："率以施于童殇夭折，不以寿终者。建安中，文帝与临淄侯各失稚子，命徐干、刘桢等为之哀辞。哀辞之体，以哀痛为主，缘以叹息之辞。"[3] 刘勰《文心雕龙·哀吊》篇亦曰："以辞遣哀，盖不泪之悼，故不在黄发，必施夭昏。"[4] 可见二人皆认为哀辞的施用对象是早夭的幼儿。符合这一文体要求的是曹植《金瓠哀辞》《行女哀辞》《曹仲雍哀辞》三篇作品，其中《金瓠哀辞》乃是伤其十九月夭折的幼女金瓠，子建以为自己见罚于天，悲痛不已；《行女哀辞》亦是伤其"生于季秋，终于首夏"的幼女行女，子建叹曰："伊上灵之降命，何短修之难裁？或华发以终年，或怀妊而逢灾。感前哀之未阕，复新殃之重来。方朝华而晚敷，比晨露而先晞。感逝者之不追，情忽忽而失度。天盖高而无阶，怀此恨其谁诉。"[5] "三

---

[1]（明）徐师曾：《文体明辨序说》，北京：人民文学出版社，1962年，第153页。

[2]（晋）陈寿：《三国志》卷八，北京：中华书局，1971年，第250页。

[3]（清）严可均校辑：《全上古三代秦汉三国六朝文》，北京：中华书局，1958年，第1905页。

[4]（梁）刘勰著，范文澜注：《文心雕龙注》，北京：人民文学出版社，1958年，第239页。

[5]（清）严可均校辑：《全上古三代秦汉三国六朝文》，北京：中华书局，1958年，第1158页。

年之间，二子频丧"，实在难以承受。接着曹丕中子曹喈也是"三月生而五月亡"，其中"阴云回于素盖，悲风动其扶轮。临埏闼以嘘唏，泪流射而沾巾"[1] 的描写令人动容。由此可见，曹植这三篇哀辞皆用六言韵语，篇幅也很短小。刘勰说："原夫哀辞大体，情主于痛伤，而辞穷乎爱惜。幼未成德，故誉止于察惠；弱不胜务，故悼加乎肤色。"[2] 明言哀辞是以"痛伤"为情感基调，因为这些年幼夭亡之人的德行尚未建立，故而只能通过描述其外在的肤色并赞其聪颖的角度，来表达自己的哀伤之情。

以悼念殇子为内容的哀辞，除了曹植这三篇作品，晋代潘岳也作有如《伤弱子辞》《金鹿哀辞》《为任子咸妻作孤女泽兰哀辞》三篇，陆机作有《吴大司马陆公少女哀辞》一篇，孙楚作有《和氏外孙道生哀文》《和氏外孙小同哀文》二篇，梁简文帝作有《大同哀辞（并序）》一篇。以成人为哀悼对象的除了张昭，又有孙楚《胡母夫人哀辞》，潘岳《阳城刘氏妹哀辞》《妹哀辞》《悲邢生辞》《京陵女公子王氏哀辞》《哭弟文》《哀永逝文》等。还有一篇对象比较特殊的哀辞，就是晋代孙惠所作的《三马哀辞》，乃是伤悼他的三匹爱马，可惜仅存三句序文。

哀辞一般认为形成于东汉末，到了建安时期，曹植的哀辞很有个性，后又经潘岳加以精炼，使其余韵一直延至梁代。自此以后，哀辞几近衰绝，原因也许在于哀辞本身的局限性，即以毫无人生经历的幼夭之人为对象。

综上所述，囿于文献，我们发现哀辞的施用对象最初就很混乱，到底是仅仅伤悼幼儿，还是可以包括成年人，界限不明。这种现象可能与"哀辞"的文体名称有关。哀辞成为文体名称的时间较晚，《文体明辨序说》云："按哀辞者，哀死之文也，故或称文。夫哀之为言依也，悲依于心，故曰哀；以辞遣哀，故谓之哀辞也。"[3] 其将哀辞看作一个普通名词，并解释为"哀

---

[1]（清）严可均校辑：《全上古三代秦汉三国六朝文》，北京：中华书局，1958年，第1158页。

[2]（梁）刘勰著，范文澜注：《文心雕龙注》，北京：人民文学出版社，1958年，第240页。

[3]（明）徐师曾：《文体明辨序说》，北京：人民文学出版社，1962年，第153页。

伤之辞"或"哀伤之文辞"亦无不可，比如，孙楚《和氏外孙道生哀文》与《和氏外孙小同哀文》就是两篇以"哀文"名篇的哀辞。另外，关于哀辞的语体，四言、六言都很常见。

（二）魏晋南北朝哀策文

魏晋南北朝时期，哀策文的发展很迅速，其文体规范基本得以确立。比如，《文选》收录的两篇哀策文便都是来自这个时期。现存哀策文的哀悼对象全为皇室中人，如皇帝、皇后、妃嫔、太子等。

关于最早的哀策文，梁代任昉《文章缘起》认为是汉乐安相李尤所作的《和帝哀策》[1]，惜其不存。现存最早的哀策文是曹丕的《武帝哀策文》，其文伤悼乃父曹操，先言哀情："翘乃小子，夙遭不造。茕茕在疚，呜呼皇考。产我曷晚，弃我曷早。"再写下葬："猥抑奔墓，俯就权变。卜葬既从，大隧既通。漫漫长夜，窈窈玄宫。有晦无明，曷有所穷。卤簿既整，三官骈罗。前驱建旗，方相执戈。弃此宫庭，陟彼山阿。"[2] 还有，魏明帝曹叡的《甄皇后哀策文》乃是伤悼其母甄氏，前有序言，先交代了送葬时间、对象、地点及哀痛情绪，正文先是赞扬她光辉的家世与贤淑德行和鞠育之恩，然后言其"不虞中年，暴离灾殃"与"愍予小子，茕茕摧伤"，[3] 抒发哀情。

魏晋以降，哀策文则风行于世，并与诔文一起担负起了"褒德叙哀"的书写职责，只是哀策文的适用范围仍然仅限于皇室范围内，南齐以后，哀策文盛行，著名文人几乎都有哀策文的书写经历，比如，晋代张华有《武帝哀策文》《元皇后哀策文》，潘岳有《景献皇后哀策文》，颜延之的《宋文皇帝元皇后哀策文》更是被录入《文选》，齐代谢朓、梁代沈约、陈代徐陵、隋朝江总等，也都有哀策文传世。

---

[1]（梁）任昉撰，陈懋仁注：《文章缘起注》，北京：中华书局，1985 年，第 15 页。

[2]（清）严可均校辑：《全上古三代秦汉三国六朝文》，北京：中华书局，1958 年，第 1092 页。

[3]（清）严可均校辑：《全上古三代秦汉三国六朝文》，北京：中华书局，1958 年，第 1110 页。

哀策文的文体形态一直比较固定，前有序言，后为正文，序言主要交代殡葬时间、地点、抒情主体与对象及皇帝命史臣为之等语，并略致哀思，而序文一般以撰述者的口吻行文，比如《简文帝哀策文》："执祖行于前殿，奉灵舆而迁逝。悲神宇之长违，痛圣仪之幽翳。攀龙輀以号慕，抚素膺以泣血。爰命史臣，叙述圣德。扬徽音于飞旌，写哀心于翰墨。"[1] 其语体从散句渐趋骈化，或是受到了南北朝崇尚美文的审美观念影响。两晋时期，哀策文的正文一般全为四言韵语，南北朝以降，则在四言韵语之后又增添了数句的六言骈句。正文内容也可规范地划分为四个部分：第一，先追溯丧者的家世，即溯祖宗，接着颂赞生平，若是女性则颂其德行，若是男性则歌其功业；第二，言其突然去世，令人无比痛心，此节往往运用比喻、排比、对比、夸张等修辞手法，写得哀婉感人；第三，描写送葬途中，缓缓向远的灵车配饰的摇动、日暮悲风中哀伤的挽歌、悲鸣的马和墓地的萧瑟阴森，以及打开墓门准备下葬时众人五内若抽的痛苦情状；第四，再致哀思，言其永垂不朽，赞其德行永存人心。

刘勰认为哀策文是"因哀而为文也"，而"策"的指向为礼仪性，"哀"的指向是情感性，抒哀艺术的提高有一个发展过程。魏晋时期的哀策文多是直接抒发哀情的，比如，魏代曹叡的"叩心擗踊，号咷仰欣"与晋代《穆帝哀策文》之"人怀崩抽，号声如震，洒涕成流"及《康帝哀策文》之"笳箫寥唳，挽夫齐声。六骥踌躇，萧萧悲鸣。是用增哀，雨泣沾缨。痛贯五内，哀切三情"。[2] 由此可见，晋宋以降，文人审美逐渐转向，喜欢以"序节物"营造一种情景交融之境，借由客观景物抒发主体之情感。比如，谢朓《齐敬皇后哀策文》有云："陈象设于园寝兮，映舆镜于松楸。望承明而不入兮，度清洛而南游。继池绤于通轨兮，接龙帷于造舟。回塘寂其已暮兮，东川澹而不流。呜呼哀哉！借閟宫之远烈兮，闻缵女之遐庆。始协德于苹蘩兮，

[1]（清）严可均校辑：《全上古三代秦汉三国六朝文》，北京：中华书局，1958年，第2304页。

[2]（清）严可均校辑：《全上古三代秦汉三国六朝文》，北京：中华书局，1958年，第2303页。

终配祗而表命。慕方缠于赐衣兮，哀日隆于抚镜。思寒泉之罔极兮，托彤管于遗咏。"[1] 写得真是清奇靡丽。

刘师培在《汉魏六朝专家文研究·论文章宜调称》中说过："深情文字，若吊祭、哀谏之类，应以缠绵往复为主，苟用庄重陈腐语，即为不称。"[2] 然而，哀策文既要抒发真情实感，体现"哀"的真实；又得符合礼仪规范，显示"策"的庄重，而这两者往往很难统一，故哀策文多为应景之作。比如，颜延之的《宋文皇帝元皇后哀策文》即以"伦昭俪升，有物有凭。圆精初铄，方祗始凝"[3] 等晦涩之语起句，文中又多用故实，铺排哀语，不过显得典重罢了，结果还不如宋文帝自己加上的"抚存悼亡，感今怀昔"八字来得真切动人。而且哀策文多为代言体，它的写作对象与作者的阶级地位多有不同，故而无须也无法完全从自身体验出发，从而道出沉痛之语。而这也是哀策文本身的局限，所以庄重典丽又富于感情的哀策文属实难遇！

---

[1]（梁）萧统编，（唐）李善等注：《六臣注文选》，北京：中华书局，2012 年，第 1071 页。

[2] 刘师培：《汉魏六朝专家文研究》，北京：商务印书馆，2010 年，第 164 页。

[3]（梁）萧统编，（唐）李善等注：《六臣注文选》，北京：中华书局，2012 年，第 1068 页。

第二章 《文选》哀伤类作品的文体形态

本章意在上编文本分析的基础之上，系统考察哀伤类作品的文体形态，努力寻绎这些作品所体现的时代风貌与文学状貌。《文选》编选宗旨之一，就是作为范本进行文学批评和指导创作的。所以它的文章学意义尤为重要，认真总结其文体形态，首要就是从指导写作的目的上发掘它的价值。

吴承学先生在《中国古代文体学研究》中指出："文体形态是人们感受世界、把握世界、阐释世界的方式之一，它们是历史的产物，积淀着深厚的文化意蕴。"[1] 其实，阅读文学作品，研究一种文体，就是在与作者对话，就是与其交流情感。吴先生还疏解了中国古代文体之"体"的多义性，并将其归纳为六种含义：（一）体裁或文体类别，（二）具体的语言特征和语言系统，（三）章法结构与表现形式，（四）体要或大体，（五）体性、体貌，（六）文章或文学之本体。[2] 郭英德先生在《中国古代文体学论稿》中则认为："一种文体的基本结构，犹如人体结构，应该包括从外至内、依次递进的四个层次。（一）体制，指文体外在的形状、面貌、构架，犹如人的外表体形；（二）语体，指文体的语言系统、语言修辞和语言风格，犹如人的语言谈吐；（三）体式，指文体的表现方式，犹如人的体态动作；（四）体性，指文体的表现对象和审美精神，犹如人的心灵，性格。"同时，他将体制和语体归为文体的外在结构，把体式和体性归为内在结构。[3]

可以看出，吴承学、郭英德两位先生关于中国古代文体学的研究理路稍有不同，郭氏偏重西方文体学理论的借鉴，而吴氏强调以中国文体学理

---

[1] 吴承学：《中国古代文体学研究》，北京：人民出版社，2011 年，第 83 页。

[2] 吴承学：《中国古代文体学研究》，北京：人民出版社，2011 年，第 17 页。

[3] 郭英德：《中国古代文体学论稿》，北京：北京大学出版社，2005 年，第 4 页。

论为本位。但都能够注意到二者之间的差异性，力求做到中西互鉴，传统与现代的结合。笔者在此不厌其烦地罗列二位先生的观点的意图即在于发现其中的联系。很明显，吴先生的六种含义与郭先生的四种含义是可以一一对应的。比如，体裁或文体类别，即体制，指称文体的体裁和不同体裁具有的不同本色与规范；具体的语言特征和语言系统，即语体，是指不同体裁所应有的具体可辨的语言特征与系统；章法结构与表现形式，即体式，指的是能够承载不同文体的功能、主题与风格等要求的章法结构与表现形式；体要或大体，与体性、体貌，则是在具体文体的题材质料、语言特征、体制结构等基础上，对文体所做出的整体性把握。另外，吴先生是从形而下到形而上的哲学角度，提出了"文体形态"的概念；郭先生则从西方的内外结构理论中提出了"文体结构"的概念。据实而言，殊途同归，文体形态与文体结构的概念意旨并无二致。

总体看来，二位先生对于自古以来就很繁乱的文体概念作了较系统的爬梳，并能够在继承中国古代文论家优秀研究成果的基础之上，同时结合当代中西学者的文体理论，把文体视为一个完整的结构系统进行分析，进而提出自己的定义，这是十分有意义的。随着"文体"含义的渐趋明朗，我们的研究也有了可资借鉴的方法。所以笔者基于此，认为"体制"相当于体裁，体裁是古代文论中最广泛意义上的文体概念，包含了文体的基本因素，也为当代人所习见和接受。而"语体"指称文本语言方面的特点，它包括语言形式、语言修辞、语言风格等方面，构成了完整的语体系统。"体式"则是作为文本所使用的除了体裁、语言之外，用以表达内容的表现方式，它和现代文体学将文体表现方式区分为抒情体、叙事体、议论体等概念接近，至于章法结构则划归到体制里去分析了。"体性"则是在以上三个方面的基础上形成的风格特征，是对一种文体的整体性把握，指称的是文体的审美对象和审美精神，也是文本所能传达的最高风范和审美旨归[1]。

职是之故，本章将循着二位先生关于文体形态的相关理论，同时结合

---

[1] 赵俊杰：《试论〈庄子〉的文体形态》，《商丘师范学院学报》2017年第10期。

笔者对此概念和《文选》文本的理解，来论述哀伤类作品的文体形态。

第一节 体制

体制，是指文体外在的形状、面貌、构架，犹如人的外表体形。文体的体制，既是文体使人凭借视觉和听觉就能辨识的外在特征，也是文体赖以建构的基本规范、基本法式。一种文体的体制，大致可以分为三个部分：一是字句和篇幅的长短，二是音律的规范与变异，三是句子和篇章的构架[1]。《文选》收录的哀伤类作品，按照文体分成了赋、诗、文，这三种不同的文体有着不同的表达规范、使用功能和审美效果。因此，本文试从表达规范与文体功能角度，分析哀伤类作品的体制特征，以便于让我们能更好地使用多种文体来表达哀伤主题。

一、表达规范

体制，即体裁或文体类别，指称文体的体裁和不同体裁具有的不同本色与规范[2]。表达规范，是指遵循各种文体的特性所表现出来的外在特征。下面笔者将按照《文选》哀伤类赋、诗、文三种文体分类，结合它们不同的体制特征，来分析它们是如何在符合文体规范的情况下表现哀伤主题的。

（一）结构要求

《文选》作为一部选本，它在编录过程中对原作会有所剪裁，因此，我们今天所看到的文献很可能并非原貌，这对我们分析文体结构有一定影响。然而，赋、诗、文三种文体的结构差别仍然比较明显，所以我们拟将通过比较的方法，来考察赋、诗、文三种不同文体结构是如何表达哀伤主题的。

---

[1] 郭英德：《中国古代文体学论稿》，北京：北京大学出版社，2005年，第6页。
[2] 吴承学：《中国古代文体学研究》，北京：人民出版社，2011年，第17页。

先来看哀伤赋。郭建勋认为骚体赋须具备两个基本条件：其一是采用楚骚的文体形式，也就是以"兮"字句作为其基本的句式；其二是明确地用"赋"作为作品的称名[1]。此言大体不差，据此可以推断，司马相如的《长门赋》、向秀的《思旧赋》、潘岳的《寡妇赋》和《哀永逝文》（又名《哀永逝赋》）都应属于"骚体赋"。其中司马相如《长门赋》之序文应为后人所作，中多散句，正文则为韵语，它的基本格式为"×××而××兮，×××而××。"且上下句较多对仗，比如"魂踰佚而不反兮，形枯槁而独居"与"孔雀集而相存兮，玄猿啸而长吟"[2]。向秀《思旧赋》之序文乃是自作，以散句行文，正文格式为"×××之××兮，×××于××。"韵律和谐，句式对仗者如"叹黍离之愍周兮，悲麦秀于殷墟"与"栋宇存而弗毁兮，形神逝其焉如"[3]。潘岳《寡妇赋》之序文亦为己作，乃用散句交代了作赋缘由，正文格式为"×××之××兮，×××之××。"且韵律和谐，对仗严格，比如"览寒泉之遗叹兮，咏蓼莪之余音"与"雪霏霏而骤落兮，风浏浏而夙兴"[4]。潘岳《哀永逝文》的基本句式分为三种："××兮××，××兮××。"与"×××兮××，×××兮××。"和"×××兮×××，×××兮×××。"该文篇幅较长，上下句对仗工整，比如"逝日长兮生年浅，忧患众兮欢乐尠"与"望山兮寥廓，临水兮浩汗"和"鸟俛翼兮忘林，鱼仰沫兮失濑"[5]。

可见，这三篇赋作的句式，基本属于屈原的《九歌》式，像句中虚词"而""之""于""以""其"和标志性语气词"兮"的出现，以及六

---

[1] 郭建勋：《骚体赋的界定及其在赋体文学中的地位》，《求索》2005 年第 5 期。

[2]（梁）萧统编，（唐）李善等注：《六臣注文选》，北京：中华书局，2012 年，第 293 页。

[3]（梁）萧统编，（唐）李善等注：《六臣注文选》，北京：中华书局，2012 年，第 296 页。

[4]（梁）萧统编，（唐）李善等注：《六臣注文选》，北京：中华书局，2012 年，第 300 页。

[5]（梁）萧统编，（唐）李善等注：《六臣注文选》，北京：中华书局，2012 年，第 1066 页。

言句型等特征，都提示我们可以将其判断为"骚体赋"。所谓"骚体赋"，实际源自楚骚，以屈宋等人所作的《楚辞》为代表。楚骚具有天然的抒情性，且多抒发的是悲伤哀怨、愤懑不平的情绪，比如，屈原《离骚》与宋玉《九辩》以及汉代拟骚之作，也都显露出了哀伤的气质。这种气质，一是源于屈原的身世际遇而赋予了作品悲壮怨愤的文化品格；二是骚体自由、灵活的句式，比如，语气词"兮"的参差错落、一唱三叹的节律感和抒情性，都很适合表现怨愤凄楚、缠绵悱恻的个人情绪。因此，哀伤赋选择"骚体"表达哀伤之情，那是很恰当贴切的。

那么，陆机的《叹逝赋》、潘岳的《怀旧赋》、江淹的《恨赋》和《别赋》又是什么体制呢？

先来看前两篇赋作。第一，两篇赋作皆有散句小序交代创作起因，而且陆机赋之序文对偶较多，多为骈句。第二，陆机《叹逝赋》的正文全为六言句式，即"×××之××，×××而××"。上下两句对仗，起到绾接作用的虚词有"而""之""于""以""其"等，却没有一个语气词"兮"，还善用排比造成飞腾气势，句式对偶显得规整庄重。潘岳《怀旧赋》与陆机《叹逝赋》的句式、对偶、排比方式是相同的。第三，两篇赋作都出现了少量的四言句式，而且上下句对仗，比如"仰睇归云，俯镜泉流。前瞻太室，傍眺嵩丘"[1]和"弭节安怀，妙思天造。精浮神沧，忽在世表"[2]。

再看江淹的《恨赋》与《别赋》。它们的句式很多变，有四言、六言和少量的"骚体"句型，四言句如："削平天下，同文共规。华山为城，紫渊为池。"[3]六言句如："风萧萧而异响，云漫漫而奇色。"而"骚体"

[1]（梁）萧统编，（唐）李善等注：《六臣注文选》，北京：中华书局，2012年，第294页。

[2]（梁）萧统编，（唐）李善等注：《六臣注文选》，北京：中华书局，2012年，第298页。

[3]（梁）萧统编，（唐）李善等注：《六臣注文选》，北京：中华书局，2012年，第304页。

句如："值秋雁兮飞日，当白露兮下时。"[1] 可见，整齐的句式、和谐的韵律、工稳的对偶、繁密的排比，以及双声叠韵和连绵词语的运用，使这四篇骈体哀伤赋表现哀伤情调的力度更强了。

综上可见，《文选》哀伤赋分为骚体与骈体两大类型，它的基本体制为：就字句、篇幅而言，赋的字句较多，篇幅很长；就音律而言，押韵位置比较固定，一般很少中间换韵；就句子和篇章构架而言，句式整齐、对仗工整、善于铺排。

再来看哀伤诗。《文选》收录的十三首哀伤诗都属于古体诗，除了嵇康的《幽愤诗》为四言诗外，其余十二首皆为五言诗。它们基本做到了韵律和谐、对仗工整，下面依次论之。

嵇康《幽愤诗》共八十六句，属于篇幅较长的四言古体诗，上下句相对者如："昔惭柳惠，今愧孙登。内负宿心，外恧良朋。"[2] 全诗分为两个部分，先叙哀伤缘由，后抒哀伤之情。曹植《七哀诗》是一首乐府五言诗，共有十六句，以对话的方式既表达了闺妇思夫之哀叹，又是作者自悼身世。王粲两首五言《七哀诗》其一，共二十句，写离京赴荆途中见闻；其二，共十八句，写久客荆州而思乡心切。张载两首五言《七哀诗》其一，共二十四句，以汉主陵园之毁废来哀叹人事之迁化；其二，共二十二句，借萧瑟物候、丘墓枯景来感慨帝室渐衰。潘岳三首《悼亡诗》全为五言，其一，共二十六句，分了三个层次，每一层都是先写实后抒情，抒情部分皆显示了事物矛盾对立的两个方面，诗人力图在对立中表现其情感的深切；其二，共二十八句，在冷月秋风中，诗人想起亡妻而涕泪沾胸；其三，共三十四句，冬天来临，安仁即将赴任，先言家中哀叹，后述坟地悲哭。谢灵运的《庐陵王墓下作》是一首二十六句的五言古体诗，先叙事后抒情。颜延之的《拜陵庙作》也是一首五言古体诗，共三十四句，写他参与皇室

---

[1]（梁）萧统编，（唐）李善等注：《六臣注文选》，北京：中华书局，2012年，第306页。

[2]（梁）萧统编，（唐）李善等注：《六臣注文选》，北京：中华书局，2012年，第426页。

祭祀，感慨仕途不易，哀情较少，显得庄重板滞。谢朓的《同谢谘议咏铜雀台》也可算作咏史诗，而其对于曹操生前身后的对比，和对姬妾命运的同情才是这首诗的主题，全诗共八句，干净利落、情味深长。任昉的《出郡传舍哭范仆射》共三十四句，分为三章，首章回顾了二人往日仕途互相扶持之交情；次章回忆了平时二人的生活和文学来往；末章则为范云之死而哀伤不已。

综上分析，可以看出，哀伤诗的基本体制为：就字句、篇幅而言，四言、五言都有，以五言居多，篇幅不等，有的长达三十余句，有的仅八句；就音律而言，皆为古体诗，基本能够做到音律和谐；就句子和篇章的构架而言，句式整齐，对仗工整。

最后来看哀文。潘岳的《哀永逝文》也称《哀永逝赋》，对其文体的辨识，笔者更倾向于赋体，而《文选》却将它列入哀文之中，可能是想以其充当哀辞的代表吧！此作的体制在赋体中已作分析，兹不赘述。笔者于此，拟要简论哀辞的体制特征：从内容上讲，哀辞是以年幼夭亡者为哀悼对象，主要抒发对于亡者的痛惜之情，此其一；从形式来看，哀辞一般前有散句序文交代哀悼对象生前之德才及生卒时限，重在叙事，哀辞正文重在抒情，采用或四言或六言或骚体句的韵语以及四言、六言构成的四六句型，来抒写失去亡者的极度悲痛之情，而且篇幅一般较短，此其二；就发展而言，哀辞多为韵文，与诔文同源而相近，但文体体制略有不同，吴讷《文章辨体》有云："大抵诔则多叙世业，故今率仿魏晋，以四言为句；哀辞则寓伤悼之情，而有长短句及楚体之不同。"[1] 后来由于诔文的体制的变化，两者区别日渐模糊乃至经常混用，此其三。比如，颜延之的《宋文皇帝元皇后哀策文》和谢朓的《齐敬皇后哀策文》，哀策文的写作对象都是皇室之人，这两篇即皆为皇后所写的，其序文用散句交代了祭奠的时间、地点和礼仪规程，正文则先颂德再致哀思，皆以四言句式为主，偶有骚体句，而且每层常以语气词"呜呼哀哉"结尾。

---

[1]（明）吴讷：《文章辨体序说》，北京：人民文学出版社，1962 年，第 53 页。

总而言之，哀伤类赋、诗、文以其工整、和谐的句法和章法呈现出丰富的体制特征，也为作品增添了更多的审美趣味，更好地表现了哀伤主题。

（二）内容特征

哀伤类赋、诗、文有各自的体裁要求，然其内容必须是"叙哀事，述哀情"，儒家思想更要求其内容得"哀而有正"。所以哀伤类作品的主要内容是通过叙述哀伤之事来抒发哀伤之情，篇章结构也可分为"叙哀事"与"述哀情"两个部分，这是哀伤类作品主要内容的基本特征。还有，赋体的铺采摘文有利于阐发事理，诗体的含蓄婉转则有利于传达哀情，文的疏散自由亦有助于叙事。

以此看来，《文选》赋体"哀伤"类所选录的五家七篇作品，既有为个体女性悲剧命运而哀伤的《长门赋》和《寡妇赋》；也有体现着个体生命对于社会人生体验的思考和表达伤时哀逝之痛的《思旧赋》《叹逝赋》《怀旧赋》；还有对特定社会下的人生憾恨等普遍情感作以概括表达的《恨赋》《别赋》。哀伤诗，按主题内容可以分为两类，前六首主要哀伤社会人生，后七首旨在为他人死亡而哀伤，从哀群体死亡到哀个体死亡，这体现了哀伤诗进步的文体观念 [1]。为了便于叙述，笔者又按情感指向的不同，将其分为三类：一是愤懑悔憾的《幽愤诗》；二是哀时伤逝的"七哀诗"；三是沉郁悲痛的悼亡诗（此处非专指伤悼亡妻之诗，而是广义的悼念亡者之诗）。《文选》收录的两篇哀文，其中《哀永逝文》可以视为哀辞；《宋文元皇后哀策文》《齐敬皇后哀策文》是典型的哀策文。

综上，哀伤类作品的内容特征为：叙述他人或自我人生所经历的重大变故，并抒发经历了人生重大变故而产生的哀伤情感。

二、文体功能

在文体的结构层次中，对于体制的分辨是最具客观性的，因此往往成

[1] 胡大雷：《〈文选〉诗研究》，西安：世界图书出版西安有限公司，2014 年，第 228 页。

为辨体的出发点和立足点。体制的差异，往往造成文体风格和表现手法的差异。这两点差异我们将放在体性和体式中再讨论。上文谈到如何从一种文体的体制特征去辨别文体，以及探讨了哀伤类赋、诗、文三种文体是怎样从体制方面表现哀伤主题的。那么，下面我们将来分析哀伤类作品的写作对象和使用功能。

（一）情感指向

哀伤类作品所要表现的主题，是经历了人生重大变故而产生的哀伤情感，即主要是为了抒发哀情，这种悯惜哀悼的情感会因抒情主体的性别、年龄、情趣，尤其是与抒情对象人伦关系的差别而表现出程度的不同。比如，潘岳《悼亡诗》乃伤悼亡妻之作，自然哀戚感人，而像颜延之的《拜陵庙作》是参与皇室活动，其哀情表达就弱化了许多。虽然哀伤类作品中或有交代事由的叙事，或有时世生命的哲理阐发，或有哀伤悲苦的直接抒情，而其哀伤的情感指向则是不变的。换言之，它们的主题都是表现哀伤情感。因此，抒发哀情的主题特性就决定了哀伤类作品的使用功能（文体功能）为"言哀情"。

（二）情感意蕴

按照抒情对象，可将哀伤类作品分为哀伤社会和哀伤人生两个大类，其中社会方面的有：政治、战乱、礼制等；人生方面则包括亲友（父母长辈、夫妻、姬妾、子女、朋友）的去世、别离等。在儒家思想主导下，古中国的知识分子普遍追求"修齐治平"的政治理想，和"立德、立功、立言"的"三不朽"精神，这种人生理想的实现与否甚至直接昭示着其人生价值的突破和实现，故而他们对于社会和政治抱有极强的责任感，哀伤类作品或成为其抒发失落了的政治抱负，和表达人间大爱与社会责任感的绝佳题目。古代中国尤重伦理关系，因此哀伤不同的亲友，其情感意蕴也略有不同，如哀亡妻时，多强调她的贞姿淑德，凄婉而孤寂；而哀亡友时，多称扬其高情远志，悯惜而伤感。下面笔者拟将按照抒情对象的不同，简要分析《文选》哀伤类作品所特有的情感意蕴。

为动荡的社会时局而"哀伤"，这是哀伤类作品中一个较大的也是不可回避的主题。比如，王粲感伤时局动荡而创作的《七哀诗》就真实地反映了汉末的世遭乱离、风衰俗怨的人间景象；嵇康《幽愤诗》则揭露的是文人在残酷的政治斗争中被无情绞杀的悲剧结局；曹植《七哀诗》是以代征役别离妇人哀叹的第三人称口吻，控诉了残酷战争导致的妻离子散的乱世景象；张载《七哀诗》则以政治浮沉哀人事迁化、荣枯；江淹的《恨赋》《别赋》以广阔的视角透视社会中的"恨事"和"离别"。总之，这些感伤社会乱离、感慨政治昏暗的哀伤类作品，都表现了一种生不逢时、功业难成的悲愤与感伤的情感内涵。哀伤人生的作品的主题则更为广泛，其中既有悼念亲友的，比如，《思旧赋》《叹逝赋》《怀旧赋》《悼亡诗》《出郡传舍哭范仆射》；也有代他人而哀的，比如《长门赋》《寡妇赋》《宋文皇帝元皇后》《齐敬皇后》；而《幽愤诗》也可看作是一种自我的哀伤。哀伤人生的作品将情感指向了个体或群体的生存状态，透露出了强烈的生命意识。

综上所述，我们可以通过辨析哀伤类作品所使用的三种文体的体制特征，对其内容特征有所把握，了解各种文体对于哀伤主题的表现。由于哀伤类作品所要表现的是哀伤的情感主题，其文体功能是表现哀情，而哀伤作为一种情感则会因为抒情对象的不同而产生重要差异，因此具有不同的情感意蕴。

第二节　语体

现代语言学认为，语体是适应不同交际功能、不同题旨情境需要而形成的运用语言特点的体系。在文学作品中，用得最多、最广的基本词汇和基本句型构成了文学语言的共核语言，这种共核语言表明各种文体之间是异中有同、同大于异的。但是，不同的文本语境则要求选择和运用不同的语词、语法、语调，形成自身适用的语言系统、语言修辞和语言风格，由此构成一种文体特定的语体^[1]。因而不同体裁应有具体可辨的语言特征与语言系统^[2]。因此，语体指文体的语言系统、语言修辞和语言风格，犹如人的语言谈吐。在一种文体中，语词、修辞和风格三者是密切相关的，所以从语词、修辞入手，把握一种文体的基本风格特征，这无疑是一种行之有效的研究方法。

一、语言系统

每一种文体都有一整套自成系统的语词，若采用不适合相应文体的语言系统，便是"不得体"。不同的文体基于不同的语言系统，不同的语言系统属于不同文体的语言表象，这是不可不加以辨析的。我们分析语体特征及其功能，就应该先从语言系统入手，而语言构成单位分别为字、词、句、篇章。

（一）"哀""伤"及其同义字词（语词）

哀伤类赋、诗、文使用的一系列"哀伤"语词，构成了哀伤类作品的语词系统，其表现方式基本分为二种：一是使用"哀伤"类的词语，或直接用"哀""伤"，或采用与哀伤情绪相近的词语，比如，"哭""悲""嗟""痛""叹""切怛"等，或使用与哀伤情绪相反的词语，如"乐"。二是通过眼泪和鼻涕等，因为哀伤而出现生理反应的字词来传达哀伤情绪。

先看第一种，即"哀伤"类词语。例句如下：

白鹤噭以哀号兮，孤雌跱于枯杨。（司马相如《长门赋》^[3]）

---

[1] 郭英德：《中国古代文体学论稿》，北京：北京大学出版社，2005 年，第 9 页。
[2] 吴承学：《中国古代文体学研究》，北京：人民出版社，2011 年，第 17 页。
[3]（梁）萧统编，（唐）李善等注：《六臣注文选》，北京：中华书局，2012 年，第 293 页。

虽不悟其可悲，心惆焉而自伤。（陆机《叹逝赋》[1]）

伤怀凄其多念，戚貌悴而鲜欢。（同上）

乐心其如忘，哀缘情而来宅。（同上）

既兴慕于戴侯，亦悼元而哀嗣。（潘岳《怀旧赋》[2]）

嗟予生之不造兮，哀天难之匪忱。（潘岳《寡妇赋》[3]）

庶浸远而哀降兮，情恻恻而弥甚。（同上）

顾影兮伤摧，听响兮增哀。（同上）

哀郁结兮交集，泪横流兮滂沱。（同上）

造分手而衔涕，感寂寞而伤神。（江淹《别赋》[4]）

织锦曲兮泣已尽，回文诗兮影独伤。（同上）

哀茕靡识，越在襁褓。（嵇康《幽愤诗》[5]）

上有愁思妇，悲叹有余哀。（曹植《七哀诗》[6]）

悟彼下泉人，喟然伤心肝。（王粲《七哀诗》[7]）

哀人易感伤，触物增悲心。（张载《七哀诗》[8]）

---

[1]（梁）萧统编，（唐）李善等注：《六臣注文选》，北京：中华书局，2012 年，第 297 页。

[2]（梁）萧统编，（唐）李善等注：《六臣注文选》，北京：中华书局，2012 年，第 299 页。

[3]（梁）萧统编，（唐）李善等注：《六臣注文选》，北京：中华书局，2012 年，第 300 页。

[4]（梁）萧统编，（唐）李善等注：《六臣注文选》，北京：中华书局，2012 年，第 306 页。

[5]（梁）萧统编，（唐）李善等注：《六臣注文选》，北京：中华书局，2012 年，第 426 页。

[6]（梁）萧统编，（唐）李善等注：《六臣注文选》，北京：中华书局，2012 年，第 428 页。

[7]（梁）萧统编，（唐）李善等注：《六臣注文选》，北京：中华书局，2012 年，第 428 页。

[8]（梁）萧统编，（唐）李善等注：《六臣注文选》，北京：中华书局，2012 年，第 429 页。

归反哭兮殡宫，声有止兮哀无终。（潘岳《哀永逝文》）[1]

呜呼哀哉！（颜延之《宋文皇帝元皇后哀策文》）[2]

　　《文选》收录有 23 篇哀伤类作品，其中"哀伤"一词出现次数为，"哀"字 22 次，"伤"字 12 次，"悲"字 30 次，而且它们分布在每一篇作品之中。直接使用"哀"或"伤"字，可以将心中悲痛之情毫无保留的倾泻出来，有利于抒发哀情，却似乎少些含蓄之美，因此作者又经常采用一些与哀伤情绪相近的词语，比如"切怛"，如此能让情绪变得内敛，亦使文章显得更为庄重，而这也符合儒家温柔敦厚的诗教传统。相对更高的技巧则是使用与哀伤情绪相反的词语，即是通过对比或反衬的手法，使得语体哀婉缠绵，尤添悲感。

　　第二种是通过眼泪和鼻涕等有哀伤生理反应的字词，或表现动作异常的词语，来传达哀伤的情绪。比如：

魂踰佚而不反兮，形枯槁而独居。（司马相如《长门赋》）

登兰台而遥望兮，神怳怳而外淫。（同上）

舒息悒而增欷兮，蹝履起而彷徨。（同上）

惟古昔以怀今兮，心徘徊以踌躇。（向秀《思旧赋》）

虽不悟其可悲，心惆焉而自伤。（陆机《叹逝赋》）

伤怀凄其多念，戚貌悴而鲜欢。（同上）

乐心其如忘，哀缘情而来宅。（同上）

步庭庑以徘徊，涕泫流而沾巾。（潘岳《怀旧赋》）

少伶俜而偏孤兮，痛切怛以摧心。（潘岳《寡妇赋》）

口呜咽以失声兮，泪横迸而沾衣。（同上）

---

[1]（梁）萧统编，（唐）李善等注：《六臣注文选》，北京：中华书局，2012 年，第 1066 页。

[2]（梁）萧统编，（唐）李善等注：《六臣注文选》，北京：中华书局，2012 年，第 1068 页。

> 思缠绵以瞀乱兮，心摧伤以怆恻。（同上）
>
> 气愤薄而乘胸兮，涕交横而流枕。（同上）
>
> 哀郁结兮交集，泪横流兮滂沱。（同上）
>
> 悲风汩起，血下沾衿。（江淹《恨赋》）
>
> 造分手而衔涕，感寂寞而伤神。（同上）

这些描述"涕""泪""沾衣"甚至"血下沾衿"情景，以及"黯然神伤"样子的词语，乃是主人公经受了哀伤侵袭以后的心灵外化与生理表现。另外，比如"魂踟蹰而不反兮，形枯槁而独居"与"伤怀凄其多念，戚貌悴而鲜欢"等，这种过度哀伤还会让主人公的外貌发生改变，成为一幅枯槁、伤凄、憔悴、失魂落魄的模样。由于哀伤类作品主要的文体功能就是抒发哀伤之情，情感源自外界的触动又经过心灵映照而外在表现为主人公的神情举动，因此，描述主人公的神情举止很有必要。

（二）句、章、篇

上面简要地分析了哀伤类作品字、词的基本特点，下面我们再从句、章、篇的角度来看它的语言系统特征。

先来看哀伤赋。司马相如《长门赋》之序言纯用散句，共四句，约百字，其正文纯用骚体句。向秀《思旧赋》序文亦散句，正文骚体句。陆机《叹逝赋》序文以散句言其亲故亡多存寡，正文全用骈体，对仗工整，音韵和谐。潘岳《怀旧赋》之序文亦为散句，正文为骈体掺杂四言句；其《寡妇赋》之序同为散句，正文则用骚体句，篇末有"重曰"以总结全文，再抒哀情。江淹《恨赋》无序文，交代创作动机变成正文的第一部分，其正文以上下相对的四言句为主，偶有散句，显得整散结合，姿态丰富，赋末参用"×××兮×××，×××兮×××。"的骚体句式增强抒情性。《别赋》之序亦属正文，其正文或四言句或骈句，皆能上下相对，偶尔掺杂骚体句，句式灵活多变。

总之，哀伤赋早期大多有散句序文，篇末有"重曰"等结语，之后骈体兴盛，致使序文变成正文的一部分，而更加严格了；正文最初以骚体句为主，之后发展成骈赋，句式更加多变，作品密度增大，情感更加克制。以赋体抒发哀情，无论在结构布局，还是语句运用上，都比较自如灵活。

再来看哀伤诗。嵇康《幽愤诗》以四言句式，以较长的篇幅，先是自叙身世与己放达之性情，继而反思追悔，末尾渴望远避是非，隐居山林，表达了人生多艰、命运难测的悲哀意蕴和强烈的求生意识。曹植、王粲、张载三人的《七哀诗》名虽相同而内容各异，曹诗以代言体哀叹汉末征役别离妇人思夫之苦，其意蕴则是子建对君主垂怜的渴望，诗中"君若清路尘，妾若浊水泥。浮沉各异势，会面何时谐？愿为西南风，长逝入君怀"[1]，将以夫妻比君臣的关系说得相当明了；王诗其一借白骨蔽野、饥妇弃子之景，亦为汉末乱世之悲象而哀伤，其二从自然之哀景言及心中之哀情；张诗其一借皇陵被盗之惨状发人事迁化之幽情，诗由情生，其二诗人独对肃杀之秋景，触年命不永之悲心，情由诗生。潘岳《悼亡诗》三首以物候迁逝、凄凉独居、惨淡梦影，于字里行间透露对于亡妻之思念。谢灵运《庐陵王墓下作》满含怨气与哀伤，政治斗争之残酷和人间真情之难得，令其发此沉痛篇章。颜延之《拜陵庙作》以礼制词汇营造庄重敬畏的诗歌气氛，抒发自己受到重用的感激之心，并于篇末有清丽写景之辞。谢朓《同谢谘议咏铜雀台》借古事言哀情，岁月流转、时代因革，其间命运浮沉的哀感尤为浓烈。任昉《出郡传舍哭范仆射》回忆自己与范云的生死交情，为其身亡而痛惜。

总之，哀伤诗有四言、五言，篇幅长短不一，基本结构为"先叙事或写景，后抒发哀伤之情"，遣词造句都比较低沉持重，使人读后久久不能平静。

最后来看哀文。哀文一般篇幅较长，拥有足够的书写容量，可从多种角度叙事和抒情，比如物候的变化、物象的改变、场景的转移、心理的调整等，以如此多样的意象去抒情叙事，极大地丰富了文章的风格。潘岳的《哀永逝文》即以三种句式抒写亡妻之痛。颜延之的《宋文皇帝元皇后哀策文》

---

[1]（梁）萧统编，（唐）李善等注：《六臣注文选》，北京：中华书局，2012年，第428页。

和谢朓的《齐敬皇后哀策文》，这两篇哀策文，皆以四言句式为主，偶有骚体句，且每层常以语气词"呜呼哀哉"结尾。

二、语言修辞

美国语言学家乔姆斯基认为："同义的句子间之差异，可以称为是文体的差异。"[1] 在这一层意义上讲，我们认为，语体实际上就是一种语言修辞手段。文体的语言修辞手段包括，语音方面（如用韵）、语义方面（如用典、比喻、借代、双关等）和句法方面（如对仗、并列、重复等）[2] 等。

（一）语音方面（语调）

"赋"原本也是一种吟诵方式，"诗"更是可以吟唱的，至于"骈文"，则以其工整的对偶，无疑也是利于诵读的。因此，在语音方面，这三种文体应该具有一定的相似性，所以若从字词的用韵来体会哀伤类作品的语音特征，也不失为一种有效的方法。

首先，从文体来看，《文选》中的哀伤诗都属于古体诗，虽然平仄难判，但基本协韵，比如，王粲的两首《七哀诗》，韵律和谐。《文选》收录的哀伤赋有骚体赋和骈赋两种体制，骚体赋的"兮"字具有平衡音律的作用，读来朗朗上口，骈赋的韵脚也比较整齐，读来铿锵有力。《文选》的哀文也都是韵文。因此，《文选》哀伤类作品韵律和谐，利于诵读。

其次，使用不同的语音字词也能体现出语音特征的差异。其以叠音词与联绵词的使用最为普遍。

叠音词，指由两个相同音节重叠构成的词[3]。它既能写景、叙事，亦可抒情，并具有形容词的语用功能，而且表示性质的字词重叠后也会变为状态形容词，从而具有了一定的描写性。使用叠音词叙事、写景，可使叙

---

[1] 转引自格拉汉·霍夫：《文体与文体论》，台北：台湾成文出版社有限公司，1979年，第7页。

[2] 郭英德：《中国古代文体学论稿》，北京：北京大学出版社，2005年，第11页。

[3] 张政烺，兰宾汉等主编：《现代汉语》，西安：三秦出版社，1995年，第179页。

事流畅、景色真切；以其抒情，则其情绵长而动人。比如，司马相如《长门赋》有云："廓独潜而专精兮，天漂漂而疾风。登兰台而遥望兮，神恍恍而外淫。浮云郁而四塞兮，天窈窈而昼阴。雷殷殷而响起兮，声象君之车音。飘风回而起闺兮，举帷幄之襜襜。桂树交而相纷兮，芳酷烈之訚訚。……望中庭之蔼蔼兮，若季秋之降霜。夜曼曼其若岁兮，怀郁郁其不可再更。澹偃蹇而待曙兮，荒亭亭而复明。"[1] 其中的叠音词"漂漂""恍恍""曼曼"等，就有此功能。再如，潘岳的《寡妇赋》有云："时暧暧而向昏兮，日杳杳而西匿。……仰神宇之寥寥兮，瞻灵衣之披披。……虽冥冥而罔觌兮，犹依依以凭附。雪霏霏而骤落兮，风浏浏而夙兴。溜泠泠以夜下兮，水潇潇以微凝。……庶浸远而哀降兮，情恻恻而弥甚。愿假梦以通灵兮，目炯炯而不寝。夜漫漫以悠悠兮，寒凄凄以凛凛。……墓门兮肃肃，修垄兮峨峨。[2]"又如张载的《七哀诗》有云："北芒何垒垒，高陵有四五。……恭文遥相望，原陵郁膴膴。……肃肃高桐枝，翩翩栖孤禽。"[3] 另如潘岳《悼亡诗》三首，其二："皎皎窗中月，照我室南端。……凛凛凉风升，始觉夏衾单。……岁寒无与同，朗月何胧胧。"及其三："凄凄朝露凝，烈烈夕风厉。……亹亹期月周，戚戚弥相愍。……孤魂独茕茕，安知灵与无。"[4] 试以潘作为例，可以看到，其以"皎皎""胧胧"形容朗月孤照，以"凛凛""烈烈"形容寒冷多风，以"凄凄"形容夜中露凝，以"亹亹"形容时光漫长，以"戚戚""茕茕"形容孤独哀伤。大自然表现的是一派凄凉、冷寂之景，与主人公心中的孤独、感伤契合；漫长岁月需要承受无边的孤独，短暂的生命却永逝不返。陈望道说："叠字的用意不外（一）借声音的繁复增进

---

[1]（梁）萧统编，（唐）李善等注：《六臣注文选》，北京：中华书局，2012年，第293页。

[2]（梁）萧统编，（唐）李善等注：《六臣注文选》，北京：中华书局，2012年，第300页。

[3]（梁）萧统编，（唐）李善等注：《六臣注文选》，北京：中华书局，2012年，第429页。

[4]（梁）萧统编，（唐）李善等注：《六臣注文选》，北京：中华书局，2012年，第430页。

语感的繁复；或（二）借声音的和谐张大语调的和谐。"[1] 音节的叠加重复，强化了语感，延展了节奏，增强了韵律美，叠词这种悠长的语调仿佛主人公深远的哀伤永未消散。

另外，哀伤类作品也善用联绵词。联绵词，指两个音节连缀成义而不能拆开的词，分为三种：两个音节声母相同的双声联绵词，和两个音节韵母或韵身相同的叠韵联绵词，以及非双声叠韵的联绵词。[2] 比如"徘徊"，向秀《思旧赋》有云："惟古昔以怀今兮，心徘徊以踌躇。[3]"潘岳《怀旧赋》有云："步庭庑以徘徊，涕泫流而沾巾。[4]"潘岳《哀永逝文》有云："停驾兮淹留，徘徊兮故处。[5]"潘岳《悼亡诗》有云："徘徊墟墓间，欲去复不忍。徘徊不忍去，徙倚步踟蹰。"曹植《七哀诗》有云："明月照高楼，流光正徘徊。"张载《七哀诗》有云："徘徊向长风，泪下沾衣衿。[6]"或是走进亡友故居，面对物在人亡之景象，借遗存怀念过去；或是步入庭院，勾起旧日回忆时的感伤；或于亡妻墓前，徘徊而不忍去的情态；或是身随月光，心自流浪；或是思接千古，为人事迁化而慨叹。一个"徘徊"就将读者带入语境之中，和作者一齐纠结、沉痛又哀伤。

通过"联绵词"表现哀伤情绪的例子还有很多，比如，用"仿佛"营造一种感伤、迷离、孤寂的情感氛围，司马相如《长门赋》有云："时仿佛以物类兮，象积石之将将。[7]"潘岳《悼亡诗》有云："帏屏无仿佛，

---

[1] 陈望道：《修辞学发凡》，上海：上海教育出版社，2001 年，第 178-180 页。

[2] 张政烺、兰宾汉等主编：《现代汉语》，西安：三秦出版社，1995 年，第 178 页。

[3]（梁）萧统编，（唐）李善等注：《六臣注文选》，北京：中华书局，2012 年，第 296 页。

[4]（梁）萧统编，（唐）李善等注：《六臣注文选》，北京：中华书局，2012 年，第 299 页。

[5]（梁）萧统编，（唐）李善等注：《六臣注文选》，北京：中华书局，2012 年，第 1066 页。

[6]（梁）萧统编，（唐）李善等注：《六臣注文选》，北京：中华书局，2012 年，第 429 页。

[7]（梁）萧统编，（唐）李善等注：《六臣注文选》，北京：中华书局，2012 年，第 293 页。

翰墨有余迹。"与"独无李氏灵，仿佛睹尔容。[1]"潘岳《哀永逝文》有云：
"想孤魂兮眷旧宇，视倏忽兮若仿佛。徒仿佛兮在虑，靡耳目兮一遇。"[2]
此外，哀伤类作品还频繁使用"辗转""寤寐""恍惚""忉怛"等联绵词，
令其言语低沉、情感浓郁。

（二）语义方面（辞格）

哀伤类赋、诗、文三种文体有不同的文体形态，然而，在语义方面却
表现出了一定的共性，比如，用典、比喻、对比等修辞手法的使用。"哀伤"
是一种强烈却不宜过分直接宣泄的情感，为了表现这种"外弱内强"的情
感体验，使用典故、采用比喻、借用对比等手法，就显得贴切又不失含蓄。
下面试析几例：

先谈用典，即通过引用古事或剪裁融化古语成言，来写实事、表今意，
亦是指刘勰所说的"据事以类义，援古以证今"与"引成辞以明理"。钱
锺书认为："隶事运典，实即'婉曲语'之一种。……用意无他，曰不'直
说破'，俾耐寻味而已。[3]"（笔者按："婉曲"就是借用一些与某事物
相应的语句把那些不愿直说、不便直说或不能直说的意思，曲折委婉地暗
示给读者，让人明白。含蓄、委婉、能够更好地表达说话人的地位、情感、
态度，而且新颖、得体）因此，哀伤类作品中的用典，能使哀情含蓄而丰腴。

比如，向秀《思旧赋》有云："叹黍离之愍周兮，悲麦秀于殷墟。……
昔李斯之受罪兮，叹黄犬而长吟。悼嵇生之永辞兮，顾日影而弹琴。[4]"《黍
离》和《麦秀》皆为亡国之臣途经故国宗庙宫室，见其尽为禾黍，愍王朝
之颠覆，彷徨不忍去而所作之辞。此处明指，向秀赴任途中绕经嵇康旧居，

---

[1]（梁）萧统编，（唐）李善等注：《六臣注文选》，北京：中华书局，2012年，
第430页。

[2]（梁）萧统编，（唐）李善等注：《六臣注文选》，北京：中华书局，2012年，
第1066页。

[3]钱锺书：《管锥编》第四册，北京：中华书局，1979年，第1474页。

[4]（梁）萧统编，（唐）李善等注：《六臣注文选》，北京：中华书局，2012年，
第296页。

见旷野萧条、人去庐空而心生哀伤，实则暗含，其对晋朝腐朽政治前途的判断。李斯刑前与儿子哀叹以后不能上东门、牵黄犬、逐野兔了，实是对生命的珍视；稽康刑前索琴高奏《广陵散》，曲终而长叹音绝，确乎视死如归。由此可见，借助李斯含冤腰斩之事，一是表达了向秀对于稽康蒙冤而死的愤慨，二是以李斯贪生怕死与稽康视死如归作对比，来彰显后者的巍巍人格。又如，潘岳《寡妇赋》有云："览寒泉之遗叹兮，咏蓼莪之余音。……感三良之殉秦兮，甘捐生而自引。……蹈恭姜兮明誓，咏柏舟兮清歌。"[1]乃借《诗经》之篇章言寡妇高尚的德操，以秦三良殉葬穆公扬其贞烈，用《柏舟》篇明其誓言。江淹的《恨赋》与《别赋》几乎全是用典。再如谢灵运的《庐陵王墓下作》有云："延州协心许，楚老惜兰芳。解剑竟何及，抚坟徒自伤"[2]，谢朓的《齐敬皇后哀策文》有云："思寒泉之罔极兮，托彤管于遗咏[3]。"等。使用典故，可以词约义丰、典雅含蓄又不乏深情。

再看比喻，它是指在描述事物或说明事理时，通过联想，用同它有相似点的事物或道理来打比方[4]。用比喻写人状物，可使人和事物的特点更加形象、具体、突出、鲜明；用以说明事理，又能让深奥抽象的道理变得具体形象，通俗易懂。哀伤类作品使用比喻，还会使其叙事更加生动，使哀情的表达更加丰富。

司马相如《长门赋》就多处使用了比喻，比如，"雷殷殷而响起兮，声象君之车音"与"挤玉户以撼金铺兮，声噌吰而似钟音。……时仿佛以物类兮，象积石之将将。五色炫以相曜兮，烂耀耀而成光。致错石之瓴甓兮，

---

[1]（梁）萧统编，（唐）李善等注：《六臣注文选》，北京：中华书局，2012年，第300页。

[2]（梁）萧统编，（唐）李善等注：《六臣注文选》，北京：中华书局，2012年，第432页。

[3]（梁）萧统编，（唐）李善等注：《六臣注文选》，北京：中华书局，2012年，第1071页。

[4]张政烺，兰宾汉等主编：《现代汉语》，西安：三秦出版社，1995年，第448页。

象瑎瑢之文章"与"望中庭之蔼蔼兮，若季秋之降霜"[1]。遭弃之妇人错听雷声为君王之车音，辉煌宫室里的一切都令其震颤，且把夜中庭院的斑斑月光错看成秋霜，这种比喻并无丝毫浪漫，而反映的正是妇人因为思念而彻夜难眠的痛苦，以及心中无限哀伤之情，所以，明是写物，实为画心。再如，潘岳《悼亡诗》有云："如彼翰林鸟，双栖一朝只。如彼游川鱼，比目中路析。"[2] 林间飞鸟，川中游鱼，原本出双入对，而今形单影只，此处形象地说明了安仁和亡妻现在幽明两隔，表达了他的孤独和哀伤。曹植《七哀诗》有云："君若清路尘，妾若浊水泥。浮沉各异势，会面何时谐？愿为西南风，长逝入君怀。君怀良不开，贱妾当何依？[3]" 乃将夫君比作路上颠簸的尘土，把贱妾喻为水坑中的浊泥；一个向上翻飞、漂浮，一个向下坠落、沉积。十分形象地道出了二人极难相见，又过分相思的情感体验。妇人还将自己比拟成西南风，盼望吹向夫君怀里，很贴切地表达了对于夫君的渴慕。

再说对比，它是把两种不同事物或同一事物的两个方面放在一起相互比较的一种辞格，其作用在于突出人和事物的本质特征，便于人们辨别其美丑、善恶。哀伤类作品大多属于整体内容上的对比，以造成强烈的情感反差，来反映主人公感伤、孤寂的情绪，而较少具体的对比。

整体性对比，分为今昔、生死、前后对比等方式。前后对比，比如，司马相如《长门赋》有云："言'我朝往而暮来'兮，饮食乐而忘人。心慊移而不省故兮，交得意而相亲。伊予志之慢愚兮，怀贞悫之欢心。愿赐问而自进兮，得尚君之玉音。奉虚言而望诚兮，期城南之离宫。修薄具而自设兮，君曾不肯乎幸临。"[4] 武帝曾言"我朝往而暮来"，如今却是"饮

---

[1]（梁）萧统编，（唐）李善等注：《六臣注文选》，北京：中华书局，2012年，第293页。

[2]（梁）萧统编，（唐）李善等注：《六臣注文选》，北京：中华书局，2012年，第430页。

[3]（梁）萧统编，（唐）李善等注：《六臣注文选》，北京：中华书局，2012年，第428页。

[4]（梁）萧统编，（唐）李善等注：《六臣注文选》，北京：中华书局，2012年，第293页。

食乐而忘人"，而阿娇则从之前的恃宠若娇变为一个怀贞心、奉誓言的贤淑妇人，二人前后行为的反差，营造出了一种哀伤的氛围，而女性地位的低下乃是"悲剧"产生的根由。生死、今昔对比，比如，潘岳《哀永逝文》有云："逝日长兮生年浅，忧患众兮欢乐勘。彼遥思兮离居，叹河广兮宋远。今奈何兮一举，邈终天兮不反。……思其人兮已灭，览余迹兮未夷。昔同涂兮今异世，忆旧欢兮增新悲。"[1] 和死后的日子相比，人的生命何其短暂！死生异路，回忆旧日的欢乐尤是新增今日的伤悲。对比前日之欢与今日之悲，生年之短与逝日之长，抒发了幽明悬隔、悲欢离合之哀伤。再如，谢朓《同谢谘议咏铜雀台》，言曹操生前之铜雀台上莺歌燕舞，而今埋身黄泉，不闻歌吹，唯剩姬妾整日以泪洗面、寂寞度残生。张载的《七哀诗》言今日凋敝、衰败之汉陵，实有与汉主昔日之辉煌、繁盛相对比，最后发出"昔为万乘君，今为丘中土。感彼雍门言，凄怆哀今古"的伤感之语。

具体对比则较少，比如，向秀的《思旧赋》，先是写途径故人旧居，"瞻旷野之萧条兮，息余驾乎城隅。践二子之遗迹兮，历穷巷之空庐。叹《黍离》之愍周兮，悲麦秀于殷墟。惟古昔以怀今兮，心徘徊以踌躇[2]"。尤其是"栋宇存而弗毁兮，形神逝其焉如"两句，写到如今人去庐空，唯剩萧条旷野与满心伤悲。

（三）句法方面（句式）

句法，即句子的表现方法。哀伤类作品使用了诸如对仗、排比、重复、顶真等修辞手法来表现哀伤主题，下面依次论之。

对偶，俗称"对子"，诗歌中叫"对仗"。它是用两个结构相同或相似，字数相等，意义密切相连的短语或句子，对称地排列在一起的一种辞

---

[1]（梁）萧统编，（唐）李善等注：《六臣注文选》，北京：中华书局，2012 年，第 1066 页。

[2]（梁）萧统编，（唐）李善等注：《六臣注文选》，北京：中华书局，2012 年，第 296 页。

格[1]。在形式上，整齐匀称，声韵和谐，能增强语言的整齐美和音乐美；在表意上，能够凝练集中，极具艺术表现力地表达意思。《文选》中的哀伤赋可分为骚体赋和骈赋两种体式，骚体赋以语气词"兮"或虚词"之"与连词"而""以""于"等分割语句。比如，向秀《思旧赋》有云："昔李斯之受罪兮，叹黄犬而长吟。悼嵇生之永辞兮，顾日影而弹琴。"[2]上下句对仗工整，将李斯和嵇康临刑前的状貌写得真切。而骈赋之对仗更为工整，比如，陆机《叹逝赋》有云："川阅水以成川，水滔滔而日度。世阅人而为世，人冉冉而行暮。"[3]《文选》中的哀伤诗大多属于用韵不甚严格的古体诗，然其声韵基本和谐，读来朗朗上口，富有音乐美。而且上下句多数可以做到对仗工整，属于宽对。比如，潘岳《悼亡诗》有云："望庐思其人，入室想所历。帏屏无仿佛，翰墨有余迹。"[4]上联的上下句属于正对，下联的上下句属于反对；上下联属于顺承关系的串对。这一连串的意象排列，将潘岳面对亡妻"遗物"时的哀伤、失落真实地表现出来了。最后，《文选》三篇哀文，一篇用骚体，两篇骈文，全都使用对仗的修辞格。

　　排比，是把三个或三个以上结构相同或相似，语气一致，意义密切相关的句子、句子成分或段落排列起来使用的一种修辞格。它既能够增强语言气势，突出所描述的对象，便于表达强烈的情感，而且句式整齐、节奏分明，具有旋律美。哀伤类作品经常使用排比的手法来写景、叙事、抒情。写景者，比如，司马相如《长门赋》有云："浮云郁而四塞兮，天窈窈而昼阴。雷殷殷而响起兮，声象君之车音。飘风回而起闺兮，举帷幄之襜襜。桂树交而相纷兮，芳酷烈之訚訚。孔雀集而相存兮，玄猿啸而长吟。翡翠

---

[1] 张政烺，兰宾汉等主编：《现代汉语》，西安：三秦出版社，1995 年，第 473 页。

[2]（梁）萧统编，（唐）李善等注：《六臣注文选》，北京：中华书局，2012 年，第 296 页。

[3]（梁）萧统编，（唐）李善等注：《六臣注文选》，北京：中华书局，2012 年，第 297 页。

[4]（梁）萧统编，（唐）李善等注：《六臣注文选》，北京：中华书局，2012 年，第 430 页。

胁翼而来萃兮，鸾凤翔而北南。"[1] 其中浮云四塞、天色阴沉、雷声殷殷、回风骤起、桂树交纷、雀集猿吟、鸟来凤回，这一系列衰颓景色与动物聚首的描写，是主人公心中凄凉、孤独之感情的外化。复如，王粲《七哀诗》有云："方舟溯大江，日暮愁我心。山冈有余映，崖阿增重阴。狐狸驰赴穴，飞鸟翔故林。流波激清响，猴猿临岸吟。迅风拂裳袂，白露沾衣襟。独夜不能寐，摄衣起抚琴。[2]"又如，潘岳《哀永逝文》有云："去华辇兮初迈，马回首兮旋旆。风泠泠兮入帷，云霏霏兮承盖。鸟俛翼兮忘林，鱼仰沫兮失濑。"[3] 等等。从四面八方写来，这外部环境是逼仄的，它挟裹住翻滚的内心愈煎欲裂；这心理环境又是开阔的，它反映了哀伤的心灵意欲突破的强烈愿望，排比的修辞手法容易造成一种语势，有利于哀伤情感的表达。

重复，指的是为了强调突出某种思想感情，有意让表达这种思想感情的词语或句子一再出现的一种修辞格，其作用在于层次清晰、条理清楚地突出思想、强调感情。比如，"哀文"中常常间隔重复出现的独立语"呜呼哀哉"，以此强化生者的哀痛情绪。任昉《出郡传舍哭范仆射》有云："平生礼数绝，式瞻在国桢。……已矣平生事，咏歌盈箧笥。兼复相嘲谑，常与虚舟值。何时见范侯？还叙平生意。与子别几辰？经途不盈旬。弗睹朱颜改，徒想平生人。……"[4] 诗中也间隔性地出现了四次"平生"，无疑是在强调诗人与亡友之间真挚的情谊，在往昔的美好回忆中，强化了对亡友故去的哀伤。

另外，在赋或诗体中，于文末常常出现"重曰"等总结性语词，它对正文起了补充作用，它是通过重复正文中的一些事件、语词来加强情感的

---

[1]（梁）萧统编，（唐）李善等注：《六臣注文选》，北京：中华书局，2012年，第293页。

[2]（梁）萧统编，（唐）李善等注：《六臣注文选》，北京：中华书局，2012年，第293页。

[3]（梁）萧统编，（唐）李善等注：《六臣注文选》，北京：中华书局，2012年，第1066页。

[4]（梁）萧统编，（唐）李善等注：《六臣注文选》，北京：中华书局，2012年，第435页。

抒发。然而，这种重复并非简单的复述，而是通过使用韵语等形式对正文中的事件、情感进行再加工，从而强化主题。比如，潘岳《寡妇赋》最后稍长的"重曰"，几乎将文中的主要内容重复了一遍，似乎寡妇的哀伤永远也写不完。其《哀永逝文》中"重曰"的内容，更是把安仁的亡妻之痛如滚滚洪流般倾泻而出。再如，江淹《恨赋》《别赋》中的缀词，像"至乃""至如""至若""若乃""若夫""又若""及夫""或乃""或有""乃有"等，乃是排比辞格与重复辞格的兼用，既能提示层次，又有强调作用，语势贯通，情感浓郁。

用前一句结尾的词语作后一句的开头，或用前一段（节）末尾的句子作后一段（节）开头的句子，使前后句子、语段首尾蝉联，这种辞格叫作"顶真"。使用顶真的修辞手法，可以将具有相互依存关系的客观事物更好地联系起来，用它来叙事、写景、抒情，则能更好地反映事物间的联系，显得情意缠绵且引人入胜，能使语言结构严密、语气贯通、语势增强。比如，潘岳《悼亡诗》三首，其二："岂曰无重纩，谁与同岁寒。岁寒无与同，朗月何胧胧。展转盼枕席，长簟竟床空。床空委清尘，室虚来悲风。"及其三："茵帱张故房，朔望临尔祭。尔祭讵几时，朔望忽复尽。……徘徊墟墓间，欲去复不忍。徘徊不忍去，徙倚步踟蹰。"[1] 其中"岁寒""床空""尔祭""徘徊""不忍"等词语，都属于顶真的修辞。"岁寒"是把清秋寒暮、物候变衰的自然景象与安仁心中凄凉冰冷的感受联系起来，"床空"更是环环相扣地将这种凄冷、孤寂推进了一步，无限哀伤地表达了他对亡妻思念之深。"尔祭"则将祭祀时短暂的"聚面"和往后绵长岁月里无法再见与心中长久的思念加以对比性联系，从而更好地表达了亡妻之痛。诗人在亡妻墓前"徘徊"、徙倚、踟蹰、"不忍"离去，这些语词以顶真的形式，营造哀伤的语势，使得亡妻之痛无以加焉！

综上，通过使用对仗、排比、重复、顶真等修辞手法，增强语句表现力，这些修辞格或蓄积哀伤情感来增强语势，或如顶真令感情缠绵往复，或如

---

[1]（梁）萧统编，（唐）李善等注：《六臣注文选》，北京：中华书局，2012年，第430页。

对仗坚定有力。总之，都是在将哀伤情感不断推进，造成波折的情感脉动激荡于读者心中。

三、语言风格

黑格尔认为："风格就是服从所用材料的各种条件的一种表现方式，而且它还要适应一定艺术种类的要求和主题概念生出的规律。"[1]语言风格，指的是语言表达上特有的格调和气派，或者说是使用语言的各种特点的综合表现[2]。形成语言风格的种种要素可以分为两大类：一是语言系统，包括语音、词汇、语法等语言要素；一是语言修辞，包括辞格、文字、标点、图形、体态语等。不同的语言系统和不同的语言修辞，形成了各种文体独特的语言风格。换言之，相同的语言系统和语言修辞，可以形成相同的语言风格。

哀伤类作品描写的是人类心中的一种哀伤情感，由于体制的不同，使其语言风格略有差异，但都表现出"凄怆哀伤"的风格特征。这种风格特征表现为哀伤类作品独特的语言系统和语言修辞，而其形成的根本原因则是描写对象的特殊性。哀伤类赋、诗、文，这三种文体的语言系统和语言修辞有相似之处：一是使用"哀""伤"及其同义字词，且有严密的句法和章法，以构建一个极富感伤色彩的语言系统；一是韵律和谐，修辞手法多样。因之，哀伤类作品具有了共同的语言风格，即"凄怆哀伤"。

第三节　体式

郭英德说："体式，指文体的表现方式，犹如人的体态动作。"[3]吴承学说："章法结构与表现形式，即体式，指的是能够承载不同文体的功能、

---

[1][德]黑格尔著，朱光潜泽：《美学》第一卷，北京：商务印书馆，1979年，第373页。

[2]张政飚，兰宾汉等主编：《现代汉语》，西安：三秦出版社，1995年，第501页。

[3]郭英德：《中国古代文体学论稿》，北京：北京大学出版社，2005年，第13页。

主题与风格等要求的章法结构与表现形式。"[1] 而文体的表现方式，主要有叙事、说明、议论、抒情等，哀伤类作品以抒发哀情为旨归，所以主要使用抒情的方式，而在抒情前要交代事由，就必然得采用叙事或说明的方式，在叙事、说明和抒情的过程中，作者还可以间接或直接展开议论。借叙事来交代事由，以抒情来传递哀伤，用议论来表达深刻的人生思考，在具体的作品中，这三者或各司其职，或糅合互用，共同构成哀伤类文本的表现方式。

这几种表现方式必然得要采取与之相适应的表现手法才能奏效，以哀伤为主题的哀伤类赋、诗、文，有不同的文体表现手法。比如哀伤诗限于篇幅，多用比喻和对比的表现手法，来婉转曲折地抒发哀情，较少议论和叙事；哀文以实用为主，其体制和语体的规范又较诗宽松，且具有较大的内容含量，故而可以尽量全面地叙事和持续性抒情，并力求明白显豁地达到叙事述哀的目的；赋是一种介于诗和文之间的文体，所以哀伤赋兼叙事和抒情，其多以铺陈方式叙述事由、抒发哀情。因此，我们认为诗多用比和兴，文多用赋，而赋则兼而有之，即抒情多用对比，叙事多用意象，议论属于哲思。

在哀伤类作品中，最重要的两种表现方式是抒情和叙事。另外，我们还可以把"意象"认作一种"风景的言说"，这样就做到了"情、景、事"三者的胶合，从而完整地表现出哀伤类作品的个性风姿。本节拟通过分析哀伤类赋、诗、文具体的抒情方式、叙事方式和意象类型，以期把握它所特有的言情手法、叙事技巧、意象选择，力求更好地认识这类作品的文体形态。

一、抒情方式

哀伤类作品的抒情方式较为特殊，因其表现对象是人类所特有的一种

---

[1] 吴承学：《中国古代文体学研究》，北京：人民出版社，2011年，第17页。

感情，即哀伤。感情的无端兴起与持续性特征，使人们时常沉浸其中。哀伤的情感借由周遭景与物的触发，与其融汇成迷离感伤的情绪在心中波动，发而为哀伤作品。在哀伤情感抒发的过程中，经过历代累积而形成了几种惯用的艺术技法，后世文人在创作过程中仍会袭用，比如，一是生死对比、悲喜映衬；二是音哀景悲、抚存感亡；三是虚实相生、梦中寄情；四是使事用典、悲人悲己。

（一）生死对比，悲喜映衬

时间的线性流动与空间的延展性，致使人们极力地去发展对比的思维模式，对于过往的事实或消失的物体，人们总能通过共时或历时的对比来把握其真相。这一物理现象在哀伤类作品中的表现就是对比手法的广泛应用。本节按具体内容将其归为三种：一是生死对比，生时富贵荣耀，死后尘土一抔；二是今昔对比，昔日出双入对，今朝独自飘零；三是存亡对比，存者万古长在，亡者一去不返。

一是生死对比，生时富贵荣耀，死后尘土一抔。这一点是通过"以盛言衰"强调了死亡的公平性和盛衰荣枯之常理，即它不因生时富贵而远离，不因生时贫苦而趋近，人固有一死。比如，《离骚》有云："朝发轫于苍梧兮，夕余至乎悬圃。欲少留此灵锁兮，日忽忽其将暮"[1]，以及朝济白水，夕归穷石，朝发天津，夕至西极等"朝夕相对"模式，生命的促迫与伤挽悲歌构成特定的悲剧话语，而喧闹的国都与荒凉的中野，辉煌的高堂与湿暗的黄泉两两对比，反差极大。再如，汉武帝《悼李夫人赋》有云："方时隆盛，年夭伤兮"[2]，揭示了"貌美"与"寿夭"的矛盾对立，又以墓地的荒凉凄清，烘托了李夫人生前的体态柔美，顾盼生姿，章法安排体现了对比映衬，"佳侠函光，陨朱荣兮"，生时的美貌佳丽光泽，为死所摧折毁灭。比如，张载《七哀诗》其一渲染生死对比："昔为万乘君，今为

[1]（宋）洪兴祖：《楚辞补注》，北京：中华书局，2015年，第1页。

[2]（清）严可均校辑：《全上古三代秦汉三国六朝文》，北京：中华书局，1958年，第140页。

丘中土。"[1]潘岳《怀旧赋》有云："今九载而一来，空馆阒其无人。陈
荄被于堂除，旧圃化而为薪。步庭庑以徘徊，涕泫流而沾巾。"[2]陶渊明《拟
挽歌辞》有云："昔在高堂寝，今宿荒草中。"[3]庾信《伤王司徒褒》有云：
"昔为人所羡，今为人所怜。"[4]生前位居高堂，死后也是化作丘土一抔，
荒草一束，死后的荒凉与落寞令生者心伤忧惧。陆机《挽歌诗三首》设想
死后之情形："帷衽旷遗影，栋宇与子辞。周亲咸奔凑，友朋自远来。翼
翼飞轻轩，骎骎策素骐。按辔遵长薄，送子长夜台。呼子子不闻，泣子子
不知。叹息重榇侧，念我畴昔时。三秋犹足收，万世安可思。殉没身易亡，
救子非所能。"并加以生死对比："人往有返岁，我行无归年。昔居四民宅，
今托万鬼邻。昔为七尺躯，今成灰与尘。金玉素所佩，鸿毛今不振。丰肌
飨螻蚁，妍姿永夷泯。寿堂延魑魅，虚无自相宾。螻蚁尔何怨，魑魅我何亲。
拊心痛荼毒，永叹莫为陈。"[5]可见，生前金玉满堂，死后身为尘灰，繁
华盛景与凄凉惨象之对比，无疑使得哀情更加沉痛。潘岳《哀永逝文》有云：
"思其人兮已灭，览余迹兮未夷。昔同涂兮今异世，忆旧欢兮增新悲。"[6]
死后萧索之景对比生前热闹美满，令人不堪！谢灵运《庐陵王墓下作》有云：
"徂谢易永久，松柏森已行。……一随往化灭，安用空名扬。"[7]死亡带
走了一切，再去追加名号又有何用！鲍照《代挽歌》有云："独处重冥下，
忆昔登高台。傲岸平生中，不为物所裁。埏门只复闭，白蚁相将来。生时

---

[1]（梁）萧统编，（唐）李善等注：《六臣注文选》，北京：中华书局，2012 年，
第 429 页。

[2]（梁）萧统编，（唐）李善等注：《六臣注文选》，北京：中华书局，2012 年，
第 299 页。

[3] 逯钦立辑校：《先秦汉魏晋南北朝诗》，北京：中华书局，1983 年，第 1012 页。

[4] 逯钦立辑校：《先秦汉魏晋南北朝诗》，北京：中华书局，1983 年，第 2383 页。

[5] 逯钦立辑校：《先秦汉魏晋南北朝诗》，北京：中华书局，1983 年，第 653 页。

[6]（梁）萧统编，（唐）李善等注：《六臣注文选》，北京：中华书局，2012 年，
第 1066 页。

[7]（梁）萧统编，（唐）李善等注：《六臣注文选》，北京：中华书局，2012 年，
第 432 页。

芳兰体，小虫今为灾。玄鬓无复根，枯髅依青苔。忆昔好饮酒，素盘进青梅。彭韩及廉蔺，畴昔已成灰。壮士皆死尽，余人安在哉？"[1] 更是把死后世界描述得阴森可怖。

二是今昔对比，昔日出双入对，今朝独自飘零。这一点是通过"以双映单"的手段来强调距离或死亡将人们强行隔离而产生的孤独感的。比如，刘彻《悼李夫人赋》言及曾经信誓旦旦要长相厮守的两个人，如今李夫人却化为粪壤，只剩武帝空以画像寄相思了。再如，潘岳《悼亡诗》有云："望庐思其人，入室想所历。"此庐是昔日二人同住之庐，此室是二人昔日同卧之室，而我今朝只能一人在此孤单地回忆从前在一起的美好生活。安仁又说："岂曰无重纩，谁与同岁寒？岁寒无与同，朗月何胧胧？展转眄枕席，长簟竟床空。床空委清尘，室虚来悲风。独无李氏灵，仿佛睹尔容。抚衿长叹息，不觉涕沾胸。沾胸安能已，悲怀从中起。寝兴目存形，遗音犹在耳。"[2] 如今亡妻睡在丘墓之中，安仁于岁暮月寒之夜，哀伤难眠，想着此后的寒夜再无人同度，望着空床落下灰尘，怎不哀伤！

三是存亡对比，存者万古长在，亡者一去不返。日月变换、四季更迭，万物繁衍生息，无有止静，短暂的生命和永恒的自然相比，显得何其渺小。这一点是对"永恒性"与"短暂性"的理性反思和分辨，进而希望超脱生死，稀释死亡带来的悲痛。比如，向秀《思旧赋》有云："践二子之遗迹兮，历穷巷之空庐。叹《黍离》之愍周兮，悲麦秀于殷墟。惟古昔以怀今兮，心徘徊以踌躇。栋宇存而弗毁兮，形神逝其焉如。"[3] 遗迹、穷巷、空庐、黍麦、栋宇似乎都是可以长存重返的，而旧友的形神逝去后却再难复现。

哀伤类作品之运用对比，其实是将物理时空切割成了生死两个断片，又借助心理时空巧妙组合起来的一种艺术手法。它通过伤悼主体的特定心

---

[1] 逯钦立辑校：《先秦汉魏晋南北朝诗》，北京：中华书局，1983 年，第 1258 页。

[2] （梁）萧统编，（唐）李善等注：《六臣注文选》，北京：中华书局，2012 年，第 430 页。

[3] （梁）萧统编，（唐）李善等注：《六臣注文选》，北京：中华书局，2012 年，第 296 页。

态建构成新的心理时空，建构起伤悼主体特定的心理时空，伴随回忆，昔日情事涌入，形成今昔比照——以暖衬冷，以盛言衰，以双映单。

（二）音哀景悲，抚存感亡

生者可以死，而死者不能复生，亡人留在世间的"遗物"便成了生者寄托哀思的载体，比如，衣服、翰墨、诗文、所植之树、所览之景等遗物，未亡人（配偶、稚子、生前所用之仆从）等旧人，及物在人亡对比下的旧景色和旧情境。这些景与物通过"移情"，并借助"比兴"的方式，将外物心灵化了，成为表现主体特定心境的基本材料，而抒情主体一旦面对此物、此景，听到此音，遂将产生"闻音而悲、因景达情"的抒情效果。

先看遗物。比如，《诗经·唐风·葛生》写妻子哀悼亡夫："角枕粲兮，锦衾烂兮。予美亡此，谁与独旦？"[1]诗中的"角枕、锦衾"多被认作亡夫的遗物，妻子抱枕独眠，哀痛难言。《诗经·邶风·绿衣》有云："绿兮丝兮，女所治兮。我思古人，俾无訧兮。"[2]男子睹亡妻先前所治绿丝衣而念之。再如，王粲《伤夭赋》怀早夭之幼子曰："物虽存而人亡，心惆怅而长慕。"[3]曹丕《悼夭赋》伤族弟曰："时徘徊于旧处，睹灵衣之在床。感遗物之如故，痛尔身之独亡。"[4]曹植《慰子赋》曰："入空室而独倚，对孤帷而切叹。痛人亡而物在，何忍心而复观。"[5]凡此都是因见亡者之"遗物"而心生悲哀的。而真正将其定型化的是潘岳《悼亡诗》，其一："望庐思其人，入室想所历。帏屏无仿佛，翰墨有余迹。流芳未及歇，遗挂犹

[1]（宋）朱熹：《诗集传》，北京：中华书局，2011年，第93页。

[2]（宋）朱熹：《诗集传》，北京：中华书局，2011年，第22页。

[3]（清）严可均校辑：《全上古三代秦汉三国六朝文》，北京：中华书局，1958年，第958页。

[4]（清）严可均校辑：《全上古三代秦汉三国六朝文》，北京：中华书局，1958年，第1073页。

[5]（清）严可均校辑：《全上古三代秦汉三国六朝文》，北京：中华书局，1958年，第1125页。

在壁。"及其二："寝兴目存形，遗音犹在耳。"[1]看到妻子遗留之"翰墨"和其生前所着的衣服仍挂在墙壁，以及早晨未清醒时，妻子音容宛在，朝夕共处的屋舍中存留着多少有夫妻一起生活的见证，而如今却只剩一人凭览，诗人目睹此物，饱闻此声，怎不心伤！举凡亡者生前所亲近之物，以及和亡者有关之场景，皆能让生者联想并回忆起往事而生出哀情。因此，"遗物"作为沟通生者与亡人和今与昔的桥梁，而时常显现于哀伤类作品之中。

其实，死者生前之配偶、所留之稚子、生前所用之仆从等这些"未亡人"，也是可以看作"遗物"的。生者目睹或听闻周围这些"遗物"的情态举动，脆弱的感情线便会勾起哀思。或以铺陈赋写，或由景物起兴，或用比喻，借这些举止情态，可以把哀情烘托得更为细腻妥帖。比如，司马相如《长门赋》有云："左右悲而垂泪兮，涕流离而从横"，以仆从的视角言陈皇后之悲哀。汉武帝《悼李夫人赋》乱辞亦有"方时隆盛，年夭伤兮。弟子增欷，洿沫怅兮。悲愁于邑，喧不可止兮。向不虚应，亦云已兮。嫭妍太息，叹稚子兮"[2]，从李夫人的兄长和小儿的视角铺陈死者的离世带给生者的悲痛之情。而魏晋文人更是将这种视角运用得十分熟练，如曹丕等人同题共作的"寡妇赋"，曹丕《寡妇赋》感伤好友阮元瑜薄命寡居无依之遗孀，并曰其"抚遗孤兮太息，俯哀伤兮告谁？"[3]王粲《寡妇赋》云："阖门兮却扫，幽处兮高堂。提孤孩兮出户，与之步兮东厢。顾左右兮相怜，意凄怆兮摧伤。……人皆怀兮欢豫，我独感兮不怡。……欲引刃以自裁，顾弱子而复停。"[4]丁廙（仪）妻《寡妇赋》曰："静闭门以却扫，魂孤茕以穷居。刷朱扉以白垩，易玄帐以素帱。含惨悴其何诉，抱弱子以

---

[1]（梁）萧统编，（唐）李善等注：《六臣注文选》，北京：中华书局，2012年，第430页。

[2]（清）严可均校辑：《全上古三代秦汉三国六朝文》，北京：中华书局，1958年，第140页。

[3]（清）严可均校辑：《全上古三代秦汉三国六朝文》，北京：中华书局，1958年，第1073页。

[4]（清）严可均校辑：《全上古三代秦汉三国六朝文》，北京：中华书局，1958年，第959页。

自慰。顾颜貌之艴艴，对左右而掩涕。"[1]仆从为主人之离世而感伤，对生者的遭遇表示同情，可年幼的孩子还涉世未深，一想到其从此孤苦无依，便生出无限哀情。潘岳自称模拟曹丕之作并收录于《文选》的《寡妇赋》，可谓此艺术视角之集大成者。赋曰："静阒门以穷居兮，块茕独而靡依。……命阿保而就列兮，览巾箧以舒悲。……愁烦冤其谁告兮，提孤孩于坐侧。""容貌儡以顿悴兮，左右凄其相愍。……鞠稚子于怀抱兮，羌低徊而不忍。""仰皇穹兮叹息，私自怜兮何极？省微身兮孤弱，顾稚子兮未识。"[2]此赋以全知的视角深入未亡人的内心，去感受和体验其痛苦的心灵世界，读来真诚哀伤。

此后的哀伤类作品，无论赋、诗、文，都从这一视角有所描写。比如，陶渊明《拟挽歌辞》设想自己死后，"娇儿索父啼，良友抚我哭"与"亲旧哭我傍，欲语口无音"[3]，其《悲从弟仲德诗》哀从弟亡后老母幼子，"慈母沉哀久，二胤才数龄"[4]，《祭从弟敬远文》叹其稚子和遗孀乃是"呱呱遗稚，未能正言。哀哀嫠妇，礼仪孔闲"。江淹《伤爱子赋》有云："姊目中而下泣，兄嗟季而饮泪。感木石而变哀，激左右而陨欷"[5]，则是从早夭之爱子的姐姐、哥哥对其亡弟的情感反应处着笔，甚为巧妙。古代中国以家庭为社会最基本的单元，儒家思想尤重家庭人伦关系，通过未亡人的情态来表现家庭成员的死亡带给其他亲人的强烈刺激，具有深沉的情感震慑力和民族性特征。

遗物引发旧情境的重现，旧景色也算遗物之一种吧！比如，王粲《思友赋》有云："行游目于林中，睹旧人之故场。身既没而不见，余迹存而

[1]（清）严可均校辑：《全上古三代秦汉三国六朝文》，北京：中华书局，1958年，第991页。
[2]（梁）萧统编，（唐）李善等注：《六臣注文选》，北京：中华书局，2012年，第300页。
[3] 逯钦立辑校：《先秦汉魏晋南北朝诗》，北京：中华书局，1983年，第1012页。
[4] 逯钦立辑校：《先秦汉魏晋南北朝诗》，北京：中华书局，1983年，第1012页。
[5]（清）严可均校辑：《全上古三代秦汉三国六朝文》，北京：中华书局，1958年，第3144页。

未丧。……超长路兮逶迤，实旧人兮所经。"[1] 由瞻仰友人墓地，进而远眺当年友人行经的旧路，所引发的伤感令人不堪。陶渊明《祭从弟敬远文》有云："感平生之游处，悲一往之不返。情恻恻以摧心，泪愍愍而盈眼。"旧日同游之地仍在，故友此去不返，空留生者摧心盈眼。何逊《行经范仆射故宅》写亡友范云旧宅之凋敝："旅葵应蔓井，荒藤已上扉。寂寂空郊暮，无复车马归。潋滟故池水，苍茫落日晖。遗爱终何极，行路独沾衣。"[2] 经友人旧宅故地令人洒泪生哀，忆及旧日同游之处，更有一种在痛苦中回想以往惜别、欢晤，令人痛苦的意味。

如果说观"遗物"、看旧景属于从视觉角度抒发观感体验，那么听闻"哀音"则是从听觉角度传递悲哀之情。比如，向秀《思旧赋》序云："邻人有吹笛者，发音寥亮。追思曩昔游宴之好，感音而叹，故作赋云"，赋曰其"听鸣笛之慷慨兮，妙声绝而复寻"，在哀怨的笛音中追思亡友。[3] 潘岳《寡妇赋》云："轮案轨以徐进兮，马悲鸣而局顾。"[4] 南朝宋颜延之《宋文皇帝元皇后哀策文》曰："仆人案节，服马顾辕。遥酸紫盖，眇泣素轩。"[5] 这些听觉意象或由自然界动植物发出，或由人工器乐产生，皆流入伤心人耳畔，与哀悼主体心灵汇成一片哀泣。听邻笛响、闻哀马鸣而心生悲情，比兴手法的应用往往能将抽象之情具象化为形象符号，使抽象的哀情变得具体可感，从而形成一个个意象凝固在作品中。

通过比兴手法将视觉与听觉结合，以构成视听、音形兼具的情感氛围；加上此期作品多用对仗格式与"互文足义"的修辞手法，就使断裂的景色、

---

[1]（清）严可均校辑：《全上古三代秦汉三国六朝文》，北京：中华书局，1958年，第959页。

[2] 逯钦立辑校：《先秦汉魏晋南北朝诗》，北京：中华书局，1983年，第1695页。

[3]（梁）萧统编，（唐）李善等注：《六臣注文选》，北京：中华书局，2012年，第296页。

[4]（梁）萧统编，（唐）李善等注：《六臣注文选》，北京：中华书局，2012年，第300页。

[5]（梁）萧统编，（唐）李善等注：《六臣注文选》，北京：中华书局，2012年，第1068页。

声音、感情又组接起来。就像在黄昏的墓地上，见古柏及树间乌鸦之啼叫，是很容易引发哀情的。比如，汉武帝《李夫人赋》有云："释舆马于山椒兮，奄修夜之不阳。秋气潜以凄泪兮，桂枝落而销亡。"[1] 将特定的时间、物候、景物在一种动态性的共同状态里进行联系、汇通和描绘。陆机《愍思赋》有云："览万物以澄念，怨伯姊之已远。寻遗尘之思长，瞻日月之何短。升降乎阶际，顾盼分屏营。云承宇兮蔼蔼，风入室兮泠泠。仆从为我悲，孤鸟为我鸣。"[2] 士衡在一片孤凄中观照万物，此刻外在的哀音悲景，化作对姐姐的思念汩汩流入心中，不能安慰，愈增悲伤。

（三）虚实相生，梦中寄情

《周礼·春官·宗伯》谈到，小宗伯职责之一即为"占梦"，其曰："掌其岁时，观天地之会，辨阴阳之气。以日月星辰占六梦之吉凶，一曰正梦，二曰噩梦，三曰思梦，四曰寤梦，五曰喜梦，六曰惧梦。"[3] 医学认为，做梦是由于生命机体受到外部攻击或内在刺激而产生的一种生理反应现象。人处于情感脆弱的时候，心理容易发生错乱而出现幻觉，导致眼前之实景与心中之虚像混同在一起了，建构起虚幻之境，超时空之隔，越死生之限，而无顾忌地抒发情感。

比如，司马相如《长门赋》有云："无面目之可显兮，遂颓思而就床。抟芬若以为枕兮，席荃兰而茝香。忽寝寐而梦想兮，魄若君之在旁。惕寤觉而无见兮，魂迁迁若有亡。"[4] 弃妇因为等不到思念的人，而独自哀伤地上床入睡，在寝寐（在白天睡觉）中，仿佛看见思念之人就在身旁，等到梦醒却不见了，弃妇心神变得黯淡。这种"庄周梦蝶"般不知物我与真

---

[1]（清）严可均校辑：《全上古三代秦汉三国六朝文》，北京：中华书局，1958年，第140页。

[2]（清）严可均校辑：《全上古三代秦汉三国六朝文》，北京：中华书局，1958年，第2011页。

[3]（清）阮元：《十三经注疏》，上海：上海古籍出版社，1997年，第808页。

[4]（梁）萧统编，（唐）李善等注：《六臣注文选》，北京：中华书局，2012年，第293页。

假虚实，也许只是主人公心中所想与现实产生的差距。

潘岳也曾多次这样描写，比如，《悼亡诗》其二有云："独无李氏灵，仿佛睹尔容。"[1] 乃借汉武帝幻术招李夫人之魂一事，也渴望于虚梦境间与亡妻重逢。其《哀永逝文》有云："想孤魂兮眷旧宇，视倏忽兮若仿佛。徒仿佛兮在虑，靡耳目兮一遇。"及"中慕叫兮摘摽，之子降兮宅兆。抚灵榇兮诀幽房，棺冥冥兮埏窈窕。户阖兮灯灭，夜何时兮复晓。归反哭兮殡宫，声有止兮哀无终。是乎非乎何皇，趣一遇兮目中。既遇目兮无兆，曾寤寐兮弗梦。既顾瞻兮家道，长寄心兮尔躬。"[2] 于"倏忽""仿佛"的一片迷离中，安仁似乎"看到"了爱妻的身影，遂发出与汉武帝《李夫人歌》相同的疑问："是邪？非邪？立而望之，翩何姗姗其来迟？"[3] 恍惚相遇竟毫无征兆，想起自己睡觉都没梦到，这大概是假相吧！从中可见潘岳爱妻思妻之深。其他作品也是如此，潘岳《寡妇赋》有云："愿假梦以通灵兮，目炯炯而不寝。"与"上瞻兮遗象，下临兮泉壤。窈冥兮潜翳，心存兮目想。奉虚坐兮肃清，愬空宇兮旷朗。廓孤立兮顾影，块独言兮听响。顾影兮伤摧，听响兮增哀。遥逝兮逾远，缅邈兮长乖。四节流兮忽代序，岁云暮兮日西颓。霜被庭兮风入室，夜既分兮星汉回。梦良人兮来游，若阊阖兮洞开。怛惊悟兮无闻，超惝恍兮恸怀。恸怀兮奈何，言陟兮山阿。墓门兮肃肃，修垄兮峨峨。孤鸟嘤兮悲鸣，长松萋兮振柯。哀郁结兮交集，泪横流兮滂沱。"[4] 亡妻去了虚假的世界，现实之中充满哀伤的景物，梦到良人又如何！醒来会更加苦痛。潘岳《怀旧赋》的"宵展转而不寐，骤

[1]（梁）萧统编，（唐）李善等注：《六臣注文选》，北京：中华书局，2012年，第430页。

[2]（梁）萧统编，（唐）李善等注：《六臣注文选》，北京：中华书局，2012年，第1066页。

[3] 逯钦立辑校：《先秦汉魏晋南北朝诗》，北京：中华书局，1983年，第96页。

[4]（梁）萧统编，（唐）李善等注：《六臣注文选》，北京：中华书局，2012年，第300页。

长叹以达晨。独郁结其谁语，聊缀思于斯文"[1]，也是如此。

再如，江淹《悼室人诗》其八有云："空座几时设，虚帷无久垂。暮气亦何劲，严风照天涯。梦寐无端际，惚恍有分离。"与其九有云："神女色姱丽，乃出巫山湄。逶迤罗袂下，郤日望所思。佳人独不然，户牖绝锦綦。感此增婵娟，屑屑涕自滋。清光澹且减，低意守空帷。"和其十有云："二妃丽潇湘，一有乍一无。佳人承云气，无下此幽都。当追帝女迹，出入泛灵舆。掩映金渊侧，游豫碧山隅。暖然时将罢，临风返故居。"[2]及其代他人思妻妾之梦的《潘黄门岳述哀》："销忧非萱草，永怀寄梦寐。梦寐复冥冥，何由睹尔形。我惭北海术，尔无帝女灵。"[3]皆是化用宋玉《高唐赋》荐枕席和《神女赋》的典故，来诉说难以相见的痛苦思念。

（四）使事用典，悲人悲己

哀伤类作品的文体功能是抒发哀情，哀情有时需要委婉地表达出来，而使用典故，词约义丰，典雅含蓄又不乏深情，一些事件通过演绎也凝成了故实。

首先，借特定的事典表达哀伤之情，希冀超脱生死的折磨。比如，潘岳《悼亡诗》其一："庶几有时衰，庄缶犹可击。"若能明白人人终将衰朽殒陨，能像庄子一样洒脱面对妻子的亡故，自己也许会少了很多痛苦吧！《悼亡诗》其二云："独无李氏灵，仿佛睹尔容"与"上惭东门吴，下愧蒙庄子。"[4]《哀永逝文》云："已矣！此盖新哀之情然耳。渠怀之其几何？庶无愧兮庄子。""……是乎非乎何皇，趣一遇兮目中。既遇目兮无兆，曾寤寐兮弗梦。"[5]安仁悲痛的心灵发生了错乱，一会儿"有愧"，一会儿"无愧"，

[1]（梁）萧统编，（唐）李善等注：《六臣注文选》，北京：中华书局，2012年，第299页。

[2] 逯钦立辑校：《先秦汉魏晋南北朝诗》，北京：中华书局，1983年，第1584页。

[3] 逯钦立辑校：《先秦汉魏晋南北朝诗》，北京：中华书局，1983年，第1573页。

[4]（梁）萧统编，（唐）李善等注：《六臣注文选》，北京：中华书局，2012年，第430页。

[5]（梁）萧统编，（唐）李善等注：《六臣注文选》，北京：中华书局，2012年，第1066页。

既愿如庄子的洒脱而不能，又想要妻子如李夫人再现，也许只因他仍然无法面对妻亡的事实，更无法做到像庄子那样"鼓盆而歌"，在感伤错乱中竟也希望如汉武帝设帐招李夫人的魂灵一样，与妻子重遇。

其次，通常"以古人比亡友"，既能在称赞亡友才华美德的过程中表达追思之情，又显得简练委婉、庄重典雅。比如，向秀《思旧赋》有云："昔李斯之受罪兮，叹黄犬而长吟。悼嵇生之永辞兮，顾日影而弹琴。"[1] 则是将嵇康反比李斯，借李斯含冤腰斩之事，一是表达了向秀对于嵇康蒙冤而死的愤慨，二是以李斯贪生怕死与嵇康视死如归作对比来彰显后者的巍巍人格。江淹《伤友人赋》云："虽乏张、范通灵之感，庶同嵇、向笃徒之哀"，"文攀渊、卿，史类迁、固"[2]。前句用范巨卿感梦张劭之死，和向秀哀伤嵇康之亡的典故，表达对好友死亡的哀伤；后句以王褒、司马相如、司马迁、班固并举，来称赞好友的才华；两句相对、同类并列，映照补充、铿锵有力。

后世众多哀伤类作品中，比如，"向秀感笛"与"季札挂剑"的故事一再被演绎，主要言说的是知己之情。庾信《伤王司徒褒诗》有云："唯有山阳笛，凄余思旧篇"[3]，以及何逊《伤徐主簿诗》先用"客箫虽有乐，邻笛遂还伤"[4]，回顾向秀造访嵇康旧居闻笛音而作《思旧赋》的事，继以"提琴就阮籍，载酒觅扬雄"，表达失去一起抚琴奏乐、饮酒论文的好友的哀伤。"季札挂剑"的故事更是为人称道，比如，谢灵运《庐陵王墓下作》有云："延州协心许，楚老惜兰芳。解剑竟何及，抚坟徒自伤。"[5] 刘孝仪《行过康

---

[1]（梁）萧统编，（唐）李善等注：《六臣注文选》，北京：中华书局，2012年，第296页。

[2]（清）严可均校辑：《全上古三代秦汉三国六朝文》，北京：中华书局，1958年，第3144页。

[3] 逯钦立辑校：《先秦汉魏晋南北朝诗》，北京：中华书局，1983年，第2383页。

[4] 逯钦立辑校：《先秦汉魏晋南北朝诗》，北京：中华书局，1983年，第1695页。

[5]（梁）萧统编，（唐）李善等注：《六臣注文选》，北京：中华书局，2012年，第432页。

王故第苑诗》有云："空想陵前剑，徒悲垄上童。"[1] 张正见《行经季子庙诗》有云："延州高让远，传芳世祀移。地绝遗金路，松悲悬剑枝。野藤侵沸井，山雨湿苔碑。别有观风处，乐奏无人知。"[2] 谢朓《齐敬皇后哀策文》有云："空悲故剑，徒嗟金穴。"[3] 无名法师《过徐君墓诗》有云："延陵上国返，枉道访徐公。……徒解千金剑，终恨九泉空。日尽荒郊外，烟生松柏中。何言愁寂寞，日暮白杨风。"[4] 阴铿《行经古墓诗》有云："悬剑今何在，风杨空自吟。"[5]

然而，哀伤类作品在哀伤他人的同时又何尝不是在自我哀伤呢！哀祭类作品常常借用典故引发一种与古人共鸣式的同情和安慰，并以对话的方式来评价人物和事件，实现"借古悼今，悲人悲己"。从贾谊《吊屈原赋》、司马相如《哀秦二世赋》到王粲《吊夷齐赋》、陆机《吊魏武帝文》等，既臧否人物，也在反省自身。还有，汉魏晋文人根据《诗经·秦风·黄鸟》创作的咏三良诗，也都是借悲咏先秦时三个殉葬者，寄寓着知识分子命运无常的悲慨。

二、叙事方式

哀伤类作品的文体功能在于抒发哀伤的情感，或抒离别之愁，或叙寡居之怨，或发亡逝之痛，其情感源自事件的发生。因此，叙事的参与就显得很重要，我们发现哀伤类作品有其独特的叙事方式，比如：时空与事件、场景变换、情节描写、人物对话等叙事元素；代言体和以抒情主体带动全

---

[1] 逯钦立辑校：《先秦汉魏晋南北朝诗》，北京：中华书局，1983 年，第 1893 页。

[2] 逯钦立辑校：《先秦汉魏晋南北朝诗》，北京：中华书局，1983 年，第 2491 页。

[3] （梁）萧统编，（唐）李善等注：《六臣注文选》，北京：中华书局，2012 年，第 1071 页。

[4] （梁）萧统编，（唐）李善等注：《六臣注文选》，北京：中华书局，2012 年，第 2435 页。

[5] （梁）萧统编，（唐）李善等注：《六臣注文选》，北京：中华书局，2012 年，第 2454 页。

篇进展的叙事结构；今昔、生死的对比叙事技术。

（一）时空与事件、场景变换、情节描写、人物对话等叙事元素

叙事元素的显现是确认作品使用了叙事方式的判断准则，在哀伤类作品中，我们发现了许多叙事元素，如时空与事件、场景变换、情节描写、人物对话等。

首先，时空与事件元素。哀伤类作品大多属于"事后"之作，即事件发生以后，作者表达自己对该事件的态度。因此，追溯"前事"显得必要和客观，在此过程中，作者必然地跨越时空来展现事件全过程，并抒发情志。例如，司马相如《长门赋》写陈皇后一天一夜的寡居生活，从早晨诚奉虚言、自设薄具于城南离宫期盼夫君驾临，到黄昏登台远眺见天阴云塞、鸟兽和鸣而心气不舒，遂下兰台周览深宫至日昏而独怅空堂，再到夜间明月自照、援琴泄愁而辗转反侧、悲涕纵横至曙光初现。再如，潘岳《怀旧赋》可分为两条时间线，一是从清晨至昏暮再到夜间，二是从过去到现在；空间上，从赶路至墓地再到亡者旧宅最后回到自己家中。时间的流逝和空间的移动，既是叙事又在抒情。

其次，场景变换与情节描写。时间、地点、人物、情节、环境也都是叙事元素。比如，司马相如《长门赋》中幽居在城南离宫的陈皇后，登兰台遥望，下兰台又周览于深宫、正殿、东厢、空堂、洞房、中庭，这一个个场景的变换描写都伴随着主人公心情的波动，她本想换个地方以转变心情，却奈何愈换愈愁苦，场景的转换推进了故事的发展，既完整明了地交代了事由，又情景交融地表现了哀伤主旨。再如，潘岳《悼亡诗》其三，先写岁暮萧索时，诗人即将赴任，面对家中亡妻之灵堂而悲怀陨涕，遂登车就坟，徘徊墟墓之前而不忍离去，最后犹言帝宫再远也无法消解心中哀伤，表达了诗人亡妻之痛。其《哀永逝文》先写启殡时难舍难离之痛，继而写祭奠时渴望亡妻灵魂出现，然后写发丧时反常之景，最后写入葬后的愁苦悲伤，两篇都善以场景变换来表达情绪。颜延之《拜陵庙作》写拜庙的过程，清晨宣布戒严清道的命令，群臣朝拜陵庙的车驾皆等待于宫城中，卿大夫

腰束玉带入拜宗庙，延之登上陪侍的帝车出祭东郊陵墓，宋文帝于先帝灵前凭吊遗容与故物。颜延之《宋文皇帝元皇后哀策文》先交代时间、地点、人物、事件，并依礼仪开展丧葬活动，继而写周围的景物庄严肃穆、气氛凝重，最后写送葬时，皇帝、皇子及众人悲伤难忍北对陵园而不愿离去。谢朓《齐敬皇后哀策文》也是如此。这三篇都重点描写了场景变换，其庄严的行动表达的是敬重之情。

最后，人物对话。赋体善用人物对话结构全篇，而哀伤类作品使用人物对话叙事的方式更为独特。一是"隔空对话"，即亡者与生者拉开时空距离进行对话，而非一般赋体的面对面对话；二是在以人物对话方式叙事的过程中，重点则是抒情。比如，曹植《七哀诗》有云："明月照高楼，流光正徘徊。上有愁思妇，悲叹有余哀。借问叹者谁？言是客子妻。"先是以第三人称口吻，从作者的视界来观察思妇，接着"君行踰十年，孤妾常独栖。君若清路尘，妾若浊水泥。浮沉各异势，会面何时谐？愿为西南风，长逝入君怀。君怀良不开，贱妾当何依"[1]，则是荡子妻以第一人称口吻的回答。仿佛子建在问高楼上的闺妇为何愁思哀叹，闺妇答到她对荡子夫君的想念和独居之哀苦，在一问一答之中，叙事兼抒情。可以说，哀伤类作品中的对话无处不在，因为作者正是想借助对话来与思念之人连接和沟通，或共叙往事，或言己哀苦，对话一方的缺失和虚设性使得哀伤情感更加浓郁深沉，悲怆感人。

（二）代言体和以抒情主体带动全篇进展的叙事结构

代言体，指作者与抒情主体分离，作者以代拟他人的身份进行创作。比如，《楚辞》的《湘君》《湘夫人》《山鬼》等篇章中都有代言体的应用，它们是拟托湘水男女神灵的身份、口吻、心理来写作的。然而，严格意义上的代言体哀伤类文学作品的出现，则迟至西汉司马相如的《长门赋》，之后魏晋文人如曹丕、曹植、王粲等也使用代言体创作了大量的哀伤类作品，

---

[1]（梁）萧统编，（唐）李善等注：《六臣注文选》，北京：中华书局，2012年，第428页。

一题多体：《文选》哀伤类作品分析与文体研究

如其同题共作的《寡妇赋》《出妇赋》与潘岳《寡妇赋》和曹植《七哀诗》等，像南朝宋颜延之《宋文皇帝元皇后哀策文》与南朝齐谢朓《齐敬皇后哀策文》也可以算作代言体。笔者于兹，仅析《文选》收录的代言体哀伤类作品，尝其一脔。

司马相如《长门赋》序曰："孝武皇帝陈皇后时得幸，颇妒。别在长门宫，愁闷悲思。闻蜀郡成都司马相如天下工为文，奉黄金百斤为相如文君取酒，因于解悲愁之辞。而相如为文以悟主上，陈皇后复得亲幸。"[1] 这就交代了此赋是司马相如受陈皇后之委托而代作的，而且正文有言"伊予志之慢愚兮，怀贞悫之欢心""妾人窃自悲兮，究年岁而不敢忘"。其中的"予"与"妾人"，更是明确了该作的代言体性质。《长门赋》中的人称代词频繁换用，如"君""伊""予""我""佳人""妾人"等，作者时而以全知全能的视角对事件进行客观陈述，时而与抒情主体合二为一，这表明代言体手法的使用仍然不够熟练。

到了曹丕等人的《寡妇赋》则进步了许多。比如，曹丕《寡妇赋》序曰："陈留阮元瑜早亡，每感存其遗孤，未尝不怆然伤心，故作斯赋，以叙其妻子悲苦之情，命王粲并作之。"正文有言"人皆处兮欢乐，我独怨兮无依""微霜陨兮集庭，燕雀飞兮吾前。……伤薄命兮寡独，内惆怅兮自怜"[2]，也都直接仅使用第一人称，而少有人称代词的混用，且非委托所作。赋序言其心有所感于好友亡故、孀妇寡居、遗孩孤苦的境地，曹丕以"感同身受"的同情之心体会"寡妇"之心境，并以寡妇之口写出了其一年四季的寡居孤苦之生活。

代言体哀伤赋的成熟之作应是潘岳的《寡妇赋》，其序既表达了安仁感伤好友之亡与其妻孩孤苦，又交代了此赋是模拟曹丕之作以叙寡妇伤心。正文首句"嗟予生之不造兮，哀天难之匪忱"，即以寡妇之口吻开展言说，

[1]（梁）萧统编，（唐）李善等注：《六臣注文选》，北京：中华书局，2012年，第293页。

[2]（清）严可均校辑：《全上古三代秦汉三国六朝文》，北京：中华书局，1958年，第1073页。

再如"易锦茵以苦席兮,代罗帱以素帷。命阿保而就列兮,览巾箧以舒悲。口呜咽以失声兮,泪横迸而沾衣。愁烦冤其谁告兮,提孤孩于坐侧"[1]等,动作的发出者也都是寡妇,潘岳以女性口吻叙其事、言其情,宛如自作。

魏晋文人创作的一些代女性言说、体验女性情感的哀伤类作品,大多真切动人,表明男性创作者对女性不幸命运的认可与同情态度,若非心有所感,岂能真切动人,代言又怎可能!我们在读南朝宋颜延之《宋文皇帝元皇后哀策文》与南朝齐谢朓《齐敬皇后哀策文》时,颇感滞涩,因为作者抒发的主要是一腔政治热忱,由于亡者与作者的特殊阶级关系,其情感中的敬畏是多于哀伤的。曹植《七哀诗》以孤妾自托,借孤妾之口,言君臣关系,是臣对君以妾自比的代言体的继续。这种代言体更多浸透的是作者的情感,而被代言者如喻体般只因情感上的耦合而被联系在一起。

然而无论是代言体,还是作者的自我言说,哀伤类作品的抒情主体一直是突显的,其表现为以抒情主体带动全篇进展的叙事结构。比如,司马相如《长门赋》以陈皇后的身份、口吻、心理,来叙述她从白昼至黄昏再到夜间的一整天的忧思与渴望,其中时以弃妇之眼观萧瑟风景,时以弃妇之耳听鸟兽和鸣,时以弃妇之心感受悲愁。地点的转移、环境的变换,这些叙事特征都因情感波动的作用,以抒情主体的情感变化为线索,带动了叙事的发展。

突出抒情主体的作用在于,加强情感抒发的深广度,这一点应用于表达哀伤情感的哀伤类作品,应该说是再合适不过了。哀伤类作品大多都是抒情对象消亡之后,抒情主人公的创作。比如,陆机《叹逝赋》即亲友凋落过半,赋家致以哀思、反观生命的作品,这种事后创作很容易突显抒情主体的情感地位。

南朝大力发挥赋的"体物"功能,重叙事而轻抒情,抒情主体相对淡化。比如,江淹《别赋》与《恨赋》表现的是一种普遍性的情感存在,其实抒情主体分散到每一个体中,个体汇聚为情感洪涛成汪洋之势,似乎淹没了

---

[1](梁)萧统编,(唐)李善等注:《六臣注文选》,北京:中华书局,2012年,第300页。

抒情主体，但是，抒情主体依然存在性地表现为作者对全篇的把握。《别赋》首句即以"黯然销魂者，唯别而已矣"为全篇奠定了感伤的情感基调，于结尾作者又发出"讵能摹暂离之状，写永诀之情者乎"的感叹；《恨赋》末以"自古皆有死，莫不饮恨而吞声"总括全篇，也是对起首句"仆本恨人，心惊不已。直念古者，伏恨而死"的照应。从二赋都能看到江文通对生死别离之事的情感态度。

（三）今昔、生死对比的叙事艺术

此即抒情主体对比亡人与自己，从而反思自身的对比叙事方式。前半部分叙彼平生之事的"叙事"，与后半部分抒己怀思之情的"抒情"，融为一"体"。这一点在"语体"一节中有详细论述，可参看，下面拟从叙事技术角度来看两例。

今昔对比叙事。比如，张载《七哀诗》其一，写昔日万乘之君，如今亦化为丘中之土，昔日万人之上，其陵寝历经汉末丧乱到如今也是盗贼毁坏、荒秽丛生、童竖踩踏、狐兔中窟、墓犁为田，最后在"昔为万乘君，今为丘中土。感彼雍门言，凄怆哀往古"的慨叹声里表达了对于人事迁化的哀伤。再如，向秀《思旧赋》写自己走入亡友嵇康的故居，于是"叹黍离之愍周兮，悲麦秀于殷墟。惟古昔以怀今兮，心徘徊以踌躇。栋宇存而弗毁兮，形神逝其焉如"。昔日美好的时刻消失了，到如今只剩自己一人悲叹，而且"昔李斯之受罪兮，叹黄犬而长吟。悼嵇生之永辞兮，顾日影而弹琴。托运遇于领会兮，寄余命于寸阴"[1]，更是将嵇康与李斯之死对比，时日不同而结果无异，其中也透露出向秀对于自身命运的担忧。

三、意象类型

蒋寅说："语象是诗歌本文中提示和唤起具体心理表象的文字符号，

---

[1]（梁）萧统编，（唐）李善等注：《六臣注文选》，北京：中华书局，2012年，第296页。

是构成本文的基本素材。物象是语象的一种，特指由具体名物构成的语象。意象是经作者情感和意识加工的由一个或多个语象组成、具有某种意义自足性的语象结构，是构成诗歌本文的组成部分。意境是一个完整自足的呼唤性的本文。"[1] 那么，在哀伤的情境中，一些独具哀伤气质的语象就逐步演化成了传达哀伤意旨的意象。

哀伤主题常用的意象主要有三大类型：一是自然意象，分别为动物意象如比目鱼等，植物意象如松柏等，及无生命之物如黄昏落日秋风孤夜等；二是社会意象，分别为客观实体意象和主观虚幻意象，前者如亡者生前的帷帐与死后的坟丘，后者则特指梦意象；三是文化意象，如人物、地点、事件、实物。

（一）自然意象

按照有无生命，可以将自然意象分为动物意象、植物意象和非生物意象，这些自然意象以其独特的品质成为"哀情"的代言者。先看动物意象，比如：

> 孤鸟嘤兮悲鸣，长松萋兮振柯。（潘岳《寡妇赋》[2]）
> 白鹤噭以哀号兮，孤雌跱于枯杨。（司马相如《长门赋》[3]）
> 肃肃高桐枝，翻翻栖孤禽。仰听离鸿鸣，俯闻蜻蜥吟。（张载
> 《七哀诗》）

失群之鸟正如哀伤之人，悲鸣之声勾起了孤独之人心底的悲痛。似乎动物也知晓主人公的哀伤，与其一同歌哭。直接描写自然中耳闻之哀声，目遇之悲色，一幅幅感伤的画面呈现在读者面前，借动物之悲哀来渲染心

---

[1] 蒋寅：《语象·物象·意象·意境》，《文学评论》2002 年第 3 期。

[2] （梁）萧统编，（唐）李善等注：《六臣注文选》，北京：中华书局，2012 年，第 300 页。

[3] （梁）萧统编，（唐）李善等注：《六臣注文选》，北京：中华书局，2012 年，第 293 页。

中的哀情，直接、明晰又感人。

> 孔雀集而相存兮，玄猨啸而长吟。（司马相如《长门赋》）
> 翡翠胁翼而来萃兮，鸾凤翔而北南。（同上）
> 雀群飞而赴楹兮，鸡登栖而敛翼。（潘岳《寡妇赋》）
> 狐狸驰赴穴，飞鸟翔故林。流波激清响，猴猿临岸吟。（王粲
> 《七哀诗》）

　　雌雄动物们集聚在一起，与孤单的主人公形成对比；禽鸟到了黄昏就返归巢里，而等待的人却迟迟不来；地上跑的狐狸、天上的飞鸟、林中呼唤友朋返回的猿猴，都有家可回，而主人公却因为战乱无家可归。以上这些动物意象是通过对比手法来反衬主人公悲凉心境的。

> 白鹤噭以哀号兮，孤雌跱于枯杨。（司马相如《长门赋》）
> 肃肃高桐枝，翩翩栖孤禽。仰听离鸿鸣，俯闻蜻蛚吟。（张载
> 《七哀诗》）

　　于听觉处，有哀号之白鹤，低吟之蜻蛚，哀鸣之离鸿；于视觉处，有独栖于高寒桐枝上的孤独禽鸟，丧失了伴侣而跱于枯杨的孤独雌鸟。而且，还能从上下远近的距离来感触，如"仰听离鸿鸣，俯闻蜻蛚吟"二句就是从空间着笔，言处处有哀鸣之声。作者敏感的心灵浸透着哀伤，一旦与自然中哀伤的动物相遇，便生出了无限悲情。

> 众鸡鸣而愁予兮，起视月之精光。（司马相如《长门赋》）
> 值秋雁兮飞日，当白露兮下时。（江淹《别赋》）[1]

---

[1]（梁）萧统编，（唐）李善等注：《六臣注文选》，北京：中华书局，2012 年，第 306 页。

噰噰鸣雁,奋翼北游。顺时而动,得意忘忧。(嵇康《幽愤诗》)[1]

闻鸣鸡兮戒朝,咸惊号兮抚膺。(潘岳《哀永逝文》)[2]

    鸡鸣昭示着天亮,而天都要亮了,主人公却因思念而整夜未睡,或因天亮就要出殡,生者兴起无限留恋之情;秋雁表明时序更迭、物候转换,大自然以不可遏制的速度在流走,生者对亡者的思念却与日俱增,或者时序物候虽然不断流走,但是都有再回来的时候,而亡者却一去不复返了。这类动物都带有时间的特质,是借动物的时间流动,喻指主人公对于亡者情感的变化,在时空中拉长了对于亡者的思念,增加了哀情的书写强度。

        轮案轨以徐进兮,马悲鸣而局顾。(潘岳《寡妇赋》)

        孤鸟嘤兮悲鸣,长松萋兮振柯。(同上)

        惊驷马之仰秣,耸渊鱼之赤鳞。(江淹《别赋》)

        鸟倦翼兮忘林,鱼仰沫兮失濑。(潘岳《哀永逝文》)

        去华辇兮初迈,马回首兮旋旆。(同上)

        仆人案节,服马顾辕。(颜延之《宋文皇帝元皇后哀策文》)[3]

    以马的回顾不前,暗指生者对亡人的不舍。马是古人的重要交通工具,所以它见证了太多的喜怒哀乐,和主人一同感受,与主人一同哀伤,这类动物因为参与其中的"在场性"而具有了深切的现实感。同时,动物们反常的举止勾起了主人公心中的哀伤,对于感伤氛围的营造也起到了一定作用。

---

[1]（梁）萧统编,（唐）李善等注:《六臣注文选》,北京:中华书局,2012年,第 426 页。

[2]（梁）萧统编,（唐）李善等注:《六臣注文选》,北京:中华书局,2012年,第 1066 页。

[3]（梁）萧统编,（唐）李善等注:《六臣注文选》,北京:中华书局,2012年,第 1068 页。

> 如彼翰林鸟，双栖一朝只。如彼游川鱼，比目中路析。（潘岳
> 《悼亡诗》）

旧日林中双栖之鸟，谁料一朝丧偶孤飞；快活地游于江河之中的比目鱼，不承想却半路分离。潘岳是借双飞鸟和比目鱼一朝失散的哀痛，诉说自己丧妻后的悲伤难过，又是以生前和死后状态对比的手法将生死异路、幽明悬隔的哀痛写得异常悲苦。

再看植物意象，指称作品中出现的植物，投射着主人公的情感。如：

> 桂树交而相纷兮，芳酷烈之闿闿。（司马相如《长门赋》）
> 白鹤噭以哀号兮，孤雌跱于枯杨。（同上）
> 抟芬若以为枕兮，席荃兰而茝香。（同上）
> 野每春其必华，草无朝而遗露。（陆机《叹逝赋》）
> 感秋华于衰木，瘁零露于丰草。（同上）
> 天凝露以降霜兮，木落叶而陨枝。（潘岳《寡妇赋》）
> 蔓草萦骨，拱木敛魂。（江淹《恨赋》）[1]
> 春草暮兮秋风惊，秋风罢兮春草生。（同上）
> 攀桃李兮不忍别，送爱子兮沾罗裙。（江淹《别赋》）
> 陈荄被于堂除，旧圃化而为薪。（潘岳《怀旧赋》）[2]
> 落叶委埏侧，枯荄带坟隅。（潘岳《悼亡诗》）

院中交纷之桂树，旷野承露之丰草，坟边聚积之枯叶，或为目之所及，或为意中之想，营造哀伤氛围，皆为抒哀情、达悲意。眼前草木萧索之景，心中哀伤悲苦之情，情与景合，使心中之情更加形象化，也让眼前之景富

---

[1]（梁）萧统编，（唐）李善等注：《六臣注文选》，北京：中华书局，2012年，第304页。
[2]（梁）萧统编，（唐）李善等注：《六臣注文选》，北京：中华书局，2012年，第299页。

于深情。

> 信松茂而柏悦，嗟芝焚而蕙叹。（陆机《叹逝赋》）
>
> 岩岩双表，列列行楸。望彼楸矣，感于予思。（潘岳《怀旧赋》）
>
> 坟垒垒而接垅，柏森森以攒植。（同上）
>
> 孤鸟嘤兮悲鸣，长松萋兮振柯。（潘岳《寡妇赋》）
>
> 见红兰之受露，望青楸之离霜。（江淹《别赋》）
>
> 顾望无所见，唯睹松柏阴。肃肃高桐枝，翩翩栖孤禽。（张载
> 《七哀诗》[1]）
>
> 徂谢易永久，松柏森已行。（谢灵运《庐陵王墓下作》[2]）
>
> 陈象设于园寝兮，映舆镂于松楸。（谢朓《齐敬皇后哀策文》[3]）
>
> 松风遵路急，山烟冒垅生。（颜延之《拜陵庙作》[4]）

松树、柏树、楸树，皆为墓园常见之树。墓地植松、柏、楸既可作标示之用，又有象征意义。第一，孔子曰："岁寒，然后知松柏之后凋也。"此谓松与柏能够傲立寒霜，以寓君子坚贞高洁之品性，又因其岁寒不凋，便成长寿的象征。第二，行经墓下，瞻望森森柏树荫护着墓中之人，眼前景勾起心中事，又以荒凉悲苦的基调给人死亡的联想，从而产生阴森恐怖的心理图像，这展现出时人强烈的忧生惧死的悲剧生命意识。第三，松柏的物性特质建构了上古初民的松柏崇拜，于是在墓园中广植松柏，希求借重松柏的佑护来维护深挚的人伦情感。第四，松柏自身伟岸挺拔、经冬不

---

[1]（梁）萧统编，（唐）李善等注：《六臣注文选》，北京：中华书局，2012年，第429页。

[2]（梁）萧统编，（唐）李善等注：《六臣注文选》，北京：中华书局，2012年，第432页。

[3]（梁）萧统编，（唐）李善等注：《六臣注文选》，北京：中华书局，2012年，第1071页。

[4]（梁）萧统编，（唐）李善等注：《六臣注文选》，北京：中华书局，2012年，第433页。

凋的质素与孔子称扬的价值蕴涵，使其利于烘托亡者高大人格，将表层风物景观与深层赞美呼应，咏物又咏人，如"信松茂而柏悦，嗟芝焚而蕙叹"。松柏长期与墓地结合，后来更是化作死亡世界与人间生者对话的桥梁而具有了灵异色彩。

> 蒙茏荆棘生，蹊迳登童竖。（张载《七哀诗》）
>
> 哀敬隆祖庙，崇树加园茔。（颜延之《拜陵庙作》）
>
> 郁郁西陵树，讵闻歌吹声。（谢朓《同谢谘议咏铜雀台》[1]）
>
> 煌煌灵芝，一年三秀。（嵇康《幽愤诗》）
>
> 君结绶兮千里，惜瑶草之徒芳。（江淹《别赋》）

灵芝和瑶草具有象征含义，人们认为瑶草食过不忘，灵芝延年益寿，故都寄托了生者对于亡人无尽的思念，以及对于死亡的愤恨与无奈。荆棘、蔓草与陵墓旁的杂树由于习见，而仅仅成为一种环境的烘托。

最后看无生命之物构成的意象，如：黄昏、落日、长风、孤夜，及春夏秋冬。

> 日黄昏而望绝兮，怅独托于空堂。（司马相如《长门赋》）
>
> 悼嵇生之永辞兮，顾日影而弹琴。（向秀《思旧赋》）
>
> 年弥往而念广，途薄暮而意迮。（陆机《叹逝赋》[2]）
>
> 悟大暮之同寐，何矜晚以怨早。（同上）
>
> 涂艰危其难进，日晼晚而将暮。（潘岳《怀旧赋》）
>
> 时暧暧而向昏兮，日杳杳而西匿。（潘岳《寡妇赋》）
>
> 四节流兮忽代序，岁云暮兮日西颓。（同上）

---

[1]（梁）萧统编，（唐）李善等注：《六臣注文选》，北京：中华书局，2012年，第434页。

[2]（梁）萧统编，（唐）李善等注：《六臣注文选》，北京：中华书局，2012年，第297页。

薄暮心动，昧旦神兴。（江淹《恨赋》）

摇风忽起，白日西匿。（同上）

方舟溯大江，日暮愁我心。（王粲《七哀诗》）

朱光驰北陆，浮景忽西沉。（张载《七哀诗》）

晓月发云阳，落日次朱方。（谢灵运《庐陵王墓下作》）

传统文人对于时光和物候很敏感，黄昏、薄暮是由阳至阴、光明到黑暗交替的时刻，白日下的奋进之心在此刻遭受了挫折，人们感到了生命即将停止的忧伤，而面对无息止的时间也产生了强烈的迷惘和挫败感。潘岳《寡妇赋》有云："时暧暧而向昏兮，日杳杳而西匿"，即以黄昏薄暮为背景，调动想象并进行时空交错的渲染，在空间上描写禽鸟归巢时主人公的孤凄身世，又在时间上以深秋物候递迁相辅，把自然界的盛衰和人之生死的生命规律交代清楚了，而面对这个不可逆转的自然规律，一个独守幽堂、泪眼瞻望灵衣的寡妇心中的凄楚更甚，以至于她愿陪丈夫死去。

宵展转而不寐，骤长叹以达晨。（潘岳《怀旧赋》）

夜漫漫以悠悠兮，寒凄凄以凛凛。（潘岳《寡妇赋》）

独夜不能寐，摄衣起抚琴。（王粲《七哀诗》）

明月照高楼，流光正徘徊。（曹植《七哀诗》）

秋日萧索，浮云无光。郁青霞之奇意，入修夜之不旸。（江淹《恨赋》）

悬明月以自照兮，徂清夜于洞房。（司马相如《长门赋》）[1]

众鸡鸣而愁予兮，起视月之精光。观众星之行列兮，毕昴出于东方。（同上）

日下壁而沉彩，月上轩而飞光。（江淹《别赋》）[2]

"明月楼高休独倚"哪！明月的清辉洒在独自凭栏者身上，漫漫长夜

---

[1] （梁）萧统编，（唐）李善等注：《六臣注文选》，北京：中华书局，2012年，第293页。

[2] （梁）萧统编，（唐）李善等注：《六臣注文选》，北京：中华书局，2012年，第306页。

难成眠，一个人忍耐着清夜到清晨。主人公夜不成寐，时而辗转反侧，时而踱步庭楼，心中孤单的思念和彻骨的伤痛无人告诉，多么难挨呀！

> 日出天而曜景，露下地而腾文。（江淹《别赋》）
> 日望空以骏驱，节循虚而警立。（陆机《叹逝赋》[1]）
> 对琼蘂之无征，恨朝霞之难挹。（同上）
> 朝露溘至，握手何言？（江淹《恨赋》）
> 值秋雁兮飞日，当白露兮下时。（江淹《别赋》）
> 亡魂逝而永远兮，时岁忽其道尽。（潘岳《寡妇赋》）

日月轮换、四时更迭、岁月如流、年齿徒长、人生不再，自然界的无情流转与永恒和世间生命的消失与短暂，形成了极强烈的对比。命运的难以把握和生命的憾恨难平，都在这种对比中显示出来了。白露初上，长夜已尽，主人公一宿未眠，被思念苦苦折磨，而白日的到来又是整天的哀伤。数不清的日夜和无尽的思念也许只有在生命机体消失的时候才会止息吧！

（二）社会意象

社会意象，分为客观实体意象与主观虚幻意象，前者如亡者生前的帷帐与死后的坟丘，后者则特指梦意象。

> 帏屏无仿佛，翰墨有余迹。（潘岳《悼亡诗》[2]）
> 流芳未及歇，遗挂犹在壁。（同上）
> 睎形影于几筵兮，驰精爽于丘墓。（潘岳《寡妇赋》）
> 墓门兮肃肃，修垄兮峨峨。（同上）

---

[1]（梁）萧统编，（唐）李善等注：《六臣注文选》，北京：中华书局，2012年，第297页。

[2]（梁）萧统编，（唐）李善等注：《六臣注文选》，北京：中华书局，2012年，第430页。

坟垒垒而接垅，柏森森以攒植。（潘岳《怀旧赋》）

驾言陟东阜，望坟思纡轸。徘徊墟墓间，欲去复不忍。（潘岳《悼亡诗》）

落叶委埏侧，枯荄带坟隅。（同上）

解剑竟何及，抚坟徒自伤。（谢灵运《庐陵王墓下作》）

亡者生前所用之物及死后居所，都是哀伤类作品经常描写的物象，这些物象因其哀伤的品质而成为哀伤的代言。生者面对亲友亡后所居之所——坟墓，并设想其中的阴暗恐怖，产生了无以复加的悲痛之感。"遗物"与"坟墓"等意象的出现，直接把读者带入与主人公同样感伤的情境氛围中。

忽寝寐而梦想兮，魄若君之在旁。惕寤觉而无见兮，魂迁迁若有亡。（司马相如《长门赋》）

愿假梦以通灵兮，目炯炯而不寝。（潘岳《寡妇赋》）

梦良人兮来游，若闾阖兮洞开。（同上）

知离梦之踯躅，意别魂之飞扬。（江淹《别赋》）

既遇目兮无兆，曾寝寐兮弗梦。（潘岳《哀永逝文》[1]）

主观虚幻的梦意象，是主人公希冀通过梦来穿透幽明两隔的现实，在梦中和思念之人遇合，而只有在真假、虚实交接的时候，想念之苦才可能在错乱的心中减少几分。主人公夜难成眠，却又希望梦中相接，于是产生了心理错乱，似乎所想之人的魂魄在目前飘荡。幻梦的生成原理，是由于主人公特定时刻的心理错乱，而哀伤类作品中梦意象的凝固，则可能源自类似于"汉武帝设帐招李夫人魂灵"与"东方朔献怀梦草"的故事，如《汉书·外戚传》载："上（汉武帝）思念李夫人不已以后，方士齐人少翁言能致其神。乃夜张灯烛，设帷帐，陈酒肉，而令上居他帐，遥望见好女如李夫人之貌，

---

[1]（梁）萧统编，（唐）李善等注：《六臣注文选》，北京：中华书局，2012年，第1066页。

还幄坐而步。又不得就视，上愈益相思悲感。"[1] 又，东汉郭宪《汉武帝别国洞冥记》中，记载了汉武帝因深情思念李夫人，东方朔遂献上一枝怀梦草，使武帝能在梦中和李夫人相遇。

（三）文化意象

文化意象，指称的是一些特定人物、地点、事件、实物等通过艺术化的提炼而成为哀伤类作品的话语机制。比如：

> 昔李斯之受罪兮，叹黄犬而长吟。（向秀《思旧赋》）[2]
>
> 感三良之殉秦兮，甘捐生而自引。（潘岳《寡妇赋》）
>
> 托好老庄，贱物贵身。（嵇康《幽愤诗》）[3]
>
> 庶几有时衰，庄缶犹可击。（潘岳《悼亡诗》）
>
> 上惭东门吴，下愧蒙庄子。（同上）
>
> 渠怀之其几何？庶无愧兮庄子。（潘岳《哀永逝文》）

秦之"三良"和李斯都是悲剧人物，庄子则因其超脱的生死观而成了稀释哀伤的人物意象。据《史记·李斯列传》载，秦二世二年（公元前208年）七月，丞相李斯遭奸人诬陷，腰斩咸阳市。临刑谓其次子："吾欲与若复牵黄犬俱出上蔡东门逐狡兔，岂可得乎！"遂父子相哭，而夷三族[4]。李斯竭忠为秦，然而受到陷害，临刑之前，想到不能再与其子牵黄犬、共出上蔡东门追猎狡兔，父子便相对大哭。后人则以"黄犬叹""叹黄犬""悲东门""忆黄犬""东门黄犬"等，指为官遭祸、抽身悔迟。据《晋书·陆

---

[1]（汉）班固：《汉书》卷九十七，北京：中华书局，1964年，第3952页。

[2]（梁）萧统编，（唐）李善等注：《六臣注文选》，北京：中华书局，2012年，第296页。

[3]（梁）萧统编，（唐）李善等注：《六臣注文选》，北京：中华书局，2012年，第426页。

[4]（汉）司马迁：《史记》卷八十七，北京：中华书局，2014年，第3107页。

机传》载，陆平原河桥败，为孟玖所谗被诛，临刑叹曰："华亭鹤唳，岂可复闻乎？"[1] 华亭在今上海市松江县西，陆机于吴亡入洛以前，常与弟云游于华亭墅中，后人则以"华亭鹤唳"为感慨生平、悔入仕途。两个故事都似有厌倦官场之意，而二人又皆沉浮其中，未能自拔以至临刑之时，因而成为政治罹祸又亡身丧命之士的典型意象。向秀《思旧赋》即反用李斯叹黄犬之典故，称赞的正是嵇康远离仕途政治、避身竹林的做法。

在"感三良之殉秦兮，甘捐生而自引"一句中，"三良"是指秦穆公的三位殉葬者，即奄息、仲行、鍼（针）虎。《诗经·秦风·黄鸟》篇之序曰："黄鸟，哀三良也。国人刺穆公以人从死，而作是诗也。"[2] 秦人作诗反对这种以人殉葬的暴行，后世如班固等人也有作品评价此事，魏晋文人如王粲、曹丕等人则据此创作了一批咏三良诗，也都是借悲咏先秦时这三个殉葬者，寄寓了自己的同情与命运无常的悲慨。然而，潘岳《寡妇赋》借用此典，其中"捐生"与"自引"都是自杀的意思，属于同义并列，用以指寡妇失去丈夫之后，没有了依靠，宁愿追随丈夫死去，表达的是对丈夫死亡的悲痛心情。向秀《思旧赋》与潘岳《寡妇赋》，或反用故事，或扩充典义，使情感意蕴更加深厚，也丰富了事件的文化内涵。

潘岳一系列的悼亡诗文中，数次使用了庄子妻亡时"鼓盆而歌"的故事，可见其对庄子乐观洒脱地面对死生之精神的赞同，并希求自己也能在亡妻的痛苦中超脱出来。比如，《庄子·至乐》篇载，庄子妻死，惠子吊之，庄子则方箕踞鼓盆而歌。惠子曰："与人居，长子、老、身死，不哭，亦足矣，又鼓盆而歌，不亦甚乎！"庄子曰："不然。是其始死也，我独何能无概然！察其始而本无生，非徒无生也而本无形，非徒无形也而本无气。杂乎芒芴之间，变而有气，气变而有形，形变而有生，今又变而之死，是相与为春秋冬夏四时行也。人且偃然寝于巨室，而我嗷嗷然随而哭之，自以为不通乎命，故止也。"[3] 庄子视生死为气之聚散，故能不拘于忧乐，

---

[1]（唐）房玄龄等：《晋书》卷五十四，北京：中华书局，1974年，第1480页。

[2]（清）阮元校刻：《十三经注疏》，上海：上海古籍出版社，1997年，第373页。

[3] 陈鼓应注译：《庄子今注今译》，北京：中华书局，1983年，第484页。

可谓知命。

> 独无李氏灵，仿佛睹尔容。（潘岳《悼亡诗》）
>
> 织锦曲兮泣已尽，回文诗兮影独伤。（江淹《别赋》）
>
> 延州协心许，楚老惜兰芳。解剑竟何及，抚坟徒自伤。（谢灵
>
> 运《庐陵王墓下作》[1]）

汉武帝设帐招李夫人魂的故事在上文中已讲过了，于兹不赘。前秦秦州刺史窦滔之妻苏若兰，因丈夫移情而失宠，遂于八寸见方的五色锦缎上，织成《璇玑图》而复得宠幸。另有苏伯玉妻作《盘中诗》的故事，也都是讲夫妻之间聚合离散之事，江淹《别赋》用此事亦在强调分别之哀伤。刘向《新序·节士》载有吴国公子季札解剑悬徐君墓树的故事，这一行为极具伤悼意义，它不仅抒发了友人亡去的终天之恨，更以剑为祭品，在身自痛悼中折射出信义的价值。谢灵运《庐陵王墓下作》在缅怀密友时，感叹"解剑竟何及，抚坟徒自伤"，而徐君已死，解剑相赠晚矣；庐陵王故去，抚坟痛哭有何益！这种行为表达了诗人悲伤愤恨的心情，又是对人生难处的慨叹。

> 援雅琴以变调兮，奏愁思之不可长。（司马相如《长门赋》）
>
> 丝桐感人情，为我发悲音。（王粲《七哀诗》[2]）
>
> 独夜不能寐，摄衣起抚琴。（同上）
>
> 宁知安歌日，非君撤瑟晨。（任昉《出郡传舍哭范仆射》[3]）

---

[1]（梁）萧统编，（唐）李善等注：《六臣注文选》，北京：中华书局，2012年，第432页。

[2]（梁）萧统编，（唐）李善等注：《六臣注文选》，北京：中华书局，2012年，第428页

[3]（梁）萧统编，（唐）李善等注：《六臣注文选》，北京：中华书局，2012年，第435页。

琴在古人的生活中占据着重要地位，它是个人音乐素养的体现，也与文学品味相关。儒家在倡扬社会教化时，就很重视琴的心理整合作用。以琴抒发丧悼情感包含两种重要的情感指向，即悼亡友、叹知音和伤亡妻、失爱侣。[1]

先看悼亡友、叹知音，比如，《吕氏春秋·本味》篇记载，俞伯牙与钟子期因琴结缘，又由钟子期死而俞伯牙破琴绝弦的故事，来传递真挚的友谊的可贵，于是琴就被赋予了对知音的渴慕和痛失知音的悲凉的情感内涵。在《世说新语·伤逝》篇里记载了王子猷与王子敬兄弟的一个故事，最后也是以琴收场，所以琴作为亡友之遗物，拓开了哀伤的情感蕴涵。任昉《出郡传舍哭范仆射》有云："弗睹朱颜改，徒想平生人。宁知安歌日，非君撤瑟晨。"[2]其中"撤琴"既是友人亡故的婉称，也在将记忆的时空拉回到过去的美好日子，人亡物在，想来更加痛彻心扉。又有嵇康临刑曲奏《广陵散》，更是将知音难觅、生死幽隔的悲痛推至高潮，将悲凉意蕴浸入琴意象。

再看伤亡妻、失爱侣。比如，《诗经·小雅·棠棣》有云："妻子好合，如鼓瑟琴。"[3]而《诗经》首篇《关雎》即曰："窈窕淑女，琴瑟友之。"[4]瑟乃琴之一种，琴瑟合奏，音响和谐，多喻夫妻和睦，"窈窕淑女"写渴慕爱侣，"琴瑟友之"写伉俪和谐。《史记》记载了司马相如曾以一曲《凤求凰》"琴挑"卓文君。他又在《长门赋》中以陈皇后援琴疏解心中对于武帝的思念和自我内心的悲凉失意，使其闻音下泪。江淹《悼室人十首》其六有云："凉蔼漂虚室，清香荡空琴"[5]，也是借琴声发亡妻之痛。

后世的悼亡作品中，更是将琴的悲凉内蕴掘开了，让琴声拨动哀伤的

---

[1] 王立：《永恒的眷恋——悼祭文学的主题史研究》，上海：学林出版社，1999年，第255页。

[2] （梁）萧统编，（唐）李善等注：《六臣注文选》，北京：中华书局，2012年，第435页。

[3] （宋）朱熹：《诗集传》，北京：中华书局，2011年，第133页。

[4] （宋）朱熹：《诗集传》，北京：中华书局，2011年，第2页。

[5] 逯钦立辑校：《先秦汉魏晋南北朝诗》，北京：中华书局，1983年，第1584页。

心绪,几令生者心碎。

第四节 体性

郭英德用"体性"一词,来指称文体的审美对象和审美精神,说它犹如人的心灵、性格,并认为任何文体都是一定的审美需要的产物,也是适应一定的审美需要的。他将文体所赖以生成和确立的审美需要,分为现实性的与观念性的,现实性的审美需要生成并确立了各种文体独特的审美对象,而观念性的审美需要则生成并确立了各种文体不同的审美精神,二者可谓水乳交融,构成了各种文体的体性。[1]吴承学认为:"体要或大体,与体性、体貌,是在具体文体的题材质料、语言特征、体制结构等基础上,对文体所做出的整体性把握。"[2]又说:"文体风格是人们在长期的创作过程中所形成的相对稳定的独特风貌,是一种逐渐积淀的带有共性的审美倾向。文体风格的形成与文体所特有的表现对象、应用场合及用途、文体的形式因素都有关系。"[3]

总之,文体风格是对文体特征所做出的整体性把握,是由体制、语体、体式等文体结构因素所共同构成的审美形式。它是文体形态所呈现的最高范畴,风格的形成是某种文体完全成熟的标志,因此也是文体的最高体现。当然,完整的文体是体制、语体、体式和体性四者的有机统一,某种体制必定有其约定俗成的审美规范,体制的审美规范又要求通过一定的语体、体式加以体现,独特的语体和体式适应了体制要求,就形成了文体的风格。

本文仍然拟用"体性"一词,来指称文体的审美对象和审美精神。这是为了保持文体结构的完整性,并对哀伤类作品的文体形态做出完整性把握。

---

[1]郭英德:《中国古代文体学论稿》,北京:北京大学出版社,2005年,第18页。

[2]吴承学:《中国古代文体学研究》,北京:人民出版社,2011年,第17页。

[3]吴承学:《中国古代文体学研究》,北京:人民出版社,2011年,第113页。

一、审美精神

何谓审美精神？即通过文本所表现出的审美风格。哀伤类作品总体来说，具有哀婉动人的审美风神。受到文体风格形成的主客观因素影响，因为哀伤主题审美对象的丰富性，决定了哀伤类作品具有多样化的审美精神。

汉代《毛诗序》有曰："诗者，志之所之也。在心为志，发言为诗。情动于中而形于言；言之不足，故嗟叹之；嗟叹又不足，故永歌之；永歌之不足，不知手之舞之，足之蹈之也。"[1]《乐记·乐本》亦曰："凡音之起，由人心生也。人心之动，物使之然也。感于物而动，故形于声。声相应，故生变，变成方，谓之音。比章而乐之，及干戚羽旄，谓之乐。乐者，音之所由生也；其本在人心之感于物也。"[2] 这种"情志论"与"物感说"都在强调人发自本性的情感受到外物的刺激而产生的心理波动，再以艺术形式来展现这种情感。也就是，触物生情，文生于情，情生于文。由物到情再到精神，情和物的关系表现为，心中的哀伤之情需要物来抒发。哀伤之情属于观念性审美需要，是审美精神，而所写之物属于现实性审美需要，是审美对象，两者交融而形成风格。

音乐的生成在于人心被物感动，亦即"触物动心"，文体亦是。世间凡社会动乱、亲友亡故、个体命运之种种事缘，皆可触动心灵而产生"哀伤"情绪，"物"（审美对象）有不同而哀情各异，不同文体对应于、适用于不同的审美对象。哀伤类作品的审美对象，是指令人心动、引发哀情之"物"，举凡社会政局动乱、亲友亡故离散、个体命运改变诸事，皆是。社会动乱，比如，哀伤赋中的《恨赋》《别赋》对特定社会下的人生憾恨等普遍情感作的概括表达，哀伤诗中前六首主要哀伤社会人生的如王粲《七哀诗》、张载《七哀诗》等。亲友亡故，比如，《思旧赋》《叹逝赋》《怀旧赋》表达伤时哀逝之痛；诗的后七首旨在为他人死亡而哀伤；三篇哀文，皆为逝者而作。个体命运，比如，为女性悲剧命运而哀伤的《长门赋》和《寡

---

[1]（清）阮元校刻：《十三经注疏》，上海：上海古籍出版社，1997年，第269页。
[2]（清）阮元校刻：《十三经注疏》，上海：上海古籍出版社，1997年，第1527页。

妇赋》。这是哀伤类作品生成的先决条件和理论依据。

总之，哀伤类作品所要表现的主题，是经历了人生重大变故而产生的哀伤情感，主要是为了抒发哀情。这种悯惜哀悼的情感，会因抒情主体的性别、年龄、情趣，尤其是与抒情对象人伦关系的差别，而表现出程度的不同。比如，潘岳《悼亡诗》乃伤悼亡妻之作，自然哀戚感人，而如颜延之《拜陵庙作》是参与皇室活动，其哀情就弱化许多。哀伤类作品中或有交代事由的叙事，或有时世生命的哲理阐发，或有哀伤悲苦的直接抒情，而其伤悼的情感指向是不变的。换言之，它们的主题都是表现哀伤情感的。因此，抒发哀情的主题特性，就决定了哀伤类作品的使用功能（文体功能）为"言哀情"，而"言哀情"也正是哀伤类作品的审美对象。

二、风格探因

哀伤类作品所要表现的是"哀伤"这种普遍的人类情感，由此形成了此类作品"哀伤"的总体风格特征。刘勰《文心雕龙·体性》篇中的"体"多指作品的体貌、风格，而"性"则是指作家的性情、才性。也就是说，风格的形成包含两方面因素，即作家自身的原因与作品表现对象的特征。作家独特的创作个性体现在作品内容与形式的统一中，各个作家依其本性写作，作品的风格就像各人的面貌一样彼此不同，此即所谓"各师成心，其异如面"，比如，屈原为人"清高"而遭不幸，这种性格和命运贯注在作品中，就形成了《离骚》那种"词温而雅，义皎而朗"的风貌。他又把形成风格的内在依据，即作家的创作个性，分作"才""气"这两个先天方面，和"学""习"这两个后天方面，更将纷繁的风格归纳成了八类。这些理论标志着中国古代文论中风格论的成熟[1]。也正如德国理论家威克纳格所说："风格是语言的表现形态，一部分被表现者的心理特征所决定，一部分被表现的内容和意图所决定。……倘用更简明的话来说，就是文体

---

[1] 童庆炳：《文体与文体的创造》，昆明：云南人民出版社，1994年，第32-35页。

具有主观的方面和客观的方面。"[1]

简言之，影响风格形成的因素分为两种，一是主观因素，包括创作主体的不同个性对于艺术风格形成的作用（如作者的性格、才思、心理特征等），比如，潘岳性格善感伤，才思细敏，故而作品哀婉缠绵，陆机性格较深沉，才思繁复，故而作品富于哲理。一是客观因素，包括被表现的内容和意图，其受文体的特殊用途、题材、文体的形式因素（如声律、结构等）、文体自身的历史传统、文体的地域色彩、时代审美思潮等条件的制约和影响。

从哀伤类作品来看，影响其"哀伤"风格形成的因素是多方面的，其审美对象的丰富性决定了它多样化的审美精神。由于作者的性格、才思、心理等主观因素的随意性较大，而且其特征需要从作家的生活实际与作家作品对它的书写中得以反映出来，涉及历史、心理学、社会学等学科知识，是极其复杂的研究课题，却也是极其重要的问题，而笔者才疏学浅，故于此从略，以待来哲。接下来，我们主要考察客观因素对哀伤类作品风格形成的影响。

关于哀伤类作品的特殊用途（即文体功能）与文体的形式因素（如声律、结构等）分别在"体制"和"语体"两节中有详细论述，兹略。我们先看题材对文体风格形成具有的重大制约和影响作用。诚如黑格尔所说："风格就是服从所用材料的各种条件的一种表现方式，而且它还要适应一定艺术种类的要求和主题概念生出的规律。"[2]哀伤类作品的表现对象是由社会动乱、亲友亡故、个体命运等事件而产生的哀伤之情，通过文体形态表现哀伤之情，就产生了哀伤类赋、诗、文等作品，也正是这样的丰富的审美对象才形成了哀伤类作品哀伤、孤寂、悲慨、忧痛、凄婉等多种审美精神。题材是风格形成的客观因素之一。

文体风格的形成还与其他客观因素有关，如时代的审美风尚与士人心态。其实，"文体就是人类把握世界的一种方式，是历史的产物，积淀着

---

[1]［德］歌德等著，王元华译：《文学风格论》，上海：上海译文出版社，1982年，第18页。

[2]［德］黑格尔著，朱光潜译：《美学》，北京：商务印书馆，1979年，第372页。

深厚的文化意蕴。文体的发展总是与时代精神的感受方式相合拍。……当特定的文体形态与群体和时代的感受方式相对应时，才得到接受，这正是文体兴盛的基础"[1]。李泽厚分析审美意识和士人心态时，很关注时代因素。他以大量诗歌来证明东汉末年到魏晋时期形成了以悲为美的审美风尚与士人普遍的哀伤心态，认为"这种对生死存亡的重视、哀伤，对人生短促的感慨、喟叹，从建安到晋宋，从中下层到皇家贵族，在相当长一段时间中和空间内蔓延开来，成为整个时代的典型音调"。而"表面看来似乎是如此颓废、悲观、消极的感叹中，深藏着恰恰是它的反面，是对人生、生命、命运、生活的强烈欲求和留恋"[2]。一个人难以彻底摆脱时代的制约和影响，况且常得风气之先又异常敏感的文人。因此，"以悲为美"的时代审美思潮，也是哀伤类作品文体风格形成的客观因素之一。

文体自身的历史传统也与作品风格的形成关系密切。即"文体风格，实际上是文体的艺术个性"。也就是说，每一种文体都有其个性特征，而这种特征是相对而言的，是要有一定的、具体的比较对象才能显示出来的。比如，以诗、文二体来看，"文实用性较强，适用于叙述、说理、议论，范围较广，而诗则偏重抒情。所谓文以载道，诗以缘情。在形式上文更为自由、流畅、平易，而诗仍受句式、押韵的限制，诗体重含蓄、凝练、典雅"[3]。我们从《文选》哀伤赋、哀伤诗、哀文中，就可以看到这种文体风格的差异。赋体利于"铺陈"，有助于完整叙述事由，并对哀情进行铺张抒写，将声色、物象尽皆囊括，既可纤微细腻地传递感伤、孤独，如司马相如《长门赋》，也可广泛深刻地表达哲思、体悟，如陆机《叹逝赋》。诗体限于体制，故而难如赋般"铺张扬厉"，然其"舒陈哀愤"也能"委婉形容"，正是这种"含而不露"的抒情方式，使得哀情曲折幽微、恰切感人。诗体又常以比兴之法，纳万千情思于数言之下，简洁、明了，又深婉、细致。《文选》所录哀文皆为有韵之文，其体制较赋、诗更严，如同"赋的诗化"与"诗

---

[1] 吴承学：《中国古代文体形态研究》，北京：北京大学出版社，2013年，第3页。

[2] 李泽厚：《美的历程》，北京：三联书店，2009年，第91页。

[3] 吴承学：《中国古代文体学研究》，北京：人民出版社，2011年，第142页。

的赋化"，分别借鉴了各自的"铺陈"和"含蓄"，而且哀文在用典时较自由，颇具"清典"之致。因此，正是由于文体风格的个性化，才满足了多样化的现实审美需要，才使"哀伤"主题具有了独特的审美精神。

　　总之，哀伤赋、诗、文以各自的文体形态来表达哀伤主题，所呈现的风貌既保留了各自不同的文体特色，又能准确真切地传达哀伤类作品所共有的"哀伤"风格，从而完成了对哀伤主题的书写。

第三章 《文选》哀伤类作品相关问题研究

本章拟对《文选》哀伤类作品相关的四个问题进行考察。其一，《文选》首次设立"哀伤"类目，对历代《文选》类总集和广、续、补遗《文选》类总集的文体分类影响深远。其二，《文选》与《文心雕龙》的"哀"体观有较大差别，又互为补充，体现了二书不同的职能。其三，从儒家礼制、伦理秩序、生死观等三个方面，简述哀伤类作品与儒家思想的紧密联系。其四，《楚辞》孕育了离别、遗弃、伤时、叹逝等多重哀伤主题，其对比、时空、比兴等艺术手法的使用颇具开创性，对哀伤类作品主题的丰富与艺术手法的开拓有很大贡献。屈原等人还以其坎坷的命运和感伤的气质，为后世哀伤类创作提供了语源和精神寄托。

第一节 "哀伤"类目的设立与影响

一、萧统与"哀伤"类目的设立

寻求《文选》设"哀伤"类目的原因，就不得不论及《文选》的编者，大多数学者都认为，《文选》是由以萧统为中心的文学集团编纂的文学总集。换言之，既然萧统可能参与《文选》的编纂，且属于文学集团之领导人物，那么，《文选》类目的设立就很可能受到萧统文学观念的影响，也在很大程度上可以反映萧统的文体观念。从而，能够看出萧统的"哀伤"观与《文选》"哀伤"类目设立的关系。

萧统设立并选录"哀伤"类作品，体现了他对时代风尚的认同，和对这些作家作品的肯定，也与其本身深受儒家思想影响却又能有所突破相关，还与其温厚仁孝、多愁善感的个人气质有关，更与其身为太子的领导身份地位契合。另外，以悲为美的审美取向，与止乎礼义的价值取向，以及崇尚真情流露而不过分注重儒家礼教的文化观念相融合，也贴近了当时的文学观、美学观、文体观。偏安江左，清议转而清谈，然而重视品第与臧否人物之风仍炽，萧统身为东宫之主，亦和其流。诸如此类，都足以影响《文选》"哀伤"类目的设立。

以上因素，学界多有论述，本节拟从萧统于其母病重及居丧期间的行止看他对"哀伤"的理解。萧统自小熟习儒家经典，因此谨奉仁孝之义。《梁书·昭明太子传》曰："太子生而聪睿，三岁受《孝经》《论语》，五岁遍读五经，悉能讽诵。"[1] 萧纲《昭明太子集序》提到萧统平日里，"问安寝门之外，视膳东厢之侧，三朝有则，一日弗亏，恭承宸扆，陪赞颜色"，赞其问候尊长起居，不辍一日。又谓萧统于其母丁贵嫔病重之时，彻夜亲侍，当其逝世，他更是"水浆不入，圭溢罕进，丧过乎哀，毁几乎灭"。《礼记·檀弓上》云："故君子之执亲之丧也，水浆不入于口者三日，杖，而后能起"，其哀痛之情可以想见。又曰："池綍既启，探擗摽之恸，陵园斯践，震中路之号。"池者，棺饰也；綍者，引柩大索也；池綍者，借指灵车。此乃摹其母出殡时，萧统抚心拍胸、沉痛哀伤之状。继曰："率由至要之道，以为生民之则，固已事彰朱草，理感图云。"[2] 居丧期间，谨遵守丧之道，为生民树立榜样，使天下至治而朱草生、彩云翔，其情可伤，其行可彰。《梁书·昭明太子传》亦曰："贵嫔有疾，太子还永福省，朝夕侍疾，衣不解带。及薨，步从丧还宫，至殡，水浆不入口，每哭辄恸绝……，虽屡奉敕劝逼，日止一溢，不尝菜果之味。"[3] 其奉侍之勤苦、其悲痛之断绝，令人哀叹！

上述材料，说明萧统谨遵儒家孝义，又对"哀而不伤"之训有所突破，在其母逝世后所表现出的哀伤，足以证明，他对哀伤这种情感是深有体会并相当重视的，是承认这种情感之正当性的。因此可以推知，《文选》"哀伤"类目的设立也许正表现了萧统的意志，他是有功的，亦是有得的。

---

[1]（唐）姚思廉：《梁书》，北京：中华书局，1973 年，第 165 页。

[2] 原文出自《四部丛刊》本，《昭明太子集》卷首。

[3]（唐）姚思廉：《梁书》，北京：中华书局，1973 年，第 165 页。

二、《文选》"哀伤"类目对后世总集设目的影响

　　《文选》分体编录了先秦至南朝梁的赋作、诗篇和文章，是我国现存最早的诗文总集，实际上也成为后世编纂总集的重要范本。它首次将哀伤类作品按照赋、诗、文三种体裁分成三类，并于各体之下，首次设立了"哀伤"类目，选录了一些具有代表性的哀伤类作品。此举对后世总集的文体分类影响深远，主要表现在两个方面：一是对历代《文选》类总集文体分类的影响；一是对广、续、补遗《文选》类总集文体分类的影响。

　　首先，"总集"是指按照一定体例收录不同作者作品的图书文献，其基本的编纂体例是区别不同文体并加以选编著录，即分体编录或类聚区分。历代《文选》类总集，是指其作意或编纂体例模仿《文选》的一类文学总集。笔者试以几种在后世影响较大的总集为例，借以考察《文选》"哀伤"类目在文体分类上的影响。

　　比如，《文苑英华》系宋初朝廷组织编纂的大型总集，全书一千卷，共收魏晋至晚唐五代的作家二千余人，诗、赋、文等作品近二万篇，实有承续《文选》之意。是书将文体分为三十九类，于赋类之下，又设三十九个子目，第一二九至一三零卷设有"哀伤"类目，收录了十一首哀伤赋；于诗类之下，又设二十三个子目，第三零一至三一零卷设有"悲悼"类目，其中细分为追述、哭人、哭僧道、哭妓、送葬、坟墓、第宅、怀古、遗迹、挽歌等哀伤诗近六百首；又于第八三五至八三九卷设有"哀册"类目，收录三十三首哀策文，于第九九九至一千卷设有"哀吊"类目，收录八篇哀辞。《艺文类聚》乃唐代欧阳询等人奉诏编撰的一部类书，第三十四卷"人部十八"亦设有"哀伤"目，收录哀伤赋，其以类相从的编排体例，实际也包含着大量的哀伤诗文，只不过限于体例而未能在类目上得以表现而已。《唐文粹》分体二十六类，于"古赋"下，设有"哀乐愁思"赋；于"文"类下，设有"哀册"与"伤悼"子类目。《宋文鉴》《元文类》《文章辨体》《文体明辨》等均有"哀辞"类，其中《宋文鉴》《文体明辨》亦设有"哀册"类目。明代诗文总集《明文衡》《明文在》，其分体编录的体例也与《文

选》类似。明人程敏政编纂的《明文衡》将文体划分为四十一类，赋体虽未再分二级类目，亦未收哀伤赋作，诗体仅取乐府，然其将哀辞和诔辞合称，设为"哀诔"目，收录宋濂、杨士奇等明人的十首哀辞，言其体例与《文选》相近，因它仍依赋、诗、文这三种文体来编排，且类目变动较少。清人薛熙编纂的《明文在》分四十六类文体，也设有"哀诔"目，仅录二首哀辞。黄宗羲编纂的《明文海》，第二一至二二卷设有"哀伤"目，收录明人的哀伤赋。

由此可见，《文选》按赋、诗、文三种文体，依次编排哀伤类作品，并设"哀伤"类目的做法，在后世基本得以延续，且为"哀伤"从一个类目而升格为一个庞大的文学主题，并在后世得以细化的这种文学演进活动提供了助力。

其次，广、续、补遗《文选》类总集，是旨在以增广拾遗、续补阙失《文选》的一类文学总集，其体例多循旧式而稍作变化。广、续、补遗《文选》之书目繁多，历代迭出[1]。现以陈仁子编纂的《文选补遗》、汤绍祖《续文选》、刘节《广文选》、周应治《广广文选》为例，考察其与《文选》文体分类之关系。[2]

比如，宋陈仁子编纂的《文选补遗》（清纪昀等编《文渊阁四库全书》，现存台北故宫博物院藏本），是书名曰补《文选》之遗，然其文体分类和

---

[1] 关于《文选》的广、续、补遗之作在历代重要的书目中都有记载。唐代有孟利贞《续文选》13 卷、卜长福《续文选》30 卷、卜隐之《拟文选》30 卷；宋代有陈仁子《文选补遗》40 卷、卜邻《续文选》23 卷；明代有刘节编《广文选》82 卷、周应治《广广文选》23 卷、马继铭《广文选》25 卷、张溥《广文选删》12 卷（疑）、汤绍祖《续文选》27 卷、胡震亨《续文选》14 卷、陈仁辑，张凤翼增订《新刊续补文选纂注》12 卷；民国时期还有雷瑠辑注《续文选》20 卷。

[2] 关于广、续、补遗之作的书目、卷数、分类等问题的研究，可参看骆鸿凯的《文选学》第 77 页，中华书局 1989 年版；郭英德的《中国古代文体学论稿》第 105 —110 页，北京大学出版社 2005 年版；王立群的《〈文选〉成书研究》第 154 页，商务印书馆 2005 年版；以及孙津华的《〈文选〉及其广、续、补遗之作文体分类之比较》载于《中国韵文学刊》2016 年第 2 期，第 29-33 页；李小娟的《明代〈文选〉广续补本考述》载于《宝鸡文理学院》2014 年第 6 期，第 125-130 页。

排序与《文选》大不相同：一、其文体排序是先诏令奏疏后赋诗，与《文选》恰好相反；二、于赋诗下，《文选》再按内容划分二级类目，而《文选补遗》只有一级类目。但《文选补遗》仍设有"哀辞"类目，收录曹植《金瓠哀辞》与《仲雍哀辞》，亦有"哀策文"类目，收晋武帝《晋文明王皇后哀策文》《晋武元杨皇后哀策文》与梁代王筠的《昭明太子哀策文》。

实际上，大多数"广、续、补遗《文选》"之作的文体类目设置和排序与《文选》大体一致，然而受到创作实际的变化与时代思潮的影响，仅作了局部增添或删削而已。比如，明朝汤绍祖《续文选》三十二卷，第五卷"赋五"设有"哀伤"类目，增录李白、何景明、卢柟、王世贞等人的六首赋作；第七卷"诗二"设有"哀伤"类目，添加庾肩吾、卢询、唐寅、王世贞、吴国伦等人的十三首诗作；第二十九卷设有"哀"类目，收录哀辞三篇和哀册文六篇。然而，汤绍祖《续文选》在"赋"中，缺少了京都、郊祀、耕藉三目，"诗"中缺少了补亡、述德、招隐、反招隐四目，甚至在胡震亨《续文选》与雷瑨《续文选》的"赋""诗""文"中，皆未设"哀伤"类目。这一现象既是文体学家与文献学家针对不同时代文学创作活动而做出的灵活反应，体现了《文选》强大的塑形能力。

明人刘节《广文选》和明人周应治《广广文选》，与以上诸部"续文选"相比，虽在文体的数目和名称上有较大变化，却都明确设有"哀伤赋""哀伤诗""哀"文类目。比如，刘节编纂的《广文选》六十卷（明嘉靖十六年陈蕙刻本），第六卷设有"哀伤赋"，收录了汉武帝《悼李夫人赋》、刘歆《遂初赋》、汉梁竦《悼骚赋》、曹植《九愁赋》、庾信《哀江南赋》、江淹《哀千里赋》和《伤友人赋》。第九卷设有"哀伤诗"，收录了汉王嫱《怨诗》、蔡琰《悲愤诗》二首、张衡《怨篇诗》、阮瑀《七哀诗》、吴质《思慕诗》、潘岳《哀诗》、孙绰《表哀诗》、陶潜《悲从弟仲德诗》。第五十五卷设有"哀"，收录了晋武帝《文明王皇后哀策文》二首、左贵嫔《武元杨皇后哀策文》、张华《晋武帝哀策文》、郭璞《晋元帝哀策文》，又设有"哀辞"，收录了曹植《金瓠哀辞》和《仲雍哀辞》、潘岳《阳城刘氏妹哀辞》和《悲邢生辞》。

周应治编纂《广广文选》二十三卷（明崇祯八年周元孚刻本），取名"广广"，乃是指广萧统、刘节所选也。其第二卷设有"哀伤赋"，收录了梁武帝《孝思赋》、宋孝武帝《拟汉武帝悼李夫人赋》、鲍照《伤逝赋》、周庾信《伤心赋》、宋谢灵运《伤己赋》、梁沈约《伤美人赋》。第三卷设有"哀伤诗"，收录了魏王粲《七哀诗》、晋潘岳《思子诗》、符朗《临终诗》、宋武帝《拜衡阳文王义季墓》、谢灵运《临终诗》、范晔《临终诗》、齐竟陵王子良《登山望雷居士精舍同沈右卫过刘先生墓作》、随郡王萧子隆《经刘瓛墓作》、谢朓《奉和竟陵王同沈右率过刘先生墓》、顾欢《临终诗》、梁沈约《怀旧诗》四首、沈约《奉和竟陵王经刘瓛墓》、江淹《伤内弟刘常侍》和《悼室人》四首又二首、柳恽《奉和竟陵王经刘瓛墓下》、庾肩吾《经陈思王墓》、陈张正见《伤韦侍读》、江总《在陈旦解醒共哭顾舍人》、北周王褒《送观宁侯葬》、庾信《伤王司徒褒》和《送灵法师葬》、隋卢思道《春夕经行留侯墓》。及其第二十二卷录有十四篇"哀策文"。《文选》哀伤类目得益于这些作品的补充，使其体系更加完备，其内容更加充实。

综上，无论广、续、补遗《文选》之作，还是历代编选的总集，其文体分类多以《文选》的编选体例为范本，再结合时代思潮和创作实际仅作出局部调整，且基本保留了"哀伤"类目。可见，《文选》的文体分类具有重大意义。

第二节 《文选》与《文心雕龙》"哀"体观之比较 [1]

《文心雕龙·哀吊》篇论"哀体"曰：

> 赋宪之谥，短折曰哀。哀者，依也。悲实依心，故曰哀也。以辞遣哀，盖下流之悼，故不在黄发，必施夭昏。

> 昔三良殉秦，百夫莫赎，事均夭横，《黄鸟》赋哀，抑亦诗人

---

[1] 相关研究也可参阅赵俊玲：《关于〈文心雕龙〉"哀"体的几个问题》，《兰州学刊》2006 年第 3 期，第 63-65 页；赵俊玲《〈文心雕龙〉与〈文选〉"哀"体观辨析》，《文艺理论研究》2015 年第 4 期，第 192-200 页。

之哀辞乎？暨汉武封禅，而霍子侯暴亡，帝伤而作诗，亦哀辞之
类矣。降及后汉，汝阳王亡，崔瑗哀辞，始变前式。然履突鬼门，
怪而不辞，驾龙乘云，仙而不哀；又卒章五言，颇似歌谣，亦仿
佛乎汉武也。至于苏慎、张升，并述哀文，虽发其情华，而未极
心实。建安哀辞，惟伟长差善，《行女》一篇，时有恻怛。及潘岳
继作，实踵其美。观其虑善辞变，情洞悲苦，叙事如传，结言摹诗，
促节四言，鲜有缓句；故能义直而文婉，体旧而趣新，《金鹿》《泽
兰》，莫之或继也。

原夫哀辞大体，情主于痛伤，而辞穷乎爱惜。幼未成德，故
誉止于察惠；弱不胜务，故悼加乎肤色。隐心而结文则事惬，观
文而属心则体奢。奢体为辞，则虽丽不哀；必使情往会悲，文来
引泣，乃其贵耳。

……

赞曰：辞定所表，在彼弱弄。苗而不秀，自古斯恸。……[1]

《文心雕龙·祝盟》篇论"哀策文"曰：

……

若乃礼之祭祀，事止告飨；而中代祭文，兼赞言行。祭而兼
赞，盖引伸而作也。又汉代山陵，哀策流文；周丧盛姬，内史执
策。然则策本书赠，因哀而为文也。是以义同于诔，而文实告神，
诔首而哀末，颂体而祝仪，太祝所读，固周之祝文者也。

凡群言发华，而降神务实，修辞立诚，在于无愧。祈祷之式，
必诚以敬；祭奠之楷，宜恭且哀；此其大较也。班固之祀蒙山，
祈祷之诚敬也；潘岳之祭庾妇，奠祭之恭哀也：举汇而求，昭然

---

[1] （梁）刘勰著，范文澜注：《文心雕龙注》，北京：人民文学出版社，1958年，
第239页。

可鉴矣。[1]

......

由此可见，刘勰通过"原、释、选、敷"的文体研究法，提出了他的较为明确的"哀"体观：

一是"原始以表末"。即通过追溯文体的源头并梳理其流变，能够历史地看待文体。刘勰认为"哀"体源于谥法，谥法称短命之死为"哀"，所谓"赋宪之谥，短折曰哀"。而"哀策"源于祭祀之祝词，哀策本来是写赠谥的，因哀悼而成为哀策文，所谓"策本书赠，因哀而为文"。

二是"释名以章义"。即通过考察文体的命名和辨析文体的含义，以此来界定文体。"哀"是依恋的意思，这种依恋是发自内心的一种情感，"哀"是用文辞表达生者心中的悲伤和对亡者的依恋之情，其抒情对象为幼辈、小孩，不能用于哀悼老人。"哀策"是写哀悼情感之策，以致祭神灵。

三是"选文以定篇"。即通过梳理历代作品并选取典型来阐明某一文体的文体形态，这已近似于文学史的研究。先看"哀辞"，先秦时期，以《诗经·秦风·黄鸟》为例：

> 交交黄鸟，止于棘。谁从穆公，子车奄息。维此奄息，百夫之特。
> 临其穴，惴惴其栗。彼苍者天，歼我良人。如可赎兮，人百其身。
> 交交黄鸟，止于桑。谁从穆公，子车仲行。维此仲行，百夫之防。
> 临其穴，惴惴其栗。彼苍者天，歼我良人。如可赎兮，人百其身。
> 交交黄鸟，止于楚。谁从穆公，子车针虎。维此针虎，百夫之御。
> 临其穴，惴惴其栗。彼苍者天，歼我良人。如可赎兮，人百其身。[2]

---

[1]（梁）刘勰著，范文澜注：《文心雕龙注》，北京：人民文学出版社，1958年，第175页。

[2]（宋）朱熹：《诗集传》，北京：中华书局，2011年，第98页。

刘勰称其为诗人之哀辞，观其体制，堪称哀伤诗体之肇端。然此伤悼三良之诗，与哀辞最初仅施于幼辈之要求相抵牾，因为三良并非小孩，乃是三位大臣。可见，哀辞起初并非要求甚严，也就有了后来抒情对象的扩大。

西汉时期，汉武帝伤悼霍嬗，或作《伤霍嬗诗》已不可考，又为《思奉车子侯歌》曰：

> 嘉幽兰兮延秀，蕈妖淫兮中溏。华斐斐兮丽景，风徘徊兮流芳。皇天兮无慧，至人逝兮仙乡。天路远兮无期，不觉涕下兮沾裳。[1]

刘勰称其为诗，属于“哀辞”之类，但是笔者以为其应属楚地歌谣，其标志性的语气词“兮”，似为骚体哀伤赋之滥觞。

东汉时期，崔瑗《汝阳主哀辞》亦不可考，刘勰称其有“始变前式”之功，然又批评其“怪而不辞”“仙而不哀”，意即内容荒诞不通、未达哀情，且其末章以五言结尾，很像歌谣，与汉武帝哀辞相似。再论苏顺、张升的哀文创作，称其以华丽文采表现了他们的情感，却未反映出内心真实感受，哀伤之情不够强烈。

建安时期，刘勰仅称徐干，言其《行女哀辞》“时有恻怛”，常具悲痛，强调哀情，惜不存。另外，曹植创作不少哀辞，却未获刘勰重视。个中原因，似与子建哀辞皆为六字句有关，因为刘勰所称道的潘岳之哀辞《金鹿哀辞》和《泽兰哀辞》皆为四字句，且赞其语言是规模《诗经》和音节急促的四字句，这又与彦和浓重的“宗经”观念相契。

西晋时期，刘勰力扬潘岳，称其哀辞踵美前贤、考虑周到、感情充满悲苦、叙事如同传记，组织语言模仿《诗经》，四字句音节急促，少有和缓的句子，所以能够做到意义正直，文辞婉转，能使用旧体裁，翻出新情趣，并赞其《金鹿哀辞》和《泽兰哀辞》莫之或继。

至于“哀策文”，刘勰称汉朝流行使用哀策文祭祀皇帝陵墓，又言周

---

[1] 逯钦立辑校：《先秦汉魏晋南北朝诗》，北京：中华书局，1983 年，第 96 页。

穆王盛姬死后，由内史用哀策文致祭。

四是"敷理以举统"。即系统化论述文体的总特征，主要包含文体的体制特征与所形成的体性风格。刘勰认为哀辞的体制是：抒情主要传递哀伤，措辞要尽量表达爱惜。幼小死者品德还未养成，所以赞美止于聪慧；年幼不能担任工作，故而悼念止于容貌皮肤。由于痛心而作文便情辞切合，为了文辞而表示痛心便文体浮夸。浮夸文体写出的文辞，即使华丽却不悲哀，一定要使感情融合在悲痛里，文辞能够使人下泪，才显得可贵。

刘勰认为哀策文的体制是：哀策文之用意跟诔文相同，都是书写谥号、祭祀致礼、表达哀悼。哀策文用诔文来开头，以写哀来结尾，体裁像颂，仪式是祝告，且要求仪式须诚心恭敬，文辞力求朴实，不能过于华丽，以传达悲哀之情。

《文选》分体三十八类，于诗、赋之下，又按内容划分二级类目，皆设"哀伤"类目，且于"文"体之下，单设"哀"类，收哀辞与哀册文。除《文选序》，《文选》又以"选文"的方式表达编者的文体观念。笔者将其与《文心雕龙》论述"哀伤"作品的相关篇目进行比较，考察二者"哀"体观的异同，盖有如下四条：

第一，《文选》依文体分为赋、诗和文，在三种文体下，又按照内容分类。赋分为十五类，其中"哀伤类"赋选录了司马相如《长门赋》、向秀《思旧赋》、陆机《叹逝赋》、潘岳《怀旧赋》和《寡妇赋》、江淹《恨赋》和《别赋》，共五位作家的七篇作品，其数量在十五类赋中是最多的，这表明萧统等人对赋体以及"哀伤"类赋是很重视的。诗分二十三类，"哀伤"类诗选录了嵇康《忧愤诗》、曹植《七哀诗》、王粲《七哀诗》两首、张载《七哀诗》两首、潘岳《悼亡诗》三首、谢灵运《庐陵王墓下作》、颜延之《拜陵庙作》、谢朓《同谢咨议铜雀台诗》、任昉《出郡传舍哭范仆射》，共九位作家的十三首作品。文分三十五类，大多为应用文，"哀"文录潘岳《哀永逝文》、颜延之《宋文皇帝元皇后哀策文》和谢朓《齐敬皇后哀策文》，共三位作家的三篇作品。由此可见，《文选》仅将"哀伤"视为一种情感内容，即"哀"体是一种以"哀伤"为主题内容的创作，涉及哀伤赋、哀伤诗、哀文（哀辞、哀策文）三种体裁。而《文心雕龙》则将"哀"界定为一种文体，实际只论及"哀辞"与"哀策文"。

第二，我们发现《文选》"哀"文的编排次序，也反映了编者对"文体源流"和"文体功能"及"文体分类"等基本文体问题的把握。比如，"哀"类处于"诔"之下，体现了哀体源自诔体的文体史观；"哀"类又处于"碑文""墓志""行状""吊文""祭文"等"哀祭类"文体之上，反映了编者对"哀祭文"的文体功能有清醒认识。由于《文选》"文"体多选取的是应用文，故而以文体功能编排，属于文体"类聚"的做法。

第三，《文心雕龙》特别强调"辨体"，严守哀辞兴起时的文体特征，对其施用对象、体式等方面的发展变化态度冷淡，甚至持批评意见。比如，不录曹植哀辞，仅因其属于六字句，不符合四言句的语体规范。再如，他直斥崔瑗哀辞奇怪不通又无悲哀之情，且论述哀辞施用对象时也前后抵牾。

然而，《文心雕龙》与《文选》对潘岳的哀辞都很重视。《文心雕龙》固守哀辞初起之文体形态，推崇潘岳《金鹿哀辞》《泽兰哀辞》，《文选》则录其《哀永逝文》，这体现了编者"通变"的文体史观。因为潘岳《哀永逝文》伤悼亡妻，且全篇用骚体写就，即说其施用对象、体式皆与哀辞初起之典型特征不符。关于此篇是否属于"哀辞"，未有定论，然依笔者看来，《文选》置其于哀文之下，与哀策文并列，即是将其看作哀辞，更是尊重文体发展的表现，其体制虽似"赋"，而又情辞婉转、回环往复、文风深绮秀丽，同时，骚体较四言体篇幅增大，更利于铺陈，述哀更为动人，当属"哀辞"的发展样式。

第四，《文选》"哀"文收录了颜延之的《宋文皇帝元皇后哀策文》和谢朓的《齐敬皇后哀策文》，占到哀文的三分之二，反映了编者对"哀策文"这种庙堂之制的重视。而《文心雕龙》涉及"哀策文"，仅略提数句，重视程度不如"哀辞"，这或许与其论文体详远略近且多止于西晋有关。"哀策文"虽源起甚早，其创作及应用至南朝宋、齐方盛。

综上所述，《文选》相较于《文心雕龙》"哀"体观更为通达，或因二书目的不同所致（《文心雕龙》类似于文学理论或文学史，《文选》类似于文学作品选本），《文选》作为"选本"主要是为读者选出优秀作品，其文体观念是隐形的，而《文心雕龙》重在文体批评，通过文体批评指导创作。

第三节 哀伤类作品与儒家思想之关系

一、儒家丧葬文化在哀伤类作品中的反映和对其创作的影响

中国古代礼制主要分为"吉礼、凶礼、宾礼、军礼、嘉礼"五类，称为"五礼"。其中凶礼是指用于吊慰家国忧患方面的礼仪活动，包括丧葬礼、荒礼、吊礼、恤礼、襘礼等，后多特指丧葬、持服、谥号等礼仪。《周礼·春官·大宗伯》云："大宗伯……以凶礼哀邦国之忧，以丧礼哀死亡，以荒礼哀凶札，以吊礼哀祸灾，以襘礼哀围败，以恤礼哀寇乱。"[1] 其中丧礼又包括丧、葬、祭三个部分，"丧"是规定活人（主要是死者亲属）在丧期内的行为规范，"葬"是规定死者应享受的待遇，"祭"是规定丧期内活人与死者之间联系的中介仪式，丧礼的核心是"丧"。《论语·为政》曰："生，事之以礼；死，葬之以礼，祭之以礼。"[2] 《荀子·礼论》云："丧礼者，以生者饰死者也。大象其生以送其死也。故，如死如生，如亡如存，终始一也。"[3] 如此繁杂的礼制规范，表明儒家重生也重死，其对丧葬礼节的强调体现着中华民族传统的宗法观念和伦理道德。哀伤类作品中对殡丧活动的诸多描写，反映的正是这种礼制规范下的丧葬文化观念，而且许多"哀伤"文体的产生与礼制有密不可分的关系。

首先，涉及一些丧葬礼仪内容的描写。比如，墓祭，即在墓前祭祀，一般分春秋二祭，春在清明节，秋在重阳节，此礼仪最早应始于西汉。其作品如：晋潘岳《悼亡诗》三首："茵帏张故房，朔望临尔祭。尔祭讵几时，朔望忽复尽。……驾言陟东阜，望坟思纡轸。徘徊墟墓间，欲去复不忍。

---

[1]（清）阮元校刻：《十三经注疏》，上海：上海古籍出版社，1997年，第757页。
[2]（宋）朱熹：《四书章句集注》，北京：中华书局，1983年，第55页。
[3]（清）王先谦：《荀子集解》，北京：中华书局，2012年，第356页。

徘徊不忍去，徙倚步踟蹰。"[1] 及谢灵运《庐陵王墓下作诗》、颜延之《拜陵庙作》，与曹毗《郗公墓诗》、顾恺之《拜宣武墓诗》、萧子隆《经刘瓛墓下诗》、萧子良《登山望雷居士精舍同沈右卫过刘先生墓下作诗》、刘骏《拜衡阳文王义季墓诗》等作品。在题目中即出现"拜"的动作和"墓""陵庙"等字眼，说明都是作者临穴凭吊，有感而作。作品中虽然少有对礼制的具体描写，然其"因礼而作"所体现出的"礼"的创作动机则是很明显的，也就是说，因为"礼制"的存在而催生了这些篇翰。

又如，潘岳《寡妇赋》"痛存亡之殊制兮，将迁神而安厝。龙輶俨其星驾兮，飞旐翻以启路。轮案轨以徐进兮，马悲鸣而局顾。潜灵邈其不反兮，殷忧结而靡诉。睎形影于几筵兮，驰精爽于丘墓"[2]，则是写迁柩及下葬的场面。比如，潘岳《哀永逝文》记述了丧礼的时间、地点、程序："启夕兮宵兴，悲绝绪兮莫承。俄龙輴兮门侧，嗟俟时兮将升。嫂侄兮惝惶，慈姑兮垂矜。闻鸣鸡兮戒朝，咸惊号兮抚膺。""尽余哀兮祖之晨，扬明燎兮援灵輴。彻房帷兮席庭筵，举酹觞兮告永迁。""中慕叫兮擗摽，之子降兮宅兆。抚灵榇兮诀幽房，棺冥冥兮埏窈窕。户阖兮灯灭，夜何时兮复晓。归反哭兮殡宫，声有止兮哀无终。"[3]颜延之《宋文皇帝元皇后哀策文》和谢朓《齐敬皇后哀策文》中的记载更是详尽，这种关于丧礼时间、地点、程序的记载，几乎构成哀策文体式所不可分割的一大部分。另如，《诗经·秦风·黄鸟》写到殉葬活动，先秦《诗经·桧风·素冠》写到守孝时的情形，《招魂》《大招》写到招魂场面，以及汉石勋《费凤别碑诗》、无名氏《李翊夫人碑叹》、无名氏《郭辅碑歌》、无名氏《张公神碑歌》等皆有对镌刻碑诗、墓铭等丧礼活动的描写，其中所反映的丧葬礼制令人应接不暇。

---

[1]（梁）萧统编，（唐）李善等注：《六臣注文选》，北京：中华书局，2012年，第430页。

[2]（梁）萧统编，（唐）李善等注：《六臣注文选》，北京：中华书局，2012年，第300页。

[3]（梁）萧统编，（唐）李善等注：《六臣注文选》，北京：中华书局，2012年，第1066页。

其次，从哀伤作品对儒家丧葬礼制的记述中，可以看出儒家对等级秩序的强调，而这种强调呈现出的内外两种样态，一个构成了作者内在情感的脉动，另一个则成为作品外在叙事的一部分。

比如，从外在叙事来看，这种等级秩序是通过体现差别的跪、拜、揖、让等礼仪和服饰、饮食、车马、宫室等外物表现出来的，借此以区别尊卑贵贱、上下长幼、贫富轻重，使人在社会生活中处于适当的位置，并让贱者、幼者表现出对贵者、长者的敬意。现存涉及儒家丧葬礼仪的哀伤类作品，其对象多是一些达官显贵，通过与少量描写底层丧葬的作品比较，因等级不同而差别悬殊，这种等级差别天然地制约了哀伤情感的浓度，如潘岳伤悼亡妻的《哀永逝文》和颜延之《宋文皇帝元皇后哀策文》既体现于不同的丧葬描写，更能从中看出潘岳对亡妻的真挚感情与五内俱焚般的疼痛感，而元皇后的离世对颜延之来说似乎只是一项工作，更谈不上哀情流露了。

然从内在情感来看，通过礼制在形式上的强化反映，从而对人心所产生的压迫感似乎变得更加强烈，而真正的哀伤之情却所剩无几。因为等级愈低，其受到礼制的约束力越小，而真正的哀伤情感就表现得越发强烈。儒家希图设礼以规约情感的设想终成空想。"哀而不伤"的中庸理念和丧葬礼仪的"克制"原则在一定程度上限制着哀伤情感的充分表达。然而，儒家对哀伤情感表达的重视与通过礼制对哀伤情感表达做出的限制，这两种力量相互冲突与互相调和，又使哀伤情感显得缠绵哀婉。

面对宏大、典重、博雅的古代丧葬礼制体系，我们于此仅能觑其一斑，哀伤类作品所反映的儒家思想亦是冰山一角。当今时代，伦理危机与道德价值的沦丧，令社会朝着浮躁与拜金主义一去难返，因而，对传统仪礼的关注是否有助于或能影响到这个时代问题的解决呢！

二、人生价值的实现和对等级伦理的强调

儒家常以"立德、立功、立言"和"修身、齐家、治国、平天下"等理想标准来敦促读书人养成积极的入世观；以君为臣纲、父为子纲、夫为

妻纲的"三纲"和仁、义、礼、智、信的"五常"，来建立规范道德的社会秩序，来实现君臣有别、长幼有序、男尊女卑的等级序差型伦理社会。通过建构以忠、孝、仁、义、礼、智、信为内核，以礼为形式的价值体系来影响人们的人生价值观，其目的在于形成一个群体主义、合礼有序、利君利国的治世。若将哀伤类作品的抒情对象粗分为男女来看其人生价值观，我们发现：涉及女性形象时多强调其具备的忠、孝、贤、良等美德；涉及男性形象时则要求其具有修、齐、治、平等事功。

在哀伤类作品中，对于男性，主要是评价其才华、学问和功业。比如，向秀《思旧赋》称扬嵇康、吕安"并有不羁之才"，且嵇康"博综技艺，于丝竹特妙"，然而"嵇志远而疏，吕心旷而放，其后各以事见法"，向秀对嵇康"临当就命，顾视日影，索琴而弹之"的慷慨做法深为赞叹。相反，嵇康在《幽愤诗》中反省自身曰："母兄鞠育，有慈无威。恃爱肆姐（按：姐者，娇也），不训不师。爰及冠带，冯宠自放。抗心希古，任其所尚。托好老庄，贱物贵身。志在守朴，养素全真。"其放达的行为原则与"非汤武而薄周孔，越名教而任自然"的超迈思想深深刺伤了当政者的颜面与利益，故而遭杀。嵇康的自省与向秀的评价，有其一致性，而更可贵之处在于向秀实无谀美之词。江淹《伤友人赋》夸其神交陈郡之袁炳"有逸才，有妙赏，博学多闻，才明敏而识奇异"，"友人之生，川岷降明。峻调迥韵，惠志聪情。倜傥远度，寂寥灵素。文攀渊、卿，史类迁、固。譬如冬雪，既华既洁。将似秋月，至丽至彻。乃上代而少双，故叔世而旷绝。吊蕙若之暂芳，恸琬琰之永缺"[1]，于夸赞中饱含惋惜和感伤之情。其友亡已是如此沉痛，其子殇又如何掩藏，次子江艽"生而神俊，必为美器"却"涉岁而卒"，以至于江淹"愿同升于净刹，与尘习兮永弃"（《伤爱子赋》)[2]，欲断绝尘世之想了。谢灵运发誓不会忘记刘义真之"德音"（《庐陵王墓

---

[1]（清）严可均校辑：《全上古三代秦汉三国六朝文》，北京：中华书局，1958年，第3144页。

[2]（清）严可均校辑：《全上古三代秦汉三国六朝文》，北京：中华书局，1958年，第3144页。

下作》："神期恒若存，德音初不忘。"[1]）任昉《出郡传舍哭范仆射》中称范云为"民英""王佐""茂彦"，感激范云当初对自己的提携，其离世令举国哀痛。沈约《怀旧诗》九首在伤悼中历数王融等人美德功业，亦对其不正品行有所贬斥。

古代就有为长者、尊者及亡者避讳的习惯，而人一旦踏入鬼域，则生前之罪恶仿佛一笔勾销，与此人全无干系了，留下的全是美德与赞扬，这是古代哀祭类作品的"通病"。行恶品劣固然可以作为后人的警戒，而功业美德则更该称扬，正是亡故之际，先按下丑迹不说，单表其德高功伟，也在情理之中。

在哀伤类作品中，对于女性则多强调其忠、孝、贤、良等美德。比如，司马相如《长门赋》有云："伊予志之慢愚兮，怀贞悫之欢心。愿赐问而自进兮，得尚君之玉音。奉虚言而望诚兮，期城南之离宫。修薄具而自设兮，君曾不肯乎幸临。"[2]陈皇后因为触犯"君为臣纲，夫为妻纲"的伦理秩序而失宠，而她也只有通过对这种纲常伦理的恢复和持久的遵循才可能再遇恩宠。潘岳《寡妇赋》有云："伊女子之有行兮，爰奉嫔于高族。承庆云之光覆兮，荷君子之惠渥。顾葛蕌之蔓延兮，托微茎于樛木。惧身轻而施重兮，若履冰而临谷。遵义方之明训兮，宪女史之典戒。奉烝尝以效顺兮，供洒扫以弥载。彼诗人之攸叹兮，徒愿言而心痗。"[3]是说任子咸之遗孀生自高族，闺中之时，遵明训、学《女戒》；嫁为人妇，则以丈夫为依靠，侍奉公婆未有怨言；而一旦丈夫不幸离去，她便"感三良之殉秦兮，甘捐生而自引"，甚至想要追随死去的丈夫，可见封建社会女性对男性的依赖，而这就是儒家思想要求下的古代多数女性的一生。

---

[1]（梁）萧统编，（唐）李善等注：《六臣注文选》，北京：中华书局，2012年，第 432 页。

[2]（梁）萧统编，（唐）李善等注：《六臣注文选》，北京：中华书局，2012年，第 293 页。

[3]（梁）萧统编，（唐）李善等注：《六臣注文选》，北京：中华书局，2012年，第 300 页。

另外，对父母长辈、夫妻姬妾、兄弟友朋等不同伦理关系之间的伦理等级秩序的强调，也是儒家思想中的应有之义。归根结底，对男性与女性人生价值的不同评价体现着封建伦理秩序的森严。而且，儒家对等级伦理秩序的强调也影响了文体价值序列的形成。

三、强调现世、追求不朽的死亡观

儒家是承认死亡的，并希冀以"立德、立功、立言"的"三不朽"方式实现人生价值，超越死亡以达不朽。换言之，儒家是直面当下，追求现世的，身后名当是来自活着时候的作为。儒家"未能事人，焉能事鬼？"和"不语怪力乱神"及"敬鬼神而远之"的这种对死亡不置可否的观点，其实反映着一种积极的进取精神。

首先，哀伤类作品较多反映儒家承认死亡的生死观。比如，嵇康《思亲诗》有云："嗟母兄兮永潜藏，想形容兮内摧伤。"[1] 潘岳《悼亡诗》有云："奈何悼淑俪，仪容永潜翳。"[2] 陶渊明《悲从弟仲德》有云："然乘大化去，终天不复形。"[3] 沈约《悼亡诗》有云："悲哉人道异，一谢永销亡。"[4] 萧子隆《经刘瓛墓下诗》有云："山门一已绝，长夜缅难终。"[5] 它们无不是在言说人死不能复生的悲哀。而佛道二家则是不承认死亡的，它们总渴望通过在世的修炼以达不死或成仙成佛到达彼岸世界，以续享人间福祉。

其次，"畏死"和"悲死"情绪是人类的天性。比如，《诗经·秦风·黄鸟》有云："子车奄息，维此奄息。百夫之特。临其穴，惴惴其栗。"[6] 奄息、仲行、鍼虎三人虽为"百夫之特"，面临被迫殉葬之命运时，亦怕得瑟瑟发抖。

---

[1] 逯钦立辑校：《先秦汉魏晋南北朝诗》，北京：中华书局，1983年，第328页。

[2]（梁）萧统编，（唐）李善等注：《六臣注文选》，北京：中华书局，2012年，第430页。

[3] 逯钦立辑校：《先秦汉魏晋南北朝诗》，北京：中华书局，1983年，第1012页。

[4] 逯钦立辑校：《先秦汉魏晋南北朝诗》，北京：中华书局，1983年，第1647页。

[5] 逯钦立辑校：《先秦汉魏晋南北朝诗》，北京：中华书局，1983年，第1383页。

[6]（宋）朱熹：《诗集传》，北京：中华书局，2011年，第98页。

再如，潘岳《悼亡诗》有云："荏苒冬春谢，寒暑忽流易。之子归穷泉，重壤永幽隔。"[1] 庾信《伤往诗》有云："从今一别后，知作几年悲？"[2] 形体一旦销亡，不能复生，世间无一人、无一物有过"死"的经验，怎不令人生悲生惧！哀伤类作品对这种情绪的反映，正体现着儒家知识分子实践的世界观与直面社会人生的气魄。

无论承认死亡的终结性，还是"悲死"和"畏死"，其实都在强调直面当下的人生。明知"人必有一死"，如何实现人生价值以达不朽才是最要紧的。比如，汉无名氏《郭辅碑歌》有云："盛德遗祀，休矣亦世"与"身去烈在，镌石作歌，昭示万祀"[3]，称赞郭辅人死德存，死后留在宗庙受人祭拜，要将其功业刻在碑上以表彰其英烈的精神。"不孝有三，无后为大"，子孙的繁茂也是不朽的一种方式，《郭辅碑歌》中，诗人在歌颂了郭辅的美德之后，接着赞扬他子嗣兴旺，言"笃生七子，钟天之祉。堂堂四俊，硕大婉敏。娥娥三妃，行追大姒。叶叶昆嗣，福禄茂止。"他有七个儿女，四个硕大婉敏的儿子，三个品德高尚的女儿，因其德行追慕太姒，所以子孙繁多，福禄茂止。

总之，儒家虽然承认死亡的客观性，但描述死亡的客观性不是主要方面，而是更倾向于宣扬死亡的伦理意义。它强调通过现世的努力、精神的永生和血脉的延续来超越死亡的局限，从而达到不朽。

另外，有些哀伤类作品还表现出道家或佛家思想。比如，潘岳反复吟叹庄子于妻亡时鼓盆而歌的超脱，佛家三世说和其所构建的彼岸世界对生死悲哀的消解，都在努力从思想层面对死亡这种人间哀情做出回答，当人们面对哀伤之情无法克制时或许有所助益。

---

[1]（梁）萧统编，（唐）李善等注：《六臣注文选》，北京：中华书局，2012 年，第 430 页。

[2] 逯钦立辑校：《先秦汉魏晋南北朝诗》，北京：中华书局，1983 年，第 2409 页。

[3] 逯钦立辑校：《先秦汉魏晋南北朝诗》，北京：中华书局，1983 年，第 328 页。

第四节 《楚辞》对哀伤类作品创作的影响

先秦时期以屈原为代表创作的《楚辞》抒发了个体命运的哀伤，也奠定了"以悲为美"的审美倾向，还为后世哀伤类作品的创作开辟了门径。它的影响表现为两个方面：主题多样和方法独创。

一方面，《楚辞》中的哀伤主题类型多样。比如，抒情长诗《离骚》乃屈原遭人妒害、放逐离别、忧心烦乱、遣愁思之作也，其以"余既不难夫离别兮，伤灵修之数化"言离别之思。屈原滋兰树蕙、植芳佩香，"冀枝叶之峻茂兮，愿俟时乎吾将刈"与"虽萎绝其亦何伤兮，哀众芳之荒秽"，则是以草之香恶喻人之贤佞，借以表达遭受斥弃的悲哀。"日月忽其不淹兮，春与秋其代序。惟草木之零落兮，恐美人之迟暮"，乃感伤于年华已逝而功名无成。"长太息以掩涕兮，哀民生之多艰"，是为其不能拯万民于艰险而拔泪。"哀朕时之不当。揽茹蕙以掩涕兮，沾余襟之浪浪"，则自哀生于不当举贤之时，而值菹醢之世。[1] 诸如别离、命运、年华、功业等引发的哀伤之情，在《离骚》篇中都有具体的抒发，且形态各异，极大地丰富与影响了哀伤主题的书写。

另一方面，《楚辞》的抒情方式也具有开创性。比如，《离骚》末句："仆夫悲余马怀兮，蜷局顾而不行"[2]，与潘岳《寡妇赋》的"轮按轨以徐进兮，马悲鸣而局顾"[3] 何其相似！从仆御悲感、哀马思归等周围人和物的变化中反映作者的哀伤，描画出一幅音哀景悲的感伤画面。更有的如："朝搴阰之木兰兮，夕揽洲之宿莽"，"朝发轫于苍梧兮，夕余至于县圃"与"朝发轫于天津兮，夕余至乎西极"等，众多"朝发夕至"的时间性话语，这也许启发了哀伤赋在物候、时间、空间等时空中延展哀伤，拓宽情感表达的思路和方法。另外，其"依《诗》取兴，引类譬喻"手法也为哀伤赋

---

[1]（宋）洪兴祖：《楚辞补注》，北京：中华书局，2015 年，第 1 页。

[2]（宋）洪兴祖：《楚辞补注》，北京：中华书局，2015 年，第 36 页。

[3]（梁）萧统编，（唐）李善等注：《六臣注文选》，北京：中华书局，2012 年，第 300 页。

所借鉴，骚体句式以其巨大的情感容量，成为骚体哀伤赋表达哀伤情感的最佳句型，甚至其中的语词与屈原的人格精神，以及整个故事都凝结成了一个原型，后世君子，莫不"慕其清高，嘉其文采，哀其不遇而愍其志焉"，遂创作出了众多极富感伤质素的杰出篇章。

《楚辞》中的其他篇章，在丰富哀伤主题和开创抒情方式上也有巨大贡献。比如《九歌》，本是流于沅、湘之间娱神的民间歌曲，屈原见其文辞鄙陋，遂加改写，上敬神祇、下抒冤结。其中《湘君》与《湘夫人》"离合"之爱，感人心肠；《少司命》言"悲莫悲兮生别离，乐莫乐兮新相知"[1]，是屈原在为自己离开君王而悲哀，更道出人间别离之痛；《山鬼》言"怨公子兮怅忘归，君思我兮不得闲"[2]，言两地互为相思，其情难堪，又仿佛是闺怨的肇端；《国殇》为死于国事之雄杰而作，激荡哀伤；《礼魂》"长无绝兮终古"则寄憧憬于永世。

又如《九章》，其中的"哀伤"之辞更是俯拾皆是。《惜诵》致闵发愤，"情沉抑而不达兮，又蔽而莫之白。心郁悒余侘傺兮，又莫察余之中情"，"申侘傺之烦惑兮，中闷瞀之忳忳"，"背膺牉以交痛兮，心郁结而纡轸"[3]，其为谗邪所蔽、进退不可的心绪透于纸背。《涉江》有云："哀南夷之莫我知兮，旦余济乎江湘"，"苟余心其端直兮，虽僻远之何伤"，"哀吾生之无乐兮，幽独处乎山中"[4]，哀叹小人在位而君子遇害的颠倒世界与国无知音的困苦处境。《哀郢》写屈原去故乡以流亡，"哀见君而不再得，望长楸而太息兮，涕淫淫其若霰""心婵媛而伤怀"，"心絓结而不解兮，思蹇产而不释""哀古都之日远，登大坟以远望兮，聊以舒吾忧心""哀州土之平乐兮，悲江界之遗风""心不怡之长久兮，忧与愁其相接""惨郁郁而不通兮，蹇侘傺而含戚"[5]，己虽遭放，心在楚国，徘徊不忍去之愁态，

[1]（宋）洪兴祖：《楚辞补注》，北京：中华书局，2015年，第58页。

[2]（宋）洪兴祖：《楚辞补注》，北京：中华书局，2015年，第65页。

[3]（宋）洪兴祖：《楚辞补注》，北京：中华书局，2015年，第99页。

[4]（宋）洪兴祖：《楚辞补注》，北京：中华书局，2015年，第103页。

[5]（宋）洪兴祖：《楚辞补注》，北京：中华书局，2015年，第106页。

令人心悲。《抽思》起句有云："心郁郁之忧思兮，独咏叹兮增伤"，长夜难眠、秋风动悲，而"数惟荪之多怒兮，伤余心之忧忧"，"愿承闲而自察兮，心震悼而不敢。悲夷犹而冀进兮，心怛伤之憺憺"，"望北山而流涕兮，临流水而太息，望孟夏之短夜兮，何晦明之若岁"[1]，愁叹烦闷，满腔苦思，忧不能寐，竟哀怨起夏夜漫长如岁，其实夏夜易晓，为四季最短者。《怀沙》言其放流僻远之处，于孟夏见草木莽莽，"伤怀永哀"，此时身遭疾病，心中"郁结纡轸"，日暮途远，"舒忧娱哀兮，限之以大故"[2]，实乃临死之辞，其情可哀，其景可伤。《惜往日》更是直视死期，赴深水、欲自决，其"临沅湘之玄渊兮，遂自忍而沉流，卒没身而绝名兮，惜壅君之不昭"[3]，再以百里奚、伊尹、吕望、宁戚、伍子胥、介子推等遇谗遭毁的悲剧命运明其必死之决心。《悲回风》有云："悲回风之摇蕙兮，心冤结而内伤"，乃遭谗人诋毁，心中伤痛之辞，于放逐之时，思念君王，其"曾歔欷之嗟嗟兮，独隐伏而思虑。涕泣交而凄凄兮，思不眠以至曙。终长夜之曼曼兮，掩此哀而不去。寤从容以周流兮，聊逍遥以自恃。伤太息之愍怜兮，气郁悒而不可止。纠思心以为纕兮，编愁苦以为膺。折若木以蔽光兮，随飘风之所仍。存仿佛而不见兮，心踊跃其若汤。抚佩衽以案志兮，超惘惘而遂行。岁曶曶其若颓兮，时亦冉冉而将至。蘋蘅槁而节离兮，芳以歇而不比。怜思心之不可惩兮，证此言之不可聊。"[4]长夜浩浩，无心睡眠，时光飘忽，岁月不居，感伤徘徊，思心动荡，这段与司马相如《长门赋》中，描写陈皇后忧思难任、夜不能寐的情景，简直如出一辙。

屈原之后，宋玉作《九辩》悯惜其师，更是立起"悲秋"之主题。《招魂》乃其怜哀屈子，不忍见其魂魄四处游荡而作的招魂文，《大招》或为景差所作，亦为招游荡之魂。《惜誓》多道家语，透露珍视人生的生命观。东方朔所作《七谏》中的《沉江》《怨世》《自悲》《哀命》无不是在抒

[1]（宋）洪兴祖：《楚辞补注》，北京：中华书局，2015年，第109页。

[2]（宋）洪兴祖：《楚辞补注》，北京：中华书局，2015年，第113页。

[3]（宋）洪兴祖：《楚辞补注》，北京：中华书局，2015年，第119页。

[4]（宋）洪兴祖：《楚辞补注》，北京：中华书局，2015年，第126页。

发牢骚、表达哀伤，还有严忌《哀时命》，以及王褒《九怀》、刘向《九叹》、王逸《九思》都涉及哀伤主题。它们从季候、时运、际遇、思想等诸多角度来拓展哀伤主题，丰富了哀情的表现方式，这些方面在后世的哀伤类作品中都得以体现与发挥。

综上，我们梳理了《楚辞》对哀伤主题的抒写，及其具有开创性的叙事、抒情手法，可见《楚辞》真无愧于哀伤类作品的滥觞。

结　语

　　本文从《文选》哀伤类作品的文本分析入手，进而考察其体制、语体、体式、体性等文体形态，并论述与之相关的问题，借此探究赋、诗、文三种文体如何表现"哀伤"这一情感主题（"一题多体"）。

　　在界定"哀""伤"之义的基础上，先对《文选》中的哀伤赋、哀伤诗、哀文进行文本分析，同时又将其与《文选》涉及"哀伤"的其他类目加以比较，并简要分析了先秦至隋的哀伤类作品，以求历时与共时结合、内证与外证结合，来全面系统地分析文本。文本分析着意于情感体验，技法探寻则属无待之余味。其次，《文选》哀伤类作品是从先秦至南朝梁间的众多作品中选编的优秀之作，哀伤类赋、诗、文以其独特的体制、丰富的语体、多样的体式、"哀伤"的体性建构了一类适于表现哀伤情感主题的文学类型。通过对先秦至隋哀伤类作品的纵向整体性考察，我们发现，虽然哀伤类作品的文体形态历代有变，而哀情却是一以贯之的，其显现出的文体选择、文体形态等思想对后世都极具借鉴意义。最后，论述了一些相关问题，如《文选》首次设立"哀伤"类目，后世总集多因袭之。《文选》与《文心雕龙》"哀"体观的比较，透视出二书的不同文体观念。哀伤类作品闪耀着儒家思想的光辉，于哀情抒发时，也有道、佛思想的渗入，旨在消解生者的哀伤。还有《楚辞》多样的哀伤主题与创新性的抒情叙事艺术，堪称哀伤类作品创作的滥觞。

　　总之，先对文本进行全面细致的分析，在此基础之上，进而比较各种文体形态表现哀伤主题时的异同，最后考察相关问题。从而对《文选》哀伤类作品的文本特征、文体形态、文学观念、美学价值等问题作出了较为全面合理的解释。

程千帆先生曾在《漫谈研究古代文学的基本方法——两点论》一文中指出，文学研究不仅是文艺学和文献学两者的精密结合，也需要形象思维与逻辑思维同时进行。他说："（古代文学研究）一方面是文艺学，从美学的观点分析理解诗人的心理；另一方面，要充分运用书面上和考古所得的各种材料，包括国外汉学家的材料。我们工作的目的，研究的最高希望就是文艺学和文献学两者的精密结合。这要求一方面要有比较深刻的美学艺术修养，其中包括创作经验在内；另一方面要有深厚的文献学知识。要懂得版本、目录，要懂得音韵训诂，还要懂风俗、制度等。"[1] 因此，若想对哀伤类作品进行更加深入的研究，不仅需要知晓其创作的历史面貌和当时的各种制度与风俗世情，还要求研究者具有较高的美学修养，能够感受和体会作者的品味与情思。程先生还说道："人类通过自己的物质生活使大脑变得发达起来，那么就有两种思维方式，一种是对客观事物观察以后总结出来的，我们一般称之为形象思维。文学是形象思维的产物。另外一种思维，是根据生活经验对客观事物做出判断，一般称为逻辑思维，产生于哲学、历史等需要推理的学问中。二者不是互相排斥，而是相互支撑。根据我国目前的学术风气，有一点没有认真考虑，就是多数时间是对客观事物的估量和研究，而忽略了文学本身是一种情感作用，从感情开始，然后归到感情。形象思维与逻辑思维不同时进行，对你们来说是很吃亏的。……我看到现在很多青年同志写论文，好像一个严格的法官，把杜甫往这里一摆：根据历史条件，根据哲学，根据人生观，根据开元天宝年间的时代背景，现在宣判杜甫符合现实主义的三条，违背浪漫主义的七条，杜甫要哭的呀！我们不能如此冷酷地对待我们的艺术大师，因为文学艺术是个感情的东西。"

一种"哀伤"的情感，经由各式文体的表现而呈现出多彩的风貌，令人初读即被吸引而流连忘返，加以现实生活的情感体验并反复咀嚼之后，更是叹赏。之所以不厌其烦引述程先生的观点，是由于笔者通过研究《文选》哀伤类作品的文本与文体及相关问题，深刻感受到了古人的伟大智慧与真

---

[1] 程千帆：《漫谈研究古代文学的基本方法——两点论》，《古典文学知识》1997 年第 2 期。

诚情感。更是因为我感到近来的文学研究太过于重视新方法，过多地强调理论创新，而对古代中国熠熠生辉的文学思想和方法却吸收得很不够，完全疏离了文学本位，近乎遗忘了传统品鉴、体悟的感性认知，而一味强调冰冷的理性论证，失却了文学作品中的脉脉温情。当然，强调形象思维的回归，并非就是对逻辑思维的忽视，稍懂点辩证法的读者也不会做出这种选择。另外，文体形态是人们感受世界、把握世界、阐释世界的方式之一，它们是历史的产物，积淀着深厚的文化意蕴（吴承学语）。研究文学，研究一种文体，就是在与古人进行情感的沟通，就是在感受、把握和阐释这个世界。本文试图重拾传统鉴赏之法，一字一句品味每一件作品，去感受那种真切的情感，去学习那些灵动的智慧。余虽不敏，然余诚矣，请事斯语！

笔者以浅识陋闻恍然趋立"选学"墙外，听其声之铃铃，快哉乐哉！然文中论述不免偏颇，赏析亦属班门弄斧。对于他人成果，或可不必求全责备，然对于自己，则要严格要求，必须树立更高的标准。但愿以后有修改的机会，定当好好完善。历数往昔，写作之时，无日不如芒在背；搁笔之日，心中依旧憾恨难平。子曰："吾十有五而志于学。"宗武十五岁生日当天，杜公命其"熟读《文选》理，休觅彩衣轻"，少陵不以老莱子七十着彩衣娱亲之孝为孝，而望宗武远绍家学，习得渊深学问，方为真孝子。吾今长于宗武彼时一秩，更当以此为训！

参考文献

著作类

[1]（汉）许慎撰，（清）段玉裁注．说文解字注［M］．杭州：浙江古籍出版社，2007.

[2]（汉）刘熙．释名［M］．北京：中华书局，2016.

[3]（汉）刘向．战国策［M］．上海：上海古籍出版社，1998.

[4]（汉）司马迁．史记［M］．北京：中华书局，2014.

[5]（汉）班固．汉书［M］．北京：中华书局，1962.

[6]（晋）陈寿．三国志［M］．北京：中华书局，1971.

[7]（梁）萧统编，（唐）李善等注．六臣注文选［M］．北京：中华书局，2012.

[8]（梁）钟嵘著，曹旭集注．诗品集注［M］．上海：上海古籍出版社，2011.

[9]（梁）刘勰著，范文澜注．文心雕龙注［M］．北京：人民文学出版社，1958.

[10]（唐）姚思廉．梁书［M］．北京：中华书局，1973.

[11]（唐）房玄龄等．晋书［M］．北京：中华书局，1974.

[12]（宋）朱熹．诗集传［M］．北京：中华书局，2011.

[13]（宋）朱熹．四书章句集注［M］．北京：中华书局，1983.

[14]（宋）郭茂倩．乐府诗集［M］．北京：中华书局，1979.

[15]（宋）洪兴祖．楚辞补注［M］．北京：中华书局，2015.

[16]（明）吴讷．文章辨体序说［M］．北京：人民文学出版社，1962.

[17]（明）徐师曾．文体明辨序说[M]．北京：人民文学出版社，1962.

[18]（清）王先谦．荀子集解[M]．北京：中华书局，2012.

[19]（清）阮元校刻．十三经注疏[M]．上海：上海古籍出版社，1997.

[20]（清）严可均校辑．全上古三代秦汉三国六朝文[M]．北京：中华书局，1958.

[21]逯钦立辑校．先秦汉魏晋南北朝诗[M]．北京：中华书局，1983.

[22]刘师培．汉魏六朝专家文研究[M]．北京：商务印书馆，2010.

[23]骆鸿凯．文选学[M]．北京：中华书局，1989.

[24]张政烺，兰宾汉等主编．现代汉语[M]．西安：三秦出版社，1995.

[25]陈望道．修辞学发凡[M]．上海：上海教育出版社，2001.

[26]钱锺书．管锥编[M]．北京：中华书局，1979.

[27][德]黑格尔．美学[M]．北京：商务印书馆，1979.

[28]陈鼓应．庄子今注今译[M]．北京：中华书局，1983.

[29]童庆炳．文体与文体的创造[M]．昆明：云南人民出版社，1994.

[30]王立．永恒的眷恋——悼祭文学的主题史研究[M]．上海：学林出版社，1999.

[31]王立群．文选成书研究[M]．北京：商务印书馆，2005.

[32]郭英德．中国古代文体学论稿[M]．北京：北京大学出版社，2005.

[33]李泽厚．美的历程[M]．北京：生活·读书·新知·三联书店，2009.

[34]吴承学．中国古代文体学研究[M]．北京：人民出版社，2011.

[35]吴承学．中国古代文体形态研究[M]．北京：北京大学出版社，2013.

[36]胡大雷．文选诗研究[M]．西安：世界图书出版西安有限公司，

2014.

[35] 冯莉 . 文选赋研究 [M]. 北京：北京语言大学出版社，2016.

论文类

[1] 胡大雷 .《文选》诗"哀伤类"初探 [J]. 山西大学师范学院学报，1997(02).

[2] 程章灿 . 墓志铭的结构与名目——以唐代墓志铭为例 [J]. 古籍整理研究学刊，1997(06).

[3] 李清文 . 一曲生命易逝的悲歌——陆机《叹逝赋》[J]. 绥化师专学报，1990(04).

[4] 蒋寅 . 语象·物象·意象·意境 [J]. 文学评论，2002(03).

[5] 杨亮 . 所欲无故物、焉得不速老——读《文选》"哀伤赋"[J]. 新乡师范高等专科学校学报，2003(01).

[6] 张蕾 .《文选》诗赋哀伤主题透视 [J]. 河北师范大学学报，2003(01).

[7] 程章灿 . 墓志文体起源新论 [J]. 学术研究，2005(06).

[8] 郭建勋 . 骚体赋的界定及其在赋体文学中的地位 [J]. 求索，2005(05).

[9] 赵俊玲 . 关于《文心雕龙》"哀"体的几个问题 [J]. 兰州学刊，2006(03).

[10] 杨群 .《文选》中的"哀伤"类诗 [N]. 太原日报，2006-7-10(10).

[11] 李乃龙 .《齐竟陵文宣王行状》考析——兼论"行状"的文体特征 [J]. 广西师范学院学报，2007(01).

[12] 吴健民 .《文选·赋》哀伤类三题 [J]. 现代语文，2007(01).

[13] 刘琦 .《文选》赋中的生命哀伤意识 [J]. 社会科学战线，2007(06).

[14] 吴承学，刘湘兰．哀祭类文体 [J]．古典文学知识，2009 (04)．

[15] 王德华．生离死别之痛、生命迁逝之感——《文选》赋体"哀伤类"作品解读 [J]．古典文学知识，2011 (03)．

[16] 孟国栋．墓志的起源与墓志文体的成立 [J]．浙江大学学报，2013 (5)．

[17] 李小娟．明代《文选》广续补本考述 [J]．宝鸡文理学院，2014 (06)．

[18] 郭家嵘．《文选》中哀伤赋以及选录标准 [J]．山西广播电视大学学报，2014 (01)．

[19] 赵俊玲．《文心雕龙》与《文选》"哀"体观辨析 [J]．文艺理论研究，2015 (04)．

[20] 孙津华．《文选》及其广、续、补遗之作文体分类之比较 [J]．中国韵文学刊，2016 (02)．

[21] 温瑜．先秦至唐五代五、七言古体哀悼诗 [J]．宁波大学学报，2016 (06)．

[22] 郑真先，戴伟华．赋与唐代墓志 [J]．浙江大学学报，2017 (01)．

[23] 冉莹．《文选》的"哀伤"——试论《文选》"哀伤"类目形成的思想文化史背景 [J]．复旦学报（社会科学版），2021，63 (01)．

[24] 冯莉．《文选》赋研究 [D]．北京语言大学博士论文，2008．

[25] 靳建强．汉魏晋哀祭文研究 [D]．东北师范大学硕士论文，2010．

[26] 胡晶晶．魏晋南北朝哀文研究 [D]．西北师范大学硕士论文，2015．

[27] 牛甜丽．魏晋南北朝哀伤赋研究——以悼亡、闺怨、伤别赋为中心 [D]．延安大学硕士论文，2016．

附　录

附表一　汉魏晋南北朝哀伤赋简表

汉魏晋南北朝哀伤赋简表

朝代	作者	作品	出处
西汉	刘彻	《李夫人赋》	《全汉文》卷三
	司马相如	《长门赋》	《全汉文》卷二二
	班婕妤	《自悼赋》	《全汉文》卷十一
东汉	苏顺	《叹怀赋》	《全后汉文》卷四九
	王粲	《出妇赋》《伤夭赋》《思友赋》《寡妇赋》	《全后汉文》卷九十
	徐干	《哀别赋》（残）	《全后汉文》卷九三
	丁廙	《蔡伯喈女赋》	《全后汉文》卷九四
	丁廙妻	《寡妇赋》	《全后汉文》卷九六
	应玚	《正情赋》	《全后汉文》卷四二
魏	曹丕	《感离赋》《永思赋》（残）《出妇赋》《悼夭赋》《寡妇赋》《哀己赋》	《全三国文》卷四
	曹髦	《伤魂赋》	《全三国文》卷十一
	曹植	《怀亲赋》《慰子赋》《寡妇赋》（残）《叙愁赋》《释思赋》《幽思赋》《愍志赋》《出妇赋》	《全三国文》卷十三

朝代	作者	作品	出处
西晋	左芬	《离思赋》	《全晋文》卷十三
	傅咸	《感别赋》	《全晋文》卷五一
	向秀	《思旧赋》	《全晋文》卷七二
	潘岳	《怀旧赋》《悼亡赋》《寡妇赋》	《全晋文》卷九一
	陆机	《思亲赋》《述思赋》《叹逝赋》《大暮赋》《感丘赋》《别赋》（残）《愍思赋》《感时赋》	《全晋文》卷九六
	陆云	《岁暮赋》	《全晋文》卷一百
	徐广	《悼亡赋》（残）	《全晋文》卷百三六
	王劭之	《怀思赋》	《全晋文》卷百四四
	孙琼	《悼艰赋》	《全晋文》卷百四四
宋	刘骏	《伤宣贵妃拟汉武帝〈李夫人赋〉》	《全宋文》卷五
	谢灵运	《伤己赋》	《全宋文》卷三十
	颜延之	《行殣赋》	《全宋文》卷三六
	鲍照	《伤逝赋》	《全宋文》卷四六
梁	萧子范	《伤往赋》	《全梁文》卷二三
	沈约	《伤美人赋》	《全梁文》卷二五
	江淹	《恨赋》《别赋》《泣赋》《去故乡赋》《哀千里赋》《伤友人赋》《伤爱子赋》	《全梁文》卷三三
	刘孝仪	《叹别赋》	《全梁文》卷六一
	张缵	《离别赋》	《全梁文》卷六四

附表二　先秦至隋哀伤诗简表

先秦至隋哀伤诗简表

朝代	作者	作品	出处
先秦	箕子	《麦秀歌》	先秦诗卷一·歌上
	孔子	《曳杖歌》	先秦诗卷一·歌上
	陶婴	《黄鹄歌》	先秦诗卷一·歌上
	赵武灵王	《鼓琴歌》	先秦诗卷二·歌下
	孔子	《丘陵歌》	先秦诗卷二·歌下
	西王母	《白云谣》	先秦诗卷三·谣
西汉	汉武帝	《秋风辞》《李夫人歌》《思奉车子侯歌》	汉诗卷一
	司马相如	《歌》（作《美人赋》系此歌）	汉诗卷一
	刘胥	《歌》	汉诗卷二
	细君	《歌》	汉诗卷二
	息夫躬	《绝命辞》	汉诗卷二
	班婕妤	《怨诗》	汉诗卷二
	石勋	《费凤别碑诗》	汉诗卷五
东汉	徐淑	《答秦嘉诗》	汉诗卷六
	刘辩	《悲歌》	汉诗卷七
	唐姬	《起舞歌》	汉诗卷七
	蔡邕	《酸枣令刘熊碑诗》	汉诗卷七

朝代	作者	作品	出处
东汉	赵岐	《歌》（江陵人作歌）	汉诗卷七
	孔融	《临终诗》	汉诗卷七
	蔡琰	《悲愤诗》	汉诗卷七
	无名氏	《薤露》《蒿里》	汉诗卷九·乐府古辞
		《芑梁妻歌》	汉诗卷十一·琴曲歌辞
		《咏谯君黄诗》《伤三贞诗》《郭辅碑歌》《张公神碑歌》《李翊夫人碑叹》	汉诗卷十二·古诗
		《古诗十九首》	
魏	曹操	《薤露》《蒿里行》	魏诗卷一
	王粲	《为潘文则作思亲诗》《七哀诗三首》	魏诗卷二
	阮瑀	《七哀诗》《杂诗》	魏诗卷三
	曹丕	《乐府短歌行》《寡妇诗》	魏诗卷四
	吴质	《思慕诗》	魏诗卷五
	曹叡	《苦寒行》	魏诗卷五
	曹植	《赠白马王彪诗》《送应氏诗二首》《三良诗》《代刘勋妻王氏杂诗》《弃妇诗》《七哀诗》《情诗》《寡妇诗》	魏诗卷七
	嵇康	《思亲诗》《幽愤诗》	魏诗卷九
西晋	傅玄	《挽歌》	晋诗卷一
	孙楚	《征西官属送于陟阳候作诗》	晋诗卷二
	潘岳	《关中诗》《内顾诗二首》《悼亡诗三首》《杨氏七哀诗》《思子诗》	晋诗卷四
	欧阳建	《临终诗》	晋诗卷四

朝代	作者	作品	出处
西晋	陆机	《挽歌诗三首》《庶人挽歌辞》《王侯挽歌辞》《挽歌辞》《长歌行》《班婕妤》《驾言出北阙行》	晋诗卷五
	左思	《悼离赠妹诗二首》	晋诗卷七
	张载	《七哀诗二首》	晋诗卷七
	苟组	《七哀诗》（残）	晋诗卷十一
东晋	张骏	《薤露行》《东门行》	晋诗卷十二
	曹毗	《郗公墓诗》	晋诗卷十二
	孙绰	《表哀诗并序》	晋诗卷十三
	顾恺之	《拜宣武墓诗》	晋诗卷十四
	陶渊明	《拟挽歌辞三首》《诸人共游周家墓柏下诗》《悲从弟仲德诗》	晋诗卷十七
宋	谢灵运	《庐陵王墓下作诗》《临终诗》	宋诗卷三
	范晔	《临终诗》	宋诗卷四
	刘骏	《拜衡阳文王义季墓诗》	宋诗卷五
	颜延之	《拜陵庙作诗》《挽歌》《还至梁城作诗》《除弟服诗》	宋诗卷五
	汤慧休	《怨诗行》	宋诗卷六
	鲍照	《代蒿里行》《代挽歌》《松柏篇并序》	宋诗卷七
齐	顾欢	《临终诗》	齐诗卷一
	萧子良	《登山望雷居士精舍同沈右卫过刘先生墓下作诗》	齐诗卷一
	萧子隆	《经刘瓛墓下诗》	齐诗卷一

朝代	作者	作品	出处
齐	谢朓	《同谢谘议咏铜雀台》	齐诗卷三
		《奉和竟陵王同沈右率过刘先生墓诗》	齐诗卷四
	虞炎	《奉和竟陵王经刘瓛墓下诗》	齐诗卷五
梁	江淹	《潘黄门岳述哀》《伤内弟刘常侍诗》《悼室人诗十首》	梁诗卷四
	任昉	《出郡传舍哭范仆射诗》	梁诗卷五
	虞骞	《游潮山悲古冢诗》	梁诗卷五
	沈约	《奉和竟陵王经刘瓛墓诗》《悼亡诗》《怀旧诗九首》	梁诗卷七
	柳恽	《长门怨》《奉和竟陵王经刘瓛墓下诗》	梁诗卷八
	何逊	《伤徐主簿诗》	梁诗卷八
		《行经孙氏陵诗》《塘边见古冢诗》《哭吴兴柳恽诗》《行经范仆射故宅诗》	梁诗卷九
	刘孝仪	《行过康王故第苑诗》	梁诗卷十九
	萧纲	《祠伍员庙诗》	梁诗卷二十一
	庾肩吾	《乱后经夏禹庙诗》《过建章故台诗》《乱后行经吴邮亭诗》《经陈思王墓诗》	梁诗卷二十三
	费昶	《长门怨》	梁诗卷二十七
北魏	元子攸	《临终诗》	北魏诗卷一
北齐	祖珽	《挽歌》	北齐诗卷一
	高延宗	《经墓兴感诗》	北齐诗卷一

朝代	作者	作品	出处
北周	王褒	《送观宁侯葬诗》《送刘中书葬诗》	北周诗卷一
	庾信	《经陈思王墓诗》	北周诗卷二
		《西门豹庙诗》《伤王司徒褒诗》《送炅法师葬诗》《和王少保遥伤周处士诗》《仰和何仆射还宅怀故诗》	北周诗卷三
		《伤往诗二首》《代人伤往诗二首》	北周诗卷四
北周	释亡名	《五盛阴诗》	北周诗卷六
	无名法师	《过徐君墓诗》	北周诗卷六
陈	阴铿	《班婕妤怨》《行经古墓诗》《和樊晋陵伤妾诗》	陈诗卷一
	周弘正	《还草堂寻处士弟诗》	陈诗卷二
	张正见	《和阳侯送袁金紫葬诗》《伤韦侍读诗》《伤韦侍读诗》《赋得韩信诗》	陈诗卷三
	陈昭	《聘齐经孟尝君墓诗》	陈诗卷六
	何胥	《伤章公大将军诗》《哭陈昭诗》	陈诗卷六
	江总	《和张记室源伤往诗》《哭鲁广达诗》《在陈旦解醒共哭顾舍人诗》	陈诗卷八
隋	卢思道	《春夕经行留侯墓诗》《彭城王挽歌》《乐平长公主挽歌》	隋诗卷一
	孙万寿	《行经旧国诗》	隋诗卷一
	元行恭	《过故宅诗》	隋诗卷二
	杨素	《行经汉高陵诗》	隋诗卷四
	薛德音	《悼亡诗》	隋诗卷六
	释灵裕	《临终诗二首》	隋诗卷十
	释智命	《临终诗》	隋诗卷十

附表三　汉魏晋南北朝哀文简表（哀辞和哀策文）

汉魏晋南北朝哀辞简表

朝代	作者	作品	出处	备注
东汉	班固	《马仲都哀辞》	《全后汉文》卷二六	残
魏	曹植	《金瓠哀辞》《行女哀辞》《曹仲雍哀辞》	《全三国文》卷十九	
吴	张昭	《徐州刺史陶谦哀辞》	《全三国文》卷六五	
晋	孙楚	《和氏外孙道生哀文》《和氏外孙小同哀文》《胡母夫人哀辞》	《全晋文》卷六十	
	潘岳	《伤弱子辞》《金鹿哀辞》《妹哀辞》《悲邢生辞》《阳城刘氏妹哀辞》《京陵女公子王氏哀辞》《为任子咸妻作孤女泽兰哀辞》《哭弟文》《哀永逝文》	《全晋文》卷九二	《妹哀辞》出自《文选·宣贵妃诔》注
	陆机	《吴大司马陆公少女哀辞》	《全晋文》卷九九	
	孙惠	《三马哀辞序》	《全晋文》卷百一五	
梁	简文帝	《大同哀辞（并序）》	《全梁文》卷十一	

汉魏晋南北朝哀策（册）文简表

朝代	作者	作品	出处
东汉	章帝	《东平宪王哀策》	《全后汉文》卷五
魏	曹丕	《武帝哀策文》	《全三国文》卷七
	曹叡	《甄皇后哀策文》	《全三国文》卷十
晋	惠帝	《愍怀太子哀策》	《全晋文》卷七
	王珣	《孝武帝哀策文》	《全晋文》卷二十

晋	张华	《武帝哀策文》《元皇后哀策文》	《全晋文》卷五八
	潘岳	《景献皇后哀策文》	《全晋文》卷九二
	郭璞	《元皇帝哀策文》	《全晋文》卷百二三
	阙名	《文明王太后哀策文》《成帝哀策文》《武元杨皇后哀策文》《康帝哀策文》《穆帝哀策文》《简文帝哀策文》	《全晋文》卷百四六
宋	谢庄	《孝武帝哀策文》《皇太子妃哀策文》	《全宋文》卷三五
	颜延之	《宋文皇帝元皇后哀策文》	《全宋文》卷三八
齐	王俭	《高帝哀策文》《皇太子妃哀策文》	《全齐文》卷十一
	王融	《皇太子哀策文》	《全齐文》卷十一
	谢朓	《齐敬皇后哀策文》	《全齐文》卷二三
梁	沈约	《齐明帝哀策文》	《全梁文》卷三十
	任昉	《王贵嫔哀策文》	《全梁文》卷四三
	张瓒	《丁贵嫔哀策文》	《全梁文》卷六四
	王筠	《昭明太子哀册文》	《全梁文》卷六五
陈	徐陵	《陈文皇帝哀册文》	《全陈文》卷十
	沈炯	《武帝哀策文》	《全陈文》卷十四
北齐	刑劭	《文宣帝哀策文》	《全北齐文》卷三
隋	江总	《陈宣帝哀策文》	《全隋文》卷十一
	虞世基	《元德太子哀册文》	《全隋文》卷十四

　　注：此表中的哀伤赋与哀文（哀辞与哀策文）均来自严可均先生编纂的《全上古三代秦汉三国六朝文》，哀伤诗则来自逯钦立先生编纂的《先秦汉魏晋南北朝诗》，为《文选》所录。

附文一

"一题多体"
——对《文选》哀伤类作品文体形态的一种考察 [1]

程千帆先生在《相同的题材与不相同的主题、形象、风格——四篇桃源诗的比较研究》中，通过比较陶渊明、王维、韩愈、王安石四篇同为桃源题材的诗歌，来分析它们在诗歌主题、艺术形象、作品风格上的差异及原因。[2] 这是一种"同中见异"的比较思维，而比较思维分为"同中见异"和"异中见同"两种方式，前者便于考察个性，后者利于考察共性。受其启发，笔者以为，中国古代文学作品中也存在一种可以称为"一题多体"的文体现象，即作家们采用不同文体表现相同主题的创作方法。这正是用"异中求同"的思维方式来考察不同文体之间的共性及原因，以此探究不同文体得以交融互渗的可能性。

作为现存首部诗文总集的《文选》，收录的哀伤类作品（7篇哀伤赋、13首哀伤诗、3篇哀文），即是以赋、诗、文三种文体表现一个哀伤主题的，因而对于考察"一题多体"之文体现象具有典范意义。

一、篇幅、音律、构架的体制类同

"体制"是文体赖以建构的基本法式，不同文体有不同的体制规范，即"字句和篇幅的长短，音律的规范与变异，句子和篇章的构架"[3] 等形

---

[1] 该文是本篇硕士论文第二章内容的缩写，刊于《商丘师范学院学报》2020年第4期，收录时有改动。

[2] 程千帆：《程千帆全集》，石家庄：河北教育出版社，2000年，第125页。

[3] 郭英德：《中国古代文体学论稿》，北京：北京大学出版社，2005年，第6页。

态差异。但《文选》哀伤赋、哀伤诗、哀文在篇幅、音律、构架的体制方面却有相似之处。

（一）篇幅

从字句和篇幅的长短看，哀伤赋的字句较多、篇幅较长；哀伤诗四言1首，余皆五言，篇幅不等，或仅8句，或达30余句；哀文字句较多、篇幅不短。

《文选》7篇哀伤赋大致可分"序文""正文""重曰"三部分，江淹二赋无序，其他5篇皆存，有自作与他作，交代写作缘起。比如，司马相如《长门赋》4句序文，正文48句；向秀《思旧赋》8句序文，正文12句；潘岳《寡妇赋》6句序文，正文46句，重曰共20句；陆机《叹逝赋》5句序文，正文46句；潘岳《怀旧赋》4句序文，正文21句；江淹《恨赋》正文44句，《别赋》正文66句。

《文选》13首哀伤诗，其中嵇康《幽愤诗》篇幅最长，达86句。曹植《七哀诗》共16句。王粲《七哀诗》其一共20句；其二共18句。张载《七哀诗》其一共24句；其二共22句。潘岳《悼亡诗》其一共26句；其二共28句；其三共34句。谢灵运《庐陵王墓下作》共26句。颜延之《拜陵庙作》共34句。谢朓《同谢谘议咏铜雀台》共8句。任昉《出郡传舍哭范仆射》共34句。

《文选》3篇哀文，其中潘岳《哀永逝文》没有序文，正文33句，重曰2句。颜延之《宋文皇帝元皇后哀策文》序文共8句，正文43句。谢朓《齐敬皇后哀策文》序文共8句，正文41句。

（二）音律

从音律的规范与变异看，《文选》7篇哀伤赋和1篇潘岳《哀永逝文》，其中《长门赋》《思旧赋》《寡妇赋》《哀永逝文》正文皆以骚赋特有之"兮"字为标志，分划节奏、调节音律；陆机《叹逝赋》、潘岳《怀旧赋》、江淹《恨赋》《别赋》，四篇骈赋，协韵可歌。可见，哀伤赋韵位固定、一般不换

217

韵，通过句中或末尾虚词强化节奏、调整音律。13 首哀伤诗皆为古体，除了《幽愤诗》为四言以外，余皆五言，韵律和谐。3 篇哀文，其中颜延之《宋文皇帝元皇后哀策文》与谢朓《齐敬皇后哀策文》也有用韵。

（三）构架

从句子和篇章的构架看，哀伤赋与哀伤诗皆句式整齐，对仗工整；哀文以四言为主，偶有骚体句，用"呜呼哀哉"分层。

《文选》7 篇哀伤赋。其中《长门赋》之散句序文为后人所添，正文格式为："×××而××兮，×××而××"，其中虚词多变，上下句多对仗，比如："白鹤噭以哀号兮，孤雌跱于枯杨"[1]。《思旧赋》序乃自作，以散句行，正文全为："×××之××兮，×××于××"，虚词则包括"于、而、以、之、乎、其"，句式对仗者，如"栋宇存而弗毁兮，形神逝其焉如"。《寡妇赋》序亦已作，全用散句，正文全为："×××之××兮，×××之××"，对仗严整者，如"嗟予生之不造兮，哀天难之匪忱"。另外，《哀永逝文》虽归为"文"，其实是一篇"赋"，没有序文，正文句式有三种："××兮××，××兮××"与"×××兮××，×××兮××"和"×××兮×××，×××兮×××"。对仗工整者，如"望山兮寥廓，临水兮浩汗"与"视天日兮苍茫，面邑里兮萧散"和"昔同途兮今异世，忆旧欢兮增新悲"。骚赋之条件有二：一是采用楚骚的文体形式，也就是以"兮"字句作为基本句式；二是明确用"赋"作为作品名称[2]。据此推之，此四篇是为骚赋。

陆机《叹逝赋》、潘岳《怀旧赋》，体制相似，序皆散句，正文大量"×××之××，×××而××"的六言句式，也有少量四言句式者，如"仰睎归云，俯镜泉流。前瞻太室，傍眺嵩丘"和"弭节安怀，妙思天造。精浮神沧，忽在世表"。以虚词"而""之""于""以""其"绾结，而无语气词"兮"。

---

[1]（梁）萧统编，（唐）李善等注：《六臣注文选》，北京：中华书局，2012 年，第 293 页。本文所用《文选》原文，皆据此书，下面出现，仅列篇名，不再出注。
[2]郭建勋：《骚体赋的界定及其在赋体文学中的地位》，《求索》2005 年第 5 期。

江淹《恨赋》《别赋》，句式多变，大量四言、六言和少量"骚体"句型，四言句如"浊醪夕引，素琴晨张"，六言句如"风萧萧而异响，云漫漫而奇色"，骚体句如"夏簟清兮昼不暮，冬釭凝兮夜何长"。以此观之，是为四篇骈赋。

13首哀伤诗除嵇康《幽愤诗》为四言外，余皆五言，结构不一。《文选》3篇哀文，潘岳《哀永逝文》归为赋类，颜延之《宋文皇帝元皇后哀策文》与谢朓《齐敬皇后哀策文》之序文全是散句，正文以四言为主，偶有骚体句，每层以语气词"呜呼哀哉"结尾。

总之，《文选》哀伤赋、哀伤诗、哀文，字句和篇幅的长短都不相等、全部用韵、句式整齐、变化较少，且若去掉了哀伤赋和哀文中的虚词，赋、文二体立即化作五言诗。可见，其时赋、诗、文三种文体的体制规范并未完全确立，同大于异。

二、语词、辞格、风格的语体同构

郭英德说："语体是适应不同交际功能、不同题旨情境需要而形成的运用语言特点的体系。在文学作品中用得最多、最广的基本词汇和基本句型构成了文学语言的共核语言，这种共核语言表明各种文体之间异中有同，同大于异。但是，不同的文本语境要求选择和运用不同的语词、语法、语调，形成自身适用的语言系统、语言修辞和语言风格，由此构成一种文体特定的语体。"[1] 反之可见，《文选》哀伤类作品在同一主题的规约下，可以相同或相近的语词、辞格构成基本一致的语言系统、语言修辞，进而形成类似的语言风格。

（一）语词

每种文体都有一套自成系统的语词[2]，不同文体又因主题相同而构成共核语言，形成相似的语言系统。《文选》哀伤类作品或直言"哀""伤"，

---

[1] 郭英德：《中国古代文体学论稿》，北京：北京大学出版社，2005年，第9页。
[2] 郭英德：《中国古代文体学论稿》，北京：北京大学出版社，2005年，第11页。

或用与其相近者如"悲""痛"，相反者如"乐"，甚至用些因为哀伤而产生生理反应的语词来表现哀伤之情。比如："乐心其如忘，哀缘情而来宅"与"哀人易感伤，触物增悲心"和"呜呼哀哉"和"步庭庑以徘徊，涕泫流而沾巾"和"口呜咽以失声兮，泪横迸而沾衣"及"悲风泪起，血下沾衿"等。在《文选》23 篇哀伤类作品中，出现"哀"22 次、"伤"12 次、"悲"30 次，及其一些相反的词语，它们分布在每一篇中。这些语词构成一套语言系统，或直接或间接言说哀伤、宣泄哀情。

（二）辞格

"语体"也包括语言修辞，大致分为语音（如用韵）、语义（如用典、比喻、借代、双关等）和句法（如对仗、并列、重复等）三个方面[1]。

首先，在语音（语调）方面，《文选》哀伤类作品多用叠音词和联绵词。《悼亡诗》以"胧胧""皎皎"形容明月孤照；以"烈烈""凛凛"形容夜寒风冷；以"曼曼"形容时间漫长；以"茕茕""戚戚"形容孤苦哀伤。听这叠词发出悠长声音，似与潘岳一同深陷凄苦，似被哀伤久久裹缠。联绵词以"徘徊"最为常见，如"步庭庑以徘徊，涕泫流而沾巾"与"惟古昔以怀今兮，心徘徊以踌躇"和"明月照高楼，流光正徘徊"及"徘徊向长风，泪下沾衣衿"和"停驾兮淹留，徘徊兮故处"。可见，一个"徘徊"就写出了抒情主体的如许孤独、哀伤，它如"辗转""寤寐""恍惚""仿佛""忉怛"也很常见，使得文章读来低回往复，深感其人哀情之沉郁。

其次，哀伤之情"外弱内强"，不宜过分倾泻，故而使用典故、比喻，既可丰富语义，更显含蓄深厚。

所谓"隶事运典，实即'婉曲语'之一种。用意无他，曰不'直说破'，俾耐寻味而已"[2]。比如："叹黍离之愍周兮，悲麦秀于殷墟。……昔李斯之受罪兮，叹黄犬而长吟"。《黍离》《麦秀》乃遗民途经故国，叹昔日宗庙之地而今尽为黍麦，哀愍王朝颠覆、不忍离去之辞，向秀赴任途经

[1] 郭英德：《中国古代文体学论稿》，北京：北京大学出版社，2005 年，第 11 页。
[2] 钱锺书：《管锥编》，北京：中华书局，1979 年，第 1476 页。

嵇康旧居，见旷野萧条、人去庐空而哀伤丛生，更借李斯之事暗含自身性命之忧。

《长门赋》多比喻，如"雷殷殷而响起兮，声象君之车音"与"挤玉户以撼金铺兮，声噌吰而似钟音"及"望中庭之蔼蔼兮，若季秋之降霜"。过于思念君王而将雷声听成车声，错把庭中月光看作冷霜，空旷宫室正如孤寂内心，所有比喻都是写心。还有"君若清路尘，妾若浊水泥。浮沉各异势，会面何时谐？愿为西南风，长逝入君怀。君怀良不开，贱妾当何依？"言夫君似那翻飞上天的尘土，贱妾如同坠落水坑的污泥，她亦自拟长风，渴望吹入君王怀中，奈何浮沉异势、君怀不开，只剩渴慕。

对比产生的情感反差更能反映主体的孤寂感伤。向秀途经嵇康旧居，问"栋宇存而弗毁兮，形神逝其焉如？"慨叹物存人逝、人去庐空。张载《七哀诗》以今日凋敝、衰败之陵园与汉主昔日之辉煌、昌盛相比，发出"昔为万乘君，今为丘中土。感彼雍门言，凄怆哀今古"之叹。潘岳《哀永逝文》有言"昔同涂兮今异世，忆旧欢兮增新悲"，对比生年之短与逝日之长，回忆旧日之欢尤增今日之悲，抒发幽明悬隔、悲欢离合之哀伤。

最后，我们可将排比、重复、顶真、对偶等结构句子之法称为"句法"。使用排比，增强气势、强化感情。比如，"浮云郁而四塞兮，天窈窈而昼阴。雷殷殷而响起兮，声象君之车音。飘风回而起闺兮，举帷幄之襜襜。桂树交而相纷兮，芳酷烈之闾闾。孔雀集而相存兮，玄猨啸而长吟。翡翠胁翼而来萃兮，鸾凤翔而北南"，从浮云四塞、殷雷阵阵、回风骤起，到桂树交纷、雀集猨吟、鸟来凤回，一切景象不过是哀情的外化。如"去华辇兮初迈，马回首兮旋旆。风泠泠兮入帷，云霏霏兮承盖。鸟倦翼兮忘林，鱼仰沫兮失濑"，更从远近、上下写来，营造逼仄环境，衬托心中之苦。

为了强调哀伤之情，使文章层次清晰、条理突出，有意让能够表现哀伤的词语重复出现。赋末尝以"重曰"总结、补充全文，此非简单重复，而是以韵语对正文主题进行强化、提升。《别赋》《恨赋》以"或有""或乃""乃有""又若""至若""至如""至乃""若乃""若夫""及夫"等重复和排比引出哀词，理清层次、强化哀情。《出郡传舍哭范仆射》

四言"平生"，追忆往昔、唏嘘感伤。哀文经常间隔重现的"呜呼哀哉"，既强化哀伤，又突出层次。

也有用顶真来贯通声情、增强语势的。比如，潘岳《悼亡诗》其二："岂曰无重纩，谁与同岁寒。岁寒无与同，朗月何胧胧。展转盼枕席，长簟竟床空。床空委清尘，室虚来悲风。"还有《悼亡诗》其三："茵帱张故房，朔望临尔祭。尔祭讵几时，朔望忽复尽。……徘徊墟墓间，欲去复不忍。徘徊不忍去，徙倚步踟蹰。"其中"岁寒""床空""尔祭""徘徊"皆为顶真，使哀伤之气绵延低回。

（三）风格

语言风格是语言运用的综合表现，也是语言审美的最高范畴，形成要素包括语言系统（语音、词汇、语法）和语言修辞（辞格、文字、标点、图形）两类，使用相同的语言系统和语言修辞，可以形成相同的语言风格[1]。

总之，《文选》哀伤赋、诗、文以与"哀伤"相同、相近或相反的语词，构建了一个富于哀伤情调的语言系统，又用多种辞格协调语调、平衡语义、结构句法，从而形成共同的语言风格，即"凄怆哀伤"。

三、抒情、叙事、意象的体式融通

体式，指文体的表现方式，如叙事、抒情、说明、议论，等等。[2]《文选》哀伤赋、哀伤诗、哀文皆为"叙哀事"与"抒哀情"，故其体式都为抒情和叙事，再将"意象"视作"议论的风景"，与其构成"事、景、情"的融合，以此融通体式，表现哀伤主题。

---

[1] 张政飚，兰宾汉等主编：《现代汉语》，西安：三秦出版社，1995年，第501页。
[2] 郭英德：《中国古代文体学论稿》，北京：北京大学出版社，2005年，第13页。

（一）抒情

《文选》哀伤类作品的抒情方式主要包括生死对比、音哀景悲、梦中寄情。首先，对比生死，凸显哀伤。比如，"昔为万乘君，今为丘中土"，生前贵为天子，死后一抔尘土。"昔同涂兮今异世，忆旧欢兮增新悲"，昔日出双入对，而今阴阳两隔。"惟古昔以怀今兮，心徘徊以踌躇"，对比亡友今昔，心中无限哀伤。

其次，目睹遗物、听闻哀音，引发哀伤。比如，"容貌儡以顿悴兮，左右凄其相愍。鞠稚子于怀抱兮，羌低徊而不忍"与"帏屏无仿佛，翰墨有余迹。流芳未及歇，遗挂犹在壁"，但见亡人生前所用奴仆、遗留稚子甚至墨迹、衣服诸"遗物"，便生哀伤。听闻哀音，亦复如是，如"寝兴目存形，遗音犹在耳"与"听鸣笛之慷慨兮，妙声绝而复寻"及"轮案轨以徐进兮，马悲鸣而局顾"，闻音念妻、听笛忆友、顾马怀旧，汇成泣涕一片。

最后，梦是现实的反映，可以梦中寄情。比如，"忽寝寐而梦想兮，魄若君之在旁。惕寤觉而无见兮，魂迁迁若有亡"，思念太深，似梦似幻。潘岳哀伤赋、诗、文皆写梦境，如"愿假梦以通灵兮，目炯炯而不寝"与"梦良人兮来游，若闾阖兮洞开。怛惊悟兮无闻，超惝恍兮恸怀"和"独无李氏灵，仿佛睹尔容"及"是乎非乎何皇，趣一遇兮目中。既遇目兮无兆，曾寤寐兮弗梦"，愿与亡人梦中相见，却一夜无眠，或觉后更悲。

（二）叙事

借助时空迁移、场景变换、追忆往昔、人物对话的叙事手法，代言体与以抒情主体带动全篇进展的叙事结构，交代哀情产生原因。

从清晨在离宫盼望皇上临幸而无望，到日暮登台眺望又下台周览深宫，再从夜间月下抚琴与寤寐泣涕到曙光来临，《长门赋》以一天一夜的寡居生活和不断变化的场景推进故事发展。《悼亡诗》从亡妻遗物追忆昔日琴瑟之好，《思旧赋》由笛声追思曩昔游宴之欢，对比往昔之乐与今日之悲，抒发哀情。抒情主体与抒情对象可以借助对话沟通，而因对话一方缺位，又使哀情更加悲怆，曹植《七哀诗》即在一问一答中叙事。

代言指作者代拟他人言说，《长门赋》即司马相如代皇后而作，潘岳用寡妇口吻写《寡妇赋》，曹植《七哀诗》以夫妾关系言君臣之事，三篇哀文全为代言。尽管以代言结构叙事，抒情主体之地位仍然突出，《长门赋》全以皇后口吻叙述，时以其眼观景、时以其耳闻听、时以其心言情，时地移换、情感表达，皆以皇后为线索推动故事发展。

（三）意象

《文选》哀伤类作品的意象类型可以分为自然意象和文化意象。

自然意象按有无生命分为动物意象、植物意象和无生命意象。首先，近身动物与抒情主体处在同一情感场域，二者情感指向相反或相通，都为抒发哀情。如"孤鸟嘤兮悲鸣"与"肃肃高桐枝，翩翩栖孤禽"，孤鸟阵阵哀鸣，听碎孤独之人。如"孔雀集而相存兮，玄猨啸而长吟"与"如彼翰林鸟，双栖一朝只。如彼游川鱼，比目中路析"，以双映单、借此言彼。如"轮案轨以徐进兮，马悲鸣而局顾"与"去华辇兮初迈，马回首兮旋旆"与"仆人案节，服马顾辕"，仆悲马怀，尤增哀情。其次，抒情主体将情感投射在植物上。如"蔓草萦骨，拱木敛魂"与"落叶委埏侧，枯荄带坟隅"，营构感伤氛围，推进叙事发展，传递哀伤之情。如"信松茂而柏悦，嗟芝焚而蕙叹"与"徂谢易永久，松柏森已行"与"陈象设于园寝兮，映舆镂于松楸"，墓园多楸柏松，既有标示之用，也寓坚贞不屈。最后，日暮、寒夜、孤轮等无生命物也因人的情感投射而产生意义。如"日黄昏而望绝兮，怅独托于空堂"与"薄暮心动，昧旦神兴"与"方舟溯大江，日暮愁我心"，由明至暗、从阳到阴的黄昏，一切由盛转衰，心中涌起悲凉。如"宵展转而不寐，骤长叹以达晨"与"独夜不能寐，摄衣起抚琴"，月冷宵寒，长夜无眠，悲情难遣。

文化意象由一些特定人物、实物积淀而成。如"感三良之殉秦兮，甘捐生而自引"，寡妇孤苦无依，甚至要如三良为穆公殉葬般追随丈夫死去。如"昔李斯之受罪兮，叹黄犬而长吟"，借李斯为官遭祸、抽身悔迟来悲叹稽康无罪而死，亦对自身性命有所忧惧。此二赋或反用故实，或充实典义，情意深重。如"上惭东门吴，下愧蒙庄子"与"渠怀之其几何？庶无愧兮庄子"，陆机兵败遭诛、悔入仕途，庄子鼓盆而歌、超脱死亡。如"延州协心许，楚老惜兰芳。解剑竟何及，抚坟徒自伤"与"空悲故剑，徒嗟金穴"，季札悬剑，守信重义，故人亡去，吾心伤哉。古代文人习琴，故被赋予"悼亡友、叹知音"和"伤亡妻、失爱侣"的情感意蕴[1]。如"援雅琴以变调兮，奏愁思之不可长"与"丝桐感人情，为我发悲音"与"独夜不能寐，摄衣起抚琴"与"宁知安歌日，非君撤瑟晨"，琴瑟谐鸣，感情和睦。

可见，《文选》哀伤赋、哀伤诗、哀文的抒情方式与叙事方式及意象类型比较接近，而其正是以此体式来表现三者共同的哀伤主题。

四、功能、形式、审美的体性趋同

吴承学说："体性是在具体文体的题材质料、语言特征、体制结构等基础上，对文体做出的整体性把握。"[2]而且"文体风格的形成与文体所特有的表现对象、应用场合及用途、文体的形式因素、文体自身的历史传统、时代审美思潮都有关系"[3]。这就是说，文体形态是体制、语体、体式、体性的有机统一，而体性又是文体形态的最高审美范畴。

（一）功能

《文选》哀伤赋、诗、文之文体功能都是抒发哀伤之情，这也是作家的创作意图即作品的主题，而主题决定题材的取舍，也与风格形成紧密相关。

从哀伤类作品的表现对象和应用场合看，它们基本分为两个层面：《恨赋》《别赋》与前六首哀伤诗，表现具有普遍性的爱恨离别之情和乱世之

[1] 王立：《永恒的眷恋——悼祭文学的主题史研究》，上海：学林出版社，1999年，第255页。
[2] 吴承学：《中国古代文体学研究》，北京：人民出版社，2011年，第17页。
[3] 吴承学：《中国古代文体学研究》，北京：人民出版社，2011年，第113页。

中的功业无成，这是社会层面；个体层面包括，为皇后遭弃、妇人丧偶的悲剧命运而哀伤的《长门赋》《寡妇赋》，为伤悼逝去亲友而创作的《思旧赋》《叹逝赋》《怀旧赋》以及后七首哀伤诗与三篇哀文也是为他人死亡而作。

面对亲人、好友的死亡，抒情主体表现出一种深入骨髓的惋惜、悲痛；面对社会的不公，抒情主体则多表现出无奈、怨愤。两个层面虽有较小区别而风格指向皆是哀伤。

（二）形式

作品风格之形成与文体自身的历史传统关系密切，一种文体需经漫长的创作实践才能形成一定的个性特征，如"文适于叙述、说理、议论，形式自由、流畅、平易；诗偏重抒情，受句式、押韵的限制而显得含蓄、凝练、典雅"[1]，而在实现文体突破时，又经常需要打破这种个性特征。

赋体长于铺排，便于叙事，可将哀情之由交代清楚、可以完整表达哀伤之情，既能如《长门赋》精微细腻地抒写感伤、孤独，也能如《叹逝赋》广泛深刻地表达情感、哲思。诗体远不如赋体自由，却多委婉之姿，故使哀情曲尽幽微、感人至深，又以比兴纳万千情思于数言，简洁不简单、深婉而动人。三篇哀文都是韵文，既有赋之铺排，又有诗之比兴，如同"赋的诗化"或"诗的赋化"，介于诗文之间。正是三种文体的个性化满足了哀伤作品多样化的审美需求，才使哀伤主题具有了独特的审美风格。

（三）审美

时代的审美风尚也关乎文体风格之形成，而且"文体的发展总是与时代精神的感受方式相合拍，当特定的文体形态与群体和时代的感受方式相对应时，才得到接受，这正是文体兴盛的基础"[2]。《文选》哀伤类作品除《长门赋》作于西汉，余皆来自魏晋宋齐梁代，因而时代的审美风尚也是须加

---

[1] 吴承学：《中国古代文体学研究》，北京：人民出版社，2011年，第142页。

[2] 吴承学：《中国古代文体学研究》，北京：人民出版社，2011年，第3页。

考虑的重要因素。

东汉末年到魏晋时期的社会局面促成以悲为美、以悲为乐的审美风尚，士人普遍存有哀伤心态，李泽厚说："对生死存亡的重视、哀伤，对人生短促的感慨、喟叹，从建安到晋宋，从中下层到皇家贵族，在相当长一段时间中和空间内蔓延开来，成为整个时代的典型音调。"[1] 谁也无法摆脱时代，何况异常敏感又得风气之先的文人。《文选》哀伤类作品大多抒发的正是悲情时代的群体或个体的不幸遭遇和哀伤之情。除此而外，作者个人审美习惯亦与风格形成关系密切。

总之，《文选》哀伤赋、诗、文在哀伤主题的规约下，结合时代审美风尚、突破文体历史传统、从而实现表达哀情的功能，最终形成沉郁、哀伤的风格。由于《文选》哀伤赋、哀伤诗、哀文之主题或风格皆为"哀伤"，所以《文选》将其聚为一处，设立"哀伤"类目。也就是说，《文选》"哀伤"类目之设立依据，既可认作一种主题类聚，也可说是同一风格的凝成。

五、余论：不同文体与相同主题、题材、题目

从大量的中国古代文学作品和丰富的文体形态理论看，"一题多体"之"题"至少涵盖"主题""题材""题目"三个方面，使用不同文体表现相同主题、题材、题目，势必产生各式各样的作品形态，如何平衡"题"与"体"间的张力，乃是每位作者首要思考的问题。

在"尊体"意识盛行时代出现"破体"与"辨体"现象，"辨体"在于区别不同文体的差异，突出个性；"破体"在于弥合不同文体的差异，强调共性。随着文体类型日益增多，文体形态日渐成熟，"辨体"方式日趋多样，文体个性随之突出而共性却被遮蔽。如"文章以体制为先"和"文章莫难于辨体"无疑道出文体分辨的难度，其实文体之间并无不可逾越的鸿沟，探寻文体之间交融互渗的可能，正有益于弥合日益烦琐的文体分化。

---

[1] 李泽厚：《美的历程》，北京：生活·读书·新知三联书店，2009 年，第 91 页。

一题多体：《文选》哀伤类作品分析与文体研究

按照"辨体"思维，不同文体应有不同形态，但在表达一个相同主题、题材、题目时，必然促使文体个性弱化而走向融合，也正是由于文体之间存在共性，各种文体才有相互交融的可能。

《文选》成于南朝梁代，此时"尊体"意识尚未成熟，故而赋、诗、文三种文体更多表现出"破体"的共性特征。《文选》依"主题"来"选文设目"，按"文体"来"分类编排"，本文正是通过考察《文选》哀伤赋、哀伤诗、哀文三种文体在表现一个哀伤主题时，其文体形态（体制、语体、体式、体性）所表现出的共性及原因，来总结赋、诗、文三种文体得以交融互渗的可能方式。古代文学作品中确有不少"一题多体"的文体现象，可以以此审视其间的共性或个性，考察文体之间的交互影响，发掘作品更为丰富的意蕴，而且对我们理解和借鉴古人这种创作方法也不无助益。

综上所述，所谓"一题多体"，指以多种文体表现一个主题的文体现象，为考察《文选》哀伤类作品文体形态的重要路径之一。依"主题"来"选文设目"，按"文体"来"分类编排"，在相同"哀伤"主题规约下，《文选》哀伤赋、哀伤诗、哀文不仅在篇幅、音律、构架等体制方面较为类似，又以"哀伤"类语词构建语言系统，使用多种辞格协调语调、平衡语义、结构句子，形成一致的语体风格；而且在抒情方式、叙事方式及意象类型等体式方面相互融通，在功能需求、审美经验与文体传统等体性方面也较为一致。"一题多体"的文体现象，既展现了文体形态的差异性，又显示了文体交渗的共通性，更体现了创作方法的多样性。

附文二

《楚辞》创伤书写的时空建构及其对《文选》哀伤赋作的影响 [1]

创伤与文学的关系，近年为学者所关注。陆扬认为，"创伤与文学的因缘由来已久。文王演《周易》、屈原赋《离骚》，都可视为典型的创伤之作。相比于身体的囚禁和放逐，心灵上的伤痛和压抑应是其创作更为直接的动力"[2]。诚哉斯言，作家以其感伤的心灵撞击宇宙人生，从而跃出一道怨慕的心灵景观。扩而言之，何止《离骚》，整部《楚辞》都在书写心灵的创伤，堪称屈原等人的心灵创伤史。与此一致，哀伤作为心灵创伤的一种情感表征，总要占据一定的时间与空间。哀情向外，占据的是物理时空；哀情内转，占据的是心理时空。抒情主体的创伤经验在这两种时空结构下，既可由内而外得以展现，也能由外而内得到慰藉。可以看到，《楚辞》描述创伤经验时形成的多种书写形式，在《文选》哀伤赋作中多有继承与发展。本文旨在展示这样一种现象，疏通这样一条脉络。

一、由点到面的空间展开

由于处在具有"当场性"的同一境域中，抒情主体以其强烈的哀伤之情感染着周围的人与物，通过描写这些人或物的情感变化，不仅能够强化抒情主体的哀伤之情，而且使得哀情更加婉曲感人。如《诗经·周南·卷耳》篇中已有"陟彼砠矣，我马瘏矣，我仆痡矣，云何吁矣"的怀人之语，《楚辞》

---

[1] 本文是对本篇硕士论文第三章最后一节的改写，刊于《学术探索》2019 年第 11 期，收录时有改动。

[2] 陆扬：《创伤与文学》，《文艺研究》2019 年第 5 期，第 15-21 页。

更是多用这种抒情主体周围人或物的情感变化来反映哀伤之情，而《文选》哀伤赋作对此又有发展：一是直接将书写对象扩大到可以触及的一切范围；二是大量使用"同向比较"与"反向比较"的方法，由此把哀伤之情的空间范围从点到面的扩展开来。

一方面，《楚辞》创伤书写常以仆人、马匹等周围人或物的举动来渲染抒情主体的哀伤之情。比如《离骚》文末的"陟陛皇之赫戏兮，忽临睨夫旧乡。仆夫悲余马怀兮，蜷局顾而不行"[1]，这是说屈原才兴奋地登上天国，忽然又俯见故乡、心生感伤，但是只写仆夫悲慨与马儿伤怀地曲身回首、不愿前行，正是以周围仆夫、马儿的悲怀烘托屈原怀乡的哀伤。又如《远游》的"仆夫怀余心悲兮，边马顾而不行"[2]和《湘君》的"扬灵兮未极，女婵媛兮为余太息"[3]以及《涉江》的"船容与而不进兮，淹回水而凝滞"[4]，也都是从周围人或物的情感反应来表现抒情主体的哀伤，既然旁人以及本来无情的外物已是如此感伤，那么抒情主体的哀伤也就可想而知了。

我们发现，《文选》哀伤赋作对这一写法有所承继，比如《长门赋》中的"左右悲而垂泪兮，涕流离而纵横"[5]，即以身旁仆从的视角烘托陈皇后之悲哀。又如《寡妇赋》的"轮按轨以徐进兮，马悲鸣而局顾"[6]，更以送行的车轮缓缓前进，马儿悲鸣顾首不愿举足，表达对亡人的不舍。

---

[1]（宋）朱熹撰，黄灵庚点校：《楚辞集注》，上海：上海古籍出版社，2015年，第37页。

[2]（宋）朱熹撰，黄灵庚点校：《楚辞集注》，上海：上海古籍出版社，2015年，第139页。

[3]（宋）朱熹撰，黄灵庚点校：《楚辞集注》，上海：上海古籍出版社，2015年，第45页。

[4]（宋）朱熹撰，黄灵庚点校：《楚辞集注》，上海：上海古籍出版社，2015年，第100页。

[5]（梁）萧统编，（唐）李善等注：《六臣注文选》，北京：中华书局，2012年，第293页。

[6]（梁）萧统编，（唐）李善等注：《六臣注文选》，北京：中华书局，2012年，第300页。

再如《别赋》的"惊驷马之仰秣，耸渊鱼之赤鳞"[1] 和《哀永逝文》之"鸟俛翼兮忘林，鱼仰沫兮失濑"与"去华辇兮初迈，马回首兮旋斾"[2]，以及《宋文皇帝元皇后哀策文》的"仆人案节，服马顾辕"[3]，这些车马回顾不前、鱼鸟失濑忘林，也无一不是通过周边之人或近身动物的反常举止映衬抒情主体的悲伤不舍。

挨诸实际，《文选》哀伤赋作已经不再局限于描写周围一二人或物的情感变化，而是将书写对象扩大到可以触及的一切范围，把哀伤之情投射到可以触及的一切事物，抒情主体打开视觉、听觉器官，使此时此地之所见、所听，无一不沾染哀伤之情，以此拓展哀情的广度，由此形成"音哀景悲"的抒情模式。

如《长门赋》中，写道"浮云郁而四塞兮，天窈窈而昼阴。雷殷殷而响起兮，声象君之车音。飘风回而起闺兮，举帷幄之襜襜。桂树交而相纷兮，芳酷烈之闿闿。孔雀集而相存兮，玄猿啸而长吟。翡翠胁翼而来萃兮，鸾凤翔而北南"[4]，抒情主体置身于阴云密布、雷声滚滚、狂风怒卷的恶劣环境之中，此时桂树交纷、动物们交相呼唤着聚集在一起，唯独皇后因为被弃而承受着孤寂，这环境的惨淡、动物的欢聚，与皇后的心绪形成共振。又如《寡妇赋》之"命阿保而就列兮，览巾箧以舒悲……愁烦冤其谁告兮，提孤孩于坐侧"和"容貌儡以顿悴兮，左右凄其相愍……鞠稚子于怀抱兮，羌低徊而不忍"与"省微身兮孤弱，顾稚子兮未识"，其中数次描写死者生前用过的仆人、遗留的稚子等周围人和物的情感变化，同时也写到所见之哀景、所闻之哀响："时暧暧而向昏兮，日杳杳而西匿。雀群飞而赴楹兮，

[1]（梁）萧统编，（唐）李善等注：《六臣注文选》，北京：中华书局，2012 年，第 305 页。

[2]（梁）萧统编，（唐）李善等注：《六臣注文选》，北京：中华书局，2012 年，第 1066 页。

[3]（梁）萧统编，（唐）李善等注：《六臣注文选》，北京：中华书局，2012 年，第 1068 页。

[4]（梁）萧统编，（唐）李善等注：《六臣注文选》，北京：中华书局，2012 年，第 293 页。

鸡登栖而敛翼。天凝露以降霜兮，木落叶而陨枝……雪霏霏而骤落兮，风瀏瀏而夙兴。溜泠泠以夜下兮，水潇潇以微凝……夜漫漫以悠悠兮，寒凄凄以凛凛……廓孤立兮顾影，块独言兮听响。顾影兮伤摧，听响兮增哀……孤鸟嘤兮悲鸣，长松蓑兮振柯。"[1] 这一处处萧索之景、这一声声哀苦之音，也无一不与寡妇心中的悲伤共振同鸣。再如《思旧赋》序云"邻人有吹笛者，发音寥亮。追思曩昔游宴之好，感音而叹，故作赋云"以及赋曰"听鸣笛之慷慨兮，妙声绝而复寻"[2]，也是表现向秀在哀怨的笛音中对亡友的追思。

可以看到，在抒情主体置身的空间范围内，既有哀景，也有哀音，视听之中满是哀情，由此营造一种"音哀景悲"的情感氛围。从《楚辞》创伤书写到《文选》哀伤赋作，将描写范围从抒情主体周围一二人或物的情感变化扩大到可以触及的一切人或物的环境氛围，如此从点到面的空间展开而形成巨幕的视觉冲击和巨大的听觉震荡，使得哀伤之情在激越的视听之中不断往复，久久不散。

另一方面，《楚辞》创伤书写还将周围人或物的情感指向分为与抒情主体正反的两种，借以扩大哀伤之情的空间广度，由此形成"正向比较"与"反向比较"两种模式。如在尚永亮先生看来，《哀郢》以"鸟飞反故乡兮，狐死必首丘"这两个象喻性语句，将全诗的伤悲气氛推至顶点，并视之为一种比较，乃是借助比较而形成大的落差——无知的鸟、狐尚有返乡、首丘之举，有情之人却远离故土，一返无缘，这该是何等的不堪！[3] 通过"无知鸟狐的回返"与"有情之人的无归"的"反向比较"，确实更能表现抒情主体的哀伤。其实《楚辞》还有一种"同向比较"，比如《九辩》将"燕翩翩其辞归兮，蝉寂寞而无声，雁嗈嗈而南游兮，鹍鸡啁哳而悲鸣"与宋

[1]（梁）萧统编，（唐）李善等注：《六臣注文选》，北京：中华书局，2012年，第305页。

[2]（梁）萧统编，（唐）李善等注：《六臣注文选》，北京：中华书局，2012年，第296页。

[3]（梁）萧统编，（唐）李善等注：《六臣注文选》，北京：中华书局，2012年，第296页。

玉的"独申旦而不寐兮,哀蟋蟀之宵征。时亹亹而过中兮,蹇淹留而无成"[1]加以比较,无疑也能表现抒情主体的哀伤。

我们发现,这两种比较在《楚辞》哀伤书写中运用较少且分开使用,而《文选》哀伤赋作则大量运用且多加混用。比如《长门赋》中既有"反向比较"的"孔雀集而相存兮,玄猿啸而长吟。翡翠胁翼而来萃兮,鸾凤翔而北南",孔雀集落相互问讯,黑猿吟啸呼唤伴侣,翠鸟敛翼共聚,鸾凤南北同翔,而皇后只能独自在深宫等待;也有"同向比较"的"白鹤噭以哀号兮,孤雌跱于枯杨"[2],白鹤发出哀号、孤鸟落于枯杨,与皇后一同哀伤。又如《寡妇赋》中有"反向比较"的"雀群飞而赴楹兮,鸡登栖而敛翼。归空馆而自怜兮,抚衾裯以叹息",鸟雀群飞向楹,群集到黄昏就回到巢穴,而寡妇只能回到空房独自叹息;也有"同向比较"的"孤鸟嘤兮悲鸣,长松萎兮振柯"[3],孤鸟阵阵悲鸣、松树摇动枝干,与寡妇一样落寞。

由此可见,人将其悲伤投到动物身上,人悲伤,动物也悲伤,能够在同向比较中扩张人的悲伤;人悲伤,动物却快乐,又能在反向对比中深化人的悲伤。无论群聚的动物与孤单的个体所形成的反向对比,还是孤单的动物与孤独的个体所形成的同向对比,二者抒写哀伤的情感指向却都相同。因此,这两种比较从《楚辞》创伤书写中的运用较少且分开使用,到《文选》哀伤赋作的大量运用且多加混用,无疑也是在扩张哀伤书写的空间范围,深化和强化哀伤之情的表现力。

[1]（宋）朱熹撰,黄灵庚点校:《楚辞集注》,上海:上海古籍出版社,2015年,第149页。

[2]（梁）萧统编,（唐）李善等注:《六臣注文选》,北京:中华书局,2012年,第293页。

[3]（梁）萧统编,（唐）李善等注:《六臣注文选》,北京:中华书局,2012年,第305页。

二、从"朝夕"到"今昔"的时间延伸

如所熟知，《离骚》作为抒情诗始终以情感为主线，因而对于《离骚》以及整部《楚辞》中的语词或语意重复现象，若从情感指向的角度理解之，似更近事实。比如《楚辞》反复言及的"朝夕"句式，就是将哀伤之情的时间范围限制在促迫的一天之内，以此展现时不我与的紧迫和哀伤之情的浓郁。之后《文选》哀伤赋作又把"朝夕"对举句式发展为"今昔"并列模式，使得哀情延伸向一个更为深远的时间线。

可以看到，在《楚辞》所有"朝×夕×"对举句式的上下句或全文中，一方面，总要写到时日无多的感慨与建功立业的迫切。比如《离骚》"朝搴阰之木兰兮，夕揽洲之宿莽"的上句是"汩余若将不及兮，恐年岁之不吾与"，下句是"日月忽其不淹兮，春与秋其代序。惟草木之零落兮，恐美人之迟暮"；"朝饮木兰之坠露兮，夕餐秋菊之落英"的上句是"忽驰骛以追逐兮，非余心之所急。老冉冉其将至兮，恐修名之不立"；"朝发轫于苍梧兮，夕余至于悬圃"的下句是"欲少留此灵锁兮，日忽忽其将暮"[1]。又如《湘君》中的"朝骋骛兮江皋，夕弭节兮北渚"，文末则曰"时不可兮再得，聊逍遥兮容与"[2]。而在《湘夫人》中的"朝驰余马兮江皋，夕济兮西澨"，文末亦云"时不可兮骤得，聊逍遥兮容与"[3]。再如《远游》云其"恐天时之代序兮，耀灵晔而西征"[4]与"春秋忽其不掩兮，奚久留

---

[1]（宋）朱熹撰，黄灵庚点校：《楚辞集注》，上海：上海古籍出版社，2015年，第9页。

[2]（宋）朱熹撰，黄灵庚点校：《楚辞集注》，上海：上海古籍出版社，2015年，第45页。

[3]（宋）朱熹撰，黄灵庚点校：《楚辞集注》，上海：上海古籍出版社，2015年，第48页。

[4]（宋）朱熹撰，黄灵庚点校：《楚辞集注》，上海：上海古籍出版社，2015年，第134页。

此故居"[1]，于是他"朝濯发于汤谷兮，夕晞余身兮九阳"[2]，他"朝发轫于太仪兮，夕始临乎于微闾"[3]。由此可见，在《楚辞》中，诸如此类"朝×夕×"的对举句式，总与时不我待的促迫和功业未成的哀伤相始终，乃是将其一生的哀伤之情纳入"一天"的时间范围，所以这种压缩时间而造成的紧张感无疑更能展现哀情的深度。

另一方面，"朝夕"对举句式的周围也常常伴有坚守芳行洁志、绝不变节从俗的誓言。屈原在《离骚》中就说自己本来想求宓妃，但见其"夕归次于穷石兮，朝濯发乎洧盘"[4]，整日自矜美貌、卖弄风骚，所以将她抛弃而另作他求。又说到"时缤纷其变易兮，又何可以淹留。兰芷变而不芳兮，荃蕙化而为茅"[5]，在这时势反复、世态易变、百草不芳之世，自己只有"朝发轫于天津兮，夕余至乎西极"[6]，远离时俗、洁身自好。再如《涉江》中的"朝发枉陼兮，夕宿辰阳。苟余心之端直兮，虽僻远其何伤"[7]，是说自己心性端直、理想坚定，即使被贬远方也不会哀伤，更不会变心。

总之，屈原遭谗被弃，进而放逐，一生美政理想已然无法实现，但他仍要在此困境中坚守芳行洁志，绝不变节从俗。

因此，屈原使用"朝×夕×"对举句式，既是表现其迫切想要回到朝廷、

---

[1]（宋）朱熹撰，黄灵庚点校：《楚辞集注》，上海：上海古籍出版社，2015年，第136页。

[2]（宋）朱熹撰，黄灵庚点校：《楚辞集注》，上海：上海古籍出版社，2015年，第137页。

[3]（宋）朱熹撰，黄灵庚点校：《楚辞集注》，上海：上海古籍出版社，2015年，第138页。

[4]（宋）朱熹撰，黄灵庚点校：《楚辞集注》，上海：上海古籍出版社，2015年，第27页。

[5]（宋）朱熹撰，黄灵庚点校：《楚辞集注》，上海：上海古籍出版社，2015年，第34页。

[6]（宋）朱熹撰，黄灵庚点校：《楚辞集注》，上海：上海古籍出版社，2015年，第37页。

[7]（宋）朱熹撰，黄灵庚点校：《楚辞集注》，上海：上海古籍出版社，2015年，第100页。

建功立业的深切渴望，又能展现他在困境中仍然持守理想、绝不从俗的高洁精神。但是，屈原已遭放逐，无参政权，只能上游天国，而天国正与楚国相同，也是"溷浊不分"，这多么令人哀伤！所以，只有将这种渴望与绝望压缩到由朝至夕的"一天"里，才可能彻底展露屈子怨愤、绝望、自信交织的情感世界[1]，才可以真切表现屈原的生命悲剧。

嗣后，《文选》哀伤赋作又将《楚辞》哀伤书写中的"朝夕"对举句式发展为"今昔"并列模式，以此延伸哀伤的时间长度。比如潘岳《哀永逝文》之"思其人兮已灭，览余迹兮未夷。昔同涂兮今异世，忆旧欢兮增新悲"[2]。确实，与死后的日子相比，人的一生何其短暂！而且死生异路，回忆旧日的欢乐更是新增今日的伤悲。此乃对比昔日之欢聚与今日之悲离，生年之短促与逝日之长远，抒发幽明悬隔、悲欢离合之哀伤。又如向秀《思旧赋》的"叹《黍离》之愍周兮，悲麦秀于殷墟。惟古昔以怀今兮，心徘徊以踌躇"[3]。这也是将嵇康之死置于古今的时间线上烛照其生命的意义，把对亡友的思念放在幽深的历史之中永远祭奠。

总之，从《楚辞》"朝夕"对举句式发展到《文选》"今昔"并列模式，无疑是将哀伤之情置于一个更加深长的时间线上，这样不仅能够展现抒情主体哀伤之情的长度和深度，而且使得抒情主体哀伤之情的消解成为可能。

三、以"不寐"与"幻象"来构筑心理时空

上述两点，无论是由点到面的空间展开，还是从"朝夕"到"今昔"的时间延伸，哀情皆回旋在物理时空。然而，哀伤作为一种非常强烈的情

---

[1] 潘啸龙先生认为屈原的情感世界是怨愤、绝望、自信交织的，参见潘啸龙：《〈离骚〉的抒情结构及意象表现》，《中国社会科学》1993年第6期。

[2]（梁）萧统编，（唐）李善等注：《六臣注文选》，北京：中华书局，2012年，第1066页。

[3]（宋）朱熹撰，黄灵庚点校：《楚辞集注》，上海：上海古籍出版社，2015年，第296页。

感，实属心灵体验，一旦受其侵袭，人的精神状态与心理形态就可能发生较大变化，甚至出现精神失常或心理变形。《楚辞》将这种心灵创伤描述为，经常性的"夜不能寐"和精神上的"视听幻觉"，前者无疑是在时间上延伸哀情的持续性；后者无非是在空间上扩展哀情的深广度，二者相辉，共把哀情嵌入抒情主体的心理范围。所以，《楚辞》创伤书写是以"不寐"的出现与"幻象"的显现来构筑与延展抒情主体的心理时空，而《文选》哀伤赋作既把这两种方法拼合使用，又以"梦中寄情"的方式建设心理时空，使得哀情在心灵世界里一次又一次演绎、幻变。

可以看到，《楚辞》多次提及抒情主体"夜不能寐"[1]。比如《抽思》写道"心郁郁之忧思兮，独永叹乎增伤。思蹇产之不释兮，曼遭夜之方长"[2]，以及"望孟夏之短夜兮，何晦明之若岁？唯郢路之辽远兮，魂一夕而九逝。曾不知路之曲直兮，南指月与列星。愿径逝而未得兮，魂识路之营营"。[3]其中，"晦明若岁"，犹言一夜长似一年，如朱熹所说："秋夜方长，忧不能寐，故望孟夏之短长，而冀其易晓也。晦明若岁，夜未短也。一夕九逝，思之切也。"[4]屈原愁思郁结、归郢心切，所以夜不能寐，感到一夜长似一年，他的梦魂甚至不顾道路的险阻，欲借星月的光照踏上归途，而星月确乎可以指向郢都，但在崎岖的地面上，魂魄又要历经多少颠簸跋涉，这是多么坚决的意志啊！其实《长门赋》中也有这样的话，比如"望中庭之蔼蔼兮，

---

[1] 描写"夜不能寐"及其所产生的精神幻象，以此反映作者的心灵感受和精神状态，这早在《诗经》中就稍有展示，如《关雎》的"求之不得，寤寐思服。悠哉悠哉，辗转反侧"与《柏舟》的"耿耿不寐，如有隐忧"之类，而在《楚辞》中则得以大量实践，从而形成一种写作范式，并被广泛而深入地运用在魏晋文学及其后世文学创作之中。

[2]（宋）朱熹撰，黄灵庚点校：《楚辞集注》，上海：上海古籍出版社，2015年，第107页。

[3]（宋）朱熹撰，黄灵庚点校：《楚辞集注》，上海：上海古籍出版社，2015年，第110页。

[4]（宋）朱熹撰，黄灵庚点校：《楚辞集注》，上海：上海古籍出版社，2015年，第110页。

若季秋之降霜。夜曼曼其若岁兮，怀郁郁其不可再更。澹偃蹇而待曙兮，荒亭亭而复明。妾人窃自悲兮，究年岁而不敢忘"。[1] 又如《悲回风》之"涕泣交而凄凄兮，思不眠以至曙。终长夜之曼曼兮，掩此哀而不去。寤从容以周流兮，聊逍遥以自恃。伤太息之愍怜兮，气于邑而不可止"[2]，这是描写抒情主体因为哀伤而心凄涕泣以至彻夜无眠，而这段心伤不寐的描写也与《长门赋》中陈皇后的起夜徘徊如出一辙。再如《远游》的"遭沉浊而污秽兮，独郁结其谁语？夜耿耿而不寐兮，魂营营而至曙"[3]，值此君主昏昧、谗佞当途之世，屈子美政理想难以实现，心中忧闷不知向谁倾诉，故而长夜难眠。这与潘岳《怀旧赋》的"宵展转而不寐，骤长叹以达晨。独郁结其谁语，聊缀思于斯文"[4] 也颇为相似，甚至其中的"独郁结其谁语"更是照搬而来。潘岳出于妻亡的哀伤，故而辗转长叹、终宵无寐。复如《九辩》的"燕翩翩其辞归兮，蝉寂寞而无声。雁嗈嗈而南游兮，鹍鸡啁哳而悲鸣。独申旦而不寐兮，哀蟋蟀之宵征。时亹亹而过中兮，蹇淹留而无成"[5]，周围一派肃杀之景象征生存环境恶劣，时间过中暗指年龄老大却一事无成，在这哀伤之中，宋玉又如何能够安然入睡呢！这种表现方式在《文选》哀伤赋作中更是不胜枚举。

当你快乐，时间总是短暂；当你哀伤，时间却很漫长，这种对时间的心理感受在夜晚的时候尤其显著。夜晚是一个较短的物理时间，却被心中的哀伤拉长至一年，长夜也总会天明，但心中的哀伤并不能随着天亮结束。

---

[1]（梁）萧统编，（唐）李善等注：《六臣注文选》，北京：中华书局，2012 年，第 293 页。

[2]（宋）朱熹撰，黄灵庚点校：《楚辞集注》，上海：上海古籍出版社，2015 年，第 127 页。

[3]（宋）朱熹撰，黄灵庚点校：《楚辞集注》，上海：上海古籍出版社，2015 年，第 133 页。

[4]（梁）萧统编，（唐）李善等注：《六臣注文选》，北京：中华书局，2012 年，第 299 页。

[5]（宋）朱熹撰，黄灵庚点校：《楚辞集注》，上海：上海古籍出版社，2015 年，第 149 页。

可见，哀伤之情迫使抒情主体"夜不能寐"，并且造成心理变形，对时间的认知产生误解，使其在夜里哭泣、徘徊、忍受无人可语的孤独。

与此同时，《楚辞》还以"否认常识"的方式，表现抒情主体由于过度哀伤导致心理变形而出现的精神幻象，以此扩大哀情的空间范围。比如《湘君》以"采薜荔兮水中，搴芙蓉兮木末"的反常举止表达求爱的艰难，因为常识告诉我们薜荔长于陆地、芙蓉生在水中，所以采薜荔于水中必不可得，取芙蓉于木末亦为徒劳。而且观其下句"心不同兮媒劳，恩不甚兮轻绝"[1]，乃言君心不与己心同，故媒人徒劳；两人不甚恩爱，故轻易绝情。此与《楚辞》数次言说"媒绝路阻"与"君心不与吾心同"的情感指向相同，表面是说久候不至，实际仍说君臣不遇。又如《湘夫人》之"鸟何萃兮苹中，罾何为兮木上"与"麋何食兮庭中，蛟何为兮水裔"[2]等有悖常理的奇怪发问，也是在表现久候不至而产生一系列如鸟不集山林而聚蘋中、罾不放在水里而放在树杪、麋鹿本在山林而来到庭院、蛟龙本在深渊而来到水边等颠倒错乱的精神幻象。那么，为何会出现这些有违常识的幻象？为何要描摹这些异乎寻常的形象？潘啸龙先生认为，"《离骚》的抒情结构，是一种复沓纷至、变动无常、溯洄不滞的情意结构。它的推进线索是情感，它的展开形式是幻境。幻境由情感化生，又随情感变化而幻变。"[3]可见，抒情主体是因为过度哀伤而导致心理变形并产生了精神幻象，所以呈现并扩展这种扭曲空间中的精神幻象，无疑更能表现一种生死契阔、会合无缘的悲痛。

因此，《楚辞》哀伤书写以"夜不能寐"延伸时间，以"精神幻象"拓展空间，皆是从物理时空的触动到心理时空的延筑。然而《文选》哀伤赋作不仅将二者拼合起来，而且直接描写梦中时空，由此形成"梦中寄情"

---

[1]（宋）朱熹撰，黄灵庚点校：《楚辞集注》，上海：上海古籍出版社，2015 年，第 45 页

[2]（宋）朱熹撰，黄灵庚点校：《楚辞集注》，上海：上海古籍出版社，2015 年，第 48 页。

[3]潘啸龙：《〈离骚〉的抒情结构及意象表现》，《中国社会科学》1993 年第 6 期。

的抒情模式。

比如《长门赋》的"忽寝寐而梦想兮，魄若君之在旁。惕寤觉而无见兮，魂迁迁若有亡"[1]。皇后本来心伤难寐、起夜徘徊，勉强躺下入梦，却是一会儿梦见皇上就在身旁，一会儿惊醒又发觉是梦，在这忽梦忽醒、寤寐思服之间，在这希望与失望之中，心理似乎已经错乱，皇上若存若亡，自己也是失魂落魄。又如《寡妇赋》的"愿假梦以通灵兮，目炯炯而不寝"和"梦良人兮来游，若阊阖兮洞开。但惊悟兮无闻，超惝恍兮恸怀"[2]。妇人想在梦中与亡夫相见，却奈何整夜无眠；好不容易入梦，良人开门来游，却又因为激动而惊醒，所以寡妇也是整夜浸淫在这忽梦又忽醒、希望复失望的哀伤情绪之中。另如《哀永逝文》的"既遇目兮无兆，曾寤寐兮弗梦"[3]以及《别赋》的"知离梦之踯躅，意别魂之飞扬"[4]，也无一不是渴望通过梦境与思念之人相逢，却又在醒来知道是梦以后更加伤心，来深化抒情主体哀情的。

由此可见，抒情主体过度哀伤以至出现精神幻象，当其"夜不能寐"时也只有叹息哭泣埋怨长夜漫漫，然其一旦入梦，无疑是在打开一个异于物理时空的心理时空，在此时空之中，生者与亡人可以遇合，一切理想似乎都能实现。但如弗洛伊德所说："创伤性神经症患者所做的梦，会反复将病人带回到他所遭遇事故的场景当中，这情景再一次让他惊悸不已，以至于惊醒过来。"[5]哀情也许能在梦中得到慰藉，可是梦中相见而醒来不见的失望，梦境与现实造就的落差，只会让抒情主体更加哀伤。因此，《文

---

[1]（梁）萧统编，（唐）李善等注：《六臣注文选》，北京：中华书局，2012年，第293页。

[2]（梁）萧统编，（唐）李善等注：《六臣注文选》，北京：中华书局，2012年，第305页。

[3]（梁）萧统编，（唐）李善等注：《六臣注文选》，北京：中华书局，2012年，第1066页。

[4]（梁）萧统编，（唐）李善等注：《六臣注文选》，北京：中华书局，2012年，第305页。

[5]转引自陆扬：《创伤与文学》，《文艺研究》2019年第5期。

选》哀伤赋作以合并《楚辞》哀伤书写"夜不能寐"与"精神幻觉"两种写法而形成的"梦中寄情"模式，必然更能强化抒情主体的哀伤深度。

四、小结：在时空之中书写哀伤之情

创伤书写可以视作一个时空尺度的问题，哀伤之情占据的空间广度及其持续的时间跨度，都是衡量哀伤体量的重要指标。可以看到，《楚辞》作为创伤书写的经典文本，在哀伤之情的时空建构上，对《文选》哀伤赋作有着重要影响。《楚辞》创伤书写在空间范围的扩展、时间跨度的延伸、心理时空的构筑三个方面有着典范意义，而《文选》哀伤赋作对此又有所继承与发展。

首先，从"仆悲马怀"到"音哀景悲"，实现空间广度的拓展。周围人或物的情感变化可以反映抒情主体的哀伤之情，为了扩大哀情的空间范围，书写对象从仆人、马匹等一二物象扩大到可以触及的一切事物，而且共用"同向比较"与"反向比较"两种方式形成更大的情感落差，以此营构一种"音哀景悲"的情感氛围，从而实现哀情空间由点到面的展开。其次，从"朝夕"到"今昔"，进行时间跨度的延伸。《楚辞》创伤书写中的"朝夕"对举句式是将哀情的时间范围压缩到由朝至夕的"一天"里，以此展现屈子怨愤、绝望、自信交织的情感世界，而《文选》哀伤赋作又将其发展为"今昔"对举句式，使哀情在一个更加深长的时间线上延伸，也让哀情的消解成为可能。最后，从"夜不能寐"与"精神幻象"到"梦中寄情"，达致心理时空的构筑。《楚辞》创伤书写主要以"夜不能寐"延伸哀情的时间范围，以"精神幻象"扩展哀情的空间范围，乃是借助物理时空的诱导转入心理时空的构筑，而《文选》哀伤赋作不但将两者拼合起来并且直接描写梦中时空，从而实现物理时空到心理时空的由外而内的转变，由此形成"梦中寄情"的抒情模式。总之，前面两点，属于哀伤之情在物理时空的延展；后面一点，属于哀伤之情在心理时空的延展。正是这样，才使哀伤之情的广度、长度、深度在一个更加阔大的时空之中得以舒展，也使抒情主体的哀伤之情得到慰藉。

　　诚然，《楚辞》创伤书写和《文选》哀伤赋作还有很多抒情方式，而上述三点可以说是具有代表性的，其在之前的《诗三百》中已有零星运用，在之后的文学创作中更是应用广泛。然而，正是由于《楚辞》的丰富与完善和《文选》相关作品的继承与发展，遂使得这三种书写方式成为模式，对后世的文学创作产生了持续性的重要影响。

旦暮遇之：王景琳、徐匋《庄子的世界》读后 [1]

庄子之言，汪洋恣肆；庄子之思，幽深玄远。"万世之后而一遇大圣，知其解者，是旦暮遇之也！"[2] 庄学成果，汗牛充栋，想要创新视角、观点、方法，绝非易事，但也并非不能。读完王景琳、徐匋先生新著《庄子的世界》（中华书局 2019 年 10 月出版，以下简称"新著"），深觉二位诚为庄子解人。这部著作主要研究庄子的世界，故以学界公认庄子所作的"内七篇"为对象，穿过历代注家之雾障，直抵庄子思想的本原，特色鲜明，方法独特，创获颇多。当然，书中有些看法仍须商榷。

一、特色：疏通内篇之间的线索，解决并提出新的问题

《逍遥游》《齐物论》《养生主》《人间世》《德充符》《大宗师》《应帝王》是《庄子》的"内七篇"，被公认为庄子所作，然而各篇主旨有别，章节之间思维跳跃，其中颇多难点一直未能解决，甚至有些问题还从来未曾提出。新著特色之一，就是通过精妙的解题不仅阐明了各篇主旨，而且理清了七篇之间的关系和篇内各章之间的线索，使得内篇有了一个清晰的思维脉络，同时也为我们理解庄子的思想主旨提供了便利。

著者认为，《逍遥游》以形象的寓言勾画庄子思想的框架，而只有"乘天地之正而御六气之辩，以游无穷者"[3]，才能获得一种绝对的、不为外

---

[1] 本文之简要版，刊于《中华读书报》2020 年 6 月 24 日"国学版"，收录时有改动。

[2]（清）郭庆藩撰，王孝鱼点校：《庄子集释》，北京：中华书局，2016 年，第 112 页。

[3]（清）郭庆藩撰，王孝鱼点校：《庄子集释》，北京：中华书局，2016 年，第 19 页。

物束缚的自由境界，才是真正的逍遥游。《齐物论》则是在讲达到绝对自由的方法，是以抽象的思辨补充这一框架，两篇文章一起构成了庄子思想的基本体系。针对"齐论"还是"齐物"，著者认为"齐物论"以"齐物"为主而兼及"齐论"，是用"齐同物论"来"齐同万物"。[1]也就是说，"齐论"是"齐物"的一个部分。人是万物之一，万物不均，生于人心，物论不齐使物有了是非之分，使人有了贵贱之别，而"天地与我并生，万物与我为一"[2]，万物原本平等，并无是非贵贱的分别。所以为了还原"万物一齐"的本来面目，首先需要"齐同物论"，物论一齐，万物自然均于人心，人也没有等级之分，由此引出全篇"追求人的平等自由，把人还原为天赋平等的自然人"[3]的创作主旨。

《逍遥游》谈人如何摆脱精神桎梏、追求心灵自由而逍遥于世间，到《齐物论》则留下一个蝴蝶梦醒之后、回到现实怎么办的问题，而这正是《养生主》要回答的，即如何在"与物相刃相靡，其行尽如驰"[4]的现实社会中生存。著者指出，《养生主》以"知"发端，显然承自《齐物论》的"大知小知"

---

[1]"齐物论"的解释历来主要有三：一是"齐物"论，左思《魏都赋》云："万物可齐于一朝。"刘逵注："庄子有'齐物'之论。"刘琨《答卢谌书》云："远慕老庄之'齐物'。"刘勰《文心雕龙·论说》云："庄周'齐物'，以论为名。"《辅行记》云："彼论'齐物'，一梦为短而非短，百年为长而非长。"《孟子·滕文公》云："物之不齐，物之情也。"此皆"齐物"连读之例。二是齐"物论"，王应麟《困学纪闻》云："庄子《齐物论》，非欲齐物也，盖谓物论之难齐也。"王夫之《庄子解》云："物论者，形开而接物以相构者也，弗能齐也。"三是包含"齐物"与"齐论"，而以"齐物"为主，兼及"齐论"，王先谦《庄子集解》："天下之物、之言，皆可齐一视之，不必致辩，守道而已。"关锋《庄子内篇译解和批判》："题旨兼有'齐物、论''齐、物论'二义，而以'齐物、论'为主导方面，庄子正是以此去齐各种物论。"著者取用的是第三种义。以上例证参见杨柳桥：《庄子译诂》（上海古籍出版社1994年版）；王景琳、徐匋：《庄子的世界》（中华书局2019年版）。

[2]（清）郭庆藩撰，王孝鱼点校：《庄子集释》，北京：中华书局，2016年，第86页。

[3]王景琳、徐匋：《庄子的世界》，北京：中华书局，2019年，第64页。

[4]（清）郭庆藩撰，王孝鱼点校：《庄子集释》，北京：中华书局，2016年，第62页。

之"知"和"三子之知"的"知"，乃是让人以"知"养生而能游刃于盘错之世。由此可见，"养生主"既是"逍遥游"与"齐物论"的出发点，也是它们的落脚点。针对"养生—主"还是"养—生主"，著者根据文惠君一句"得养生焉"的评语而将"养生主"之属读断为前者，意即保全生命（肉体和精神）的方法[1]，认为全篇旨在教人用"缘督以为经"的养生之道在现世中好好活着。

著者又云，"人间世"即"人入世"[2]，此篇首次直面悲苦的现实社会，教人以《养生主》中的生存法则应对现实生活，通过"入世"达到"养生"目的。"德充符"意即"一个人内心之'德'逐渐充满，完满之'德'洋溢天地万物之间，外界万物与之相验证而和谐为一体"[3]。这就说明"德"是一个修炼过程。《人间世》主要探讨如何对待外部的人事，《德充符》转而阐发内在之"德"的完善，一外一内，为世人展示方今之世的"保身""全

---

[1] 关于"养生主"也有两种读法，一是"养生—主"，郭象说是"养生的宗旨"；二是"养—生主"，陆西星《南华真经副墨》曰为"养其所以主吾生者"，而"生主"即"主生者"，就是《齐物论》中的"真宰""真君"。今人流沙河《庄子现代版》则释"生主"为"灵魂"。著者认为文惠君"得养生焉"的赞誉表明其应读为"养生—主"。对"主"的解释，著者认为"宗旨""真君""性""灵魂""精神"都有局限，建议释为"方法"，也就是"保全生命的方法"即"缘督以为经"。详参王景琳、徐匋：《庄子的世界》（中华书局 2019 年版）。

[2] 关于"人间世"古人大多读作"人间—世"，对于"世"字，郭象释为"时代"，陆德明释为"社会"，王先谦说"人间世，谓当世也。"刘武又曰"世"字包括往世、今世、来世。然也有人读作"人—间世"或"人—间—世"，"间"作动词，意为"进入"，如王夫之"人间世无不可游也，而入之也难"，即指"人入世"。参见王景琳、徐匋：《庄子的世界》（中华书局 2019 年版）。

[3] 关于"德充符"，崔譔、郭象读作"德充—符"，崔释"德充"为"德实"，郭象释为"德充于内"，皆以"充"为"满"，所以"德充符"即"德满之后，与外物相符"。然而考诸原文，著者认为《德充符》中确有不少如王骀、伯昏无人、哀骀它等与万物为一的"德满者"，但以更大篇幅谈到的是如常季、郑子产、申徒嘉等跟随"德满者"使一己之德由少到多、最终达致"德满"之人。也就是说，"德满"不太可能顿悟而成，"德充"之"充"并非"满"也，而应是指一个"充"的渐进过程。参见王景琳、徐匋：《庄子的世界》（中华书局 2019 年版）。

生""养亲""尽年"之道。

著者还说，"大宗师"即"最值得尊崇的老师"，指有《德充符》中的王骀那样"能令天下而与从之"的人格魅力的得道真人，而非"宗道为师"之意。[1]《大宗师》开篇即以"知天之所为，知人之所为者，至矣"[2]，将《逍遥游》的"之二虫又何知"与《齐物论》的"其知有所至矣"和《养生主》中的"知也无涯"及《人间世》的"知出乎争"全部推倒，似乎正面肯定了"知"，然而又用一句"虽然，有患"将其彻底否定，同时认为"且有真人而后有真知"，由此推出其"知"能够升华为与"道"合一境界的真人，才是大宗师。[3]

著者认为，《大宗师》中有两个人物与《应帝王》直接相关，一是具有圣人之才的卜梁倚，庄子以为此人若为君主，可使"杀生者不死，生生者不生"[4]，可以"亡国而不失人心，利泽施乎万世，不为爱人"[5]，从而避免出现"轻用民死，死者以国量乎泽若蕉，民其无如矣"[6]之类的人间惨状；一是"游于形骸之内"却贫困窘迫的子桑，庄子这里实以子桑"父母岂欲吾贫哉"和"天地岂欲吾贫哉"的诘问引出致其贫者，正是人间之

---

[1] 关于"大宗师"，陆德明引崔譔语曰："遗形忘生，当大宗此法也"，此释"宗"为"尊崇"，释"师"为"法"，意即"尊崇'遗形忘生'之法"。郭象认为："虽天地之大，万物之富，其所宗而师者无心也"，意即"人以'无心'为师，才能不受自然之羁绊"。王先谦说："本篇云：'人犹效之。'效之言师也。又云：'吾师乎！吾师乎！'以道为师也。宗者，主也。"刘武说得更加明确："所谓大宗师者，以道为师也。"而著者认为"大宗师"即"最值得尊崇的老师"。详参王景琳、徐匋：《庄子的世界》（中华书局 2019 年版）。

[2]（清）郭庆藩撰，王孝鱼点校：《庄子集释》，北京：中华书局，2016 年，第 231 页。

[3]"知"在内篇中，有时作动词，意为"认识、了解、知道"，如"之二虫又何知"（《逍遥游》）；有时作名词，意为"智慧、智力、知识"，如"其知有所至矣"（《齐物论》）和"闻以有知知者矣"（《人间世》）。庄子对"知"的价值判断既有肯定又有否定，否定的是"世俗之知"，肯定的是"真人之知"。参看王景琳、徐匋：《庄子的世界》（中华书局 2019 年版）。

[4]（清）郭庆藩撰，王孝鱼点校：《庄子集释》，北京：中华书局，2016 年，第 260 页。

[5]（清）郭庆藩撰，王孝鱼点校：《庄子集释》，北京：中华书局，2016 年，第 239 页。

[6]（清）郭庆藩撰，王孝鱼点校：《庄子集释》，北京：中华书局，2016 年，第 140 页。

帝王！而《应帝王》所要回答的是，有圣人之才的卜梁倚一旦得道而为帝王，应该怎样治理天下，又当如何解决臣民最为基本的衣食保障等现实问题。由此可知，子桑上承《大宗师》下启《应帝王》，而"应帝王"也就有了双向含义，即帝王应该如何做帝王，百姓又如何应对帝王。[1]

至此可见，"内七篇"不仅主旨相关，而且环环相扣，不断深化，从追求一种纯精神的逍遥游而落到实实在在的现实社会，最终寄改革之希望于帝王。

新著的特色之二，著者有着强烈的问题意识，如以类似提取"关键词"的方式，把每一章节中的重要命题设为标题，得出了许多新的看法。更为重要的是，著者通过细致的文本解读，提出了不少新的命题。

比如真宰、真君之别，这是一个历来未予注意的问题。关于《齐物论》之"若有真宰，而特不得其眹"与"其有真君存焉"中的"真宰"和"真君"[2]，人们历来都是因袭郭注成疏而将其说成一个超乎人类之上的主宰，也即"自然"或"道"或"造物主"，而且认为"真宰"与"真君"同义。然而，对于如此重要的概念，庄子为何使用不同称谓，向来无人详加辨析。

---

[1] 关于"应帝王"的解释关键在于"应"字。陆德明引崔譔语曰："行不言之教，使天下自以为牛马，应为帝王者也。"郭象则说："夫无心而任乎自化者，应为帝王。"其中"应为"就是"应该"，即应该如何做帝王。著者从"臣民"与"帝王"是"一体两面"的视角出发，认为"应帝王"具有双向含义。参见王景琳，徐匋：《庄子的世界》，北京：中华书局，2019 年，第 558 页。此外，关于"应"字，释德清释为"应命""应世"，他说："若圣人时运将出，迫不得已而应命，则为圣帝明王。"钟泰释为"顺应""因应"，他说："'帝王之功，圣人之余事'，亦应之而已矣，故曰'应帝王'也。"曹础基释为"应答""回应"，他说："本篇是回答帝王如何治天下的，故曰'应帝王'。"所以郭勇健《庄子哲学新解》（社会科学文献出版社 2018 年版）认为，"应帝王"就是"应答帝王之道"，即"应人之请，回答帝王为政之道"，这种应答或回答，并非积极主动的行为，而是被人问了，不得已而为之，因而是当下的、随机的发生，如"天根问无名人"的对话，这种对话常常留有空白，而且对话的对象至少三人，但其中一人并不参与对话，这种迂回的方式表明道家不愿介入政治的一种姿态。

[2] （清）郭庆藩撰，王孝鱼点校：《庄子集释》，北京：中华书局，2016 年，第 62 页。

著者认为二者虽都指"心"，但在心理活动中的作用实有不同，"宰"指心的功用，是执行者；"君"指心的地位，是决策者。著者明言，"心"的作用有三：第一，"心"是"君"，对事物进行判断以做出决策，具有统领身体各个部分的至高地位；第二，"心"是产生"我"的根源，一旦有"我"，"我"就成为人们衡量"外物"的唯一标准；第三，"心"是"宰"，凭借"我"的成见去应对"外物"，"心"便"主宰"了人的躯体，最终将心中所想变为现实，成为樊然淆乱的是非之说。[1]

又如"彼""是"和"彼""此"也不一样。[2]《齐物论》曰："物无非彼，物无非是。自彼则不见，自是则知之。故曰彼出于是，是亦因彼，彼是方生之说也。"[3]此处"彼""是"被郭象、成玄英、陈鼓应等人释为相互对立又相互依存的两个物体，准此将难以解释下面的"故曰彼出于是"和其后"方生"数句。对此，著者认为"物无非彼，物无非是"中的"彼""是"，非指两个不同之"物"，而是同一"物"的两个方面，继而才由个体之"物"推至物与物的比较："是亦彼也，彼亦是也。彼亦一是非，此亦一是非。果且有彼是乎哉？果且无彼是乎哉？"[4]所以这里"彼亦一是非，此亦一是非"中的"彼""此"才是指两个不同之"物"，因而区别于指称同一物体的两个方面的"彼"与"是"。据此可知，每一物都是独立的存在，在审视万物时既不能用同一物的"彼"去否定它的"是"，也不能用同一物的"是"去否定它的"彼"，即不能把事物的彼与是对立起来。而是应该学习圣人以"彼是莫得其偶"的方法看待万物，这样才不会对同一事物产生肯定或否定的态度，也就站在了"道枢"的位置。[5]

---

[1] 王景琳、徐匋：《庄子的世界》，北京：中华书局，2019年，第113页。

[2]（宋）朱熹撰，黄灵庚点校：《楚辞集注》，上海：上海古籍出版社，2015年，第100页。

[3] 其实，"非彼无我，非我无所取"中的"彼"与"我"亦有不同，而对应的应是"彼此"还是"彼是"，则是著者所未论及的。

[4]（清）郭庆藩撰，王孝鱼点校：《庄子集释》，北京：中华书局，2016年，第72页。

[5]（清）郭庆藩撰，王孝鱼点校：《庄子集释》，北京：中华书局，2016年，第72页。

再如"昭文之鼓琴也，师旷之枝策也，惠子之据梧也"[1]，其中昭文鼓琴非常明确，而对"枝策""据梧"的解释一直含糊不清。崔譔说是师旷以木杖击打乐器，司马彪说是惠子坐在琴边弹琴，如此则三人皆长于音乐；郭象认为师旷拄着木杖假寐，惠子靠着梧桐睡觉，然而拄杖假寐、倚树睡觉似非技能；成玄英则结合《德充符》中惠子外神劳精、"倚树而吟，据槁梧而瞑。天选子之形，子以坚白鸣"数句，认为"据梧"并非弹琴更非睡觉而是辩论，进而发问师旷和昭文为何技艺相同。[2]循此思路，著者引用《淮南子·主术训》之"晋无乱政，有贵于（师旷）见者也"，说明师旷既是音乐家更是政治家，所以"枝策"当与师旷干政有关，继而又引蒋锡昌之语："'枝'借为'支'，《世说》二五注引'枝'做'支'可证。《说文》'支，去竹之枝也，从手持半竹。'支有持意，故可训持。"[3]更引《盐铁论》和《过秦论》证明"策"为"策略""谋略"，因而断定此句是指师旷以其乐官之位在政治上所持有的策略。[4]在著者看来，庄子实际是在批评三种行为，即昭文以乐化政、师旷以技干政、惠子以辩涉政，三子之知登峰造极，各以其技享誉终生，然而无法传给后人，因为三技无非"成心"、意在用世，故于道有损、亦终身无成。而唯有以"为是不用而寓诸庸"的"以明"态度，即顺应万物而抱着不"用"的心态，才能真正实现"万物与我为一"。

这类新见，这类新题，在是书中俯拾皆是，使人读后豁然开朗。由此可见，著者常是通过文本细读觅得了解决问题的关键线索和最终答案。

二、方法："内外互证，内证为主"和重新"句读"

没有好的方法，难有好的结果。新著主要采用"内外互证，内证为主"

[1]（清）郭庆藩撰，王孝鱼点校：《庄子集释》，北京：中华书局，2016年，第81页。
[2]《山木》篇亦云孔子"左据槁木，右击槁枝，而歌焱氏之风"，可见"惠子据梧"也是在说行为动作，而行为动作背后的指向却应该是惠子的辩论行为。
[3]蒋锡昌：《庄子哲学》，上海：上海书店，1992年，第140页。
[4]王景琳，徐匋：《庄子的世界》，北京：中华书局，2019年，第154页。

和"句读"的研究方法，[1] 从而得出一系列新的见解。

其一，新著总是先从《庄子》文本内部发现问题，再在先秦典籍、历代注解中寻找线索，最后通过比对而得出结论。戴震认为学术研究应该"由字通词，由词通道"且"一字之义，当贯群经"[2]，著者亦然。其往往为了解释单个字词，既穷尽《庄子》中的例子，又大量征引相关典籍，分析历代注家之得失，最后才以《庄子》文本为定论。

比如《齐物论》中的"敢问其方"，其中"敢问"意为"冒昧地请教"，"其"指"三籁"，而"方"字，古人只有成玄英提过一句："方，道术也。虽闻其名，未解其义，故请三籁，其术如何"[3]，认为子游在问"三籁"的演奏方法或形成方式；后人如陈鼓应，则译为"请问三籁的究竟？"[4] 为了说明此处"方"字不能释为"道术""究竟"，著者列举并分析了《庄子》"内篇"《人间世》《大宗师》和"外篇"《秋水》以及大约成书于春秋战国的《黄帝内经·宝命全形论》中的"敢问其方"，阐明其中的"方"都是"道理""原因"或"为什么"的意思。

其实，子游这里并非问何为"三籁"，而是在问"吾丧我"与"三籁"的关系。也就是说，子綦先以"吾丧我"回答为何"今之隐机者非昔之隐机者"，然而"吾丧我"又是一种无法直接运用语言清楚表述的个人心灵

---

[1] 著者同时大量使用统计法以确保结论的准确性。比如为了解释"圣人无名"中的"圣人"一词，据者完全统计，此词在《道德经》中出现了 31 次，《论语》3次，《墨子》35 次，《孟子》19 次，《荀子》35 次，《管子》59 次，《韩非子》54 次，而《庄子》高达 113 次，仅内七篇也有 28 次，可见"圣人"这一形象之重要。著者不唯权威、只讲道理，故以统计的方式对一些重要论点详加辨析，如对崔譔、司马彪、郭象、成玄英等人的注疏，和宋林希逸《庄子口义》，吕惠卿《庄子义》，明王夫之《庄子解》，林云铭《庄子因》，释德清《庄子内篇注》，陆长庚《南华经副墨》，清郭庆藩《庄子集释》，王先谦《庄子集解》等论著，以及今人陈鼓应、流沙河等人的注解，都有细致分析和详尽诠释。参见王景琳、徐匋：《庄子的世界》（中华书局 2019 年版）。

[2]（清）戴震：《戴震全集》，北京：清华大学出版社，1997 年，第 2587 页。

[3]（清）郭庆藩撰，王孝鱼点校：《庄子集释》，北京：中华书局，2016 年，第 52 页。

[4] 陈鼓应注译：《庄子今注今译》，北京：商务印书馆，2016 年，第 51 页。

体验，子綦便以"三籁"比喻"吾丧我"，但是子游并不明白"三籁"与"吾丧我"的关系，所以询问老师"为何要用'三籁'解释'吾丧我'呢，请问其中的原因"，于是有了下文中子綦关于"三籁"的描述。[1] 笔者以为，此解甚合庄意。

又如《德充符》中，孔子称赞外形丑陋而内德饱满的哀骀它是个"才全而德不形者"，作为一个新概念，"内篇"仅此一例，所以"才全""德不形"及二者的关系，历来解释多有不同。[2] 从《逍遥游》的庄子批评惠施拙于用大，并以大瓠、大樗标举逍遥之境，到《人间世》以不材之社树和有材之楸柏的对比阐发"无用之用"，甚至"桂可食，故伐之；漆可用，故割之"[3]。庄子似乎一直都在否认"才"，但在《德充符》中又为何突然提出"才全"，并以之作为哀骀它的特质之一？"才全"之"才"与"不材"之"材"有何区别？郭象"才""德"合用，以"才德"释"才"，成玄英说："郭注曰'使形者，才德也。'而才德者，精神也。"[4] 也就是说，郭注成疏认为"才""德"没有分别，皆指"精神"。然而果真相同，庄子则无须说成"才全而德不形"，哀公也就不必分而问之，孔子更加不必分别作答。林希逸云："才者，质也。如孟子曰'天之降才'也。才全，犹言全其质性也。"[5] 释德清曰："言才者，谓天赋良能，即所谓性真。庄子指为真宰是也。言才全者，谓不以外物伤戕其性，乃天性全然未坏，故曰全。"[6] 此二人以"天性"释"才"，认为"才全"就是保有纯粹的天性不受戕伐。既然哀骀它可以纯粹的天性吸引众人，那么天性未坏的小猪何以无此吸引力？因此，视"才""德"为一，或释"才"为"精神""质性""天性"，似都不对。

---

[1] 王景琳，徐匋：《庄子的世界》，北京：中华书局，2019 年，第 76 页。

[2] 王景琳，徐匋：《庄子的世界》，北京：中华书局，2019 年，第 451 页。

[3] （清）郭庆藩撰，王孝鱼点校：《庄子集释》，北京：中华书局，2016 年，第 194 页。

[4] （清）郭庆藩撰，王孝鱼点校：《庄子集释》，北京：中华书局，2016 年，第 218 页。

[5] （宋）林希逸著，周启成校注：《庄子鬳斋口义校注》，北京：中华书局，1997 年，第 92 页。

[6] （明）憨山著，梅愚点校：《庄子内篇注》，武汉：崇文书局，2015 年，第 96 页。

为了准确理解"才全而德不形"，著者先是分析先秦典籍如《论语》《孟子》《列子》《国语》中"才"的本义，认为其中没有一例释"才"为"精神"或"天性"。继而通过统计表明《庄子》"内篇"7例"才"字皆指"才能"，所以《德充符》之"才"字也不例外。这里是说哀骀它有着与各种人相处的才能，虽然德全却不显露出来。既然"才"指"才能"，那么何为"才全"？仲尼曰："死生存亡，穷达贫富，贤与不肖毁誉，饥渴寒暑，是事之变、命之行也，日夜相代乎前，而知不能规乎其始者也。故不足以滑和，不可入于灵府。使之和豫，通而不失于兑；使日夜无郤而与物为春，是接而生时于心者也。是之谓才全。"[1] 这段话可分为两层，一是说无论才全与否都要面对种种事变；二是在说人该如何应对。虽然它们都是人生必然，但是不能让其侵入心灵，更加不必因此而扰乱心境，要使心灵安适平和，要让心境和谐如春，要以这种心境交接万物、感受变化，这才是"才全"。由此可见，"才全"之"才"正是指人在现实生活中应对这些遭际的才能。[2]经过著者旁征博引，层层阐发，"才全而德不形者"至此得以准确解释。

总之，著者经常先是分辨历代注家的重要观点，继而分析关键字词在先秦典籍中的习惯用法，最后再从《庄子》全书之中得出结论。从一个字的准确释义到系列难题的最终解决，莫不如此。

其二，不同的"断句"可能改变文意，是书多处使用"句读法"来有效解决疑难问题。

比如《逍遥游》中"而后乃今培风背负青天而莫之夭阏者"的"背"字，郭庆藩既引卢文弨"'风'绝句"之语而将"背"属为下读，却又案曰："'背负青天'一读以背字属上读"。[3] 实际历来大都属为下读，是指大鹏乘风而起、背负青天，然而著者认为应属上读，是指大鹏骑在风背上。可见问题在于

---

[1]（清）郭庆藩撰，王孝鱼点校：《庄子集释》，北京：中华书局，2016年，第220页。

[2]关于何为"德不形"及它与"才全"的关系，著者亦有精辟解析，详见王景琳、徐匋：《庄子的世界》，中华书局2019年版，第457页。此"才全"之"全"字似乎也有"权变"之"权"的意思。

[3]（清）郭庆藩撰，王孝鱼点校：《庄子集释》，北京：中华书局，2016年，第9页。

这个"背"是"鹏之背"还是"风之背"。从文中看，著者为是。《逍遥游》曰："且夫水之积也不厚，则其负大舟也无力。覆杯水于坳堂之上，则芥为之舟；置杯焉则胶，水浅而舟大也。风之积也不厚，则其负大翼也无力。故九万里，则风斯在下矣，而后乃今培风背，负青天而莫之夭阏者，而后乃今将图南。"[1] 这里先以水喻风，各以大舟、草芥、杯子喻大鹏，水不厚积则无力负起大舟，风不厚积则无力负起大翼，风在鹏下，故曰负大翼，鹏在风上，故曰培风背，大鹏培（冯、乘）风飞至九万里高空以后，大风形成风背而处鹏翼之下，此时大鹏整个身体是上负青天、下乘风背，已无阻碍，故骑风背而图南。而且此处已用"大翼"指大鹏，更无须以"背"代之。如此甚至"而后乃今"之后的"培风背"与"将图南"字数也相一致。另外，在"汤之问棘也是已"段中，言鹏"绝云气，负青天"一句也与上文的主语一样，皆为大鹏的整个身体[2]，故亦可知"背"字应属上读。准此，则大鹏有待于风的不自由就更加明确了。

又如《齐物论》的"夫吹万不同，而使其自己也，咸其自取，怒者其谁邪？"[3] 其中，"夫吹万不同，而使其自己也"实际承接"厉风济则众窍为虚"而来，这两句话意思相同，主语都是"大块噫气"[4]。前句是说"大

---

[1]（清）郭庆藩撰，王孝鱼点校：《庄子集释》，北京：中华书局，2016 年，第 8 页。

[2] 此文伊始，有云"北冥有鱼，其名为鲲。鲲之大，不知其几千里也。化而为鸟，其名为鹏。鹏之背，不知其几千里也；怒而飞，其翼若垂天之云。是鸟也，海运则将徙于南冥。南冥者，天池也。"鲲则整体言之，鹏却以"背"和"翼"代之，故"翼"与"背"同，皆指代鹏的整个身体，所以"而后乃今培风背负青天而莫之夭阏者"中的"背"应指"风之背"而非"鹏之背"。

[3]（清）郭庆藩撰，王孝鱼点校：《庄子集释》，北京：中华书局，2016 年，第 56 页。

[4] 何为"大块"？郭象说："大块者，无物也。夫噫气者，岂有物哉？气块然而自噫耳。"郭注认为"大块噫气"是形容"气"的，这显然是对"其名为风"的误解。成玄英说："大块者，造物之名，亦自然之称也。"成疏"大块"为"造物""自然"，但先秦古籍中多以"天"代"自然"，却无以"大块"代"天""造物""自然"的。郭庆藩引俞樾语："大块者，地也。"认为"大块噫气"就是"大地吐出来的气"。洵为的解。关于引证及考辨详参王景琳、徐匋：《庄子的世界》（中华书局 2019 年版）。

块噫气吹过大小不同、形状各异的窍穴发出不同声响，而大块噫气最终又使万窍回到了原本的状态"，后句是说"烈风停了，众窍穴也不再发出声响，于是万籁俱寂"。[1]

然而，历来都在"夫吹万不同，而使其自己也"之后断为逗号，如此下句"咸其自取，怒者其谁邪"[2]中的"怒者"只能是指"大块噫气"，也就是说"使万窍发出声音的怒者，除了大块噫气，还能是谁呢？"因而"天籁"也就等同"人籁""地籁"，故郭注成疏皆云："夫天籁者，岂复别有一物哉？即众窍比竹之属"，郭象还说："物皆自得之耳，谁主怒之使然哉！此重明天籁也。"[3]这种直接将"怒者"等同于"大块噫气"进而等同于"天籁"的说法对后世影响很大。[4]但是"人籁""地籁"和"天籁"明显不同，著者认为"夫吹万不同，而使其自己也"之后应该断为句号，这样"咸其自取，怒者其谁邪？"的主语便不再是"大块噫气"，而是"人籁""地籁"，这是在说"二籁"与"物论"一样都是它们自己产生的。对此，笔者深以为是。其实，子綦这里想以"人籁""地籁"引导子游体会"天籁"。人是让"人籁"发出声响的"怒者"，"大块噫气"是使"地籁"发出声响的"怒者"，而令"天籁"发出声响的"怒者"又是谁呢？通过考察"怒"字在"内篇"中的运用，可以发现"怒者"是指带着人的强烈主观意志的"人心"。结合上句，庄子是说，人心可以怒，也可以不怒，只有心不静而至于怒，才会产生"籁声"，产生"物论"，产生如同下文描述的"物论"者们几近变态的形态；而人心"静"了，进入"吾丧我"，自然达到"无声之声"的"天籁"之境。[5]

[1] 王景琳、徐匋：《庄子的世界》，北京：中华书局，2019年，第88页。

[2] 刘武：《庄子集解内篇补正》，北京：中华书局，1987年，第403页。

[3]（清）郭庆藩撰，王孝鱼点校：《庄子集释》，北京：中华书局，2016年，第56页。

[4] 如陈鼓应注解"怒者其谁邪"时，引述马其昶、冯友兰的话，他们都是按照郭注成疏的思路把"三籁"视为同一物的。

[5] 清人吴世尚《庄子解》："大造化生万物，怒而呺者其谁邪？此所谓天籁也。盖天籁无声也。"近人朱桂曜《庄子内篇证补》："人籁者有意之声，地籁者无意之声，天籁者无声之声。"参见王景琳、徐匋：《庄子的世界》（中华书局2019年版）。

还有《养生主》中的"曰：天也，非人也。天之生是使独也，人之貌有与也。以是知其天也，非人也"[1]。此句因为主语不够明确而一直都被视为公文轩的自问自答，但是著者通过辨析内篇中的"天"之两重含义，认为此句应是庄子借右师之口回答公文轩的疑问，因为这样正好可以体现右师身残却能安于天命的德性，并与畜于樊中之泽雉构成一正一反的例证，表明自然天性不该受到束缚，即使身残形拘也应安顺天命。著者基于文本句读之惯例对其主语的确认和阐说，颇有新意，完全可备一说。

总之，正是通过文本细读结合"内外互证、内证为主"和"句读"法的巧妙运用，才使是书具有足够的学术底色，才会解决庄学史上的一些重要问题，才能提出并回答一些前人未予注意的新问题。

三、商榷：需要重新审定公案

是书特色鲜明、方法独特，但在个别问题上也有待商榷。笔者试举例明之。

其一，对庄学史上重大公案提出异于学界的个人观点，比如著者多次强调庄子可能出自"颜氏之儒"而且"尊孔"，笔者以为，恐非的论。[2]

关于庄子与"颜氏之儒"[3]，著者通过对比《庄子》"内篇"与《论语》及其他典籍载录的孔子、颜回言行，认为"内篇"多次借重儒家代表人物孔子、颜回，并非如同历代学者说的只是用作寓言人物，而是有着一定的历史根据。第一，《论语》有关孔子出世思想的记载，似乎表明庄子与儒家存在思想渊源。第二，《人间世》之"颜回请行"应该载有他的早年言行，少年颜回可能

---

[1]（清）郭庆藩撰，王孝鱼点校：《庄子集释》，北京：中华书局，2016年，第132页。

[2]"逍遥游的世界"主要谈及两个问题：一，大鹏真逍遥吗？蜩、学鸠与斥鴳不逍遥吗？二，分析"至人无己、神人无功、圣人无名"的逍遥境界。著者的观点非常新颖，似乎也有讨论的空间，限于篇幅，恕不多谈。参看王景琳、徐匋：《庄子的世界》（中华书局2019年版）。

[3] 王景琳、徐匋：《庄子的世界》，北京：中华书局，2019年，第293页。

已有隐士之思，有过"心斋""坐忘"的修炼，但在孔门积极入世的熏陶下，从小追随孔子的颜回很难不受影响。第三，《齐物论》之"吾丧我"与《人间世》之"心斋"和《大宗师》之"坐忘"一脉相承。庄子通过寓言人物南郭子綦之口大谈"吾丧我"，而"心斋""坐忘"却要借助真实的历史人物颜回之口说出，因为"心斋""坐忘"可能原本即发轫于颜氏之儒，庄子在其基础之上有所完善。第四，庄子大谈颜回是想借他最终归于养心来展示士子于乱世中的思想轨迹，身为孔门首贤尚能回归养生之路，那些终日"以物为事"的"大知小知"又有什么放不下？！

关于庄子是否"尊孔"[1]，据著者说，今存《庄子》中有 20 篇涉及孔子，凡 47 见；有 11 篇涉及颜回，凡 13 见。第一，多数学者视孔子、颜回为寓言人物，认为庄子只是借助他们宣传自己，从而忽略引用孔子真实言行的可能。第二，孔子、颜回的言辞矛盾只是他们在不同时期或场合的不同表现，庄子并非只是借其传声，很有可能是对其言行的真实记载。第三，庄孔言行并非完全对立，偶尔也有相近的心态和感慨，比如孔子出世思想接近庄子，庄子在《寓言》中对孔子的高度评价。第四，庄子思想可能正是源自颜氏之儒而终成一体的。

笔者以为，庄子"无所不窥"且极具原创思想，因而不难想见其对儒家典籍的熟悉，所以他与儒家的关系比较复杂。其实，对一个学派的判定很不容易，主要需要结合历史文献的特点，把握历史语境、归纳思想主旨、理清学派源流，等等。[2] 因此，笔者以为，著者上述论证仍属猜度之辞，可能无法视为定论，故将高论摘录于此，期望得到深入讨论。

其二，是书文献学依据有所不足，因而对一些问题可能解决得不够彻底。

比如"鲲"字究竟是指"大鱼"还是"小鱼"甚至"鱼卵"，众说纷纭，

---

[1] 王景琳、徐匋：《庄子的世界》，北京：中华书局，2019 年，第 294 页。

[2] 比如，关于孟、庄身处同一时代却互不提及，朱熹、冯友兰等很多学者都有过解答，观点各异，而一些学者则是通过对比孟庄思想的异同，发现《齐物论》有不少论题与《孟子》相同，有些甚至正是针对孟子而发的，比如二人对"辩"的态度、对"乐"的分歧，等等。参见陈少明：《〈齐物论〉及其影响》，北京大学出版社 2004 年版。

未有定谳。著者认为郭象、崔譔、成玄英等人都是附会庄子对鲲的描述而皆视鲲为大鱼，更可靠的解释则是《尔雅·释鱼》之"鲲，鱼子。凡鱼之子名鲲"，和段玉裁注："鱼子未生者曰鲲。鲲即卵子"，以及郭庆藩之"凡未出者曰卵，已出者曰子。鲲即鱼卵。庄子谓绝大之鱼为鲲，此则齐物之寓言，所谓汪洋自恣以适己者也"[1]，由此认定鲲非小鱼，更非大鱼，而是微不足道的鱼卵，庄子将一个鱼卵写成"不知其几千里"的大鱼，只是彰显他"汪洋自恣以适己"的行文风格，用来说明"逍遥游"的思想。

依著者之见，笔者以为还有其甚者，如郭庆藩引方以智语而谓"鲲本小鱼之名，庄子用为大鱼之名"[2]。马其昶引杨慎语："《国语》'鱼禁鲲鲕'乃鱼子，庄子以至大为至小，便是滑稽之开端。"[3]确实如此，认为"小鱼"甚至"鱼卵"，可以指出庄子的谑诡文风；若指"大鱼"，似将难以体现这种风格。但无可否认，不仅郭象、崔譔、成玄英等人，在《昭明文选》和各种类书中，凡用"鲲"字，也多为大鱼，如《淮南子·坠形》篇："蛟龙生鲲鲠"，此鲲乃蛟龙所生，岂是小鱼邪？"[4]王念孙也说："昆声字多有大义，故大鱼谓之鲲，大鸡谓之鶤，音昆。"[5]而揆诸实际，称"昆虫"者，却多为小虫。故也有人说，"鲲"者，"昆"也。可见解释之烦乱。总之，著者对鲲的解释，仍然难令笔者信服，看来这一问题的解决，还需有版本和义理的考量，为了准确，"鲲"字之意，存疑为好。当然，以上两类问题所涉颇多，看法也许因人而异，而著者能够提出新说，也很不易，可以继续讨论。

综上所述，对于素称难读的《庄子》，著者不仅正确运用理论工具解

---

[1]（清）郭庆藩撰，王孝鱼点校：《庄子集释》，北京：中华书局，2016年，第3页。

[2]（清）郭庆藩撰，王孝鱼点校：《庄子集释》，北京：中华书局，2016年，第3页。

[3]笔者翻检《定本庄子故》（马其昶撰，马茂元编次：《定本庄子故》，合肥：黄山书社，1989年）并无此语，此语转引自王叔岷：《庄子校诠》（中华书局2007年版，第4页）。

[4]更多例证，见王叔岷《庄子校诠》之《逍遥游》中对"鲲"的解释。参看王叔岷：《庄子校诠》，中华书局2007年版。

[5]王叔岷：《庄子校诠》，北京：中华书局，2007年，第4页。

决了不少庄学难题，而且一些语句若不释义，难以理解，在保证学术性的基础上，还对重要字句详加辨析，疏通段落大意，翻译主要片段，充分体现着学术性与普及性的契合。所以，这是一部专业学者和普通读者都可阅读、都能读懂的好书。本文于其特点只是管中窥豹，对其方法也是略陈一二，至于商榷更是班门弄斧。一部著作，要想有所创获，既要坚持正确的指导思想，又要运用科学的研究方法，还要具备极好的表达能力。欣喜的是，这三方面在本书中都有体现。

"文体考古"的范式转进
——读陈民镇《有"文体"之前：中国古代文体的生成与早期发展》[1]

中国古代文体学研究是当前的学术热点，业已取得丰硕成果。目前学界普遍认为文体的概念及成熟的文体论萌兴于魏晋时期，然而受到材料的限制和观念的制约，关于文体生成机制与早期发展等本源问题至今尚未得到很好解决。近日拜读陈民镇先生新著《有"文体"之前：中国古代文体的生成与早期发展》（上海古籍出版社 2019 年 11 月）后，启发仍多。是书在材料与方法上的推陈出新，堪称一种文体考古的研究范式，对于推动中国古代文体学研究颇有助益，因此笔者略陈管见，兹就教于方家。

一、全书结构与主要内容

在具体评述是书之前，有必要对其结构和内容简述如下。全书九章，结构清晰、内容丰富，紧紧围绕"有'文体'之前"（先秦秦汉）这一断限，考察文体概念确立、文体形态和文体观念及文体理论成熟之前的生成机制与发展状况。首章对"文""体"的造字原理和"文体"概念的产生等中国古代文体学基本概念进行界说与证释。著者认为"文"为"有心之器"，"文"义由虚转实，使"文"与"体"的结合成为可能。"文体"之"体"实由人体之"体"引申而来，是形式、内容及功能的统一体而以外在形象最为关键，故"体"可表现为体裁，或指涉风格。《左传》昭公二十年的

---

[1] 本篇书评，收录于党圣元教授主编：《文体——中国古代文体观念文献要籍研究》第 2 卷，北京：中国社会科学出版社，2021 年。

论乐之语，可能是将"体"与文艺相挂钩的最早实例，而至迟在魏晋，"体"已有文体义。次章考察早期文字与文体的交互关系。著者谈到，有了文字，早期的口传文本便面临被记录的问题，在记录过程中必然需要适应文字的形态、载体的形式及书面文本的用途；而汉字是形、音、义的统一体，形式是文体最核心的要素，汉字的形体、字音、字形直接参与了文体形式的构建。诸如甲骨卜辞、简册、青铜铭文等早期文字材料则被视作中国古代文体最早的研究对象。第三章是反思历史上有代表性的三种文体生成论。著者认为，颜之推《颜氏家训》的"文章原出五经"说，虽其来有自且影响深远，但不免本末倒置、主观比附，此说将文学依附于政教，"宗经"意识强烈，而在"五经"累积成书之前必然已有文体形态，所以"五经"只是早期文体发展的一次重要总结，只是王官时代礼乐实践的结果而非文体之终极源头；刘师培的"文学出于巫祝之官"说亦有可商之处，其讨论的"文学"仅指韵文而非一切文学，其所谓的"巫祝"是指巫祝之官而非所有王官；而"文体出于王官"论在章学诚和刘师培的论著中已肇其端，都认为六经的形成多与王官相关，六经在孔子之前已经存在，因而著者赞同此说。

既然认可"文体出于王官"，而王官是三代礼乐文明的产物，要谈文体的生成与分化，便应从"礼"说起，第四章即如此。著者认为，王官职掌礼乐活动，礼乐需要文辞参与，中国早期文体形态多产生于由王官司职的礼乐活动中，而礼典对文体形态多有决定作用。据清华简《程寤》，巫、灵与祝、宗一道负责"祓"的礼典和文辞。祝、宗、卜、史、巫等有同源关系，均属《周礼》六官系统中直接执掌礼典的"春官"。著者将春官中与文辞相关的官职分为诗乐组、祝卜组、史官组，这三组王官为中国早期文体框架的构建奠定了基础。文体的分化即在礼乐文明的背景下由王官实现的，与此相应，著者又将中国早期主要文体分为"诗""书""祝"三系。这三系文体均围绕礼典展开，而礼典的程序也决定了相应文体的体式、语体及功能，六经便是王官（尤其是春官）文辞创作的总结。第五章即论王官时代的三系文体。著者谈到，"诗"系文体由诗乐之官职掌，多为韵文，强调言志，最初依附于礼乐，其后趋于独立，个人情志逐步觉醒，确立了"诗言志"与"诗缘情"的传统。"书"系文体反映的是先王圣贤之言，由史官职掌，今本《尚书》有"六体""十体"说，重视布政施教，确立了"文以载道"的传统。"祝"系文体以《周礼·春官·大祝》中的"六祝六祠"为代表，均由祝卜之官职掌，浸润着虔诚的宗教感，确立了"修辞立诚"的传统。第六章论东周之世的文体突破和中国古代文体格局的基本确立。周朝从厉王到平王历经动荡，政治文化秩序崩溃、王官垄断地位丧失、私人著述兴起、作者意识觉醒，以礼为核心的大传统受到冲击，三代王官奠基的文体大厦也面临转型。著者认为"诗"系文体生出辞赋，从"言志"转到"缘情"；"书"系文体，在一方面，"王言"的权威逐渐黯淡，真正意义上的文书行政机制开始形成；另一方面，"立言"的权利由王者延伸到士人，"王若曰"变为"君子曰""子曰""孟子曰"等，"语"类文献与诸子论说文得以涌现；"祝"系文体向小传统渗透。因此"九艺"或"六经"的结集只能是在东周时期礼崩乐坏之后，而至迟在楚庄王时期，一些文献已经实现经典化，由此促进了文本及文体的定型，推动了文体观念的发展。第七章以出土的黄老、方术类文献论东周以降的思想新变及其文体史意义。著者谈到黄老著述多为韵文、句式齐整、善用修辞、依托对话的文体特征与道家源出史官相关，其上承《诗》《书》，下启汉赋，乃是王官之文向诸子之文转变的缩影；而"祝"系文体在方术盛行的时代氛围中也被赋予了新的生命。这些突出的时代现象，实际上反映了祝卜之官与史官在官学下移背景下的转型。

中国古代文体历经三代累积到了东周末年基本齐备，此后便是不断完善。第八章论出土文献所揭示的秦代文体。著者认为，刘勰所谓"秦世不文"实指秦代缺乏有文采的韵文，而非一些学者断言的"秦代无文学"，出土文献的大量涌现揭开了秦世之文的别样风貌。秦始皇推行的"书同文"即文字统一活动为秦汉的文书行政奠定了基础，同时也存在文体规范化的运动（著者称作"文同体"），一系列官文书文体通过行政行为得以确立，并被赋予用字用语及格式的规范性，后世的官文书文体基本承自秦世，著者据此认为"官文书文体备于秦世"。末章论中国古代文体框架在东汉的确立。两汉以降，文人激增，文献增多、文体增繁，文体之间交互渗透推动了文体分化，而通过分类整理又促进了文体固化。也就是说，两汉的文本与文体在三代大传统、楚文化、秦文化的文体发展基础上实现了分化与固化，从而真正确立了中国古代文体的基本框架。所以文体观念的发展是一个长期的、动态的过程，王官时代已发其端，迨至汉末渐趋成熟和整合，并开始孕育真正意义上的文体论，直到出现类似《独断》《文心雕龙》等相对系统的文体论著作，文体之"体"便正式成为文体论术语。

可见，第一、二章是"文体"概念的字源考索和文字与文体的互动关系；第三、四、五章先是论证"文体出于王官"的合理性，再考察了王官时代三系文体在"礼"之背景下的生成与分化；第六、七章分析东周之世的文体突破与思想新变；第八章以出土文献论秦代文体的发展；第九章谈文体框架在东汉的确立。通读全书，笔者以为，是书在材料与方法上开示了一种文体考古的研究范式，这对我们具体开展文体研究工作具有启发意义。

二、出土文献的文体视野

以往学界受到材料限制和观念制约，普遍不够重视出土文献，导致研究视野狭隘，鲜有人能结合出土文献与文体学史考察早期中国的文体发展。如著者云，研究古文字与出土文献的对文体学关注不足，在探讨简帛文献的性质时可能偶及文体形态，但大多不是从文体学角度出发的；做文学史的又很不重视出土文献，即使注意到了相关材料，也大多存在材料掌握不充分、文字释读及文义理解存在偏差等情形。然而，由于是书主要考察早期中国之文体发展，所以注重传世文献与出土文献的互证并以后者为主。著者谈到，三代至秦汉以简帛为主要书写载体，简帛使用的时代几乎与文体的萌芽期相始终，中国文体的内容和取向都奠定于这一时期。但是，最初写在简帛上的先秦两汉古书，流传至今也早已脱离原先的载体，甚至文字和内容上大为失真，而出土文献的时代较早、未经篡改、载体完备等独特优势，很大程度上可补传世文献之不足。当然，作为构建早期文体框架之基石的传世文献也有数量和系统性的优势。因此，著者认为出土文献和传世文献都是文体史的研究对象，两种文献不可偏废。是书正是打破学科界域，从文体学角度审视和利用出土文献的，其对文体相关出土文献的分类与利用，于我们在使用材料上有启发意义。

一方面，按照材料性质区分出土文献，以此明晰不同文献之文体形态的发展历程。比如分类对待典籍与文书。著者认为，所谓"文书"或指典籍，或指一般而言的公文、契约、律令、信件等，根据适用范围又可分为官文书与私文书。典籍与文书之间存在互动关系，王官时代的"书"系文体多源于三代王官所执掌的实用性官文书，它们在文献整理的过程中得以命名，文体的名称与形式也趋于固化，并最终被经典化为典籍，可见典籍与文书之区分发生在经典化之后。秦并六国以后，实行文书行政使得文书高度制度化，并奠定了汉以来各王朝文书制度的基础，简牍中出现的大量官文书提供了各类具体的文书文本、格式，其分类之细密远超传世文献，不少官文书文体更是前所未闻。秦汉时期一些特殊的文体采用了官文书的形式，反映出文书类文体对其他文体的渗透。目前文书在出土简牍中占四分之三以上，故有必要将文献区分为典籍与文书两类，而且与典籍相比，文书属于"同时资料"，更能敏锐反映政治、社会、语言、文化的变迁，因而具有独特的史料价值。然而中国古代文体研究向来重文轻笔，很少关注甚至忽视缺少文采的文书类文体，其在目前的文体史书写中也是缺席的。

又如其对传统经典与黄老、方术的区分。著者认为，从战国到汉代，黄老是更为主要的道家，不过因其著述散佚而淡出世人视线。战国时代与黄老同时兴起的是方术，二者互动密切，深刻影响了战国秦汉的思想风气，并与黄老思想一起催生了道教的兴起。然而，除了忽视文书，学界以往在研究典籍类文献时，亦多着眼于六艺、诸子与诗赋，对于数术、方技之类的（著者统称方术）著述以及通过出土文献才逐渐为人所知的黄老著述，长期未能得到应有认识。实际上，早期中国的出土文献中有不少黄老、方术的材料，早期的小说与黄老、方术密切相关，而且出土的战国秦汉方类文献保留了许多巫祝之辞，是"祝"系文体在战国秦汉的延续与发展，与黄老著述一样，皆为韵文，文体特征显著，对诗赋类文体影响很大，在思想史上也有意义。故有必要按文献思想区别处理。

另一方面，文献载体和"礼"的程式对文体形态具有制约和规范作用，不同载体、不同礼仪都会产生不同的文体形态。因此，著者论及"文本与物质性"，所谓"物质性"是指出土文献的载体形态，他认为文体形态及文体观念不独蕴藏在文本本身，亦体现于载体形制之中，此即吴承学强调的文体学研究要"证之以实物"，因为出土文献能较大程度上弥补传世文献遗失了的载体形制及其格式的原始信息。如简帛这一载体，对汉字的形态、书写方式都有深刻影响，进而影响到篇章的体式；一些文体名如檄、策、笺等即源自简帛形制的称名；诸如"篇""卷"等文本单位也是源自简帛的形制；简帛的编联、材质、长度、字体、书风等与文体形态密切关联。除了简帛，甲骨卜辞、青铜铭文、玉石器铭文、碑刻、砖瓦题铭等出土材料同样有特殊的载体形制与格式，这些载体往往适应相应的文体而存在。有的文体依附于某种特殊的载体而存在，同时也有可能在不同载体之间转化，如命、诏既可"书之竹帛"，也可能转录于金石。可见，载体形制与文体之间存在互动关系，不同文体有不同的载体要求，必须区别对待。

又如区分"文本与仪式性"，所谓"仪式性"是指"礼"的仪式、程序。如著者云，早期中国的文体大都围绕"礼"展开，由此形成王官时代主要的"诗"系文体，"书"系文体，"祝"系文体。在礼的语境中，文本既是仪式的组成部分，仪式又形塑了其文体特征，如甲骨卜辞之体式便是直接由占卜仪式的程序所决定的。故要探讨早期中国的文体发展，需将其置于"礼"的背景下。

总之，是书研究先秦两汉的文体发展时，能够充分发挥出土文献的优势，结合传世文献并主要地从文体学的角度来审视出土文献，其对出土文献的分类与利用也堪称典范，因而在材料的使用上对我们有启发意义。

三、研究方法的综合运用

一项具有开拓意义的工作，在方法上也必然有所开创。是书正是综合运用各种方法拓展文体研究新局面的。

一是"辨名析义"或"辨章学术"，即对基本概念进行界定和证释。如著者对"文""体"概念的字源考索及其"文体"结合的文化追索。"文体"作为文学的基本概念，深刻影响着文学的发展，其所蕴含的文化心理和精神气质，在中国文化史、思想史和观念史上发挥着重要作用。著者以"文体"为阐释对象，以传世文献和出土文献为依据，通过跨学科的视角，运用释名彰义的方法，从词根词源出发，对其意义生成与建构、不同时代的历史演化及近现代的语义转型进行全面分析，由此抉发其时代特点与文化特征。又如其对文体形态、文体观念及文体理论之概念澄清。著者认为，文体观念主要是指体现文体源流、分类、体式、功能、价值序列等方面的未经理论化的甚至是潜意识的一般观念，而区别于相对自觉的、系统化的文体理论；在成熟的文体理论出现之前，已有文体形态的客观存在和相应的文体观念，而文体观念闪现于文本之中，也体现于文本之外（如物质载体、礼仪制度），它的成熟与自觉是文体理论产生的重要前提。由于早期文体概念边界比较模糊，在清理文献过程中容易混淆，因此辨明这三个概念对古代文体研究具有正本清源的重要意义。

二是"溯源探流"或"考镜源流"，即"追根溯源、沿波讨流"，从根源处看其生成机制，从流向上看其发展演变，所以探寻"源"与"流"实际是对一个历史过程的厘定。因此著者非常注意"史"的连续性与阶段性，如其所言，文体观念的发展是一个长期的、动态的过程，在王官时代已发其端，迫至汉末趋于成熟和整合，并开始孕育真正意义上的文体理论。文体观念主要体现为关于文体的源流、分类、体式、功能、价值序列等方面的认识。关于文体源流的观念，是在以《汉书·艺文志》为代表的目录学框架下逐步成熟的，目录学之考镜源流的旨趣与文体论"原始以表末"的追求相契，这同样体现在班固《两都赋序》等关于诗赋关系的论述中；

关于文体分类的观念，在早期"诗""书"的分类中业已发轫，目录学的分类则予以进一步强化；关于文体体式的观念，首先在官文书的写作规范中有突出体现，是为"敷理以举统"的先导；关于文体功能的观念，较早受到关注，如《左传》襄公十九年以及《礼记·祭统》关于铭的认识，便是主要从功能出发的，并已有"释名以章义"的萌芽；关于文体价值序列的观念，是在"宗经"的基础上展开的，诗尊四言为"正体"、重言轻事、贬低"小说"等观念均要在此背景中理解。以上观念，产生于不同时期和不同范围，但最终为魏晋以来的文体论所综合并系统化，形成了中国古代文体论的基本范式。可见，只有从历时与共时、纵向与横面的立体坐标中，才能标示出文体发展的路径与地位。

三是将文体发展置诸"历史语境"加以考察。如著者云，文体的生成与发展并非孤立的、线性的，而是动态的、历史的现象，无论是文体形态还是文体观念皆有鲜明的时代性，都与历史进程关系非常密切，应该放在历史语境中来理解。随着时代的发展，有的文体会消亡，有的新质素会萌兴，有的旧质素会重焕生机；不同时代，不同地域，文体框架会有相应的因革；即便是同一种文体，在不同阶段、不同地域也会表现出不同的文体特征。此外，诸如周公制礼作乐、两周之际的政治动荡、战国时代的社会转型、秦代的政治变革、两汉之际的文献大规模整理、汉末的时代新变等历史事件的更迭，以及战国以降黄老、方术的兴起等思想观念的嬗替，都是中国文明史的重要转捩点，也是文体史的重要转捩点。因此，还原文体生成、发展、消长、分化的轨迹，首先是要还原其历史语境，以文明史甚至是比较文明史的视角加以观照，并以动态的、历史的眼光作切合考察对象的审视。

四是以"大小传统"的观念衡诸出土文献。罗伯特·雷德菲尔德提出了"大传统"与"小传统"概念，学界一般认为前者指涉上层的精英文化，而后者指涉下层的民间文化，相当于中国文化中的雅俗之分、文野之别。我们看到，流传下来的早期文本多是反映统治阶层的世界，而考古发现的资料及实物则反映了相对世俗的一个侧面。文体史、文学史乃至文化史都是在雅俗交流互动中得以发展推进的，比如小说概念的转进，便经历了由俗到雅的过程。因此，深入挖掘小传统中的历史资料，既能展现更为丰富多彩的时代风貌，也会冲击传世文献塑造的主流思想。这就提醒我们，需要重视并深入挖掘潜在的、边缘的、一般的文体现象，关注俗文学与雅文学的渗透，如著者对方术类、官文书、私文书的关注，正可弥补传世文献之不足。

总之，无论是对文体的辨名析义、溯源探流，还是将文体发展置诸历史语境加以考察和以大小传统的观念衡诸出土文献，这些方法都不失为全面立体呈现早期中国文体生成与发展的历史状貌的有效途径。

四、文体考古的范式转进

所谓"文体考古"，时间上指"早期中国"，即挖掘文体生成期的历史遗存；材料上指"出土文献"，即采用"当时材料"证实早期文体。总之，是用传世文献与出土文献来研究文体的早期生成与发展。而取自西人库恩的"范式"（paradigm）一词，是指一个公认的模型或模式（pattern），上面使用"考古"一词，主要是谈"材料"；此处借用"范式"一词，主要想谈"方法"。职是之故，笔者以为，作为"文体考古"之"研究范式"的发轫之作，是书在材料、方法、观念、理论之更新上，对文体研究有如下启示。

第一，翻新材料。在出土文献大量涌现的时代背景下，我们既要深入研究并广泛拓展传世文献，也要密切关注和充分利用出土文献，还要能以新眼光审视旧材料，能用新材料解决旧问题。然而，目前的中国古代文体学研究在材料使用上仍然表现得较为极端，未能把握两种文献的辩证关系和使用策略。由于学科分化日益细密，掌握出土文献资料相关研究的学者对跨学科的传世文献多少有所欠缺，而古文字专家在文学、历史、哲学方面的知识也可能出现短板，他们要么出于知识结构的偏狭而认为传世文献有篡改，要么出于释读能力的低下而认为出土文献不牢靠。这就对我们的知识结构、学术视野提出了更高的要求，要在充分掌握自己学科优势的同时，还能跨学科、全方位地进行研究，才能助推学术发展。

第二，更新观念。由于文学观念过于狭隘，在文体研究中常表现出"以后律前"或"以西律中"的做法，如以南北朝乃至现代的文体观念去理解或重构早期文体，或者阉割古代的史料以迁就西方的话语体系，或以后世的视角去审视早期的仪式以及传统。由于旧有观点过于强大，学界多是遵循而未经验证。如著者检讨刘勰"秦世无文"论时，认为后世普遍未从刘勰的语境中反思，而是想当然地认为这一观念是指秦代没有文学，经过检讨《文心雕龙》发现，刘勰这一观念只是说秦代没有韵文，同时通过分析《史记》载录的焚书诏，并且引用大量秦简牍说明秦代既有丰富的官文书文体，诗赋类作品也未断绝，官文书奠定了汉代以后的体制规范，诗赋类对汉代以后的诗赋影响甚巨，而且文学的概念与今天也不一样，当时"文学"主要指五经等书籍。因此如果认可"秦世无文"是指秦代没有文学，那么文学史、文体史都将是不完整的，也将无法解释汉代以后兴盛的官文书文体甚至诗赋类文体的继承关系。由于历史观念过于强烈，因为某些早期文体宽泛的形式、内容与功用，而刻意对其划定疆界。但是早期的文体往往规定性不强，文体间的边界尚很模糊，需要在历史场景中考察其演变以及文体特征逐渐明晰的过程。由于封建观念根深蒂固，未能把握历史发展规律，只关注大传统而忽视小传统，认为只有传世的、上层的知识、信仰最普遍也最重要，而散佚的、平民的不主要也不重要。过于重视雅文体而忽视俗文体，或者强行区分雅俗文体而忽视雅俗文体的交互影响，没有放在特定的历史时期、历史语境去分析。

第三，革新方法。鉴于先秦秦汉的历史特点和文献特性，若要考察早期文体发展，必须在利用传世文献的同时，还要足够重视出土文献的利用，打通"材料"壁垒，打开学术视野，提升材料解读能力；对思想史、文学史、文体史、历史、哲学都要熟悉，打破学科界限、拓宽知识领域、完善知识结构。从而实现多层次、多角度、全方位、立体化地研究。此外，目前的文体学研究方法，基本是由魏晋刘勰等人奠定的，即"原始以表末，释名以章义，选文以定篇，敷理以举统"，也就是说，先由文字学求其概念之含义，又从文献资料梳理其源与流，再用作品规定此一文体之形态，最后上升到理论高度作出评价。这一堪称范式的研究方式确乎经典，也很符合中国古典文体发展的历史，然而，学术发展需要创新而不能抱残守缺。百年前，王国维提出二重证据法以及古史辨派更新了古史中不少既定观念。古人虽然距离古史更近，但也不是所有材料全都见过。而今地不覆宝，大量出土文献呈现于世，我们应比前人走得更远。

第四，创新理论。程千帆先生说过，我们既要研究"古代的文学理论"，还要研究"古代文学的理论"。前者是指古人已总结出的文学理论，我们只是对其做以描述，而目前最需要做的是后者，即从古人大量的作品中提炼出古人尚未论及的文学理论。文体理论研究亦是如此，既要认真整理古人的现成理论，更要从大量作品中总结甚至创造符合我们时代特色的文体理论。此外，中外文化不无相通之处，但是具体到研究对象，则可能千差万别，虽然西方理论更新速度惊人，然而有时并不符合我们的实际研究。所以，只有直面文本，深入分析，才有可能实现理论创新。总之，"翻新材料"即拓展研究领域，"更新观念"即开阔研究视野，"革新方法"即增强学术含量，"创新理论"即推动学术发展。

综上所述，中国古代文体研究作为当前学术热点已经取得了丰硕的成果，然而受到材料限制和观念制约，目前学界对文体的生成机制与早期发展等本源问题至今尚未得到很好解决。所以陈民镇新著《有"文体"之前：中国古代文体的生成与早期发展》，深入探讨这一问题。此书以先秦两汉的文体生成与发展演变为阐释对象，充分发挥传世文献和出土文献的优势，综合运用辨名析义、溯源探流和将文体发展置诸历史语境加以考察及以大小传统的观念衡诸出土文献等方法，力求全面呈现早期中国文体生成发展的历史状貌，启示我们的文体研究需要翻新材料、更新观念、革新方法、创新理论，以此推动中国古代文体研究持续发展。总之，是书可谓"文体考古"发轫之作，其在材料与方法上形成的"范式"意义及其对此"范式"的调整、创新对于推进文体研究很有启发。

致 谢

咥一碗油泼面，嚼一骨碌蒜，再将半碗面汤一饮而尽。这便是写完毕业论文的自我奖励。

坐在文渊楼外边卖饭的小凳上，南山横亘眼前，周穆王驾车飞驰于山巅，杜陵叟风尘仆仆仓皇逃过咸阳桥，老汉陈忠实扛着锄头吼了句：“白嘉轩后来引以为豪的是一生里娶过七房女人……”

卖饭大姐吼我：“你吃毕咧么？”我才回过神来，遂优哉游哉晃回办公室。

八百里秦川太多故事，一辈子也听不完，一代代关中人于兹繁衍生息。高颧骨、短身材，厚实双肩担起“为天地立心，为生民立命，为往圣继绝学，为万世开太平”的责任。

父亲说：“走南闯北数十年，啊哒（方言：哪里）也没咱关中好！死也要死在这关中道上。”

真是这样。每走出校园，走在街道上，走上乡间小路，我都很舒坦。吼出来的秦声、喷薄的豪气，宣示着数千年古城人的丰姿！

我爱这片土地和这片土地上的人们，以及我生命中的流金岁月。

三年很长，本来可以做许多事情；三年很短，却只读了一些书。读书慢，读古书、读经典古书尤慢，一字一句斟酌，一笔一画勾勒，连篇累章，翻来覆去，有时一天都学不完一篇文章。诗骚、诸子、汉赋、太史书、李杜诗、韩苏文、词曲小说，皆仅翻览，未能细研。半年《文心》、半年《文选》念毕，真有“天上才半日，世间已千年”之感。然而，我喜欢这种深耕易耨的踏实做派，于无声处听惊雷的成功胜于滔滔雄辩，就像小时候种庄稼，万不能揠苗助长。韩愈《答李翊书》曰："将蕲至于古之立言者，则无望其速成，无诱于势力。养其根而竢其实，加其膏而希其光。根之茂者其实遂，膏之沃者其光晔。"先达钟吕，铮铮震耳，光风霁月，不辍弦歌。在此"速食文化"大行其道的时代，人文学科更应作风踏实，人文学者更该沉潜下来，名与利，真乃道德文章之贼也！我虽不敢夸口猛醒，亦无法逃遁此世，然斤斤于名利，趋炎附势之态，吾必不为也！踏踏实实静下心来，认认真真地读一些书，就行了！

业师刘生良先生从教四十余年，其谦谦君子之风、会通广博之学，令门生倾倒。三年来，吾师教益颇多，不可遍举，兹摘三事，以见万有。入学之初，吾师命弟子每人手书一份自传，一则作为历历往昔之反思与未来三年之展望，二则可观弟子之志与语言表达之功力。我在本科养成拖延的习惯，一时未能改正，因此自传迟迟没有"转"出来，吾师过问多次才于课间勉强上交。先生声色俱厉地批评我：这样毫无时间概念地做事以后怎么能行？！平日里，先生总以"望之俨然，即之也温"的形象示与门人，当日形语之厉，震慑了我，使我三年以来未敢懈怠，整日如芒在背，未敢虚度年华，未敢徒费光阴。我的基础很差，脑子不够灵活，读书也不得方法，只有加倍努力了，如《中庸》所云："人一能之，己百之；人十能之，己千之。果能此道矣，虽愚必明，虽柔必强。"先生每次见我们都要讲的话是抓紧时间多读些书，这样的好光阴于人生都是最珍贵的，走上社会，迫于生计，琐事缠身，根本无法再像现在这样整日整夜地没有俗事叨扰、一心读书的日子了，且当年少，正是记忆力、精力最旺盛的时期，又如何舍得抛掷呢！此一事也。

在一份上交的材料中，我将"领导"写成"统治"，老师于课堂，于众师门面前再次严肃批评了我。当时真是如坐针毡，并非埋怨老师，而要衷心感激。发生此事，乃是我平日做事不负责任，说话欠缺考虑，率意而语、率性而为的结果，以至于得罪多少人而不自知，这样口无遮拦地做学问又如何令人放心？！身体是革命的本钱，做人是求知的目的。人活一世，该明白的道理很多，做人之法是最要紧的。不去招惹是非，不肯媚骨奴颜，

一题多体：《文选》哀伤类作品分析与文体研究

一直坚持原则，永远努力上进，得志而不嘲讽卑弱，孤贫而不叫骂强者，甘心做好事，用心做好事。经此一事令我更加意识到自己已成人，须做一个肯负责任、言出有据、事必躬行、坦荡磊落之人。此又一事也。

准备考博，故于一七年夏末便将毕业论文写就，并把初稿交与老师。刘老师平日事务繁杂、课程繁多，十一月去台湾做客座教授，本是可以喘息歇养的好机会，不曾想他竟将我十三万字的初稿带去台湾评阅。望着稿上密密麻麻的红色批示，可以想见吾师以高倍度数眼镜隐几批阅之情态。于是，又后悔将粗糙文稿匆忙交给老师，让他受这般折磨。也许批阅学生作业乃是教师分内职责，长年累月如此而不厌倦者，乃吾师也。此一事也。

上述三事，一者珍惜时光，一者踏实做人，一者认真做事，仅为吾师教导之一斑。所谓良师者，须于人生学业皆有启迪，吾师即是，教我做人、益我学识，幸遇先生，真吾万幸也！

聪慧、勤劳、乐观的母亲一生太苦了！竟于一二年初遽然离去。时值大一，身几欲死。寒假曾在山坡上租赁一破窑洞，延安的冬天分外寒冷，食货奇缺且物价离谱，整个假期唯以泡面充饥。窑洞潮湿的墙壁，山顶猛灌之狂风，整夜睡了醒、醒复睡。一次清早，暗灯下读韩愈"云横秦岭家何在，雪拥蓝关马不前"之句，忽闻惊响，遂揽衣外视，外面已是琼玉世界，声响原是山间堆雪崩塌滚落，积雪映得山谷白茫茫，分外华净。望向这琼玉世界，忽而明白世间的别离爱恨都太短暂，一生需从事永恒之事业，洁净其身、光华其人，不可枉来一遭！母亲永远地离开了我，当她咽气之时，唯我一人在旁，亲睹至亲遽归道山，深哀剧痛何可掩藏！这也是我选此论题的个人因素吧！我想在前人的故事里寻出路。这么些年过后，到如今我也自以为能够明白生死，不过难以确认的是这种感觉属于麻木还是真的超脱！以《文选》哀伤类作品为考察中心，也是对崎岖的往日做一番检省，唯有切身体验才会下笔如神。我无入神之笔，仅以拙文献给母亲和我曾心碎的光阴！

父亲与业师年龄相仿，幼年丧母、青年丧父的父亲，当时还需照顾他那精神失常的弟弟，重大的家庭变故致使成绩优异的父亲不得不放弃他所钟爱的学业。因此，父母一直极力支持我们读书，不求富贵，只愿我们健康成长，牢固做人的根基。如今，父亲已届杖乡之年，仍须奔走于利禄之间以资我学业，身为男儿，不能趋侍相伴，心中绞焚，实难承受，唯愿父亲大人身体康泰、心情舒畅。

姐姐早已嫁人，一家三口愈来愈好。照我看来，生活幸福与否，并不由财力决定，记得他们早年拮据，却常常展露笑颜，如今生活条件日益改善，倒总见她有很多抱怨。也许这就是生活，我该体会！哥哥刚过而立之年，仍在外飘荡，或是喜好远方吧！可当我见岁月划在他脸上的皱痕时，我也恨时光。外面的世界很闪亮，外面的世界不好混，无人喜漂泊。哥哥是我心中的英雄，幼时体弱常受人欺负，哥哥总能为我出气。他学习很好，可惜的是后来受人坑骗而走过一段弯路，不然又怎会是如今模样！无论如何，我们都会好起来的。

同门之中，崔婷聪明活泼又能说会道，陈磊踏实认真且智慧过人，美英温雅深涵又识卓见远。师兄马志林与季桂增，也都为我树立了一个高标，他们的勤奋和严谨，于我受益匪浅。师弟师妹们也都给过我很多帮助，在此并道一声谢谢！最该感谢的当属毛蕊师姐，自我研二从图书馆转到老师办公室学习以来，每日早七点半到晚十点半的学习时间几乎未曾中断。所谓"独学而无友，则孤陋而寡闻"，我俩中午吃饭徜徉道上，谈学论艺；晚间一同走回宿舍，分享一天学习的快乐，讨论古人古书的风神，常有"不知秦汉，无论魏晋"之想。面对逼仄的现实处境，构建一个心灵的世界以抵御俗世的喧嚣显得必要。

最后也要感谢我真诚、简单、乐观、善良的女友陈璐瑶。在一起这么些年，我一无所有却得到了最好的爱和理解，从未因聚少离多而生怨隙，从未嫌弃过我这个穷小子，信任与笑容充盈着我们的感情。

三年的青春岁月飞驰而过，能够会聚于"生良门下"这个大家庭，埋头在南山下苦读，真是幸福！遗憾读书粗浅不夥，时间未能充分利用，但这三年养成的习惯应会终身坚持。

致谢，本该讲些与论文写作相关的事，而我却拉拉杂杂地说了些什么呵！不过，敝帚自珍，写下了就留下吧！三年已逝、光阴促迫，权当最初交给吾师那份自传的修订版吧！亦是我这三年来的一个小结。纵有"前途当几许，未知止泊处"之忧，不失"猛志逸四海，骞翮思远翥"之情！未来不可知，但方向已定，勇敢出发吧！

赵俭杰

二〇一七年十二月二十六日傍晚于长安

　　本文是笔者在陕西师范大学文学院求学时作的硕士学位论文，其中几章于读博期间稍作修改后发表了，工作之后又重拾旧文稍作了些修订，在学校和学院领导的关怀下予以付梓，实祸枣灾梨，然敝帚自珍，企望大家予以指正！